WITHDRAWN

WITHDRAWN

COLLECTION
L'IMAGINAIRE

Jacques Stephen Alexis

Compère
Général Soleil

Gallimard

© Éditions Gallimard, 1955.

Jacques Stephen Alexis est né le 22 avril 1922 à Gonaïves, République d'Haïti. C'est un descendant de Jean-Jacques Dessalines, fondateur, le 1er janvier 1804, de l'indépendance d'Haïti, première république noire. Son père, journaliste, historien, romancier, patriote et diplomate, fut l'une des personnalités les plus marquantes de la vie politique et intellectuelle de son pays. Dans cette famille aux fortes traditions nationales, il a grandi dans l'odeur de l'encre d'imprimerie et dans le feu des discussions littéraires et politiques. A dix-huit ans il fait un début remarqué avec un essai sur le poète haïtien Hamilton Garoute. Il collabore à la revue *Cahiers d'Haïti*, puis crée et dirige la revue *Le Caducée*. Il fréquente un moment le groupe littéraire *Comœdia*, puis fonde *La Ruche*. Ce groupe se fixe pour mission « un printemps littéraire et social » qui coïncidera avec le voyage d'André Breton en Haïti. Il publie alors ses fameuses chroniques : « Lettres aux hommes vieux », qui remuent profondément l'opinion jusqu'à la révolution de 1946 qui provoque la chute du président Lescot. En 1955, la publication de *Compère Général Soleil* le révèle à la fois comme grand poète et grand écrivain. En 1956, à la Sorbonne, il présente au Ier Congrès des écrivains et artistes noirs ses réflexions sur ce qu'il intitule « le réalisme merveilleux des Haïtiens ». D'autres romans suivront : *Les Arbres musiciens*, *L'Espace d'un cillement*, et un recueil de contes et nouvelles : *Romancero aux étoiles*.

En 1961, Jacques Stephen Alexis, alors fondateur et leader du Parti d'entente populaire, tente de rentrer en Haïti pour organiser la lutte contre François Duvalier. Il est attendu à son débarquement, capturé, torturé, porté disparu mais probablement assassiné sans qu'on ait jamais pu rassembler avec certitude les faits qui éclaireraient les circonstances de sa mort.

PROLOGUE

*La nuit respirait fortement. Il n'y avait pas de monde dans
la cour. Pas un chat. Alors cette ombre plus noire que la nuit
joua des pattes, tel un coryphée papillotant. L'ombre lissait
son corps dans le devant-jour, par à-coups, telle une puce.*

*Cette nuit-là, le vieux faubourg était bleu-noir. Tout le quar-
tier Nan-Palmiste, qui pourrit comme une mauvaise plaie au
flanc de Port-au-Prince, baignait dans un jus ultra-marin,
une vraie soupe de* calalou-djondjon [1]. *Des voiles violâtres,
annonciateurs d'aurore, plaquaient le ciel d'ébène. Et l'homme
d'ombre ondulait, se lissait, faufilant à pas pressés dans la
cour. Le devant-jour était frais, très frais; les masures semblaient presque roses.*

*« Non..., non, pas un homme, pas une chatte ! »,
songea Hilarion. Il rit, et ses dents marbres luirent dans
l'ombre.*

*Ce nègre était presque nu, presque tout, tout nu. Un nègre
bleu à force d'être ombre, à force d'être noir.*

Il continuait d'avancer.

*Une frisée, une chouette-frisée ricana sinistrement sur la
nuit. Le nègre trembla à ce signe de mauvais augure; tous ses
cheveux tressaillirent, mais il continua. Hilarion, en effet,
n'avait pas son bon ange, il songeait si fort, que les réflexions
sortaient tout haut de sa bouche. Hilarion parlait tout fort
dans la demi-nuit. Tout haut, comme les fous, dont la bouche
n'a point de paix.*

*Car, il ne faut qu'une petite miette, pour qu'un pauvre mal-
heureux devienne fou. La misère est une femme folle, vous*

---

1. *Calalou-djondjon:* soupe populaire haïtienne à base de champignons.

*dis-je. Je la connais bien la gârce, je l'ai vue traîner dans les
capitales, les villes, les faubourgs de la moitié de la terre. Cette
femelle enragée est la même partout. Par elle, dans les haillons
de tous les crève-la-faim, il y a un poignard d'assassin, ou de
fou, c'est la même chose. Femelle enragée, femelle maigre,
maman de cochons, maman de putains, maman de tous les
assassins, sorcière de toutes les déchéances, la misère, ah !
elle me fait cracher !*

*Sur la montagne, le morne, là, impitoyable, un petit tam-
bour s'égrène et se plaint sans repos. Un petit tambour qui
demande pardon à la vie... Cette vie si dure et si douce ! Cette
vie qui fait du mal à tant d'hommes... La montagne est affalée
comme une bête endormie ! Un petit tambour stupide et lanci-
nant comme une migraine ! C'est l'Afrique collée à la chair du
nègre comme une carapace, l'Afrique collée au corps du nègre
comme un sexe surnuméraire. L'Afrique qui ne laisse pas
tranquille le nègre, de quelque pays qu'il soit, de quelque
côté qu'il aille ou vienne.*

*En Haïti, tous les tambours parlent la nuit. On voudrait
tant qu'ils s'en aillent à jamais, qu'ils crèvent, le tambour
triste, les tambours maladifs, les tambours lancinants et plaintifs, les tambours qui mettent en transe et en crise, les tambours qui demandent pardon à la vie. Chaque nuit, la misère
et son désespoir font battre le cœur de plaintes, le tambour
chauve et déchirant du Vaudou et de ses mystères... Mais
chaque jour triomphant, le tambour de vie s'arrache une
place, le tambour gai, le joyeux tambour yanvalou[1], le
tambour riant du congo[1], les hauts et clairs tambours
coniques qui chantent la vie. Et, dans ce devant-jour malsain
gluant de clartés sombres, seul un tambour noir parle
comme si l'ombre elle-même hoquette de peur.*

Le nègre passa la main sur son front :

« La merde, foutre ! »

dit-il. Et il le répéta :

« Foutre, la merde ! »

*bâillant une grosse tape à son ventre nu pour écraser le ma-
ringouin, le moustique, qui boit son sang. Car, dans ses
hardes, il y avait des trous comme des fenêtres pour qu'on
voie les misères de son corps.*

*Il guetta bien. Il examina avec soin, tout et partout. Le
petit corridor qui donne sur la ruelle et dans lequel il s'em-*

---

1. *Yanvalou, congo :* danses folkloriques haïtiennes.

*busquait était un magma, un lac de boue fraîche, qui moirait
sous les étoiles. De grosses pierres y étaient enfoncées pour
que l'on puisse traverser à pied sec. Le couloir était bordé
de la palissade clissée de la masure de Yaya, la lavandière.
Sor Yaya qu'on l'appelait, Sœur Yaya, parce que, vous savez,
les nègres véritables sont tous frères et sœurs !*

*La masure de droite avait un enduit de boue séchée qui
laissa dans la main d'Hilarion, quand il s'y appuya, une poignée de poudres. Et Hilarion avançait, sautant de roche en
roche, distraitement attentionné à ne pas salir de boue la
plante de ses pieds nus. De l'autre côté, s'aplatissait un pan
de case, un pan en planches, plein de poux de bois, ayant perdu
depuis longtemps sa maçonnerie.*

La nuit respira encore, avec force, comme une vieille grand'-
mère.

« *Depuis le temps longtemps, aurait dit tantine Christiana.* »

*Une véritable négresse, oui, que tantine Christiana, une
bonne femme, oui, compère. Depuis le temps longtemps, depuis
le temps de la guerre avec des cercles de barrique, la guerre
de tous les nègres d'Haïti, la guerre de Dessalines qui ne voulait pas voir les blancs dans le pays, les blancs méchants pour
sûr. Depuis le temps longtemps, depuis que le petit concombre
se gourme avec l'aubergine [1], comme on dit pour badiner. Nous
autres, nègres, nous badinons tout le temps. A l'heure où nous
souffrons, nous rions, nous badinons; à l'heure où nous mou-
rons, c'est-à-dire à l'heure où nous avons fini de souffrir,
nous rions, nous chantons, nous badinons.*

*Mais que disais-je ?... Oui, un pan de case... Je parle trop,
paix à ma bouche ! Un pan en planches, maintenant debout,
campée, la vieille masure qui menaçait de s'accroupir, qui
voulait « chita » dans le marécage. Au faîte de cette case, para-
daient un coq et un poisson. Un poisson aux écailles rouillées,
un coq fringant à la queue cassée, qui disaient la méchanceté
du vent et du soleil des jours. Un coq et un poisson, délavés
par le vent, le soleil et l'eau des pluies des nuits.*

*Un coq se mit justement à chanter. Le coq de combat de
Ti-Luxa, amarré au fond de la cour. Un bon coq pour la
gageure...*

---

1. Expression née de l'incompatibilité culinaire de ces deux fruits.

« *Cocohico... !* »

Vous pouvez parier à coup sûr sur le coq de Ti-Luxa. Tous les coqs de Port-au-Prince répondirent. A Port-au-Prince les coqs chantent toute la nuit...

« *... Coco... cocohico... !* »

Tout le corps d'Hilarion tressaillit. Pourvu que Frère Ka ne se réveille pas. On ne sait pas ce qu'il a, le vieux macaque, mais il ne dort presque pas la nuit et se lève avec la première lueur.

« *Cocohico... !* »

Heureusement qu'à Port-au-Prince personne n'entend chanter les coqs, la nuit.

Hilarion avança quand même plus vite, si vite qu'il faillit faire crouler la case à sa gauche. Crochue, puante, ajourée comme un vieux panier, elle donnait l'impression de brimbaler à chaque haleine de la nuit. Construite avec quelques caisses pourries, car, parce que les pauvres nègres des faubourgs de Port-au-Prince n'ont pas où jeter leurs corps, les nègres riches, ou les mulâtres riches, — c'est la même chose, — font bâtir de tels ajoupas de bois... Quelques vieilles caisses de hareng-saur, de savon ou de corned-beef, et ça fait une maison de bon rapport, une baraque bonne pour les travailleurs, les nègres sales. Elle ressemblait à une cageole de poulailler, cette case. Dans la demi-nuit, elle était couleur jaune et chocolat, sur des pilotis qui nageaient dans la boue du sol. Une case qui tendait vers le ciel bleu-noir du devant-jour, vaguement déteint, vaguement ourlé de rose, l'angle de son faîte en tôle, son faîte pointu et rechignard comme une vieille hache ébréchée. Une case de monde fou, une case figée dans une martinique [1] *endiablée. Mais rien ne bougeait, pas une plume ne grouillait.*

*Il s'arrêta de nouveau cependant, pour tout examiner. Plus loin, à droite, après un petit coin chauve, la terre marécageuse avait séché et fait une croûte mince comme celle d'un pain de maïs. La tonnelle de Sor Femme... Sœur Femme, qui chaque matin cuit la bouillie d'*acassan [2] *de bonne farine. Pour un* acassan *comme ça, on se couperait le doigt, tonnerre me fende !... Cette nuit, sous la tonnelle vide, à peine quelques bouts de bois dispersés, « égaillés », quelques tisons presque*

---

1. *Martinique :* danse folklorique haïtienne.
2. *Acassan :* bouillie spéciale de farine de maïs vendue pour le petit déjeuner.

« *mouris* », *mais qui de temps en temps s'éclairent d'une étincelle rouge.*

La nuit souffla bruyamment et les étoiles brillèrent plus claires.

Hilarion respirait mal. Il eut envie de sentir la rude et chaude râpe d'une bonne bouffée le long de son coffre. Mettant un genou en terre, il s'appuya sur les deux mains et souffla sur les braises à demi-mortes. Il alluma un mégot qu'il prit derrière son oreille, en tira une grosse fumée qui serpenta, monta, puis vola en l'air et enfin se fondit. Ça le fit tousser et cracher. Sa poitrine résonnait comme une vieille ferraille.

**

Il était couché dans la chambre, sur des haillons couvrant la paille tressée. La couche faisait une tache claire sur le plancher de terre battue. Sur le dos, les jambes recroquevillées, il regardait en l'air. Il regardait les deux petits trous qui perçaient la tôle sur sa tête. Deux petits trous, chaque nuit, comme deux étoiles.

Sa respiration était lourde, lourde comme celle des porteurs du warf [1], *ployant sous la charge. Lourde comme celle d'un âne chargé de sel, lourde comme celle d'un bœuf à l'abreuvoir, lourde comme celle d'une bête à bout.* « *bouquée* », *traquée.*

Et il avait peur, peur de ce qu'il allait faire. En dedans de lui, dans son esprit, rien. Tiens, quelque chose comme quand il était tombé du manguier. La branche avait cassé sous son poids, il tombait, les feuilles le souffletaient...

Son ventre. Son ventre où les tripes marchaient comme un nœud de couleuvres emmêlées. Son ventre, chaud, chaud... Et puis, quelque chose comme un trou dans l'estomac, un trou où toute sa conscience chavirait. Quelque chose comme quoi ça ferait mal. Mais ça ne fait pas mal. C'est ça avoir grand goût, avoir faim, pour de vrai, pour de bon ! Dans sa tête, plus d'idées qui parlent. Quand on a grand goût, les sensations et l'esprit c'est la même chose. Une étrange hallucination qui berce, qui secoue le corps et tout ce qu'il peut contenir d'une trépidation forcenée.

---

1. *Warf :* quai maritime.

Le vide. Est-ce qu'il y avait hier ? Est-ce qu'il y aura demain ? Mais non, merde ! Le corps seul existe et tremble, et tremble et tremble comme une poule mouillée. Il n'y a pas d'hier, pas de demain, pas d'espoir, pas de lumière, le corps seul existe et dans lequel tout se tord. Quelque chose comme un rire à l'intérieur, un rire de monde fou. Et puis la peur, la peur qui n'est autre chose que le mouvement de la faim, de la faiblesse et de l'ignorance. La faim qui peut vous pousser, han ! jusque d'un côté que vous ne connaissez point ! Un trou, une idée qui se mêle aux tripes et à toutes les sensations internes, comme l'eau se mêle à l'eau.

Un bruit sortit de sa bouche comme un grondement, comme la chanson du vent dans la toiture :

« Hum...oun...ff... »

Ce n'était même pas une pensée qui avait surgi. Tout au plus, une image plus persistante parmi le film fantastique qui se déroulait sous ses paupières entrouvertes :

La nuit tropicale fardant le paysage, la nuit tropicale vorace et perfide, la nuit, qui fait danser les hommes et les choses, la nuit pleine de zombis[1] *et d'étoiles... Des portraits qui passent et qui dansent, falots et troubles... Peut-être une belle chambre, toute noire, où une ombre se dresse en sursaut, une arme à la main... Peut-être un gendarme sous un lampadaire électrique, un gendarme avec des guêtres aux pieds et un fusil sous la lumière qui fait un rond à terre. Un gendarme qui essaie de lui barrer la route... « Han !... Merde ! » et il donna un coup violent à la nuit noire qui emplissait la chambre. Peut-être un enfant qui se met brusquement à crier dans son berceau. Peut-être une femme toute nue qui hurle et court vers un balcon... Peut-être... Peut-être...*

Le même bruit sortit de sa bouche et puis :

« Foutre ! Je le tuerai ! »

Il leva lentement la main devant ses yeux. Oh ! cette main ressemble dans le noir à une araignée-crabe velue !

Il était couché sur le dos. Il vira brusquement la tête et se gratta le cou... Une nuée de moustiques dansaient leur ronde de guerre au-dessus de lui.

Est-ce qu'il pourra se camper, et marcher ? Par la porte mal jointe, un fil de lumière se jette d'un nuage, lui coupant

---

1. *Zombi :* homme sous l'effet d'un philtre, d'un charme qui lui enlève sa personnalité et qui, dans les croyances populaires haïtiennes, est souvent utilisé comme esclave dans les plantations, en grand secret, par certains féodaux fonciers.

le visage. Sa figure ressemble à un fétiche noir de Guinée. Un visage en deux morceaux, un morceau noir, un morceau clair, avec des dents qui grimacent... Couché sur le dos, avec sa tête de bois taillé de Guinée...

Hilarion est campé, nègre véritable, ses jambes n'ont pas tremblé, sa tête ne tourne pas non plus. Hilarion est campé, il colle les yeux aux fentes de la porte. Aïe, un clou l'a griffé, il hale, illico, la tête. Ecartant du pied la natte, il fourre la main sous la porte pour pousser la grosse pierre qui la cale... Il est dehors...

La nuit vorace se dressa devant lui et l'avala.

Le ciel était bleu-noir, un peu rose sur les bords. Il n'y a point de la lune. Quelques étoiles...

*

**

Hilarion était foutre dehors ! Poussé par la faim, le grand goût, comme une bête, Hilarion était dehors ! Gens de bien, gens « comme il faut », bons chrétiens qui mangez cinq fois par jour, fermez bien vos portes : il y a un homme qui a grand goût, fermez, vous dis-je, mettez le cadenas, un homme qui a grand goût, une bête est dehors...

Il était dans le corridor qui baille sur la ruelle, les pieds sur les roches nageant dans la boue. Il était dehors, le nègre aux orteils ferrés... Il regarda le ciel ultra-marin frémissant avec ses étoiles comme s'il avait la chair de poule. Cette chair de poule un peu rose qui raidit parfois le sein des négresses en fleur. Il regarda la cour. Il regarda le sol, miroir de fange qui reflétait sa silhouette effilochée.

La nuit tropicale avec ses épaules noires et ses cheveux de petits nuages de laine blanche, faiblissait lentement.

Les masures étaient posées dans la vase luisante telles les piles croulantes de caca de bœuf dans le parc communal... La cour était endormie bien dur, et l'horloge de Sainte-Anne sonna :

« Ting... ti-ting..., ping... »

Hilarion, tu auras le temps ! Le temps de quoi ? Est-ce qu'il le sait, foinc ! Quand on a grand goût, est-ce qu'on sait tout cela !

« *Faut que j'y aille, tonnerre !* » *songea Hilarion.*
Dans la cour, de masure en masure, la même saloperie, la
même odeur crue, la même cochonnerie. Hilarion, sur la pointe
des pieds danse, la danse de la faim et de la fièvre, la danse
du crime avec son pas de silence, la danse de la peur et de
la prudence. Il court, il danse, il fait des entrechats, des petits
chicas, *il court, il danse.*
   Le petit vent qui tousse comme un jeune poitrinaire sur le
macadam de la route pousse Hilarion vers la grand'ville. Port-
au-Prince... Port-aux-Crimes est couché là, aux pieds du
morne; couverte de chrysocales brillantes et éclaireuses
comme une fille endormie, les gigues écartées sur le morne
dont les arbres emmêlés font des touffes de poils. Son flanc
dessine la baie vorace, sa tête croule derrière le Fort-National,
épaule sombre couverte des cheveux égaillés que sont les brous-
sailles crépues. Port-au-Prince, la nuit, est une belle fille, une
fille couverte de bijoux électriques, de fleurs de feu qui
brûlent...
   Hilarion court vers la ville. Les arbres, les « *pieds-bois* »
courent avec lui, les pieds-bois dansent. Les arbres dansent
le bal, le bal que la vie fait valser. Hilarius Hilarion, ce soir
la vie est un carrousel déchaîné ! Les cahutes grises ou sans
couleur fixe... Les cahutes de la route qui vire, les cahutes, les
broussailles, les cahutes, les broussailles... Port-au-Prince dans
la nuit...

   La nuit tropicale vibre, entremetteuse vêtue de noir, transparente sur ses choses de chair rose et ses stigmates de vice.
La nuit tropicale semble bouger.

   Une ribambelle de lumières crient sur la rue : le quartier-
lupanar : la Frontière. Un tcha-tcha [1] *rit sur un jazz. Des*
femmes hurlent avec frénésie des jurons et des insultes ordu-
rières :
   « Cognio ! »
   « La mierda ! »
   « Hijo de puta ! »
   Le jazz est enragé. Le swing crache, pète et se balance. Plus
loin la rumba hennit comme une jument. Le tambour ronfle;
une conga lance sa voix fracassée d'hidalgo ivre :

   ...La hicotea no tiene cintura...

   ――――――――――――
   1. *Tcha-tcha :* maracas, instrument de musique tropical.

Une putain, une bouzin dominicaine sort en courant du
« Paradise » endiablé. Le « Paradise » comme un château cre-
vant de lumières par toutes les issues de la nuit. Le chant,
entre les clartés spasmodiques de l'orage tropical de musique :

> ... La hicotea no tiene cintura...
> La hicotea no puede bailar !...

Un saxo gémit son orgasme. Le piston fouaille les sens avec
un hurricane sexuel et brutal. Les éclairs de sons vertigineux
mettent le rythme en syncope.

La fille devant le « Paradise » a les cheveux qui lui battent
les reins. Dans la nuit sans horizon, le ricanement du jazz
vicieux. Titubante, ivre de rhum et de désespoir, en rut des
sensations qui donnent l'oubli, elle se cambre et d'un coup
soulève sa robe, son sexe-pain-quotidien face à la nuit, puis
lâche une tempête de grouillades tourmentées dans toutes les
directions du vent. Aux quatre points cardinaux, elle hèle une
plainte déchirante :

    « Aï...ïï...ïe..., la mierda !... »

Et le quarteto sanglote une méringue inconsolable sur la joie
douloureuse et poignante des femmes perdues, des putains
saoules qui se débattent dans les hypogées de leur vie déses-
pérée.

Les filles publiques sont comme des poules, prisonnières,
parce qu'enfermées dans un cercle tracé sur le sol. L'amour
à perpétuité jusqu'à l'usure. Le bagne à perpétuité dans les
arcanes d'un monde mal fait, d'un monde à l'envers qui a
besoin de l'amour-salaire, de l'amour-rente viagère, de l'amour
sans amour, de l'amour porte-monnaie et de la virginité des
couvents contre l'amour. Les putains... Le bail à vie des cou-
vents du vice...

La nuit noire, la nuit tropicale, innocente et complice, la
nuit vierge et noire qui respire...

Hilarion court toujours, la faim maintenant retrouvée est
dans son ventre, plaie brûlante, lancinante. Il court toujours,
mais il est sorti de son anesthésie... Il a les yeux clairs, les
mâchoires serrées, il parle tout seul, il rit, il va.

    « Parce que nous sommes gueux, pour nous pas de fron-
tières, nos enfants doivent vivre et grandir à côté des lupanars
hurlants, à côté des putains saoules comme des toupies, à côté

*de la déchéance et de la frénésie du vice. Et de ça, personne ne
s'indigne, de ça, personne ne s'émeut, personne ne se
choque !* »

Là, trois marines [1] *ivres sont aux prises avec un taxi qu'ils
refusent de payer. Des* faux-poings [2] *luisent dans leurs mains.
Ils titubent :*

« God damn you ! »

Hilarion court toujours, décidé. Il parle et rit tout seul.

« *Comme c'est amusant !... Oui, la bamboche, les putains
saoules, les jeunes gens de famille, les dollars, les chulos* [3]*, le
rhum-soda, les* marines, *le jazz, les bouzins espagnoles, les
sexes, les vomissures, les grouillades, la bière* « Presidente Es-
pecial » *! Oui, la bamboche, oui, la misère, oui la faim ! Ah !
Ah ! laissez-moi rire, rire avec leur jazz, rire avec ma faim,
mon grand goût qui me déchire le ventre...* »

*Hilarion, ça ! Qu'est-ce que tu racontes ? Ah ! oui, cette
nuit la vie est douce-aigrelette comme une canne créole, amère
comme une bouzin sentimentale, et un petit goût sûr coule des
deux côtés de la bouche, le petit goût de la faim.* La mierda !

*Maintenant, Hilarion a le cœur tranquille, comme s'il avait
de la grenade sur le cœur, comme on dit chez nous, de la
grenade bien sucrée. Hilarion marche dans Port-au-Prince aux
rues comme des veines charriant le sang royal du devant-jour
qui pointe. C'est interminablement long, une nuit d'hiver tropical !*

La nuit, là, bleue comme l'encre, s'en allait à pas de loup.

*Un gros palmiste secouait ses éventails dans le vent. Ils
devinrent verts sous les étoiles, tout comme un anolis saisi de
peur dans les herbages, change d'un seul coup de couleur.
Hilarion traversait le quartier de la Faculté de médecine dont
les jardins sont pleins de femmes aux sourires troués par les
dents manquantes, pleins d'adolescents en mal de puberté et
timides.*

*Hilarion coupa par le Champ de Mars où des groupes
d'hommes palabrent encore avec passion. En traversant la
futaie autour de la pergola, il effaroucha des couples enlacés
qui fuirent avec des pépiements d'oiseaux dérangés. Dessa-*

---

1. *Marines :* fusiliers marins américains.
2. *Faux-poing :* coup-de-poing américain.
3. Dans l'argot du quartier de la Frontière, maquereaux.

lines, debout sur son socle, l'épée brandie haut sur le Champ
de Mars qui vit ses dernières heures nocturnes. Dans la rue
du Petit-Four, un chauffard fulgura la voie avec sa mons-
trueuse machine mugissante.

Les étoiles meurent et éclairent leurs yeux dans le ciel.
Hilarion pénétra, résolument, dans le jardin qui entourait
cette villa du Bois-Verna; le portail de fer forgé cria comme
un petit chien à qui on baille un coup de pied. Ce fut comme
si ça lui entrait dans le cœur.

Un jet d'eau était à pleurer dans sa vasque. La fraîcheur
lui envahit les yeux telle une vapeur de menthe. Il s'agenouilla
pour boire. Il se mouilla toute la figure. Ça lui fit du bien. Il
se réveilla tout à fait, se retrouvant stupidement debout sur
le gazon. Des coucouilles, des lucioles vertes faisaient du feu.
Il était comme égaré, troublé par les parfums sourds de toutes
ces fleurs. Il marcha sur les basilics en plates-bandes autour
du gazon, elles lâchèrent aussitôt un nuage d'odeurs fortes.

Tout à coup, la peur le reprit. Elle lui coula dans le dos,
froide, « frette », comme ces petites couleuvres vertes, familières et glacées qui dans les grands bois s'amusent à vous
glisser sous la chemise. Une peur qui pénètre jusqu'aux os.
Son cœur se mit à battre très fort. Il en sentit la pulsation
jusque dans sa tête. Il battit sauvagement en retraite vers la
barrière.

De l'eau tremblait aux yeux jaunes des fleurs. Il arracha
un églantier mauvais qui s'était aggripé à son pantalon. Ses
doigts saignaient, il les suça. Le sang était tiède et sans goût.
Ces fleurs blanches, rouges et jaunes qui crèvent la nuit... Des
fleurs semblables à celles des campagnes de son enfance, et
plus tard à celles de ce même quartier Bois-Verna où ses
jeunes ans furent meurtris, ravagés par l'ignoble esclavage
d'enfants que pratique hypocritement la bourgeoisie sous des
dehors de charité et de paternalisme.

Tu te rappelles, ces fouettées jusqu'au sang avec des rigoises
de cuir, parmi les parfums de ces jardins fleuris ? Comme tu
étais heureux auparavant dans ta famélique section rurale
dont les fleurs sauvages te baisaient les pieds !...

Il contempla la maison toute blanche dans les feuillages et
la demi-nuit creuse... Il se reprit à penser. Pourquoi n'avait-il
pas été « fait » dans une maison comme celle-là, avec un perron où traînent des bougainvillées fleuries. Il s'était arrêté et
fixa longuement la maison.

Le châle de soie noire de la nuit tropicale avec ses fleurs multicolores et ses franges d'aurore pâlissait peu à peu...

Il regarda encore et s'élança vers la maison. Il embrassa une colonne de ciment délaissée par les bougainvillées... Il grimpait comme un chat.

⁂

Il se rétablit parmi des chaises longues sur une terrasse-jardin-de-pluie où se figeait une vraie peuplade de cactus rares : nopals verts-jaunâtres, velus comme des singes ; raquettes cloutées d'une éruption de variole et porteurs des curieux fruits-fleurs écarlates hérissés de piquants; petits candélabres marquetés de dessins linéaires et de plumes; boules de satin lichéneux, torsades à vermiculures, rubans charnus et brodés et tant de formes jamais vues, qu'il en resta quelques secondes interdit... Une porte était ouverte, il entra.

Une minuscule ampoule bleue brûlait sur une table de chevet. Il est des gens qui ont de la lumière pour veiller leur sommeil ! Une chaise et des vêtements en désordre.

La nuit de la chambre était une gentille petite nuit de verre frêle, qui présentait aux pas ses tapis de couleur et de douces caresses.

L'homme aux pieds nus regardait. Un ventilateur animait la pièce d'une fraîcheur tournante qui allait et venait. Une respiration basse et sourde se mêlait aux ronflements du ventilateur comme un chorus de jazz.

Les yeux d'Hilarion s'habituaient vite. Son corps était crispé, parcouru de petits frissons courts et continus. La pendule palpitait précipitamment. Hilarion serrait les poings avec une force herculéenne. Cette force que donne la faim...

Le dormeur formait un tas énorme et blanc. Un derrière-monument pointant sous les draps d'où sortait cette grosse tête bouffie et un peu chauve.

Les sens d'Hilarion étaient exaspérés par cette tranquillité du sommeil, l'ordre de la pièce, cette lumière bleue inutile. C'était ça qui symbolisait à ses yeux la fortune, et le monde à part des gens de bien, beaucoup plus que le luxe qui n'était pas inattendu. D'ailleurs il ne regardait que cette couche blanche et cette table de chevet où était posé un objet noir, baigné de lumière bleue. Il ne pouvait pas voir le reste de la pièce, tout au plus, il voyait la chaise.

L'argent serait sur la table, ou dans les vêtements; ça ne cache pas l'argent, les grands bourgeois.

Il était devenu calme, froid, glacial, tendu dans les gestes qu'il allait accomplir. Il était monté par une sorte de colère raisonnée contre ce monde falot avec qui il frayait dans la pénombre.

Ce fut rapide. Sa main connaissait dès qu'il avait pénétré dans la chambre, les gestes à accomplir.

Il tendit le bras. Trois pas de loup.

L'objet noir était un portefeuille de cuir. Un portefeuille, objet inutile pour les gueux ! Il était bourré de billets. Hilarion le serra dans sa main. C'était une pièce à conviction, une pièce justificatrice de son droit. Le droit de défendre son existence, le droit de rançonner les rançonneurs. En une seconde toute une philosophie sociale lui était née. Il croyait parfaitement comprendre ce qu'était leur morale. Les deux mondes contradictoires qui cohabitent face à face, le monde des malheureux, le monde des riches; cela suffisait pour controuver la morale qu'il avait acceptée comme naturelle jusqu'alors...

Le jet de fraîcheur du ventilateur revint le frapper au visage.

Il voulut sortir. Vite, si vite qu'il fut surpris de se retrouver sur la terrasse.

La nuit fraîche le gifla avec force. La nuit pâle, à en mourir, s'accrochait encore désespérément aux reliefs du paysage, tandis que le lait timide du jour se glissait dans les intervalles libres...

La gifle était agréable. Ça le fit sourire, ou grimacer, il ne savait même pas. Il enjamba la balustrade et par les pieds, s'agrippa à la colonne de béton. Il descendait.

Tout à coup, la blême lumière d'une torche électrique jaillit à côté de lui, se promena sur les rameaux folâtres des bougainvillées, puis s'arrêta sur lui. Alors, un sifflet attaqua le silence, ensuite d'autres plus pressés. Un sifflet qui semblait venir de tous les coins de la nuit. Un sifflet qui hurlait comme une bête en furie, ou la mer, ou le vent, ou l'orage. Un sifflet fou de bande de mardi-gras. Un sifflet qui promena sur sa chair un doigt aigu et exaltant. Un sifflet froid comme le museau d'un petit chien. Il se plaqua sur la colonne. Le sif-

flet de l'Ordre déferlait en salves brèves et impératives, puis un cri :
« *Au voleur !* »
qui s'en allait concertant.

Brutalement, la faim oubliée avait ressurgi. Ses yeux se promenèrent machinalement autour de lui sans rien voir. Une faiblesse partit des poignets et coula jusqu'aux talons. La tenaille de la faim se jouait dans son ventre, s'ouvrant et se refermant avec des petites douleurs brèves et crues. Ses yeux s'emplirent de larmes.

La lumière qui jaillit de la terrasse avec cette sorte de cri, tout comme un choc inattendu détendit ses muscles inconsciemment crispés. Il glissa jusqu'à terre comme dans une descente de rêve.

Une bouillabaisse de cris, des pas précipités sur l'asphalte et des sifflets entrecoupés baignant dans le jus d'ombre des souffles du devant-jour.

Des rafales de torches électriques croisant leurs feux balayaient le jardin. Le voleur gisait sans force à la merci de l'Ordre Etabli. Jusqu'à des voix d'enfants mêlées à l'hallali de la meute. L'œil hagard et vitreux de la bête forcée qui s'abandonnait, tourna dans la transparence de ses milieux. Le regard blanc et déchirant des nègres à bout...

L'Ordre Etabli emplissait déjà la cour sous l'aspect d'une troupe hurlante. Tout un paysage d'ombres chinoises à demi vêtues et falotes, dansant, brandissant ses bâtons et ses armes hétéroclites...

La demi-nuit grise devint très pâle et triste, comme à la veille d'abandonner son combat contre l'aurore...

Hilarion inclina la face contre terre...
Et les coups commencèrent à pleuvoir, de tous côtés, dans un vacarme de joie et de rage, de toutes les têtes de l'énorme hydre de l'Ordre Etabli.

*
* *

On le poussa d'une bourrade dans le cachot. Il toucha le sol en béton et rebondit, debout, telle une balle de caoutchouc. Il ne bougea pas, haletant.

Une femme, presque une enfant, était recroquevillée dans un coin et pleurait, à demi vêtue dans sa robe déchirée, le corsage ouvert sur tout un côté. Elle pleurait depuis le ventre jusqu'aux épaules, sa bouche s'ouvrait et se refermait, tremblant sous les sanglots, montrant des muqueuses rouges. Plus loin, une espèce de paquet de linge ronflait comme ferait une scie mordant une planche, d'un va-et-vient régulier. Tout en haut du mur, une lucarne grillagée ouvrait son œil carré.

Dehors, la nuit presque vaincue, criblée de dards clairs, fuyait en taches grises comme un vol éperdu de chauves-souris traquées par l'aurore.

Hilarion voyait par une mince fente de paupières. Un homme vêtu de blanc était debout contre le mur, tenant un mouchoir sur sa joue droite qu'il tamponnait... Des relents d'alcool venaient de sa direction au rythme de sa respiration. Des hommes, des femmes étaient çà et là, accroupis, debout, couchés, une quinzaine en tout dans le cachot. Ça sentait le pissat, le vomi, un cocktail d'odeurs de chair et d'effluves bachiques forçait le nez. Le bruit des pleurs se mêlait aux ronflements, aux hoquets, aux chuchotements, au bruit de tapes sur les corps pour écraser les bestioles.

À travers le couloir sombre, de la lumière suintait, et des rires et des bouts de phrases. Des gendarmes probablement qui jouaient aux cartes. Hilarion était là, à demi conscient, immobile, debout. Deux longues larmes lui éclairaient les joues. Il ne faisait pas de bruit, les moustiques le piquaient au visage, aux mains, au ventre, à travers sa chemise en loques. Les minutes s'écoulaient interminablement longues, dans les odeurs fortes et la morsure de la vermine.

Insidieusement les choses commençaient à devenir curieuses à ses yeux. L'homme, là, semblait énorme, extraordinairement grand avec une tête minuscule. Les autres dans le cachot paraissaient tout petits avec de grosses têtes grimaçantes. Hagard, il regardait ce paysage de fantasmagorie. Il était debout, mais n'avait pas de pieds !

Une odeur de boulange lui forçait le nez. Du pain frais. C'était envahissant, étourdissant. Il ne lui semblait pouvoir ni se coucher, ni bouger. L'odeur du pain...

*Alors Hilarion tourna sur lui-même, poussant un **cri** giratoire et strident, les bras en croix battant l'air, une fois, deux fois... Il s'écroula comme une masse. D'autres cris lui répondirent, tous les occupants du cachot s'agitèrent, apeurés, les yeux rivés à l'homme.*

*Les membres raidis, un rictus au coin des lèvres, étendu
de tout son long.*

*La lumière ruissela de partout. Ses jambes commencèrent
à s'agiter. Les saccades se propageaient à tout le corps, aux
bras, aux mains. Les membres se projetaient dans tous les
sens, les yeux roulaient. Sa face était prodigieusement noire
et grimaçante. La tête frappait rythmiquement le sol, tel le
bec d'une volaille picorant.*

*Un cri jaillit : « C'est le mal caduc[1] ! » Alors, tous recu-
lèrent.*

*Il gisait dans une mare de pissat. De la boue sanglante cou-
lait de ses lèvres. Son corps se débattait comme un poulet
égorgé. On lui lança un seau d'eau sur le corps. Il se débattait
avec frénésie...*

.. ..

Sa bouche était amère, son front brûlant, une sueur froide
mouillait son corps. Il ouvrit les yeux. Il avait l'impression
vague d'une sorte de panne de lumière. La douleur et le désespoir promenaient en lui leurs ciseaux et leurs instruments
chirurgicaux. Les poings serrés, contractés, il avait une envie
folle de se frapper la tête contre les murs, jusqu'à la briser,
jusqu'à ce que tout cet attirail qui le torturait s'arrête, se
taise, s'endorme, jusqu'à ce que la souffrance meure avec la
vie.

La nuit au-dehors gisait morte au ras du sol après l'ef-
froyable lutte des coqs d'ombre et de clarté qui s'époumonaient encore. Le coq du jour avec sa crête de soleil chantait
éperdument victoire, battant des ailes ruisselantes de feux...

Mourir... Frapper sa tête contre le mur... Il n'en fit rien.
On chuchotait autour de lui. Il sombra dans un sommeil
lourd, coupé de cauchemars. Le même cauchemar à chaque
fois : une couleuvre grise qui le mordait au visage. Il respirait
fortement.

---

1. *Mal caduc :* vieux nom de l'épilepsie, du petit mal.

PREMIÈRE PARTIE

I

Il fut réveillé par une sonnerie de clairons. Il faisait plein jour, le soleil entrait par la lucarne avec le refrain d'une chanson portée par une voix d'enfant :

> *Ça pique,*
> *Ça pique sous les tropiques,*
> *Le sol,*
> *Le soleil, la musique,*
> *Mais oui, ça pique, ça pique, ça pique...*

Il gisait dans une flaque d'eau, trempé. Autour de lui dans le cachot, les gens se remuaient de leur torpeur et de leur sommeil.

Un gendarme entra et appela : « Hilarion Hilarius ! » Il répondit d'une voix fatiguée. Le gendarme répéta : « Hilarion Hilarius ! »

Il tenta de se lever et se rendit compte qu'il avait affreusement mal. Il retomba... Combien de temps était-il resté là ? Un jour, deux jours ?

L'apparition reprit avec colère : « En avant, grouille ton corps, vite ! » Il essaya de nouveau, en vain. La voix s'enfla brusquement : « Si tu fais le macaque, je te montrerai ce que c'est que le macaque[1] ! » Comme il essayait encore, soulevé sur les coudes, un grand coup de pied l'atteignit en pleine poitrine. Dehors, la voix, radieuse, claire comme un ruisseau chantait le soleil, l'insouciance et la vie :

---

1. Jeu de mots vulgaire sur l'homonymie entre le nom d'une espèce de singe et l'appellation d'un gros gourdin.

Ça pique,
Ça pique sous les tropiques,
Le sol,
Le soleil, la musique,
Mais oui, ça pique, ça pique, ça pique...

Hilarion se sentit arraché par une main brutale qui le saisit par la ceinture :

— Tu vas marcher comme tu n'as jamais marché, salaud, tes pieds ne toucheront pas terre !

Le gendarme éclata d'un gros rire qui déferla en cascades sur le silence subit du cachot. Il poussa Hilarion haletant devant lui. Il avançait titubant dans les couloirs.

Ils entrèrent dans un bureau. Le gendarme lâcha son étreinte et abandonna Hilarion au beau milieu de la pièce. La tête lui tournait, il oscilla, prêt à perdre l'équilibre, mais il réussit à se raccrocher à une chaise.

Un poste de T.S.F. hâblait à qui mieux mieux sur les qualités de « bon garçon » du président Vincent, puis changeant de disque :

« Vous allez entendre la nouvelle chanson, la coqueluche de Port-au-Prince, *Ça pique.* »

Le chant s'éleva encore :

Ça pique,
Ça pique sous les tropiques
Le sol,
Le soleil, la musique...

Une main s'abattit brutalement sur le poste et le fit taire.

L'officier se dandinait derrière le bureau, la tête penchée sur des papiers. A côté de lui, une cravache, un petit bâton en *gaïac* [1], un casse-tête en cuir et un curieux engin fait d'une lanière, incrustée de métal avec une boule à chaque extrémité. Au fond, sur le mur, une panoplie de menottes de tous modèles. Sous le bureau traînait du papier froissé, la corbeille renversée à côté. A droite, une armoire ouverte où dormaient des dossiers. A gauche, sur une petite table un sergent à lunettes tapait à la machine.

---

1. *Gaïac :* bois très dur dont sont fabriqués les bâtons des agents de police en Haïti.

Le gendarme lança une bourrade à Hilarion qui vacilla mais se retint encore : « Lieutenant Martinès, voilà l'homme, oui, je vous l'amène. » Le gendarme parlait en langue haïtienne, d'un ton onctueux et compassé, où traînait une intention de se ravaler devant le chef.

Le fauteuil tournant cria aigrement. La tête penchée sur le bureau se releva : « C'est le nègre qui a fait le coup d'hier ?

— Oui, mon lieutenant, vous m'aviez dit de l'amener, oui... »

Le lieutenant était un mulâtre clair, aux yeux bridés, maigre comme un clou, ses mains, petites, chargées de bagues, une voix féminine et chantante. Le lieutenant Martinès était un homme célèbre, son nom avait fait fortune en peu de temps à Port-au-Prince. Il passait pour homosexuel, poltron et d'une cruauté raffinée. Il avait tout pour lui, famille en vue, jeunesse, brio dans les salons, et puis commissionné depuis déjà deux ans. Les petites oies poudrées et rougies de Bois-Verna et de Turgeau [1] raffolaient de lui ; c'était évidemment un bon parti pour les pimbêches des beaux quartiers. Le métier de policier lui convenait à merveille, il le considérait comme un sport, une sorte de chasse où l'homme était le gibier. Quand la bête était prise il fallait la faire hurler, la faire souffrir.

Le lieutenant Martinès évalua Hilarion du regard. Il fut déçu par l'examen. Probablement une sorte de débutant, passablement ahuri, inconscient peut-être, qui ne dirait pas facilement les choses. Il faudrait le faire parler. Il sourit de plaisir à cette pensée et alluma une cigarette, détendu, se préparant à jouir de l'interrogatoire :

— Alors c'est toi qui m'as donné tant de tracas ces temps derniers, lui dit-il. M'sieur ne répond pas ? M'sieur fait comme s'il ne comprend pas ?

Hilarion tourna des yeux fous sur les trois hommes qui l'environnaient. Ils se mirent à rire. Le lieutenant chantonnait légèrement :

> *Le sol,*
> *Le soleil, la musique,*
> *Mais oui, ça pique, ça pique, ça pique...*

Brusquement, comme mû par un ressort, il se leva, prit en passant sa cravache, puis à pas nonchalants, fatigués, il alla

---

1. Quartiers chics de Port-au-Prince.

s'asseoir sur le rebord du bureau, face à l'homme; il hurla presque :

« Sergent, au rapport ! »

Ce fut une pétarade folle sur le clavier de la machine à écrire. Elle s'arrêta brusquement quand le lieutenant lança d'une voix mielleuse :

— Comment t'appelles-tu, compère ?

Le lieutenant Martinès frappait à petits coups précipités sur sa botte. Il fumait à grosses bouffées. La machine recommença à pétarader. Hilarion se mit à sangloter. La machine s'arrêta.

— Comment on t'appelle, foinc ? hurla le lieutenant.

— Hilarion, oui, renifla le prévenu.

— Hilarion quoi ?

— Hilarion Hilarius !

Hilarion se sentait défaillir. Il se raidit. Le lieutenant cria :

— Sergent, au rapport, pourquoi vous arrêtez-vous ?

La machine repartit dans une galopade endiablée... Le lieutenant regagna vivement son fauteuil, se mit à barbouiller une feuille blanche avec un crayon rouge :

— Pourquoi ne réponds-tu pas quand je te questionne ? La machine s'arrêta encore, puis reprit. Hilarion tremblait comme une feuille.

Le lieutenant se releva, en trois enjambées il fut au milieu de la pièce, saisit Hilarion par le col. L'homme s'écroula sur les genoux. Le sergent tourna des yeux révulsés d'émotion vers le lieutenant et dit d'une voix blanche :

— Sauf votre respect, mon lieutenant, mais cet homme semble être malade !

— Au rapport, sergent, hurla le lieutenant ! Un conseil, tu viens d'entrer à la police, ce que les yeux voient, la bouche le tait ! Reste dans ta coquille !

La machine se remit à tacoter, lentement, comme lettre à lettre. Le gendarme planté à côté d'Hilarion sourit niaisement :

— Mon lieutenant, cet homme n'est pas malade, il n'a rien. Il fait le macaque, voilà. Et puis il y a un petit proverbe qui dit : *Si 'ous v'lez aller nan veillée coucou, faut manger caca ch'val* [1], ajouta-t-il en regardant le sergent.

----

1. Proverbe du patois créole haïtien : « Si tu veux aller à la veillée du coucou, comme les coucous il faut manger du caca de cheval. » En d'autres termes, il faut se mettre au diapason.

Le lieutenant se mit à rire. Le gendarme ricana à son tour, toisant le sergent.

Il n'était pas même caporal, le petit gendarme. C'était un nègre *grimaud* [1], courtaud, avec des cheveux rouges. Dans ses yeux traînait l'énorme ennui des bourreaux à gages. Il avait cependant une bonne grosse figure. Mais, ça s'apprend vite la cruauté, et ça transforme le visage. Déjà le petit gendarme a deux plis durs au coin des lèvres. La cruauté marque vite, elle marque terriblement le visage !... La cruauté, rien de plus facile surtout avec un professeur comme le lieutenant Martinès !

Suppose que fatigué par la misère, blasé par la misère, ne croyant plus à grand-chose, excepté au ventre et peut-être à la volupté, tu te fasses gendarme. En Haïti, quand on est garde, on mange certes, mais on mange mal, on travaille dur, nuit et jour, on n'est pas content. Autour de toi les autres maltraitent de pauvres types et font mille méchancetés. On se moque de toi si tu fais le sentimental, alors tu caches ton jeu, tu camoufles ton trouble, tu t'endurcis. Les officiers te traitent comme un chien, et tu te remplis de fiel. Un jour, bien fauché, bien « razeur », un jour où tu n'as pas un centime rouge en poche, si un détenu se rebiffe, sans t'en rendre compte, tu cognes dessus. En rentrant chez toi le soir, tu ressens une immense détresse, et puis les gosses te sautent sur les genoux, tu les repousses, car brusquement le remords t'étouffe comme un repas resté sur le cœur. Tu prends la tête dans tes mains. Tu écartes aussi ta négresse, qui, les yeux pleins de larmes, vient te passer le bras autour du cou... Tu sors, la tête en feu, dans la nuit fraîche, dans Port-au-Prince qui dort et qui chante au gré du vent. Le lendemain, ça va mieux, tu vas boire un grog avec les copains, tu oublies, et le sale métier continue. Quelques jours après, c'est un gosse qui est malade; et à la caserne on te dit « d'interroger » quelqu'un. Alors tu t'exécutes, l'esprit absent... Le docteur de l'hôpital a demandé un médicament qui porte un drôle de nom, tu ne sais comment l'acheter... Tu tapes sur le bonhomme, sans t'occuper de ce que tu fais, tu frappes plus fort. Puis tout d'un coup, de rage d'être sans un centime, de rage d'être bourreau pour vivre, tu frappes, tu cognes de toutes tes forces... Oui, Dieudonné est malade... Alors tu ne penses plus à rien, ni aux

---

1. *Grimaud* : appellation qui désigne certains métis à la chevelure rouquine et aux traits négroïdes.

médicaments à acheter, ni au loyer de la chambre, ni aux souliers qu'il faut remplacer, tu es fatigué, tu es à bout, tu
cognes... tu cognes... Tu es un gendarme comme les autres.
comme les autres ! Une voix hurle en toi ces mots tel un
Ariel frénétique, avec un rire épouvantable, comme un défi :
« Comme les autres ! »
   Et puis, l'habitude vient. Un jour tu arrives à penser que
c'est amusant de voir hurler un homme et pisser dans son
pantalon. Il y en a qui pissent dès qu'ils voient le bâton ! Tu
éclates de rire pour de bon, tu ris pour la première fois. C'est
comme ça que le lieutenant sait que tu es mûr, alors il te
propose comme caporal... Peu à peu, tu trouves que le métier
commence à devenir intéressant. Battre les gens devient une
activité comme les autres. Tu deviens dur, ça ne te fait plus
rien, au contraire... Tu deviens un véritable gendarme, un
bourreau; un travail comme un autre... Et puis comme on
te fait caporal, alors...
   Le lieutenant Martinès dit soudain :
   — Aujourd'hui tu es bien songeur, Jérôme...
   Jérôme, le petit gendarme se ressaisit et se mit à rire
bruyamment. C'est curieux comme on peut penser à un tas
de choses en même temps, c'est curieux comme on arrive à
rire de bon cœur, pour faire plaisir à un lieutenant !
   Le lieutenant Martinès était déjà à autre chose. Définitivement, cet Hilarion, c'était un être trop banal, qui ne donnerait pas la jouissance attendue. Le lieutenant lui dit :
   — Hilarion, c'est toi le voleur que nous recherchons depuis
longtemps... »
Hilarion bredouilla des mots confus.
   Le lieutenant se leva, la cravache à la main. Il pensait à
autre chose. A la partie de bridge qu'il ferait l'après-midi au
cercle Bellevue.
   Il lança un coup de poing en pleine figure à Hilarion. Le
sang pissa du nez. Le lieutenant pensait...

   *Au bridge, Scuteau est irrégulier, il annonce trois d'entrée
avec six cartes.*

   Il répéta d'une voix distraite :
   — Alors tu ne parleras pas ?...
   Un coup de poing atteignit Hilarion à l'œil gauche. Jérôme,
le petit gendarme, frétillait de joie... Le sergent tapa furieusement sur sa machine.

*Quant au lieutenant Jolicœur, quoiqu'il soit poète, quoi-
qu'il soit surréaliste, c'est un bon bridgeur... Il connaît bien
son Culbertson.*

La cravache cingla Hilarion au visage. Il s'écroula sur les
genoux. Sa figure se tordit en une telle grimace que Jérôme
pouffa de rire. Le lieutenant regarda lui aussi et se mit à rire,
d'un rire amer, hystérique, saccadé. Mais il ne pensait définitivement qu'à son bridge.

*Il faut que j'aille chercher Paul Scuteau aujourd'hui. Il
est toujours en retard. Surtout que Jolicœur prend du temps
pour annoncer. Mais cet homme ne parlait pas...*

Le lieutenant Martinès regarda Hilarion et se mit soudain
à hurler :
— Alors, tu ne cesses pas de faire l'imbécile ? Nous te
ferons parler, sale cochon !
Pour en finir, il se jeta sur lui à coups de pieds et à coups
de cravache. Hilarion gisait, la figure en sang, le bras sur
la figure, il cria :
— Je parlerai, oui, je parlerai !...
Mais le lieutenant n'arrêta pas, il frappait avec rage. La
machine à écrire comme prise d'un délire crépitait en rafales
forcenées et brutales. Le gendarme se dodelinait sur ses
jambes, l'œil absent. Le lieutenant cognait.
Le téléphone résonna longtemps, le lieutenant cognait. Le
téléphone résonnait, le sergent se tourna et cria :
— Mon lieutenant, le téléphone !...
Alors, le lieutenant s'arrêta devant l'homme recroquevillé
en boule, et tourna un visage baigné de sueur.
— Hein ? dit-il.
Le gendarme Jérôme répéta :
— Le téléphone, mon lieutenant !
Le lieutenant se lissa les cheveux avec les mains et se com-
posa un léger sourire. Enjambant le corps gisant, secoué de
soubresauts nerveux, il alla à l'appareil. De l'autre côté de
la cloison, une chanson parvenait, étouffée.
— Jérôme, va voir dans la salle commune, et dis à celui
qui chante de fermer sa gueule.
Le lieutenant s'assit sur le rebord de la table et décrocha :
— Allô ?... Le député Lapointe ?... Mais oui, mais oui, le
lieutenant Martinès pour vous servir... Vous allez bien ?...

Mais non, mon cher député, je ne faisais rien de précis...
Mais oui... Mais oui... Je me rappelle bien, Dacius, votre chef
de *bouquement* [1]... Il nous conduisait à la chasse à Léogane...
Sa sœur, vous dites, la mère du prévenu ?... Attendez... Hilarius Hilarion. Justement... Mais je ne peux pas le libérer
comme ça, vol avec effraction, vous comprenez... Aujourd'hui
c'est samedi, non... Enfin si vous y tenez, je peux l'envoyer
au juge... J'ai d'autres chenapans qui peuvent attendre... Ne
vous inquiétez pas, il sera en forme, nous savons y faire...
Mais oui, je comprends très bien, c'est le neveu d'un de vos
chefs de *bouquement*... Mais aujourd'hui, c'est samedi, je
ne sais pas si le juge... C'est ça, tâchez de joindre le juge...
C'est cela... C'est moi qui vous remercie, mon cher député...
Mais, dites surtout au président que je suis porté sur la feuille
d'avancement, c'est peu de chose ce qui reste à faire... Peut-
être que le ministre de l'Intérieur... Quoi ! Une crapule ?...
Vous y allez fort, député, je ne vous suis pas... Et puis, il est
encore puissant... Oui, je vous téléphonerai plus tard... On
prendra rendez-vous pour aller à Carrefour manger un bon
grillot [2] de porc... Il y a, paraît-il, une nouvelle boîte qui ouvre
ce soir, avec des petites femmes épatantes... Ah ! Ah ! C'est
le cas de le dire... Au revoir, député, à tantôt... Merci... Au
revoir...

Le lieutenant se tourna vers Hilarion. L'homme s'était
redressé, assis, appuyé sur une main, haletant. Dès qu'il vit
le lieutenant le fixer, il rentra les jambes avec des yeux affolés. La machine à écrire s'était arrêtée. Le lieutenant Martinès alluma une cigarette et l'aspira. Il fit un geste vif, le
gendarme accourut :

— Mon lieutenant ?...

— Jérôme, tu feras prendre un bain à cet homme, tu
l'amèneras à l'infirmerie, tu le feras manger, et tu le condui-
ras à la section Nord... très pressé, vite.

— Oui, mon lieutenant...

Le gendarme releva Hilarion qui rassembla toutes ses forces
pour sortir au plus vite de la tanière du lieutenant. La machine à écrire se reprit à tacoter dans le silence morbide de
la pièce. Le lieutenant alla vers la radio, il tourna les boutons :

---

1. *Chef de bouquement :* agent électoral chargé de racoler les voix
pour le truquage électoral.

2. *Grillot :* grillade de porc.

Ça pique,
Ça pique sous les tropiques,
Le sol,
Le sol...

Le lieutenant eut un mouvement de rage; il éteignit brutalement le poste pour fermer la bouche à la vie et à la lumière.

⁂

C'était samedi. Le soleil décochait dans toutes les directions sa fusillade d'épingles de feu. L'asphalte ramollissait, devenait noire comme du jais. C'était le jour où les habitants des montagnes descendent vers la ville et ceux des campagnes quittent la plaine pour le marché aux fortes odeurs.

— Hue, chiens !... Foinc ! criait la marchande de charbon en battant ses bourriques chargées à couler bas. Le samedi, c'est un jour de « baisser-lever », toute la journée, tout le temps pour les mamans ! Et la marmaille qui ne va pas à l'école ce jour-là ! Sans repos, se baisser, se lever toute la journée, dans les rites du travail éternel.

Et le gendarme, là, le fusil sur l'épaule, les jambes bien enveloppées de guêtres kaki, hèle derrière les pauvres malheureux qu'il pousse devant lui.

Le samedi, Lalue est une grosse veine serpentant des mornes de l'intérieur, une grosse veine qui bâille à manger à tout le corps de Port-au-Prince. Les choux, les carottes, tous les légumes, les vivres, les bananes, les ignames, les crudités, mangues, oranges, pistaches et puis les cochons qui grognent, les cabris qui font bê...ê...ê..., les poules qui gloussent, tout ça descend à flots comme le sang dans les veines. A dos d'âne, à dos d'homme, sur la tête des femmes, tout ça vibre, luit, se débat, et crie au soleil.

Le gendarme poussait trois hommes. Ils marchaient en file indienne. Le premier était si sale, si déchiré, que son ventre et le cuir roussi de ses fesses apparaissaient, puis disparaissaient à chaque pas au travers de ses loques. Sa figure était grisaille, il tenait en équilibre sur sa tête un régime de bananes vertes et fanées. Le deuxième avait les yeux brillants et fureteurs, vêtu d'un pantalon de toile écrue bleue et d'une chemisette de grosse toile blanche, il portait sur les épaules un petit cabri noir et blanc qui bêlait avec langueur. Ensuite venait Hilarion. Ils marchaient à grands pas parmi la foule.

Une petite fille déclinait ses marchandises sur un air de chanson triste :

— Voici patates, maïs moulu, pois, du riz avec petit-mil dépaillé !

La charge sur la tête, le cou bien raide, décollé des épaules et sillonné de veines. Elle chantonnait ses marchandises à tue-tête, et les veines se gonflaient à chaque cri. Elle allait, le visage tendu par l'effort, les yeux absents, une main sur le côté, l'autre écartée du corps faisait balancier, s'approchant de l'oreille à chaque refrain. Ça donne une belle voix, vous savez, commère, quand on pose la main comme ça sur l'oreille pour vanter ses marchandises comme une chanson.

Le gendarme qui conduit ces nègres-là au tribunal, s'essuie tout le temps le visage avec un grand mouchoir rouge. Il excite les pauvres diables de la voix :

— Vous marchez, foutre ! Non ?

Et le soleil, comme un miroir aveuglant, tourne dans le ciel d'émail.

Un cireur de bottes, un *shiner*, portant une culotte de cheval, une vieille culotte militaire pleine de taches de cirage, sale comme un peigne. Les jambes et les pieds nus, lui dont le métier est de soigner les souliers. Il bat du tambour avec sa brosse sur la petite caisse de bois qu'il porte sous le bras. Il sifflote... Il a dû bien manger aujourd'hui... Il est gai.

Des gosses vagabonds courent dans la rue comme de jeunes poulains dans la savane. Mais la ville n'est pas la savane. La ville s'est construite au pied des mornes, les ravins sont devenus esclaves entre les digues. La montagne recule devant la ville qui l'enserre de ses longs bras de pieuvre, qui l'étouffe, qui la creuse de trous, qui la marque de la longue cicatrice noire des routes d'asphalte, qui la barde de fer et de béton, dans des tunnels plus noirs que la nuit. Elle s'est aussi ceinturée elle-même de barres de fer plus dures que les rails du chemin de fer Mac Donald... Ces liens s'appellent la police des propriétaires fonciers, qui dominent le parlement. C'est la loi de fer de l'état des riches contre les pauvres, c'est la fatalité d'acier des voitures américaines qui, comme d'énormes crapauds, se promènent sur le corps de la pauvre Haïti. L'homme des villes est esclave des américains, esclave de la fonction publique — certains vendraient jusqu'à leur femme pour elle ! — esclave de son ventre, esclave de tous les gros poissons qui font la loi contre le peuple...

Malgré tout, le peuple chante et rit, car le peuple est un géant qui, s'il ne mesure pas encore la force de ses bras, la sent tout de même dans son travail... Les ouvriers sans s'en rendre compte commencent à évaluer leurs forces; à chaque fois qu'ils passent devant la nouvelle usine, le nouvel atelier ou la nouvelle fabrique, leur cœur tressaille d'une joie sans cause. Car secrète et vivace est la pensée. Malgré tous les américains, malgré toutes les sangsues, malgré tous les Vincent, malgré tous les cacapoules, malgré tous les gendarmes, de nouveaux bras d'ouvriers, de nouveaux bras de Charlemagne Péralte et de lutteurs sont la moisson qui jaillit sans cesse de notre terre, à chaque nouvelle couleur du ciel, à chaque saison de pluies, à chaque récolte.

Les gosses vagabonds courent à travers la ville comme de jeunes poulains ! Les vieilles gens disent que derrière les montagnes il y a d'autres montagnes; derrière la montagne il y a aussi d'autres villes. Il y a des villes qui se fanent. Les montagnes aussi se fanent parce que la terre n'est plus grasse et ses os de pierre, délavés par le vent et l'orage, montrent leur misère au soleil. Derrière ces montagnes qui roussissent, il y a nos villes, rongées par les poux de bois, nos villes qui noircissent, nos villes où d'autres gamins sales et rieurs courent aussi, portant d'autres villes dans leurs bras et des lueurs nouvelles dans leurs yeux... D'autres villes dans les lointains toujours plus proches, d'autres villes où tout le monde retrouvera la joie et les ardeurs du poulain dans la savane. Mais je m'emporte ! Je m'emporte toujours, quand je regarde mon pays... Je m'emporte, et vous ne m'écoutez pas, gamins qui courez à Lalue, ce jour de samedi, ce jour de fruits mûrs.

Au carrefour de la ruelle Jardine et de Lalue, deux femmes se chamaillent. L'une porte une énorme charge de mamelles qui font crever son corsage de cretonne à fleurs, une main sur la hanche, l'autre tapotant la cuisse, elle gesticule jusqu'à relever sa robe à mi-cuisses, son plateau de bois chargé de caïmittes [1] sur la tête. L'autre, debout sur ses orteils, fait danser son derrière à chaque gros mot qui sort de sa bouche. Son derrière danse comme une mer en furie...

Quand le gendarme apparut avec ses prisonniers, les jure-

---

1. *Caïmittes :* fruit tropical.

ments s'éteignirent et les femmes s'envolèrent comme des oiseaux effarouchés.

Hilarion marchait avec peine, le gendarme hurlait comme un putois. Il n'y a pas à redire, Hilarion est un nègre bien découplé, sans reproche, maigre et musclé. Il n'a pas de barbe, juste quelques poils au-dessus de la lèvre. Le visage est sans beauté ni laideur, un visage d'homme simple, un vrai visage d'Haïti, un visage de nègre ayant beaucoup vu, assez souffert, ni querelleur, ni ambitieux, ni volontaire, ni sot, ni vicieux, ni cruel. Un vrai visage d'Haïti, mais aussi un visage de partout, le visage des petites gens de toute la terre. Les petites gens se ressemblent tous, capables de grandeur et de faiblesses, mais avant tout communs par leur bonté énorme, leur amour de la tranquillité, leurs aspirations simples. Cette figure un peu tirée par la souffrance et l'épuisement. Vêtu d'un pantalon bleu, crevé de larges trous, une jambe retroussée sur le genou, la chemise kaki est littéralement en loques, ses orteils largement étalés. Chaque pas lui tire une grimace réprimée.

— Marchez, foutre ! Le corps des nègres c'est de l'herbe, ça se couche sous les coups, mais ça se relève aussitôt ! dit le gendarme.

Hilarion marchait comme un nègre véritable, sans se plaindre.

Les robes multicolores des négresses qui s'en retournent vers les montagnes bigarrent la rue :

— Vous remontez déjà, ma commère ? Dites bonjour, oui ?

— Merci, ma commère...

Les robes à fleurs rouges, à fleurs mauves, à fleurs jaunes, les caracos bleus écrus, déteints devant, plus foncés dans le dos, comme il se doit. Les foulards jaunes ou verts serrant bien les reins, le corsage blousant.

— Vous l'avez faite bonne, la vente, cousine ?

— Comme ça, oui, cousine, et vous ?

— Ah, comme ça !...

Les femmes plus âgées avec le madras blanc, amarré en *tillon* [1], bien empesé, bien raide.

— Comment ça ?

— Je me débats, et vous ?

— Je me débats, vous avez vu compère Ti-Joseph ?

---

1. *Tillon :* coiffure haïtienne faite d'un foulard, noué de manière à former une queue de paon artistement étalée.

— Compère Ti-Joseph ?

— Mais oui, compère Ti-Joseph... Il est bien habillé au-jourd'hui, élégant, brodeur. Il porte une belle table de bois d'acajou sur la tête. Il va se placer [1] avec une belle négresse de Source-Matelas... Il est pressé...

— C'est pour ça que je ne l'ai pas vu, alors...

— Mais oui, il est pressé... Ah ! mes vieux os n'en peuvent plus. Il marche vite et de temps en temps il fait un petit courir.

— Au revoir, ma commère.

— Au revoir, ma sœur, dites bonjour...

Au bas du perron du tribunal, un garçon achète des man-gots à une petite fille accroupie au bord de la rue, son plateau de bois sur les genoux. Sur le perron, un groupe de messieurs. Ils parlent avec de grands gestes. Il y a un vieux avec une veste d'alpaga noir tournant au caca d'oiseau, un pantalon rayé, une chemise à mille plis, un faux-col droit et un nœud noir, des souliers-bottes vernis, appuyé sur un gros bâton à pommeau d'argent. Il est plutôt gros et s'évente avec un chapeau de paille. Il parle à un jeune homme vêtu de blanc au col de veston légèrement liseré de crasse, le pli du panta-lon, impeccable, bien « escampé », en lame de couteau. Il est grand, maigre et dégingandé. Ils parlent, parlent, parlent...

Quand le gendarme monta sur la galerie du tribunal avec ses prisonniers, le groupe de messieurs s'agita comme quand le vent s'abat sur un champ de maïs. Les dernières phrases s'envolèrent...

— Je vous dis que je ne sais plus quoi faire. Les gosses sont à la maison, piaillant tout le temps. Je ne gagne plus cinq... ! Et puis Vertulie est à l'hôpital ! Quelles tribulations ! Tu n'aurais pas deux piastres à me prêter ?...

— Deux piastres ? Tu blagues, mon cher Jean-Louis. Si je valais moi-même deux piastres, je crois que je me vendrais...

Le petit vieux à la veste d'alpaga noir s'agita fiévreuse-ment :

— Moi je vous dis, il faut en finir avec les mulâtres, ces gens-là nous prennent toutes les places sous le nez... Nous autres noirs, nous nous mangeons les dents. Voilà trois ans

---

1. *Se placer :* se marier à la manière paysanne haïtienne, par simple accord familial.

que je n'ai pas de place, rien. Il est temps d'agir, il est largement temps...

Mais personne ne l'écoutait plus. Une vieille femme aux
cheveux poivre et sel s'avançait. Elle se jeta dans les bras
d'Hilarion, en murmurant :

« Mon petit à moi... »

Ses deux mains décharnées s'agitaient derrière le cou d'Hilarion avec la frénésie de mains d'aveugle. Le gendarme
essaya de l'écarter. Elle s'essuya les yeux d'un revers de main
et ajouta précipitamment :

« Le député Lapointe m'a donné cinq gourdes. J'ai parlé
à M⁰ Mesmin qu'on m'a recommandé... »

M⁰ Mesmin, le petit vieux, se rapprocha d'Hilarion, tandis
que le gendarme bousculait la vieille femme.

C'était une salle rectangulaire. Au fond, sur une estrade,
une longue table recouverte d'un tapis vert. Tout à côté, une
petite table-pupitre où un vieux greffier au visage patibulaire
griffonnait avec une plume qui crachait sur le papier. Au
mur, une grande photo de Sténio Vincent, président de la
République; visage de vieux beau conservé dans l'alcool, les
yeux éteints derrière les bésicles, la bouche lippue, volup-
tueuse et cabotine. Une balustrade coupait la pièce dans le
sens de la largeur, devant elle un banc de bois blanc face à
la table du juge. Deux autres bancs s'allongeaient contre les
murs latéraux, puis quelques rangées de chaises.

Le public bayant des tribunaux. Les étudiants en droit,
les chômeurs intellectuels et semi-intellectuels, les tueurs de
temps, les ennuyés, les passionnés... Le méli-mélo des bayants,
des ventres creux. L'atmosphère âpre de la justice des
hommes. Lieux de repos des errants, cours de justice comme
des églises, où le temps se passe parmi les gesticulations des
officiants. La misère saupoudrant les vêtements élimés, les
sourires désabusés, la misère faisant briller les yeux et aigui-
sant l'appétit malsain des procès. Les justices, cinéma gratuit
où se joue, en permanence, le drame noir des désaxés et des
déclassés.

M⁰ Mesmin s'était assis à côté d'Hilarion, sur un des bancs
latéraux. Chaque avocat qui avait eu la chance du client avait
fait de même. Ils chuchotaient. Le ronronnement confus des
spectateurs qui parlotent de cent mille cancans. Les voix des
marchandes qui, dans la rue, crient :

— Corossols, abricots, goyaves...

— Œufs frais...
— Pain de maïs chaud...

Hilarion répondait distraitement aux questions de M° Mesmin. C'était cuisant la honte; on a un poids sur le cou, on ne
peut lever la tête. Il regardait par en dessous sa vieille mère,
décharnée par la misère. Ce grand châle noir enveloppant
ses épaules affaissées, il le connaît depuis au moins dix ans.
Sa robe écrue tombant très bas. Une vraie grandeur émanait
de sa personne : la grandeur et la noblesse de ceux qui ont
travaillé toute leur vie. Jamais elle ne lui pardonnerait cette
honte, elle serait toujours entre eux, dans chaque regard,
comme un reproche. Elle qui avait le culte de l'honnêteté !
Cette honnêteté bête, intransigeante. Quand on a faim, on
souffre en silence, mais on respecte le bien du « prochain »...
Elle s'était assise au premier rang, la mine sévère, prête à
boire son calice jusqu'à la lie. L'œil lointain, la gorge pleine
d'eau, les yeux secs, elle faisait son devoir de mère : c'était
une toute petite femme.
Le juge était entré et avait pris place. Le greffier s'était
assis et lisait d'une voix monocorde et blasée :
— Affaire Lucrèce Pierre contre Hyppolite Samedi...
Attendu que...

Hilarion n'entendait pas, il n'entendait rien... Maman...,
cette petite femme, usée par le travail. Elle se tue chez ce gros
cochon de ministre dont elle est la cuisinière, à Pétion-Ville...
un grand mulâtre comme ça, qui paie seulement douze
gourdes par mois, logée et nourrie... Elle dépense tout pour
Zuléma, maman. Elle est tout le temps malade, Zuléma.

— Je fais opposition..., hurla l'avocat.
Hilarion se réveilla brusquement. Ça parlait, parlait, des
mots qu'il ne comprenait pas, couic... Il s'en fout; seule la
honte fouaille son cœur, la honte de se lever en présence de
sa mère pour répondre son nom devant ce juge et ces badauds...

Maman, elle n'a pas eu beaucoup de gosses, mais Zuléma !...
Elle n'a jamais eu de chance, Zuléma. Quand nous étions
gosses, c'était toujours elle qui se faisait attraper. Maman
avait alors le culte du garçon, pourtant je n'étais pas gâté;
mais il y avait tout de même une différence. J'étais habillé

d'une petite chemisette cramoisie, qui m'arrivait à l'estomac.
C'était pour chasser les démons, les loups-garous, les « mauvais airs ». Un petit nègre toujours galopant, le nombril au vent dans la petite cour entourée de barbelés. Mon ventre était gros comme une outre avec ce gros bouton de nombril, sans pantalon; un petit mâle avec ses couilles battant les cuisses, battant au vent... Maman disait que j'avais les vers. Mes jambes n'étaient pas plus grosses que des baguettes de fusil, ma tête comme une calebasse. Et puis j'étais pisse-au-lit. Maman disait que si ça continuait, on m'accrocherait un crapaud vivant à la ceinture. Jamais plus je ne pissai au lit, mais la nuit j'avais des terreurs glaciales. Un jour, en jouant, je renversai la marmite d'*acassan* de Sor Femme.

— Hilarion, foinc ! hurla Sor Femme, lançant une cuiller de bois contre mon petit derrière noir qui fuyait dans la cour lépreuse. Elle s'arrachait les cheveux, la pauvre Sor Femme ! La longue cuiller atterrit dans une flaque près de laquelle Mimise étendait son linge effiloché et jaunâtre. Des éclaboussures papillotèrent le linge sur le fil raide.

— Sor Femme, vous êtes enragée ? Si vous avez besoin de prendre, prenez un homme !

— C'est à moi que tu parles, maman de cochons ?

— Han ? Maman de cochons ?

Et le duel continuait avec ses propos gras. Mais la pauvre Sor Femme avait perdu le gain de la journée. Je reçus une de ces raclées ! On s'amusait bien en ce temps-là.

Hilarion ne s'était rendu compte de rien. Déjà Mᵉ Mesmin revenait de la barre, se rengorgeant.

« Alors, Hilarion, tu es content ? Un mois de prison c'est un record. Tu peux répéter qu'il n'y a pas d'avocat à Port-au-Prince qui vaille Mᵉ Mesmin, simple fondé de pouvoirs. »

Il continuait à parler. Hilarion regarda sa vieille mère, elle s'avança vers Mᵉ Mesmin, lui tendit le billet de cinq gourdes, puis sortit digne, sans un regard, l'émotion rentrée...

Mᵉ Mesmin s'était retourné vers les deux hommes et continuait à parler, parler, avec de grands gestes, des gestes grand format.

II

A gauche de l'entrée, une grande bâtisse de béton se dressait; une boîte carrée sans style et sans beauté, l'architecture administrative cosmopolite classique, coupée des sources vives de la symbolique et du génie nationaux. On fit pénétrer Hilarion dans un vaste hall que traversaient les silhouettes uniformes des gendarmes. De là, on le poussa dans une autre pièce où il y avait un comptoir; des étagères portaient des paquets de vêtements bariolés. Hilarion était attentif à tous les bruits, à tous les sons. Voilà que la vie l'amenait à vivre avec la race exécrée des gendarmes ! Un mois... Un mois qui serait palpitant et dramatique, riche en émotions fortes, en sensations âpres, en drames humains. Le monde de la délinquance. Tous ses sens étaient ouverts...

Le gendarme déclara :

— Il faut attendre le sergent.

Des voix arrivaient par la cloison, Hilarion dressa l'oreille.

— Je vous répète que je ne répondrai pas à vos questions. Vous n'avez aucune qualité pour m'interroger ! J'ai été arrêté sans mandat. Vous avez procédé comme des gangsters. Je ne répondrai pas aux fripouilles que vous êtes ! Je répondrai de mes actes devant les autorités légales, devant personne d'autre, personne...

Puis s'éleva un brouhaha confus où on ne pouvait rien distinguer. Hilarion resta tendu, toutes les fenêtres de son être ouvertes sur la vie de la prison. Au loin, le bruit de la mer qui était à se ruer sur le sable, et puis le brouhaha des voix. La voix, chaude, se détacha de nouveau claire et cinglante :

— Vous n'êtes même pas un policier, un tortionnaire à

gages, c'est tout ! Quand il fallait tenir tête à vos maîtres, les américains, je n'ai pas cédé, ce n'est pas aux chiens que j'obtempérerai. Rappelez-vous, nous nous sommes déjà rencontrés, déjà vous serviez comme un valet, vous n'avez pas changé, moi non plus. Je n'ai rien à déclarer. Faites votre besogne, je sais ce que j'ai à dire et à faire...

Hilarion se fondait littéralement en joie. Un homme qui tenait tête aux gendarmes ! Il buvait ces paroles qui venaient de la cloison, et déjà mesurait du regard celui qui l'accompagnait.

— Un nouveau ? interrogea le sergent qui venait d'entrer.

— Oui, répondit le gendarme. Voilà le papier pour les vêtements.

— Bon. Mais vous les ramenez à la pelle !

— Sergent, on n'a jamais vu ça. Plus on en arrête, plus il y en a !

Le sergent haussa des épaules. Hilarion le regardait sournoisement. On lui tendit le gros pantalon et la vareuse à rayures blanches et bleues.

Hilarion regardait cette vareuse et ce pantalon; puis les pensées s'agitèrent dans sa tête comme un groupe de corbeaux s'abat sur un champ : un et multiple, avec mille jacassements fous, battant des ailes, le bec largement ouvert sur leurs langues roses.

Par la fenêtre, le soleil tournait son œil rouge sur la ligne glauque de la mer. Un œil qui changeait de couleur et faisait changer tout ce que ses regards touchent. Jusque dans la pièce flottait une couleur violacée.

Etre toujours vu à travers les barreaux d'une prison, un vêtement-prison qui ne vous quitte jamais. Une tortue avec sa carapace, voilà ce qu'il fait de vous ! Même une chanson de prisonnier ne doit pas avoir dans la bouche le même goût que dans celle d'un homme libre.

L'œil le plus négligent fouille le prisonnier, le déshabille littéralement. Souviens-toi, Hilarion, comme tu regardais toi-même les yeux des prisonniers que tu voyais. Le prisonnier n'a plus de démarche, plus de couleur, plus de sourire. Un prisonnier est avant tout un visage et surtout une paire d'yeux par lesquels on tente de jeter un coup d'œil à l'intérieur de son être. Peut-être aussi les mains, un petit peu. Grosses ou légères, longues ou pâteuses, en battoir, ou maigres, ou courtes.

Il eut d'un coup la remembrance de la nuit tragique, où, dans l'ombre épaisse, sa main lui était apparue comme une araignée-crabe velue... M⁰ Mesmin ne lui avait pas donné la main.

Il chercha ses mains. Comment étaient ses mains ? Elles étaient cachées par la vareuse et le pantalon. Brusquement, il se mit à pleurer, comme un gosse...

*
**

Pourquoi l'avait-on amené au Fort-Dimanche ? Pierre Roumel était aussi au Fort-Dimanche.

Mais oui, Pierre Roumel, il le connaissait. Quand il était gosse, au Bois-Verna. Ces gosses que les parents, pour ne pas les abandonner, sont acculés à placer chez des gens riches. Mal nourris, mal couchés, battus, sans mère et sans caresses. Maman l'avait placé chez les Sigord, des gens respectables, des notables, des féodaux du Bois-Verna... Et ça travaille, et ça prend des gifles, et ça pleure, et ça apprend à ne plus pleurer... A huit ans il allait chercher à l'école les petits Sigord qui en avaient douze ! Oui, il avait désappris à jouer, désappris à s'abandonner; sous la contrainte il avait enterré tout au fond de lui-même sa jeunesse. Mais chaque nuit elle revenait. Dieu, qu'est-ce qu'il rêvait ! Et il en avait connu des petits souffre-douleur comme lui ! Quand il les rencontrait, ils n'avaient pas besoin de causer, ils comprenaient tout de suite ce que l'autre éprouvait. Et celui qui en avait besoin sentait une main dans la sienne, ou une bille, ou une fleur sauvage ou un oiseau... En guenilles sous la pluie, sans chapeau sous le soleil tropical... Zuléma aussi avait été placée chez des gens respectables, mais elle revint à la maison enceinte, c'était M'sieu Gérard le père. M'sieu Gérard l'avait couchée de force un soir, et puis aussi d'autres soirs. Quand elle avait appris que son fils... alors elle s'était fâchée tout rouge, la mère de M'sieur Gérard. Elle qui communiait tant, elle qui recevait les monseigneur Le Gouaze, les Père Richard et *tutti quanti*, elle l'avait chassée, cette Zuléma, cette petite garce de quatorze ans. Quant à lui, il n'était pas resté chez les Sigord, il s'était sauvé.

Il en avait gros sur le cœur à chaque fois qu'il pensait à ces choses-là. Pierre Roumel lui avait donné une fois une culotte. Les Roumel habitaient à côté des Sigord. C'était lors des grèves contre les américains. La tuerie opérée par les occupants à Marchaterre — des centaines de cadavres de paysans pourrissant au soleil —, avait allumé tous les esprits. Pierre Roumel avait été un des chefs de la grève. Pourquoi ce Pierre Roumel ne restait-il pas tranquille ? Il avait pourtant de l'argent, et n'était pas à l'affût d'une place comme tant d'autres. Aujourd'hui Pierre Roumel était en prison, avec Hilarion, le voleur !

Ils aimaient bien les américains, les Sigord. M'sieur Sigord était avocat de la Hasco, et aussi un partisan acharné de Borno... D'ailleurs, il était conseiller d'Etat, il jurait que seuls les américains pouvaient sauver le pays.

Dieu ! que tout cela était loin ! D'ailleurs pourquoi se torturait-il à se rappeler tout ça ? Que pouvait-il en tirer ? Ils lui étaient tous étrangers, et Pierre Roumel et les autres. C'étaient de grands mulâtres, eux !

*
**

La nuit tropicale arrivait rapidement. A côté d'Hilarion dans le cachot grillagé, deux autres prisonniers dormaient à poings fermés. Les moustiques chantaient leur chanson insatiable et énervante. Les deux hommes étaient maigres, terriblement maigres. Le long du mur les punaises descendaient en rangées de bataille. Hilarion dut engager le combat contre les bestioles, un combat sanglant. Ça faisait un petit bruit crépitant à chaque coup de talon. Les assaillants, désorientés, reformaient leurs colonnes de tous côtés, forts de leur invincibilité collective. Ils attaquaient avec des mouvements tournants, savants, ici, là, partout. Une rage froide s'empara de lui.

Les autres dormaient, assommés. Mais il fléchissait dans son combat, il ne se défendait plus que mollement. Il s'était mis à penser, à des tas de choses...

On lui avait donné à manger. Du maïs moulu... La soupe de pois était répugnante, une eau sale et noirâtre. Il avait tout avalé. Il était drôle ce cachot, trois pans de murs, tout grillagé devant. On voyait le ciel et puis la maisonnette tout éclairée, le mess des gendarmes. Il avait mal digéré la mangeaille. Des boules de maïs lui roulaient sur l'estomac. Et puis ces sacrées punaises ! Aujourd'hui il n'était pas tombé en crise de mal caduc...

Tout à coup, il se retourna vivement. Quelque chose tapait contre le mur du fond. L'oreille aux aguets, il se retourna.

Des coups réguliers, espacés, arrivaient du fond, puis une voix.

— Qui est là ? Ici, ami...

Hilarion écoutait, saisi d'étonnement. Ça continuait à taper inlassablement.

— Qui est là ? demandait la voix.

— Qui va là, vous ? répondit Hilarion.

— Est-ce un prisonnier politique ? reprit la voix.

— Non, répondit Hilarion.

— Je croyais que des amis à moi avaient été aussi arrêtés... Je suis Pierre Roumel...

Alors, Hilarion, indécis, garda le silence. Il pensa à ce Pierre Roumel. Qu'est-ce qu'il voulait ? Qu'est-ce qu'il cherchait ? Il avait de l'argent, sûrement beaucoup d'argent. Il avait voyagé dans des tas de pays étrangers. Qu'est-ce qu'il pouvait chercher ? Et Hilarion évoqua ce visage brun comme un pruneau, ces yeux brillants, la bouche mobile. Combien de fois, quand il était chez les Sigord, il avait entendu des discussions par-dessus le mur mitoyen entre la mère Roumel et Pierre. D'autres fois, il entendait sa voix claire déclamer en des tas de langues qu'il ne comprenait pas. La mère répétait tout le temps qu'il devait rester tranquille, maintenant il était en prison, comme lui, Hilarion !

La voix reprenait derrière la cloison :

— Pourquoi ne répondez-vous pas ?

Hilarion se taisait. Dans le mess des gendarmes, la radio s'était mise à brailler une *guaracha* endiablée...

*
* *

Le clairon taratatait sous le ciel clair. C'était beau le clairon. Il aurait aimé en jouer. Parfois, il allait regarder la descente du drapeau du Palais National. C'était beau de voir le drapeau, comme une flamme bleue et rouge, descendre lentement dans le ciel changeant, devant le palais tout blanc et les pelouses vertes.

Il s'étira longuement. Tout son corps était endolori; et puis les morsures d'insectes. Les coups de pied et les coups de bâton qu'il avait reçus auraient pu assommer une bête !

Ses deux camarades de cellule s'étaient rapprochés :

— Comment t'appelle-t-on compère ? dit le plus grand.

— Hilarion.

— Tu n'as jamais été en prison avant ? interrogea l'autre.

— Ça te regarde ? répliqua vivement Hilarion.

— C'était pour t'expliquer comment tu dois faire. Pour te rendre service.

— Je m'appelle Clairisphont, dit le plus petit, et l'autre Chérilus...

Un gendarme pénétra dans le cachot avec un prisonnier qui portait une grande marmite d'où s'échappait de la vapeur. Il avait un paquet de *cassaves* [1] sous le bras et puis une grappe de gobelets de fer-blanc à la ceinture.

— Buvez vite, il y a beaucoup de travail aujourd'hui, déclara le gendarme.

Ils s'accroupirent tous les trois sur le sol bétonné et se mirent à boire goulûment. C'était du café, âcre, mauvais, mais c'était bien chaud.

*
**

Après avoir déchargé un camion de bananes, on les amena au champ de tir. On donna des pioches à quelques-uns et des pelles aux autres. Il s'agissait d'élargir le champ, aux dépens d'une étendue broussailleuse, légèrement surélevée. Les hommes à pioche se mirent en ligne. Hilarion était parmi eux. Les autres déblayaient la terre remuée.

Le soleil frappait juste entre les yeux. Au loin la mer respirait avec un souffle énorme, inlassable. Les hommes levaient haut la pioche. Une mélopée de ahanements se détachait du travail, une mélopée purement rythmique, sans air précis, qui se balançait dans le vent.

L'ivresse du cri collectif devint création collective. Après avoir piqué la terre, un homme fit faire un looping à sa pioche et lança une modulation sans fin. Tous les autres firent tourner leur pioche et répondirent par un murmure indicible. Alors le rythme commença à se faire chant. Un chant s'engrenant à toutes les aspérités du travail, du corps et de la vie.

L'enrichissement fut bientôt rapide. Tous ils lançaient leurs outils puis les rattrapaient. Le rythme prospéra du bruit de la terre jetée, de l'accompagnement de la mer, du chant d'un oiseau, du rire d'une cigale, des caprices du vent. L'air courait, indécis aux lèvres de ceux qui remuaient la terre.

Une puissante toccata de la désespérance. Cette désespérance d'une race de parias, cette désespérance qu'il faut dé-

---

1. *Cassave :* fine galette de farine de manioc, utilisée en guise de pain.

truire jusqu'à la dernière pierre pour que la vie triomphe de
la résignation. C'était leur douleur qui, rompant la monotonie du geste, faisait irruption dans leur gosier, lentement.
Le chant était pour eux le mur des lamentations, le gémissement collectif le long du calvaire collectif.

A chaque coup de pioche, le chant-danse montait plus haut,
plus clair, plus ardent et passionné. Il chantait le regret d'une
femme aimée, le souvenir d'un enfant, les vieux désirs jamais
satisfaits, les splendeurs de la terre natale et par allusions
modulées, la tristesse de leur condition inhumaine. Leur pas-
danse saccadé et le serpentin d'harmonie que faisait l'arme
brandie se coltinaient à la mélodie comme un défi à la sensation rude et brûlante de la pioche contre la paume, à la
fatigue et à la forge du soleil pour créer une immense forme
folklorique, un chant-danse puissant, tendre et déchirant.

A partir de toutes les plaintes s'était recomposé un ahanement plus riche, plus imagé, plus vaste et plus humain que la
simple plainte. De chaque morceau de cœur était né un seul
chœur nègre, chargé de tous les reflets intérieurs de ces nègres
courbés et redressés sur la croûte dure de la glèbe. Des
phrases qui sont des désirs :

> *Ouoille !... Ouoille !... Ouoille !...*
> *Ouoille oille oille !*
> *Fanme nan, ô.*
> *Ouoille !... Ouoille !... Ouoille !...*
> *Ouoille oille oille !*
> *Fanme nan, ô.*
> *Fanme nan cuitte yioun pois congo.*
> *Zandolite vette tombé la dan',*
> *Zandolite vette tombé la dan',*
> *Ouaille ô !*
> *Fanme nan ô !...* [1]

Tout à coup, la lueur de la pioche au soleil apparut à Hilarion un éclair zigzaguant comme la foudre. Ce fut soudain,

---

1. Ouoille....................
   La femme ô.
   La femme cuit du pois congo,
   L'anolis vert tombe là-dedans,
   L'anolis vert tombe là-dedans,
   Ouaille ô ....
   etc...

subit. Il s'écroula comme une masse, avec la même odeur envahissante de pain frais dans ses narines.

Il se débattait furieusement dans les convulsions sauvages de l'épilepsie.

*
**

Il resta deux jours à l'infirmerie. En tombant, il s'était fait une profonde blessure à la tête avec la pioche. Sorti depuis la veille, on l'employait à de menus travaux, balayer, laver la vaisselle, charrier l'eau. Il avait la liberté d'aller et de venir dans la cour.

En peu de temps, il avait acquis une réputation d'homme silencieux. Et puis, la superstition d'une maladie que les simples croient mystérieuse, voire même contagieuse — une maladie maudite d'hommes maudits —, tout ça avait jeté sur lui une sorte de tabou. Bien rares étaient ceux qui osaient l'approcher plus de quelques instants. Sa solide complexion s'était vite remise des coups et blessures qu'il avait reçus. Il ne lui restait plus qu'une lourde amertume dormant au fond de son être. Pierre Roumel lui avait parlé dans la cour, des paroles de vie et d'espoir.

Maintenant un autre homme se dégageait de la sphère d'abrutissement, de la faim, des raptus animaux et de la peur panique des sévices. Sa pensée dépassait ces sensations-images sur lesquelles il avait vécu depuis quelques jours. Sa pensée arrivait à s'élever vers l'analyse du présent et les perspectives de l'avenir. Maintenant il était sorti du champ des forces grégaires et tombait dans le traintrain d'une vie nouvelle, mais pesante. Ce qui dominait c'était la honte, une honte qui le retournait. Défilaient devant ses yeux le visage douloureux de sa mère, muet et reprochant, Zuléma sa sœur et puis toutes les commères du quartier. Non, jamais plus il n'oserait se présenter devant ces gens. Il porterait désormais sa honte avec lui, elle le suivrait comme la caricature de lui-même, survenant à chacune de ses démarches pour lui enlever toutes ses chances. Que pouvait être ce mois de prison pour lui qui se savait un enfant défavorisé, ployant sous la charge de la fatalité ? Pour les autres, ce serait une tache, une tache qu'on ne lui laisserait jamais oublier. Et pourtant, c'était la vie la seule coupable, odieusement coupable !

Il était onze heures. Il devait pomper l'eau pour les douches. Il allait et venait dans la cour, tourmenté par un flux de pensées étourdissantes. Il pensait à ces phrases que Roumel lui avait dites hier.

Ça s'était passé pendant les dix minutes de promenade quotidienne du leader. Sarclant les mauvaises herbes, il avait vu Roumel rôder autour de lui. Une inexplicable sympathie le poussait vers ce jeune homme mince, armé d'un sourire désarmant. Le gendarme, accablé par la chaleur, surveillait d'un œil distrait. Roumel se promenait le front haut. Hilarion regardait en dessous. Oui, c'était bien lui, tel qu'il l'avait connu quelques années auparavant. Roumel cherchait vraisemblablement à lui parler.

« Compère, comment on t'appelle ? »
lui avait dit Roumel en passant.

Hilarion ne répondit pas. Le bruit courait à la prison que Roumel ne s'en laissait pas remonter par les gendarmes, qu'il leur tenait tête, qu'il les dominait malgré leur inconscience de brutes. Lui-même en le regardant éprouvait un vague sentiment de respect, et puis sans savoir pourquoi, il avait l'impression qu'il était un ami. Roumel repassa à côté de lui :

— Compère, tu ne réponds pas, comment on t'appelle ?
— Hilarion, m'sieur.
— Combien, ta condamnation ?
— Un mois, m'sieur.
— Attention, le gendarme ! On causera encore tout à l'heure.

En effet, le gendarme se rapprochait, mais il s'éloigna aussitôt, rassuré. Roumel revint.

— Tu sais, je suis en train de l'apprivoiser, le gendarme. Il y en a qui ne sont pas tout à fait des animaux. Celui-là est un fils d'ouvrier. Si je reste quelque temps ici, qui sait, je pourrai peut-être lui faire comprendre.

— Ouais, dit Hilarion, sceptique.
— C'était la première fois... que tu avais volé ? reprit Roumel.

Hilarion ne répondit pas, baissa la tête et se renferma. Mais Roumel ne se découragea point, il changea de sujet :

— Il me semble que ta figure ne m'est pas inconnue. Où ai-je bien pu te rencontrer ?

— J'habitais chez les Sigord, à côté de chez vous, au Bois-Verna.

— Hilarion, tu dis ? Il y a alors longtemps. Je me souviens, tu étais un bon petit nègre. Ecoute, ma promenade va finir. Je crois qu'il se remue, l'ange gardien. Tu sais, je t'aiderai quand tu sortiras, tu verras. Je te trouverai du travail. Tu travailleras, Hilarion, aie confiance en toi. Tu t'en sortiras, aie confiance !

Puis Roumel s'en était allé. Hilarion était resté accroupi sur le sol, la serpette à la main, interdit.

Il y a des paroles simples qui ont une immense résonance. Des paroles qui se répercutent en écho et qui reviennent plusieurs fois, de plusieurs côtés, comme dans les gorges des hautes montagnes.

L'écho chuchotait à son oreille : « Hilarion, aie confiance en toi, tu t'en sortiras, aie confiance... ! » Ces mots l'avaient fait tressaillir. Depuis la nuit affreuse, c'était ça qu'il recherchait en lui-même. Des mots comme ceux-ci. Ça bouillait, mais ne pouvait pas sortir. Ce qu'il y avait d'anormal en lui, c'étaient ces mots-là qu'il n'arrivait pas à trouver tout seul !

Il regarda dans la direction où Roumel avait disparu. Des mots de lumière et de soleil ! « Aie confiance en toi. » Il avait une chaleur vive au creux de la poitrine, tout bas, il répétait ces mots. Le petit sachet de reliques vaudoues qu'il portait sur la poitrine depuis un temps immémorial, cadeau de sa mère, ne lui avait jamais donné autant de forces.

D'un geste désinvolte, il jeta la serpette à terre et à grandes enjambées, se dirigea vers le mess des gendarmes.

*
* *

Cette nuit-là, Hilarion rêva dans sa cellule. Il ronflait calmement.

Des cochons hurlaient, couraient avec leur démarche cagneuse, alourdis par la graisse. Un veau sautillait autour de la vache qui avançait dans le chemin, poussée par la vieille sorcière qui criait : « Ho ! Ho ! » Puis raya brusquement le paysage, la course fulgurante d'un cheval, monté par un cavalier à la chemise bleue, qui flottait comme drapeau au vent. Le sentier tourna.

La rivière chantait sur les roches grises. L'air grisait avec une odeur piquante de vin de canne. Des négrillons battaient un furieux *lobé*[1] dans l'onde mousseuse et se tiraient de grands coups de pied dans l'eau, en éclatant de rire. D'autres,

---

1. *Lobé :* jeu d'enfants qui battent l'eau de leurs bras en se baignant.

vêtus de chemisettes rouges et multicolores, couraient en piaillant, et leurs pieds nus faisaient des bruits mouillés dans la boue. Il y en avait aux jambes grêles, grosse tête, gros ventre ballonné. Là, c'était un petit nègre triste qui jouait loin du groupe joyeux.

La grosse femme noire aux seins d'outres vides, lavant, au bord de l'eau avec d'autres commères, gourmanda sans aménité l'enfant seul.

Et puis le lourd roulement du moulin à eau. Tout à coup, surgies dans le sentier, une nuée de fleurs de rêve. L'essaim caquetant des jeunes filles. Les vierges noires allant quérir de l'eau, à la tombée du jour.

Elle était jolie, jolie, la jeune fille aux yeux d'émail vert et à la bouche de sourires, la *grimelle* [1] dorée et rieuse, sa grappe de calebasses sur la tête.

Dans son sommeil enchanté, il se retourna pour mieux rêver.

Les torses noires des jeunes filles dans l'eau claire. Elle sortit de l'eau comme une statue de cuivre, ruisselante de rosée. Elle poussait des petits cris frileux. Les seins se crispèrent sur sa poitrine, une seconde, durcis; elle les tenait dans ses mains creuses comme des pommes roses sur un plat. Son rire tintait comme une clochette, surprise de leurs bouts mauves. Secouant la tête pour faire couler l'eau, sa chair tremblait, tremblait... Soudain, voyant des yeux derrière la branche, quel fut son émoi ! Talons au derrière, elle se sauva dans les bosquets...

Il se réveilla aussitôt dans le cauchemar du réel. Il resta une minute, égaré. Ce cachot désespérant. Il s'agita tout le reste de la nuit à la recherche d'une position propice.

***

La première fois qu'on rencontre quelque chose d'inconnu, on le regarde de tous côtés, on le palpe, on le touche; pour peu, on n'y croirait pas.

Un nègre misérable, ça connaît une foule de sentiments. L'amour et la haine, bien sûr, la peur, la honte, l'envie, la violence, le courage aussi, la révolte certes, le déchaînement, la pitié, le je-m'en-fous-bien, c'est vrai. Mais il y en a un,

---

1. *Grimelle* : féminin du mot grimaud, métisse à la chevelure blonde, mais aux traits négroïdes.

combien arrivent à le connaître ? Un nègre ne l'apprend qu'après avoir bien souffert, après avoir eu assez de souffrir.

Voilà qu'un type était venu, un mulâtre, un grand nègre, de ces gens qui parlent bon français, de ces gens qui ne connaissent pas la misère dans leur chair. Il était venu lui parler, descendant de son rang, oublieux de sa situation, s'occupant, pour je ne sais quelle raison, de nègres aux pieds sales, de sans aveux, de voleurs ! Il était en prison avec eux, c'est vrai, mais il avait toujours eu le diable au corps. Il faisait de la politique non pour gagner de l'argent, mais pour se faire mettre en prison ! Il y a en vérité plus de mystères dans le cœur de l'homme que dans tous les secrets du vaudou...

De toute façon il fallait avouer que ce drôle d'oiseau savait y faire ! Il lui avait dit : « Hilarion, aie confiance en toi... » Et depuis lors, lui, Hilarius Hilarion, il sentait quelque chose qui le brûlait là, dans sa poitrine, comme une bonne lampée de *clairin* [1].

Quand on est un enfant de la misère, de la malchance et de la résignation, la première fois qu'on découvre l'existence de tels mots, voilà de quoi faire éclater la tête ! Ils font peur et on les aime en même temps. On les regarde comme l'arc-en-ciel sous la pluie. Réel, presque palpable, il enjambe de sa grande arche tout le paysage derrière les raies obliques et courbes de la pluie qui jaillit du ventre noir des nuages. La pluie va-t-elle finir, ou n'est-ce qu'un mirage ?

Hilarion était riche de confiance nouvelle. Les derniers dogues du désespoir couraient en lui, levant des pensées folles, endormies depuis longtemps au fond de son être. Mais la confiance est un roc. Un simple petit pépin de confiance se multiplie avec une rapidité incroyable. La voix puissante balayait de son souffle chaud les voix syphilitiques de la désespérance. Lâche ou résigné, confiant ou optimiste, un nègre n'a rien à perdre quand il est misérable. La vie tente toujours de planter ses crocs dans le bonheur des hommes.

Le film des jours précédents défila d'un seul coup. Un vrai dessin animé, ou plutôt pour lui, nègre haïtien, les petits bonshommes violemment coloriés, Bouqui et Malice, princes des contes chantés populaires, dans un décor sanguine. Des dessins cruels, énigmatiques, maladroits, animés de girations folles par des mains enfantines. Il sentait Bouqui, l'innocent, l'imbécile, le souffre-douleur, saisi d'un *amok*, d'une trépida-

---

1. *Clairin* : rhum blanc de canne.

tion mortelle, depuis qu'avaient éclaté les fanfares des mots magiques. Malice bougeait maintenant en lui, se levait de sa longue hibernation, Malice le nègre madré, le nègre audacieux, le nègre sans peur.

*
**

Le garde lui avait dit :
— Tu vas nettoyer et balayer les cachots et le couloir des *toboutes.*

Quand on parlait de cette partie de la prison, on le faisait à voix basse. Le gendarme lui jeta encore un regard soupçonneux, puis ouvrit la porte. Dans le couloir, il rencontra un officier qui sortait, une petite valise sous le bras. Il portait une de ces machines qu'emploient les docteurs pour ausculter les malades. Qui donc pouvait être malade ? C'était la première fois qu'on l'envoyait dans ce secteur de la prison.

Les *toboutes.* Les murs avaient cette grisaille sombre des endroits que ne visite qu'une lumière chiche. A peine de vagues lueurs transpiraient de la petite lucarne grillagée au fond du couloir. A droite, cinq portes de bois massif, percées chacune d'un trou circulaire, par où se renouvelait l'air. La cinquième porte était ouverte. Une respiration lourde, sifflante, douloureuse, où se devinaient des sons plaintifs, sortait du *toboute,* un réduit de soixante centimètres de large sur deux mètres, un cercueil de béton. Une ombre gisait sur une natte de latanier tressée, les pieds à la porte, les jambes rejetées de côté pour laisser place à un vieux seau cabossé. Le seau était à moitié rempli de chaux, il s'en dégageait une forte odeur d'urine fermentée et de matières fécales. Une odeur qui révoltait le nez et qui attaquait les yeux.

La tête s'était soulevée, inquiète, interrogatrice.
— M'sieur Roumel ! s'exclama Hilarion.
— Ha... C'est toi..., Hilarion..., ha !

Roumel, parlait d'une voix difficile, soufflante. Hilarion regardait avec une curiosité avide. Ça ne lui faisait à proprement parler pas d'émotion, non, il regardait. Quand on entre dans un *toboute,* d'abord on est forcé de regarder.

Les *toboutes,* c'était ça, des cercueils où l'on enterre vivants ceux qu'on ne peut pas assassiner. Pas de place pour remuer de la moindre façon, il faut chier, pisser, manger sur place dans l'odeur crue des déchets. Pas une bouffée d'air neuf. Une atmosphère lourde, confinée. Pas un chant d'oiseau, pas un murmure de voix humaine, aucun écho de la vie, des êtres et des choses, mais le lourd silence oppressé d'un cachot à triples murs. La nuit, quand les gardiens sont loin, il faut hurler pour atteindre une oreille voisine d'un chuchotement vague et vacillant.

Une chaleur torride régnait dans le cercueil de pierre. Sur la tête, la tôle luisante et blême dans la pénombre comme la menace d'un ciel d'orage. Hilarion sans mot dire s'empara du seau. Les mouches s'enfuirent avec un vrombissement d'ailes courroucées. Hilarion détourna le visage. L'urine et les matières fécales devaient s'accumuler là depuis au moins deux jours. Quand la porte du *toboute* était fermée, ça devait être terrible. Hilarion s'apprêtait à sortir quand Roumel engagea la conversation :

— Hilarion, il fait beau soleil dehors ?... Si tu pouvais au moins me trouver des allumettes, dis, j'ai des cigarettes, mais on ne me laisse pas d'allumettes...

Hilarion avait hâte de sortir, cette voix le gênait. Il ne répondit pas.

Dehors le soleil beurrait tout le paysage de ses langues jaunes et drues. Hilarion ne pensait plus, il se dirigea, le seau à la main, vers les étendues vertes et broussailleuses, à perte de vue, à gauche. La mer était toute proche. Il vida le seau. Ainsi Pierre Roumel, voilà comment on le traitait ! Pour qu'il en soit là, il fallait qu'il en ait des ennemis, qu'il en ait fait des choses ! Un homme comme ça, il ne fallait pas être bien avec lui.

Cependant, passant devant la cuisine, il entra furtivement, traversa cuisiniers et prisonniers qui s'affairaient, et plongea la main dans le foyer rougeoyant.

Il tenait un morceau de charbon rouge dans sa main à demi fermée, qu'il agitait de temps en temps. En bon nègre d'Haïti, il était *canzo* [1], il n'avait pas peur du feu. Il regagna le *toboute,* son balai à la main, le seau de l'autre. Dans le seau, qu'il avait à moitié rempli de chaux, il mit le charbon allumé avec une poignée de cendres.

Pierre Roumel attendait. Il se redressa sur un coude. Le visage était boursouflé, l'œil gauche à demi fermé, barbouillé de mercurochrome; sur le menton, un pansement. On lui avait bien arrangé le portrait.

Hilarion s'était arrêté à l'entrée du *toboute.* Pierre reprit :

---

1. *Canzo :* Initié vaudou qui a subi l'épreuve du feu.

— Alors, Hilarion, tu as pu avoir des allumettes ?...

Sans mot dire, Hilarion tendit dans sa main le charbon rouge et se baissant il se rapprocha. Leurs yeux tout proches se regardèrent longuement.

Roumel alluma sa cigarette et en donna quelques-unes à Hilarion :

— Hilarion, je suis ton ami, tu sais...

Hilarion ne pouvait pas répondre, il balayait. Pierre continua à parler...

III

Un drôle de nègre, en vérité, ce Chérilus, un sale type. Il avait égorgé sa femme à coups de couteau une nuit qu'il était saoul : quinze ans de prison. Il ne les ferait d'ailleurs sûrement pas, on le relâcherait avant. Il parlait tout le temps de sa femme, pour vous attendrir. Sa Loulouse. Il était chauffeur de taxi, artisan. En menant les clients la nuit dans les quartiers des putains, la Frontière, il avait pris l'habitude de ces lieux. Il en racontait des nuits de bamboches ! Il en connaissait des femmes ! Il savait par cœur la vie de Dolorès du « Démocratic-bar », les avatars de Luz du « Paradise », tous les vices de Féjita du « Ba-ta-clan ». Il vous mélangeait ça avec une larme hypocrite sur sa femme, sa Loulouse. S'il avait écouté Loulouse qu'il répétait ! Elle travaillait à la blanchisserie « La Parisienne », à côté de la pharmacie du Globe, rue Dantès-Destouches.

C'était sûrement vrai ce qu'il racontait, mais il y ajoutait sûrement à boire et à manger. Elle travaillait, semblait-il, dur pour ce dévoyé qui lui volait sa sueur afin de se saouler la gueule et faire le *palgo* [1] avec les putains. Quand il se faisait arrêter, s'étant battu, elle allait le chercher au dépôt, en payant la taxe, rubis sur l'ongle... Oh ! elle devait l'aimer, le chérir, le servir, son Chérilus. Et dire que ce sont des mères qui élèvent les femmes comme ça, dans le respect et l'admiration béate de l'homme, du maître, comme des chiennes, pour servir et lécher ses bottes !... Sa sœur à lui, Hilarion, c'était pareil, avec les hommes.

---

1. *Palgo* : dans l'argot de la « Frontière », homme d'une générosité princière.

Le cochon ! Comme il était fier de raconter qu'il passait des jours sans rentrer ! Alors, pour cacher sa honte, il se mettait en colère et la battait. Un jour, il l'avait lardée de coups de couteau. Il pleurnichait en racontant ça... Il le racontait à tout le monde. Parfaitement à l'aise dans l'atmosphère pourrie de la prison, il épiait tout, fourrait son nez partout. Quand un nouveau était amené, il essayait tout de suite de l'embobiner, de mettre la patte dessus. Ça, Hilarion ne pouvait le tolérer, son sang ne faisait qu'un tour quand il le voyait, filandreux, parler à de jeunes gars, afin de les rabaisser au même niveau de déchéance, au même dénominateur commun de pourriture. Sa voix visqueuse, mielleuse de pédéraste !

Clairisphont, lui, était un faible, un pauvre type, un mollasse; c'est pourquoi il se laissait entraîner à ces orgies nocturnes dans le cachot. Il savait pourtant lire et écrire. Chérilus lui faisait faire tout ce qu'il voulait. Incapable de rien entreprendre de lui-même, mais avec quelqu'un auprès de lui, il devenait frénétique, enragé. Il raillait avec une ironie cuisante. Quand Chérilus le lançait sur la voie des gros mots, il fallait le voir ! Ses yeux brillaient et devenaient comme des boules de feu, déchaîné. Personne n'aurait pu rivaliser avec lui. Les mots partaient, portés par sa voix sèche, égrillarde, comme des médailles. Il était répugnant.

L'autre jour, dans la cour, sous l'œil de Chérilus, Clairisphont avait entrepris Acédieu, un petit nègre de seize ans ! Et de lui taper dans le dos, de lui passer la main sur la cuisse avec insistance, de lui sourire avec cet air canaille... Oh ! ça n'avait pas traîné ! Hilarion lui avait foutu sa main en pleine figure. Il n'avait pas bronché, le Clairisphont. Il s'en était allé, maugréant des menaces. Le Chérilus aussi...

L'adjudant, ça se voyait qu'il avait envie de causer. Il était costaud, l'adjudant. Un grand gaillard aux yeux rouges qui lui sortaient de la tête. Quarante ans environ. Ça se voyait qu'il s'ennuyait aujourd'hui :

— Alors, Hilarion, tu as nettoyé les *toboutes* ?

Hilarion se prépara à prendre sa voix de soumission, à lui en donner du « lieutenant », car il aimait ça.

— Oui, lieutenant.

— Il t'a parlé, le prisonnier ?

— Non, mon lieutenant.

— Parce que, s'il te parle, il faut pas lui répondre. Tu sais, c'est un prisonnier politique. Et puis ce n'est pas n'importe lequel, c'est Pierre Roumel, un type populaire depuis les grèves de 1930...

— Il ne m'a pas parlé, mon lieutenant.

— Tu sembles intelligent, si tu pouvais le surveiller comme ça, en ayant l'air de rien... Tu sais, c'est un « communisse », un ennemi du gouvernement. A propos, il faudra que tu te prépares tôt, tu vas aller travailler chez le capitaine...

Ces fusils Remington qui tirent des salves répercutées faisaient un barouf ! C'est terrible, les dimanches en prison, jamais la tranquillité n'est plus pesante, le relatif silence plus touffu. Il était deux heures de l'après-midi. Le soleil tapait dur.

Sur la mer, des voiles blanches couraient sur l'eau. Sûrement des pêcheurs. Un beau métier que celui de pêcheur. Pas de patron, ou plutôt oui, mais un patron qui est un type comme vous. Un patron qui boit son coup de *clairin*, chante avec tout le monde. Et puis, la liberté dans le vent du large, les « irisés » qui vous caressent le visage, le bleu de la mer, l'odeur du sel ! L'après-midi, on arrive au Fort-Sinclair et les sardes roses, les maquereaux gris, les béquines vertes se débattent dans les grands paniers à coups de nageoires.

***

Il faisait jour quand Hilarion se réveilla. Un petit jour banal et sans couleur. Ils étaient six qui devaient aller travailler chez le capitaine.

A la cuisine, ils prirent quatre régimes de bananes, un sac de sucre, du café, du riz et des haricots. Naturellement aux dépens de la ration des prisonniers. C'était là un des privilèges indiscutés des officiers de la Garde d'Haïti; à chaque grade, sa mesure. Le capitaine Joinville, en qualité de commandant du Fort-Dimanche, prenait la part du lion.

Le moteur de la camionnette était déjà en marche quand ils montèrent. Il faisait de plus en plus clair. Ils allaient vite, juste pour entrevoir les paysannes sur leurs bourriques, qui se garaient du mieux qu'elles pouvaient. Au Portail Saint-Joseph, ça bourdonnait, mais à peine l'eurent-ils dépassé que le silence revint. Quelques boutiques commençaient à ouvrir sur la Grand'Rue. Des syriennes épaisses palabraient sur le pas de leurs portes. On s'arrêta pour prendre un gendarme qui faisait signe de la main... Dans sa boutique un cordonnier tapait le cuir sur son genou. Des enfants, le panier sous le bras, des marchandes d'*acassan*, marmite sur la tête, criaient à bouche que veux-tu. La voiture repartit.

Le marché Vallières profile sa masse sombre et ajourée dans le petit matin frisquet. La lourde rumeur du marché qui s'éveille monta. L'horloge égrenait cinq heures.

La camionnette fila. Elle ralentit devant le New-Canton pour éviter une voiture. La bonne odeur de la pâtisserie chaude. On s'arrêta au coin de la rue Pavée. Non loin de là, des pompiers taquinaient une fille qui riait, ravie. Bien découplée, la petite garce, rondelette, avec des petits seins debout, des dents blanches.

De rares passants, des travailleurs. La camionnette tourna le coin de la rue de l'Enterrement. Port-au-Prince s'éveillant à la vie brouillait la vue d'Hilarion de souvenirs tenaces. Il ressentit durement la privation de la liberté.

Il repensa à Pierre Roumel. Voilà un type que la prison ne semblait pas effleurer. Il paraissait entièrement libre. Même ce jour où il avait été si odieusement frappé, sa voix brisée par la douleur gardait ce ton d'assurance et de victoire, sa bouche continuait à sourire, ses yeux à porter la même lumière. En vérité, depuis qu'il avait rencontré ce Pierre Roumel, l'homme le fascinait. Il avait essayé de fuir et toujours sa pensée le ramenait à lui.

Le Champ de Mars et ses tribunes. Un soir, il avait couché sur les tribunes avec d'autres sans logis; il y avait un type qui parlait tout le temps. Il n'arrêtait pas de raconter des histoires obscènes. Des gars lui avaient dit que c'était comme quoi l'empereur des tribunes. C'était sûrement un fils de famille dévoyé, ce Deslanges.

La rue Capois. Il y a une marchande d'*acassan* devant l'école Tippinhauer. Elle ressemble à Sor Femme. Sor Femme attache son madras de la même manière. Non, ce n'est pas Sor Femme, elle est plus grasse que Sor Femme. Mais c'est le même cou maigre, tout en muscles, sillonné de veines. C'est curieux, les femmes qui portent des fardeaux sur la tête ont toutes le même cou.

Au Pont-Saint-Géraud, de la profonde ravine montent des débris de chanson :

> *Hilophène, maman pas là, vini m'palé ou !*
> *Hilophène, maman pas là, vini m'palé ou...,*
> *Adieu Lophène, Lophène, vin' ouiti'm' !*

Des lavandières, sûrement, qui lavent leur linge dans le mince filet du Bois-de-Chêne.

Il l'aimait bien, son Bois-de-Chêne, serpent d'eau froide et claire qui fuit sur des galets. Quand il s'était sauvé de chez les Sigord, pour échapper aux recherches de la police, il avait suivi le lit du Bois-de-Chêne. Le Bois-de-Chêne est un vieil ami. Quand il avait rendez-vous avec Prémise, son premier amour, c'était au Bois-de-Chêne. Ils avaient trouvé un petit coin où il y avait du sable, c'était là qu'ils se rencontraient. Lorsque Prémise mourut, il resta deux ans sans y retourner. Mais un jour que les gendarmes traquaient les prolétaires sans chaussures, il n'avait arrêté sa course que quand il se trouva dans la ravine. L'eau chantait, son cœur haletait, il trempa ses pieds alourdis dans l'eau. Quand l'alerte fut passée, il ne s'en alla pas.

Une fois, il vit le Bois-de-Chêne en crue. C'était au cours d'un mois d'octobre pluvieux et monotone, l'eau noirâtre et fangeuse courait à une vitesse folle. Il s'amusait à jeter dans l'eau des petits bouts de papier qui filaient, tourbillonnant. Puis l'eau avait débordé, inondant tout le quartier.

Il savait que là il y avait un quénépier, là un manguier. Quand c'était la saison, il grimpait sur les arbres pour se gaver de fruits. Et puis, il aimait à se promener entre ces deux grandes parois de terre rocheuse de la ravine, les feuillages des berges et le ciel tout bleu par-dessus la tête. Le Bois-de-Chêne était un véritable ami, un lieu de souvenance, un havre de paix dans ce grand Port-au-Prince de béton et de macadam... Un coin qui lui rappelait sa section rurale.

Le freinage brutal de la camionnette le rappela à la réalité. Déjà sur le pont, le gendarme était debout sous son parasol kaki et faisait les grands gestes mélodramatiques du contrôle de la circulation. La camionnette passa devant l'école du Sacré-Cœur, dont la cloche gaie carillonnait à perdre haleine. Devant la boutique du « Chat Noir », deux garçons de cour riaient, le panier sous le bras. Il les avait en horreur, ces garçons de cour, hommes à tout faire des grandes maisons : ramasser le caca du petit chien et laver les pots de nuit, et avec ça, des prétentieux ! Il avait toujours préféré crever de faim que d'entrer chez les bourgeois pour faire ce métier. Devant l'église, un curé nègre causait avec deux femmes vêtues de noir, deux vieilles filles bigotes. Il ne comprenait pas non plus que des nègres se fissent curés. On dit que les curés blancs méprisent tellement les curés nègres ! Et puis il y avait des curés nègres, mais on n'avait jamais de « monseigneurs » nègres à qui on va baiser la bague...

Une barrière de fer forgé s'ouvrit devant la camionnette. Des deux côtés de l'allée un beau gazon, contre le mur, des hibiscus rouges et roses se marient sur des fils de fer. De temps en temps, un papillon aux ailes blanches apparaît et disparaît dans les fleurs. Un grand palmier au tronc bleuâtre balance très haut sa houppe de verdure au soleil matinal. Là, une pergola de fer où courent des plantes folles, là, un rond-point entouré de plates-bandes vertes, des buissons de « manteau de saint Joseph », des « crêtes de coq », des « queues de chat ».

Hilarion se contracta. Cette maison blanche lui rappelait une autre maison blanche, perdue dans les fleurs d'une profonde nuit. La bonne qui faisait le ménage sous la véranda accourut. Le camion s'arrêta devant le perron.

— Sergent, vous savez bien que ce n'est pas ici qu'il faut faire descendre les prisonniers !

— Il faut entrer dans la cour ?

— Mais oui, au fond de la cour, sur l'emplacement de la piscine. Tout au fond. Avec ces sacripants, on ne prend jamais assez de précautions !

— Pas besoin de te mettre en colère, Jeanne, ma petite chochotte. J'adore te voir en colère. Ta poitrine se gonfle comme des *chadèques* [1] !

La camionnette fit marche arrière, contourna la maison. Ah ! là ! là ! quelle « embarrateuse », cette Jeanne ! Elle fait tout ce qu'elle peut pour imiter sa patronne, marchant comme un paon; avec ses cheveux lissés au fer chaud, ses lèvres rouges, elle se prend sûrement pour Joute Lachenais [2] ! Esclave ! elle doit lécher les pieds de ses patrons ! Rose-Marie, la bonne des Sigord, était aussi comme ça. Elle est tombée bien bas. Elle fait la fille publique près du parc Leconte.

La camionnette entra dans la cour, dépassa la cuisine d'où montaient des odeurs appétissantes, puis s'arrêta. Ils descendirent tous les six, flanqués du gendarme. Un garçon de cour apporta les pioches et les pelles. Ils passèrent derrière le terrain de tennis et arrivèrent à l'emplacement de la piscine. C'était Jean-Noël, un prisonnier jadis maçon, qui dirigeait

---

1. *Chadèque :* variété de pamplemousses en forme de poire.
2. *Joute Lachenais :* célèbre courtisane et femme politique du début du siècle dernier.

les travaux. Il y avait déjà plus d'un mètre de creusé. Pour
sûr que ça ferait une grande piscine, près de trente mètres
de long. Ils prirent les pioches et se mirent au travail. Le soleil
piquait dur. Ils avaient enlevé leurs chemisettes rayées. Leurs
torses ruisselaient de sueur.

⁂

Vers neuf heures, le Joinville s'amena, Jean-Noël accourut.
Ils se mirent à discuter ciment, sable, chaux, mosaïques. Les
prisonniers s'étaient arrêtés une minute pour souffler. Le capitaine se mit à hurler. Ils forcèrent la cadence.

Puis ce furent trois enfants avec des frondes. Ils lançaient
des pierres aux oiseaux. Jean-Noël attrapa un coup de pierre
au front. Les gosses s'enfuirent, ricanant. Le gendarme assis
sous le sapotillier s'était endormi. Les travailleurs en profitèrent; ils piochaient la terre avec langueur.

Enfin Mme Joinville survint avec deux amies bien poudrées.
Mme Joinville était une petite mulâtresse olivâtre, aux gestes
de chat, aux yeux de biche, la bouche petite, la lèvre inférieure lourde cependant et signée du sang de Cham. Dans sa
robe vert d'eau, elle était jolie comme une fleur, Mme Joinville. Mais, une lueur d'acier brilla dans son regard quand elle
demanda à Jean-Noël s'ils ne pouvaient travailler plus vite.

— Ma chère, ces prisonniers sont paresseux comme des crapauds, ça n'avance guère !

— Et ils doivent manger comme quatre ! renchérit la plus
rebondie de ses amies.

C'était une femme aux gestes dolents, aux yeux atones, pas
énorme, non, mais rebondie. Sur ses fesses, on sentait l'étau
impitoyable du corset. Tout en elle révélait la lutte acharnée
contre la maturité épaisse et le désespoir des foies gras et des
petits gâteaux. L'autre femme était petite, mince, fluette, avec
de longs ongles au vernis sanglant. Elle avait la légèreté du
papillon; son regard, vide, était aérien, ses lèvres voracement
entrouvertes disaient un être isolé dans un univers de chiffons, de fanfreluches et de parfums, dans la vie mondaine
avec ses soirs fastes enivrants, ses coucheries impromptues et
sans lendemains. Une liane souple, belle, creuse, lancée dans
la frénésie des hauts quartiers.

De son séjour chez les Sigord, Hilarion avait gardé le souvenir tenace de ces êtres, uniformes dans leur diversité. Les
mots pouvaient lui manquer, mais il savait les jauger d'un

coup d'œil. Il avait tout un album dans la tête. Si les femmes des hauts quartiers s'imaginaient ce que les enfants esclaves qu'elles font travailler de l'aurore à la nuit savent d'elles !...

Il y avait la fille en mal de puberté, prise entre son rang social et son oisiveté, avec des raptus libidineux et des crises de mysticisme; des communions ferventes le premier vendredi du mois et des débordements innommables avec les petites amies; des Saluts du Saint-Sacrement et des actes incomplets dans l'ombre épaisse des vérandas.

Il y avait aussi la femme prise entre les pattes mâchoires de l'ennui, cherchant par tous les moyens à meubler son vide. Et encore la femme fatale, collectionneuse d'aventures, et puis, et puis...

Hilarion fut pris d'une folle envie de rire, heureusement elles s'éloignèrent.

✻

Hilarion rentra le soir, brisé de fatigue et de rancœur. Il n'avait pas mangé. Il n'avait pas pu toucher à ce morceau de poulet déjà entamé, ni aux pois et riz visiblement délaissés. Ça lui rappelait de trop mauvais souvenirs. Il se coucha et s'endormit aussitôt.

Brusquement, en pleine nuit, il fut réveillé par des cris. Des cris qui partaient du plus profond de l'être, des cris issus d'une chair affreusement tourmentée, taquinée par la douleur, ondulaient selon un rythme de flux et de reflux. Des cris tremblés, d'autres rauques, d'autres plaintifs. Un lamento sans fin et le claquement d'un mot, comme une lanière :

« Salopes !... »

Le silence revint. Il parut très long. Un autre mot surgit, issu du plus profond du cœur, désespéré :

« Maman !... »

Puis, une foule de mots incompréhensibles. Hilarion s'était dressé sur les coudes. Chérilus et Clairisphont aussi s'étaient réveillés. Des pas précipités coururent à droite et à gauche dans la prison. La nuit très noire faisait brûler les lumières du bâtiment principal d'une étrange folie. Chérilus rompit le silence :

— Compères, il y en a qui sont en train de pisser dans leur caleçon ! Ah ! Ça recommence ! Ils hèlent comme des femmes!

— Paix à vos gueules, rugit Hilarion. Vous savez que ceux qu'on torture là-bas ne sont pas des assassins et des voleurs comme nous. Il y a quelque chose qui se passe là-bas dont on parlera longtemps. Ces hommes ont quelque chose en eux que je ne comprends pas, ils veulent quelque chose pour laquelle ils sacrifient tout, et on les hait pour ça... Voilà.

— On est sûrement en train de les battre sur les..., enfin je ne le dirai pas, puisque ça dérange m'sieur Hilarion. J'ai vu une fois comment on fait... Entre deux bouts de planches... Et puis, zou, zou, on tape dessus. N'importe quel gros nègre avec ça appelle sa mère mademoiselle...

Chérilus se tut brusquement, il avait senti, en regardant le visage d'Hilarion, qu'il lui en cuirait, s'il continuait. Hilarion était bouleversé.

L'ami aux si fortes paroles devait être aux prises avec les monstres ! Vraisemblablement, il se laisserait tuer plutôt que de lâcher son secret. Chaque cri revivait dans la propre poitrine d'Hilarion. Il luttait avec ces hommes qui luttaient. Il était violemment crispé.

Quand le silence revint, à force de volonté il arriva à se rendormir. Le sommeil le prit, la main serrée sur la petite relique vaudoue qu'il portait autour du cou. Il rêva d'une haute montagne escarpée qu'il lui fallait gravir. « Aie confiance en toi, murmurait-il. »

⁂

Le lendemain, on réussit à savoir ce qui s'était passé au cours de la nuit. Roumel n'était pas en cause. Il s'agissait d'une compagnie de soldats, du Fort-National disaient les uns, des casernes Dessalines disaient d'autres. Ils s'étaient mutinés, on ne savait pourquoi.

Des gendarmes jouaient au volley-ball dans la cour. En accomplissant sa tâche coutumière, Hilarion regardait ces corps à demi nus luttant sous le soleil montant.

Il y avait un joueur qui était tout petit, maigre et musclé, doué d'une vitalité extraordinaire. Il frétillait, gambadait, sautait, les yeux rivés à la balle. Il poussait des « ah ! » et des « oh ! » à chaque coup.

Une atmosphère lourde régnait dans la prison. Les gendarmes en particulier étaient contractés, mornes et sans gaieté. Pas un rire. Ceux qui jouaient le faisaient consciencieusement, comme pour s'occuper. Pas de quolibets, pas de défis, pas de vantardises.

Hilarion alla à la cuisine pour rapporter des assiettes. Il dérangea un groupe conversant avec animation. Ils se turent

à son approche. Le caporal Dieudonné, par diversion inter-
pella Hilarion :

— Hé ! bonhomme ! tu rempliras les douches. J'aurai
besoin de me baigner tout à l'heure.

— Caporal, il n'y a pas de pression aujourd'hui, l'eau ne
monte pas dans les douches.

— Eh bien ! tu charrieras l'eau dans des seaux.

La partie de volley-ball continuait encore quand survint
le capitaine Joinville. Les joueurs s'arrêtèrent.

— Alors ? Pourquoi ne continuez-vous pas à jouer ?

Le jeu reprit mollement. Les assistants regardèrent encore
un peu, puis l'un après l'autre, ils s'esquivèrent, laissant les
joueurs seuls sur le terrain.

⁂

Le caporal Dieudonné se lavait. Hilarion lui versa la moitié
d'un seau sur le corps. Le caporal se mit à se savonner.

— Hilarion, tu as entendu, la nuit dernière ?

— Oui, répondit Hilarion, baissant la tête.

Quelles que fussent les raisons qui poussaient le caporal
à le questionner, il ne pouvait pas mentir. Personne ne pouvait ne pas avoir entendu les cris.

— Hilarion, quel est ton métier ?

— Je n'ai pas de métier, caporal.

— C'est comme moi. Mon père était charpentier aux Gonaïves. Quand il a pris une autre femme après la mort de
maman, je me suis sauvé. Elle me maltraitait. J'avais treize
ans, alors je n'ai pas de métier...

— ...

— A Saint-Marc, j'ai été porteur chez Reinbold. Puis j'ai
travaillé comme terrassier aux travaux publics... Enfin je me
suis fait gendarme... Pour quarante-cinq gourdes par mois on
te fait faire tout ce qu'on veut...

— ...

— Il y a un proverbe qui dit que les chiens ne mordent
pas leurs semblables jusqu'aux os... Les chrétiens vivants
sont pires que les chiens ! Hier soir, ce que nous avons fait !
Nous, on est de la police, mais ils étaient de la Garde d'Haïti
comme nous... Nous sommes pires que les chiens ! Hilarion,
ne te fais jamais gendarme, jamais...

Le caporal Dieudonné se savonnait. Le dos, les fesses, les
cuisses. Ses yeux, entourés de savon, pétillaient. Il ressem-

blait à un de ces vieux masques de démons infernaux qui
courent dans les rues de Port-au-Prince, les jours de carnaval. La mousse blanche faisait des poches sous les yeux.
Hilarion lui versa le reste du seau sur la tête.

Il se mit à se frotter les aisselles :

— Il y en a un qui s'est mis à nous injurier. Le lieutenant
Guiraud lui a cassé une dent d'un coup de poing. On a tapé
plus fort, avec une planche, sur la verge... Mais moi, je n'ai
rien fait, je le jure. Le sang coulait. Il se mit à hurler... Il
n'a pas parlé. On n'a pas su qui les avait poussés. Aucun n'a
parlé...

⁂

Deux gendarmes roulaient sur le sol. Ils se battaient à
grands coups de poings, en vain on essaya de les séparer. Les
médiateurs reçurent aussi des horions. L'un avait un œil tumé-
fié, le sang gouttait de l'oreille de l'autre.

A l'arrivée de l'adjudant, tout rentra dans l'ordre. Il les
bouscula proprement et distribua à chacun d'eux trois jours
d'arrêts. La nuée des badauds se mit à palabrer :

— Jean-Joseph aime à chercher querelle, dit l'un.

— Mais pourquoi Désiré a-t-il injurié sa mère ?...

— Il n'a pas injurié sa mère, bande de couillons !

Le brouhaha continuait. Vraiment, les gendarmes étaient
énervés.

⁂

Hilarion entra dans les *toboutes* le balai à la main. Pierre
Roumel allait mieux. Assis sur sa paillasse de latanier, il
bouchait des trous de punaises avec de la mie de pain et du
papier journal.

Hilarion commença à balayer, puis s'arrêta :

— M'sieu Roumel, dit-il, je sors dans huit jours. Vous
aviez dit que vous me feriez trouver du travail...

— Mais oui, Hilarion, je n'ai pas oublié. Je te verrai encore, je pense. Trouve-moi du papier et un bout de crayon.
Tu pourras ?

— Oui, dit Hilarion.

— Tu voudrais travailler dans les travaux publics ? Tu
aimerais ça ?

— Je ferais n'importe quel travail, m'sieur Roumel.

— Je sais ce que je vais faire. Je te donnerai un billet

pour ma mère. Elle saura te trouver du travail, mieux que
moi.

— Merci, m'sieur Roumel.

Hilarion respirait plus large, il se remit à balayer, allègre.
Une idée audacieuse le tourmentait. Brusquement, il osa :

— C'est vrai que vous êtes « communisse », m'sieur Roumel ?

Il scrutait son interlocuteur, essayant de lire derrière son
visage. Mais le blanc sourire de Pierre était insaisissable. Pas
l'ombre d'un mystère, pas un brin de malice, mais une envie
de rire qui se voyait au coin des yeux. Vraiment « son sang
allait » avec cet homme; ce sont des choses qui ne s'expliquent
pas. Il voulait l'attaquer de front, ce sphinx, qui avait toujours
l'air de lire ce qui se passait dans sa tête, le surprendre, le
cerner avec son bon sens certain d'enfant du travail. Roumel
se contenta de lever son visage serein et d'acquiescer :

— Oui, dit Roumel.

— Qu'est-ce que ça veut dire, être « communisse » ?
demanda Hilarion, déconcerté.

Roumel resta une seconde silencieux.

— Je crois qu'on t'a raconté des choses sur mon compte,
Hilarion, hum ?

— Pourquoi êtes-vous en prison ? interrogea encore Hilarion décidé à savoir.

— Je suis communiste, Hilarion, reprit Roumel, et je suis
en prison parce que nous sommes forts, de cette force des
jours et des nuits qui vient de leur triomphe inéluctable. Nous
ne sommes encore qu'une poignée de communistes dans ce
pays, mais dès que nous avons ouvert la bouche, ils ont eu
peur. Tu veux savoir ce que nous avons dit ?... Qu'on respecte celui qui travaille. Qu'on lui donne de quoi vivre avec
sa famille. Qu'on lui garantisse du travail. Qu'il ait le droit
de défendre ce travail. Que la majorité des citoyens fassent
la loi dans ce pays; et puisque ce pays ne vaut que par ses
travailleurs, qu'ils prennent la direction des affaires, dans
l'avenir qu'une nouvelle république naisse, où il n'y ait place
que pour les travailleurs... Beaucoup de gens disent que nous
sommes fous, que nous voulons apporter dans ce pays des
histoires bonnes pour des Russes, d'autres nous haïssent,
d'autres nous emprisonnent, nous torturent et nous tuent,
nous allons quand même notre route, rendant coup pour coup.
On ne nous fermera pas la bouche. Un jour le peuple recon-
naîtra les siens, alors sa justice sera terrible. Tous ceux qui

travaillent viendront un jour à nous, tous les véritables nègres
d'Haïti. Ensemble nous chasserons de ce pays les Américains,
et nous réglerons entre nous nos affaires... Pour le moment,
qu'on nous donne le droit de dire ce que nous pensons juste,
tout le reste viendra en son temps...

Décidément ce n'était pas facile à comprendre. Certes, Hilarion voyait tout, mais quelque chose lui disait qu'il avait mal
compris... Alors Hilarion se mit à se parler tout bas, tout au
fond de son cœur.

Le soir tombait. Les moustiques commençaient à entrer.
Dehors, dans le mess des gendarmes, la radio se mit à brailler
les dernières nouvelles : « La bataille fait rage actuellement
autour de Canton... En France, manifestations monstres à
Paris. La C.G.T.U. lance un manifeste... » Puis la voix se tut.
On avait tourné le bouton. Une bouffée de musique brassa
l'air, battit des ailes et s'envola très loin.

✳✳

Dans la cour, Hilarion marche sans repos. Le ciel, comme
un énorme paon, change de couleur. Le vent de mer tourne
sans arrêt dans la cour. Les *grands-gosiers* [1] virent et voltent
dans le ciel. Le vent tord les nattes des cocotiers. Il est triste
le bruit des cigales, comptant inlassablement leur monnaie
argentine. La mer crache des lames baveuses d'écume qui
roulent sur le rivage. Il fait bon, doux. Le soleil noie dans la
mer ses dernières couleurs fortes.

Là-bas, un tambour furieux prélude un *cata* [2] inquiet : 2-1,
1-1, 1-1. Toutes les montagnes font chorus. Les mornes aux
sommets chauves, tremblent. Un *lambi* [3] gémit un long appel.
Les boucans commencent à s'allumer sur la panse des montagnes. Les paysans vont brûler le bois pour faire du charbon. Hilarion se met les mains dans les poches. Il rêvasse
à la montagne de son enfance. Tant de choses vivantes en lui.
Les boules jaunes des fleurs-capes, les basilics, le tambour
d'Ibo, Ibo, le médecin accoucheur, Ibo, le saint-protecteur...
Voilà deux ans presque que les Saints Esprits ne sont pas
venus posséder sa tête et faire trembler son corps.

---

1. *Grands-gosiers :* pélicans.
2. *Cata :* rythme particulier de tambour.
3. *Lambis :* conques marines qui servent à sonner des appels.

IV

Hilarion poussa la barrière. Un roquet se mit à montrer les dents et à japper. Un gosse qui jouait, assis dans une petite voiture automobile rouge, s'arrêta, curieux.

— Honneur ! cria Hilarion.

— Respect, répondit une voix sous les feuillages de la galerie.

Une petite bonne apparut sur le perron.

— Mme Roumel, ce n'est pas ici ?

— Oui, c'est ici, faites le tour, par la cour...

Hilarion contourna la maison et arriva dans une cour intérieure bétonnée. Sur la galerie, une dame aux cheveux blanchissants, lunettes au nez, lisait, un livre doré sur tranche à la main. Elle était assise sur une *dodine* et se balançait doucement.

— Bonjour, madame, commença Hilarion.

Elle posa le missel sur ses genoux, souleva ses lunettes sur son front :

— Bonjour, monsieur, c'est pourquoi ?

— Mme Roumel, s'il vous plaît ?

— C'est moi. Que voulez-vous ?

— J'ai une commission pour vous, madame...

Hilarion gravit les marches du perron et tendit à la vieille dame le billet religieusement plié. Elle avait la peau café au lait clair, piquée de quelques points noirs. Des cheveux lisses, avec de petites ondulations pressées, en bandeaux poivre et sel. Une face ronde mais empreinte d'une distinction simple.

Elle tendit la main, ouvrit le billet et laissa choir son livre de prières. Elle était devenue très pâle et brusquement levée :

— Venez, murmura-t-elle, dans un souffle.

L'émotion lui coupait les jambes. Ses mains tremblaient comme des feuilles. Elle le fit entrer dans une petite office pleine de plats et de casseroles. Un grand frigidaire ronronnait et frissonnait dans un coin.

— Alors..., il est malade... ?

— Mais non, madame, m'sieu Pierre est bien !

Elle se moucha avec force et en tapinois essuya les gouttes qui illuminaient ses cils.

— Pour dire vrai, il a un peu maigri, mais il n'est pas malade, au contraire.

Elle l'assaillit d'un flot de questions auxquelles elle ne lui donna pas le temps de répondre, ouvrit un placard, posa sur la table une assiette et quelques victuailles :

— Mangez, mangez d'abord, lui adjoignit-elle. L'inquiétude, vous comprenez..., et puis, « il » ne serait pas content que je manque à tous mes devoirs. Mangez d'abord.

Hilarion dut s'exécuter devant ce doigt impératif, la discussion ne donnerait rien. La vieille dame ferma les yeux, soupira, et s'abîma dans une réflexion morose.

*
**

Hilarion arpentait joyeusement le Portail Léogane. L'air de la mer emplissait ses poumons. Il avait un pantalon, une chemise neuve et même des souliers qui l'étaient presque. En sus, cinq gourdes en poche et la promesse d'un travail pour la semaine prochaine lui ensoleillaient le cœur.

Il marchait d'un pas large et assuré. C'était bon, la liberté. Il chantonnait. De ce pas-là, il serait bientôt à Carrefour.

La rue était pleine de monde. Le cher vieux quartier pittoresque et sordide ! Devant ce seuil, un coq de combat se rengorge au soleil avec sa tête sans crête et ses cuisses nues qui laissent entrevoir un sang rutilant.

Les pieds crasseux sur le macadam. Des oisifs, jouant aux cartes, à califourchon sur leurs chaises. Des marchandes de savates, avec leur grappe sur l'épaule. Le tapage des cireurs de chaussures, les *shiners*, martelant en mesure leurs caisses. Les clochettes des marchands de confiserie. La gaieté des enfants, les jurements, les jets de salive des hommes, la voix aigre des femmes.

Hilarion se sentait vivre. C'était sa ville, son élément, son Port-au-Prince à lui.

Il était environ deux heures de l'après-midi quand il arriva à la Mer Frappée.

Les jambes écartées, les mains sur les hanches, il regarda la grande masse d'eau vibrer au soleil. Il faisait chaud... Il se déshabilla derrière un buisson auquel il raccrocha ses nippes. Regardant à droite et à gauche pour voir si personne ne l'observait, il souleva une grosse pierre sous laquelle il mit son billet de cinq gourdes.

Alors il s'avança vers la mer. Il levait haut les jambes et ses pieds retombant dans le flot lui faisaient des corolles jaillissantes autour des chevilles, des bracelets de fraîcheur. L'eau monta à mi-jambes, puis à mi-cuisses; enfin il s'y laissa choir.

Il était couché dans l'onde salée qui le portait presque, à peine un lent mouvement de jambes était nécessaire pour se maintenir. Il resta là de longues minutes, bercé par les vagues, face au soleil. L'eau faisait à ses oreilles un tintouin confus. De petits nuages pressés couraient dans le ciel. Au loin, un steamer, hurlant son désespoir des départs continuels, traînait en plein ciel une longue natte de suie.

Hilarion plongea et ouvrit les yeux. Des coquillages brillaient de toute leur nacre bleutée, des plantes marines se balançaient au gré de l'eau. Un petit crabe marchait au fond de la mer avec sa démarche cagneuse. Hilarion allongea la main.

Il remonta à la surface la figure toute irisée de gouttelettes, le petit crabe prisonnier entre deux doigts. Il riait. Le petit animal faisait des mouvements de pattes désespérés, une gigue de pinces furieuses. Il en fut ému et lâcha sa prise qui disparut dans les flots. A côté de lui ondulait une méduse violacée, il la recueillit adroitement en lui passant la main sous le ventre gélatineux et la lança à quelque distance.

Un fort clapotis lui fit tourner la tête. Une petite négresse se baignait à une vingtaine de mètres de lui. Il se mit à nager dans sa direction. Il fendait les flots avec calme, se rapprochant rapidement. La fille faisait des galipettes dans l'eau. Quand elle le vit tout près, elle essaya de se sauver.

Il fila à toute allure et la rattrapa. Elle lui lança de l'eau en pleine figure. Il riait. Elle se sauva de nouveau. Il la rejoignit encore et se mit aussi à lui lancer de l'eau au visage. Elle étouffait. Réussissant quand même à se dégager, elle trouva pied et se mit à courir dans l'eau. Elle était toute nue. Bientôt le dos apparut, puis la cambrure des reins, les fesses, les cuisses. La suivant, il la dépassa soudain, ayant vu sur la grève l'amoncellement des vêtements, il atteignit avant elle le rivage et s'assit à côté de son vestiaire.

Force lui fut de se rapprocher. Elle y alla crânement, furieuse.

— Quel homme hardi vous faites !

Nulle pruderie. Mais, Dieu ! quels yeux elle faisait ! Son corps était bien galbé, les petits seins frileux et ronds; elle se saisit des vêtements et s'écarta.

Hilarion haussa des épaules et alla aussi se rhabiller. Il avait à peine fini qu'il entendit une voix qui criait.

D'un bond il fut au rivage. Elle y était, en jupon, sautillant sur un pied. En voulant se rincer les jambes près d'une grosse roche, un gros crabe, vraisemblablement dérangé par cet étrange pied, s'était accroché au gros orteil.

Hilarion saisit la bête à pleine main, détacha la mandibule du corps qui tomba dans l'eau. Alors il ouvrit la pince et transporta la fille dans ses bras à quelques pas.

Elle pleurait à chaudes larmes à côté de lui, puis se mit à rire. Il prit un ruban à ses cheveux, et lui en attacha l'orteil, en guise de pansement.

— Je m'appelle Hilarion, dit-il.

— ... Claire-Heureuse..., murmura-t-elle.

Ils se regardèrent. Elle devait avoir dans les dix-sept ans. De grands yeux en amande, un petit nez un peu retroussé, la peau d'un noir riche. Elle aimait sûrement rire. Le menton était toutefois volontaire et les traits d'une grande finesse, mais la main était ferme, dure même.

Il lui passa la main derrière le dos, se saisit du menton, et posa ses lèvres sur sa bouche.

*
**

Hilarion arriva assez tard chez Christian. Sa mère était la marraine de Christian. Ils se connaissaient depuis leur enfance. Ils s'étaient battus, avaient chassé les oiseaux avec des frondes de caoutchouc, avaient shooté dans de vieilles balles faites de chaussettes crevées. Ils avaient fait tant de choses ensemble, que pour eux, le moindre geste avait un sens, et l'amitié n'allait pas sans une feinte rudesse, voire même une certaine brutalité.

Deux enfants jouaient dans la cour, faisant des gâteaux de boue dans des capsules de bouteille. Une poule grattait la

terre d'un furieux mouvement de pattes, dans le chorus cuicuitant des poussins roulant sur le sol comme des pelotes de
laine jaune. Un petit chien, diaphane de maigreur, haut sur
pattes, fouillait un tas d'ordures. Hilarion alla aux enfants,
leur sourit et mit une pièce de cinq centimes dans la main
de chacun. Ils frétillaient de joie.

Dans la petite maison croulante et pourtant nette comme
un sou neuf, un vieux dressoir décoré des verres à fleurs se
carrait en ayant l'air de dire :

« C'est moi le meuble précieux de la maison, regardez
comme je suis luisant et propre. »

Une table de bois blanc, trois vieilles chaises de paille, au
mur trois cruches de terre rouge sur une planche; dans un
angle, un oratoire, un chromo représentant saint Georges à
cheval écrasant un monstrueux démon cornu, un crucifix
devant une lampe à huile allumée, une soucoupe contenant
une poignée de grains de maïs grillé, trois feuilles séchées
attachées par un chiffon cramoisi. D'un regard, Hilarion avait
embrassé la pièce; rien n'avait changé.

Ne trouvant personne, il pénétra dans la seconde pièce.
Un lit en occupait les trois quarts. Une fillette d'une dizaine
d'années y grelottait de fièvre, une compresse sur le front.
Christian était assis au bord du lit, la tête entre les mains;
Lumène, sa femme, énorme, vêtue d'un caraco souillé, était
accroupie dans un coin, comme un vieux sac de charbon. Elle
pleurait, reniflant. La pièce était sombre; une odeur de ren-
fermé et de maladie flottait dans l'air.

Hilarion pénétra. Lumène releva la tête, puis continua à
pleurnicher. Hilarion s'assit sur le lit à côté de Christian.

— Comment ça..., dit-il.

— Comment ça..., répondit Christian.

— Mariette est malade ?

— On ne sait pas encore si on la sauvera. Quatre jours
qu'elle a la fièvre !

— Pourquoi vous ne l'avez pas amenée à l'hôpital ?

— Il n'y a pas de place, maintenant le docteur dit qu'on
ne peut plus la transporter... La thyphoïde qu'il dit...

Christian s'était levé, il prit Hilarion par le bras et l'entraîna hors de la chambre.

Hilarion s'assit, Christian resta debout :

— Alors, Hilarion ?... Tu ne te contentes plus de faire
le vagabond, maintenant tu deviens assassin ?...

Hilarion ne répondit pas. De la main gauche, il tapait nerveusement sur la table. Le regard vague, il fixait l'image de saint Georges qui continuait, imperturbable, à écraser son démon. Christian reprit :

— Je ne te conseille pas d'aller maintenant voir ta mère, tu sais...

— Allez tous vous faire merde !, éclata Hilarion... Vous savez que je ne suis pas un voleur. Vous auriez fait comme moi si vous aviez subi ce que j'ai subi...

Il ne put continuer, il s'étranglait.

Sans mot dire, Christian alla prendre une vieille machette dans un coin et, avec un bout de pierre meulière, se mit à l'affûter. Un lourd silence planait sur la pièce, on entendait seulement le bruit de la pierre sifflant sur le métal. Ça y était; l'inévitable algarade, d'ailleurs prévue, était passée.

Christian abandonna la machette, tira une vieille pipe de sa poche, déplia un grand mouchoir rouge et en sortit deux feuilles de tabac. Il en tendit une à Hilarion. Ce dernier refusa du geste, renfrogné.

— Va te faire merde !, Hilarion, dit Christian. J'ai assez de tracas comme ça pour m'occuper de tes bêtises. Je ne t'ai jamais empêché de faire ce que tu veux, mais il y a des vérités que j'ai le droit de te dire.

Hilarion prit la feuille de tabac et la flaira. Christian tira du tiroir de la table une pipe d'argile rouge et la lui remit. Ils se mirent à fumer en silence.

Lumène, roulant dans sa graisse, était entrée. Elle alla au dressoir, prit deux verres et les posa sur la table avec une bouteille d'alcool trempé. Christian versa deux larges rasades. Le *clairin* tremblait dans les verres ses teintes opales, des petites bulles de gaz montaient en gerbe du fond à la surface. Alors ils firent une libation d'une goutte sur le plancher et burent d'une traite. Leurs verres se tendirent à la cruche d'eau que leur présentait Lumène. Dehors le soleil couchant allumait le ciel d'un miracle de couleurs changeantes.

Hilarion le premier rompit le silence :

— Tiens, fit-il en tendant deux gourdes à Christian.

— Non, répondit Christian, M'sieu Martino m'a avancé une semaine. Je n'ai pas été à la tannerie parce que le docteur va venir. Tu sais, le petit docteur Jean-Michel, il a même apporté des médicaments...

Lumène l'interrompit bruyamment.

— Hilarion, parle à Christian. Il ne veut pas m'entendre, il n'écoute que ce docteur Jean-Michel... Mais nous sommes tous des nègres de Guinée, c'est le fer qui coupe le fer ! La maladie de Marinette n'est pas naturelle. Je ne veux pas laisser mourir ma petite... Qu'est-ce que ça peut faire à Christian que tantine Mariana vienne voir Marinette ?... Moi, je veux chercher la lumière.

Elle lâcha un flot de jérémiades, de sentences et de proverbes. Christian, outré, se leva :

— Lumène, si un malheur arrive, ce sera de ta faute. J'en ai assez de t'entendre. Le docteur Jean-Michel a dit de ne donner sous aucun prétexte de médecines de feuilles à Marinette, il dit que la typhoïde rend les intestins fragiles... Fais tout ce que tu voudras, mais laisse-moi tranquille, tu seras responsable de ce qui arrivera...

Lumène était tellement persuadée de son bien-fondé qu'elle lâcha encore un flot d'imprécations :

— Responsable ? responsable ?... Depuis quand es-tu un blanc, Christian ? Depuis quand tu ne connais pas les remèdes de feuilles ?...

— Tu le veux ? Bon, j'irai moi-même chercher cette vieille sorcière...

Voyant que l'humeur belliqueuse de Lumène n'était pas encore dissipée, Hilarion fit diversion :

— Tu sais, Christian, j'ai trouvé du travail... Je commence la semaine prochaine à l'atelier de *pite* [1] Borkmann.

**

A Carrefour les lumières commençaient à s'allumer. Les marchandes de *grillot* [2] de porc étaient déjà assises sous les lampadaires. Hilarion s'était embusqué dans le renfoncement du mur, à côté de la petite galerie. De longues voitures américaines passaient dans la rue. Les fêtards envahissaient Carrefour. Il faisait doux, une nuit transparente. Le ciel était un couscous d'étoiles.

Depuis le matin, Hilarion ne pensait pas, il ne vivait pas, il brûlait. Tant de choses en ces trois jours ! Quand il pensait à « Elle », il souriait. Il ressentit soudain une impression trouble. Il s'était rappelé que Prémise, ce vieux premier amour, riait comme Elle. Mais sa pensée ne s'arrêta pas à ce souvenir déjà ancien.

---

1. *Pite :* sisal, fibre végétale.
2. *Grillot :* grillade de porc.

Le petit corps galbé, ruisselant de gouttelettes, le rire de clochette de Claire-Heureuse, sa dure main de travailleuse, ses colères amusantes, ses yeux. Pourvu qu'elle vienne ce soir, pourvu que...

Il tressauta soudain avec un grand mouvement de bras sous la chatouille, et se retourna vivement. C'était elle, qui riait, riait, puis se mit à courir. Il se lança à sa poursuite, manquant de renverser la marchande sous le lampadaire.

— Hilarion, ô ?

Ils étaient assis dans les sous-bois, bien sagement, englués dans une réflexion rêveuse :

— Hum ? grogna Hilarion.

Claire-Heureuse parlait d'une voix hésitante, tout bas, face à la mer, face à la nuit où scintillait la ville.

— ...Hilarion, ô ?... Tu vois, tu connais déjà tout de moi. Je ne voudrais pas faire la vie comme ces femmes qui changent d'homme comme de coiffure. Je ne voudrais pas faire de la peine à ma vieille marraine. Tu sais, c'est une vieille bien honnête. Tu vois..., je t'ai donné ma fleur, ce que je ne voudrais donner qu'à un seul homme, sans faire de chichis, sans grimace, presque sans parler... Je t'aime, Hilarion, je t'aime... Mais je ne voudrais pas faire la vie. Ma marraine m'a tellement sermonnée... Et puis tu m'as prise sur le sable, je n'ai pas résisté, vois-tu... Je n'ai rien dit, j'ai fait l'amour avec toi, parce que... Tu m'écoutes, Hilarion ? Je ne veux pas faire la vie, je ne veux pas...

Elle lui avait pris les mains, cherchait son regard perdu dans le lointain. Oui, c'était sa vie qui se décidait. Si vite... C'est drôle comme la vie humaine se décide. Il ne savait pas s'il l'aimait; d'ailleurs il ne se l'était jamais demandé. Au fond, savait-il ce qu'était l'amour ? Elle était une petite fille à laquelle il ne voudrait faire la moindre peine, à laquelle il avait pensé tout le temps depuis qu'il l'avait connue. Une vraie négresse. Il ne regrettait rien.

— Quand veux-tu que j'aille voir ta marraine ? dit-il très vite.

Pour toute réponse, elle se blottit contre lui... Hilarion était lointain. Ils se promenèrent longtemps. Ils mangèrent un morceau de *grillot* de porc. Puis Claire-Heureuse lança des cailloux dans la mer.

Il faisait doux, très doux. Ce fut elle qui l'attira sur le sol, cherchant son corps.

⁂

Hilarion couchait le soir à Nan-Palmiste. Que pouvait-il faire d'autre, n'ayant pas d'autre lieu où gîter. Tout le monde serait maintenant endormi; et puis il partirait au petit jour. D'ailleurs, que lui importaient tous ces gens ! Bientôt il lui faudrait trouver un autre abri. Il ne pouvait amener Claire-Heureuse dans cette masure.

Il avait tellement appréhendé le retour dans ce logis, tellement craint les souvenirs cuisants, tellement redouté les regards. Or, voilà qu'il était là, indifférent ! Il s'était assis près de la table pour manger ses cassaves et ses avocats; tout son souper de ce soir.

La vie, c'est une boule, ça roule, ça roule. Les nègres comme lui, ça a tellement l'habitude d'être seuls ! On travaille au petit bonheur la chance, trimarder, pardi ! On boit des coups de *clairin* pour se donner du nerf. On mange n'importe quoi. Quand on arrive à mettre quelques sous de côté, c'est juste suffisant pour se saouler la gueule une bonne fois à la Noël, au Carnaval ou à la fête de saint Pierre. S'étourdir un bon coup, ça sert ! Puis, on perd son travail, on recrève de faim, on est malade, on va à l'hôpital, on en sort. Pas d'avenir, personne à qui causer, personne qui s'intéresse à vous. On est libre, ah ! ça oui ! libre de faire ce qu'on veut, libre d'aller où l'on veut, mais comme on n'a pas le sou, elle peut repasser cette liberté !

Toutes ces idées allumaient littéralement la tête d'Hilarion. Il était agité par la grande décision qu'il avait prise. Claire-Heureuse, elle était bien gentille, mais on ne sait jamais... Et puis il avait mauvais caractère; têtu comme une bourrique, orgueilleux, un peu brouillon aussi. L'amour lui faisait surtout peur parce qu'il était simple, clair et inattendu.

Tout s'était fait, face au soleil jaune, à la mer chantante, et à la nuit claire. Un bain, l'eau fraîche, et puis leurs corps s'étaient emmêlés sur le sable. Voilà maintenant qu'il tremblait, comme quand il était gosse, que sa mère soufflait la lampe et qu'il n'avait pas sommeil ! C'est ça, il avait peur... Mais au fond, n'avait-il pas raison d'avoir peur ? Il ne possédait que ses deux bras, ne devait-il pas se méfier de tout ?

Mais aussi, pourquoi trembler, pourquoi avoir peur ? Avait-il peur d'une journée ensoleillée, avait-il peur du clair de lune ou de la chanson du vent dans la campagne ? Au fond, c'était ça, Claire-Heureuse, la fraîcheur d'un matin d'été, la

douceur d'une eau limpide. Tout était naturel, la façon dont
ils avaient fait l'amour, sa démarche dans les rues de Carrefour, le regard crochu des passants dans les Sous-bois.

Il s'allongea sur la natte. Les fantômes du souvenir se pré-
cisèrent. Il revit Claire-Heureuse tremper son mouchoir dans
la mer et rire dans la nuit calme. Il la réentendait l'appeler :
« Mon mari à moi »... Et il frémit du même frémissement
qu'avaient déclenché ces mots. Il ressentit encore l'affolement
qu'il avait éprouvé quand elle avait pris sa main et, la posant
sur son ventre, lui avait dit : « Tu as peut-être mis déjà un
petit là-dedans... Non ? » Ce ventre rond sans même une chemise ! Son rire...

Elle est noire, très noire.

Elle secoue drôlement la tête quand elle rit.

Le sang au fond de ses yeux comme des fleurs.

Elle a peur de la moindre feuille qui bouge, de l'ombre des
arbres qui remuent, peur de son corps d'homme si nouveau
pour elle.

Elle rit la première de sa peur.

Elle a un petit signe rose sur l'épaule gauche.

Elle est petite, des seins à peine plus gros que des oranges.

Son corps roule et tangue dans l'indescriptible danse de
l'amour comme un petit bateau.

Sa curieuse manière de manger les pistaches grillées...

Tout à coup, il se redressa. Que dirait-elle quand elle saurait ? Le mal caduc, il avait le mal caduc !

La vie avait brusquement surgi, chassant l'amour de ses
rêves. Tout le reste de la nuit, il demeura éveillé.

⁂

Il était assis sur le quai de cabotage, l'eau clapotait à ses
pieds. L'odeur des mangues francisques dominait l'air marin.
Les hommes couraient, la caisse sur l'épaule. Des marins allongés se délassaient, sur le pont des voiliers, des fatigues de la
traversée. Il y avait là *Dieu-Protège, Saint-Jacques-le-Majeur,
Charité, Grande-Erzulie,* dansant le long des quais. Vraiment,
ce sont les yeux qui ont peur du travail ! Il n'aurait jamais
cru qu'un grand voilier comme *Dieu-Protège* pouvait être
déchargé si vite.

Les rires, les quolibets fusaient malgré ces salauds de subrécargues qui cherchaient les poux dans la tête de chacun. Les

chansons rauques des dockers courbés sous leur faix de café, de coton ou de fruits mûrs.

La contemplation des hommes courant fébrilement, la musique de la mer, les odeurs fortes, les rires et les chants des mariniers, tout ça balayait l'immense torpeur qui l'engourdissait. Il avait en lui une froide brûlure qu'il ne pouvait pas localiser et puis une lourdeur de tête qui lui disait que dans un ou deux jours il aurait sa crise. C'est drôle que lui, un nègre des montagnes, soit aussi attiré par la mer. A chaque fois qu'il avait une grande joie ou une grande détresse, presque sans s'en rendre compte, il allait retrouver la mer.

Soudain, ce fut un rapide claquement de pieds nus sur le quai, la fulgurance d'une course folle, puis des cris : « Arrêtez-le ! », puis le vacarme alla s'amplifiant. Hilarion se leva et partit. Il ne voulait pas assister au petit drame du voleur s'enfuyant parmi la foule hostile.

C'était le lendemain qu'il devait commencer à travailler. Jusque-là, que pouvait-il faire ? S'il allait voir Claudius ? Comme ça il tuerait le temps. Il rirait au moins un bon coup. Comment Claudius pouvait-il faire le macaque tout le temps ? Il ne fout rien, il rigole, et puis il mange chez celui-ci ou celui-là. Avec ses blagues il se fait payer le coup. Quand ça va trop mal, il prend sa machette et monte vers les beaux quartiers. Toujours il trouve un jardin à sarcler, du gazon à planter, des arbres à débrancher. Il met tout le monde dans sa poche avec son petit air triste et ses *maniguettes*[1]. On lui aurait donné le bon Dieu sans confession. Personne n'arrive à comprendre comment il s'arrange pour revenir avec deux ou trois gourdes, des vêtements et autres cadeaux.

Claudius habitait au morne Marinette, une petite chambre à cinq gourdes par mois. Quand Hilarion entra, Claudius était assis sur sa paillasse, un vieil uniforme de général à la main, du fil, des aiguilles et tout un bric à brac de chiffons multicolores. Une chambre où des aveugles auraient pu jouer du bâton sans risquer de rien casser.

— Sans blague ? La pluie va tomber, Hilarion ! Tu as rêvé à moi aujourd'hui ?... C'est vrai que tu sors de prison ? Tu es élégant comme un ministre ! Donne-moi l'adresse de cette prison-là, et moi j'en reviens millionnaire ! A propos, prête-moi cinquante centimes... Quarante ? Non ?

Hilarion était debout sur le seuil. Rien qu'à regarder la

---

1. *Maniguettes :* artifices pour amadouer quelqu'un.

tête de Claudius, ça changeait les idées et chassait pour un temps les ennuis. Claudius ne lui donna pas le temps de répondre :

— Tu es un couillon, mon cher. Les nègres à pieds sales comme nous ne sont pas créés pour se faire du souci. Toi, tu trouves du travail, tu le perds et tu vas en prison parce que tu as volé une patate. Voilà toute ta vie ! Tu ne bois pas, tu ne cours pas les femmes, mais je ne mange pas plus mal que toi... Tu ne voudras pas me croire, j'ai rencontré une petite femme hier soir...

Claudius s'était lancé dans une histoire comico-érotique interminable. Hilarion s'était assis à côté de lui et s'emparant du vieux costume militaire, le fripait.

— Tonnerre ! mais tu fripes mon déguisement ! Mardi-gras arrive. Je me déguise cette année en Charles Oscar [1]. Voilà les bottes, l'épée, les épaulettes, tu n'aurais pas une *rigoise* [2] à me prêter ? Ça me manque...

— C'est quand le Mardi-gras ? demanda Hilarion.

— Quand le Mardi-gras ? Je te dis que tu es un nègre sot... Mais qu'est-ce que tu fais sur la terre ? Un nègre d'Haïti qui ne sait pas quand tombe le Mardi-gras !... Vois-tu, tu ne connais pas les bonnes choses... Quand la bande vient de sortir, il ne faut pas encore y aller. C'est l'heure des adolescents imbéciles. A trois heures de l'après-midi, parlez-moi de ça ! Dès la première grouillade, on reconnaît l'amateur. Le tambour ronfle, il parle... Les femmes, ça coûte cinq centimes la paire... Cette année je me sens les reins comme de la liqueur...

Il se lança de nouveau dans une inénarrable histoire où il était question d'un tas de grossièretés Ils riaient grassement. Hilarion avait déjà bu trois coups de clairin. Claudius était endiablé. Bientôt, Hilarion se mit à l'unisson et les rires fusèrent à qui mieux mieux.

Plus tard ils sortirent dans Port-au-Prince endormi, à demi-conscients. Dans leur ivresse ils sentaient que l'air de la ville était lourd, ils voyaient très loin dans la nuit des choses falotes et embellies; comme au cinéma. Des couleurs vives sur les choses les plus ternes. La lune est une belle soucoupe en or, le vent un bras de femme qui les caresse à petits coups.

---

1. *Charles Oscar :* général haïtien du début du siècle, fut un célèbre satrape particulièrement honni du peuple, qui le lyncha dans les rues de Port-au-Prince. Symbole de la tyrannie, il est caricaturé à chaque carnaval.

2. *Rigoise :* cravache célèbre du personnage en question.

Les maisons sont plus hautes à leurs yeux, plus blanches. Les tambours des bals leur semblent tout proches.

Cette nuit-là, l'amertume n'empêcha pas Hilarion de s'endormir. Il était saoul comme un cochon. Il sombra dans le sommeil à côté d'une fille pitoyable, violemment parfumée de lotion bon marché. Il rêvait qu'il dansait dans une bande de Mardi-gras, avec des putains dominicaines, toutes nues, en plein Champ-de-Mars !

V

Vers trois heures de l'après-midi, le vent s'amena d'un seul coup, puis se mit à galoper et à ruer sur la ville. Les grands-gosiers sur le port tournèrent en rondes éperdues. La mer sortit sa robe verte des grands jours et s'enveloppa de châles de dentelles d'écume.

Jamais l'étalon sauvage en rut n'eut autant de chaleurs et d'élans. La bête du vent renacle et hennit dans les toitures, vertical, puis va, puis vient, se couche, se roule dans tous les sens de la largeur, cabrée dans toutes les directions de la hauteur.

Alors les cocotiers firent les plus belles révérences au grand chef furieux. Les acacias lui jetèrent des bouquets jaunes, les manguiers lâchèrent des fruits de bonne saveur, les énormes sabliers envoyèrent des grappes de pétards crépitants au-devant de ses naseaux. Même le laurier offrit des fleurs et des branches.

Rien ne fit contre la colère du vent. Rejetant les cadeaux à cent pas de hauteur, il secoue la ville, ivre de fureur, le poitrail en avant, avec des sifflets de guerre, avec des ricanements d'orgueil, avec mille tambours crevés.

La ville craque, craque, terne de poussière, grelottante de frayeur, dispersant des tuiles, des tôles, des planches en plein ciel. Des troupeaux d'automobiles hurlantes courent dans tous les sens. Les gens courent chercher les enfants à l'école.

« On dit que c'est une queue de cyclone... Hier il a fait rage sur la Jamaïque » chuchote-t-on avec déférence.

Les vieilles femmes firent de grands signes de croix. Même les hommes ferment les portes avec de grands yeux effarés.

Depuis hier les corbeaux, en escadrilles comme du papier brûlé, ont pris leur envol en coassant.

Verts, blêmes et changeants, les anolis se sont enfoncés au plus profond des frondaisons épaisses.

Les moustiques affolés s'engouffrent dans les dernières fenêtres ouvertes.

Les poules dans les cours, avec des gloussements fous appellent les poussins égarés.

Les chiens, gueules béantes vers le ciel, hurlent d'un seul chœur.

Le ciel devint jaune sale.

Seul le mapou géant, en véritable colosse de Guinée, en véritable arbre sacré de Ogoun Badagris se tient debout, dans la bourrasque.

Alors le vent jeta de nouvelles forces dans la bataille. Il éteignit le soleil avec une montagne de nuages. Il déracina vingt chênes, brisa cinquante dattiers, coucha vingt mille bananiers dans la plaine, arrachant des étincelles aux fils électriques.

Les pompiers sortirent dans leurs voitures écarlates au chant des sirènes mugissantes, la hache au poing.

Les vagues rejetaient des immondices infâmes le long du rivage. Le vent accourut, lança ses fouets contre la mer, et la travailla. Elle poussa des gémissements impossibles de douleur et de rage. Sa chair opale et claire sous les cinglures se creusa d'abîmes et de montagnes. Sortant de sa demeure en un raz de marée bouillonnant, elle se coucha aux pieds des baraquements du port.

La bourrasque tropicale hurla encore par deux ou trois fois.

Les cloches des églises se mirent à carillonner à toute volée. Là-bas dans les faubourgs puants de Port-au-Prince, dans tous les reposoirs bigarrés de la misère, auprès des cases écroulées, des femmes échevelées, debout dans le vent avec des négrillons aux yeux blêmes accrochés à leur ventre.

La bouche sale de la bourrasque toussa encore des odeurs crues, puis se ferma d'un seul coup. Le silence revint sur la ville assommée. Un lourd silence oppressé. Une pluie fine se mit à tomber du ciel sans couleur. Dans l'odeur fraîche de la terre mouillée, les gens, timides, heureux, ouvrirent les portes et les fenêtres. Il était sept heures du soir.

Hilarion, cette nuit-là, dut encore aller coucher chez Claudius, car la cahute de Nan-Palmiste parmi tant d'autres avait durement souffert.

Le lendemain, *Haïti-Journal* écrivit :

Une queue de cyclone de faible intensité s'est abattue sur la région de Port-au-Prince. Dégâts insignifiants. Seuls les grands planteurs de bananes de la plaine ont eu à souffrir du sinistre...

❖

Le docteur Jean-Michel est un nègre du Poste Marchand. A huit ans déjà, c'était un rude chasseur d'oiseaux, à Saint-Antoine, avec les gamins du voisinage. A dix, il allait manger des pommes sauvages et se rouler dans les buissons. A douze ans, il était le caïd de toute la marmaille du secteur, et généralissime dans la guerre des Indiens. A quatorze, on le chassa de l'école du Théâtre, les « chers frères » ne lui pardonnant pas d'avoir manqué la procession de la Fête-Dieu : ses souliers étaient chez le cordonnier. Alors sa mère réussit à le faire entrer au lycée Pétion.

Elle était marchande de dentelles à la Belle-Entrée du marché Vallières, une femme courageuse, une négresse pour de bon. Au marché, tout le monde la respectait. Ce n'est pas à elle que le nègre le plus audacieux aurait fait une impertinence. Armée de son aune à mesurer, elle pouvait mater le plus costaud. Au travail, elle n'avait pas sa pareille. Jamais malade, jamais fatiguée; le soir, rentrée, elle trouvait encore le moyen de faire mille choses. Ainsi, Jean-Michel put terminer ses études. Ce fut sa mère elle-même qui décida qu'il se ferait « docteur ».

Jean-Michel n'était pas encore docteur, il terminait à peine sa quatrième année. Mais c'était une telle joie pour ceux qui l'avaient vu grandir de l'appeler ainsi ! Ça les remplissait de joie et d'orgueil; Jean-Michel était un des leurs, il était la chair du peuple, un peu leur enfant à tous. Et il le leur rendait bien, pas poseur pour un centime, son monde à lui, ses amis, c'étaient eux. Qu'est-ce qu'il n'avait pas entendu quand, il y avait un an, il voulut quitter la Faculté ! Les affaires maternelles étaient au plus mal. Non seulement sa mère l'avait menacé de le renier, mais tous les voisins lui avaient fait la tête. Les uns avaient été jusqu'à dire qu'il tuerait sa mère s'il faisait ça. Les autres avaient déclaré qu'il avait les « sentiments sales », qu'il était ingrat, et patati et patata. Naturellement, il avait cédé à une telle offensive.

C'est qu'il n'aimait rien comme ces gens et ces quartiers populeux, en particulier son Poste Marchand et tout le bas

du Fort-National. Il en aimait jusqu'à la forte odeur de char-
cuterie, le palmier dattier qui se balance au loin sur la colline dans le soleil, et tout le paysage splendide et tourmenté
de cette terre calcinée, avec ses arbres charnus, ses cactus
raides et ses zibeliniers jaunes. Les hommes aux muscles de
jais et de sueur qui travaillent à demi-nus, les filles aux joues
fraîches, aux yeux de nuits noires et d'eau claire, les mar-
mots sales, jusqu'à ce silence touffu de bruits sombres et de
cris lointains. Un quartier où se montrent au soleil tant de
rancœurs, tant de luttes sauvages, tant de vulgarité, tant de
faims inapaisées, tant de préjugés, tant de superstitions et
tant d'amour ! Il aimait les bals populaciers avec les filles
simples aux parfums pitoyables, leur bouche de sourire, leur
corps, souple dans la danse. Il aimait regarder leurs jambes,
déformées par le travail et gantées de bas de coton. Il aimait
regarder l'amour populaire naître et mûrir comme un fruit
au hasard de la rencontre de fleurs et de pollen de même
souche.

Quand le docteur Jean-Michel arriva au Morne Marinette,
il était environ six heures du soir. Un gamin de cinq ans faisait voleter au bout d'un fil un cerf-volant de papier rouge
et vert. Des coqs et des poules s'élançaient d'un vol lourd
sur les arbres, se perchant pour la nuit. La terre rocheuse
avec ses sentiers chauves. La ville forme un escalier de toitures jusqu'à la mer. A l'horizon, les cuivres du couchant,
la crinière multicolore des nuages qui trempent dans la mer
des teintes mauves de tristesse.

Jean-Michel passa devant la cour de Mimise qui coiffait
sa fillette. Il s'arrêta une seconde, conquis par la simple harmonie de la scène. La petite était assise sur la petite chaise
de cuisine, le cou tendu, l'huile palma-christi lui coulant des
tempes, les petits carreaux de nattes tressées en « cordon-
nette », en « carreaux de patates » avec des barrettes aux
étoiles luisantes et des petits nœuds rouges. Il cria un bonjour à Mimise et s'en alla. Il était à chantonner quand il entra
chez Claudius.

Ils étaient quatre en train de jouer aux « trois-sept ». Claudius, coiffé d'un vieux bicorne de général, un bout de bois en
plein nez, éclata de rire quand Jean-Michel arriva.

— Docteur, mon cher, j'ai une de ces déveines, aujourd'hui !
L'un après l'autre je prends quatre as et trente-six parties !
Ces messieurs m'ont mis le bois au nez !

Il y avait avec eux Ti-Louis, un grimaud à la peau jaune.

couverte de taches de rousseur et puis Gabriel, un petit maigre avec les yeux à fleur de tête.

— C'est vrai, docteur, tu ne connais pas Hilarion ? C'est un nègre sot comme un panier percé ! Et puis il connaît Pierre Roumel. Hilarion, tu peux continuer les histoires de la prison, le docteur Jean-Michel est un véritable *viejo*, un bon danseur de *calinda* [1].

Jean-Michel donna la main à Hilarion qui le dévisageait.

— Tu sais, Hilarion, docteur Jean-Michel est un « communisse » comme ton Pierre Roumel. Il nous raconte tout le temps des masses de trucs. Mais moi, je ne me laisse pas charger la tête !...

Claudius continua par des gaudrioles sur « la Russie et le Staline du docteur ». Il se fit rabrouer vertement par Jean-Michel qui lui fit remarquer que ses « industries » ne le feraient pas tout le temps vivre, que peut-être il serait obligé d'y venir, lui aussi. Ça ne fit pas de drame ; ces coups d'épingle semblaient faire partie de leur rituel quotidien.

Jean-Michel s'assit, prit les cartes, les battit et demanda :

— Qui est-ce qui joue ?...

Gabriel se leva, prit sa guitare sous la chaise et se mit à gratter une méringue langoureuse, fredonnant d'une voix nasillarde. Bientôt tout le monde fut gai. Claudius avait une déveine quadruple. Ti-Louis pour sa part jouait consciencieusement, il frappait les cartes en faisant des signes à pouffer de rire, à Jean-Michel, son partenaire. Il remuait le nez, tirait sur le menton, troussait la bouche en cul de poule. Jean-Michel répondait de son mieux, à l'avenant, écroulé de rire. Quant à Hilarion, il était lointain, il jouait sans avoir l'air de s'en apercevoir, complètement absent.

Gabriel chantait de tout son cœur. Une vraie méringue. Passaient dans sa voix, les aurores roses qui peignent nos matins précoces. Il chantait toutes les ronces de la route qui écorche leurs pieds nus. Il chantait toutes les choses qui font mal aux pauvres nègres, la jalousie qui rend les hommes fous, la nature qui sent le soleil, le travail et ses douleurs... Les autres frappaient leurs cartes.

Il était déjà trop tard quand Hilarion sentit venir la crise, il n'eut pas le temps de se lever. Il s'écroula d'un coup.

———

1. *Danser le calinda :* expression qui signifie s'en donner à cœur joie.

✤

Elle portait un chemisier bleu clair ouvrant sur le cou un losange de peau ocre rose. Un col fantaisie coupait la gorge, gonflée par le jet bivalve des seins, encore ronds et drus. Le ventre faisait un peu creux sous la jupe écossaise.

Mme Borkmann était une mulâtresse très claire, avec un chignon de cheveux lisses et noirs dans le dos. Mme Borkmann avait épousé un juif allemand récemment émigré. Elle faisait du chant et de la danse plastique. Elle avait même une école où les donzelles des beaux quartiers venaient singer les danses populaires. Et puis elle dirigeait cette fabrique d'objets de « petite industrie » : sacs à main, chaussures, chapeaux et autres menus objets en raphia ou en sisal. Elle avait aussi un chien, un grand chien qu'elle embrassait et à qui il fallait trois bons kilos de viande par jour. Enfin, elle avait ses aventures, ses amants que son mari feignait de ne pas voir; Mme Borkmann était une femme « très bien ».

Elle vint auprès d'Hilarion qui trempait des paquets de *pite* [1] dans de grandes cuves fumantes. Elle était dans son dos, surveillant tous ses gestes, cherchant une remarque à faire. Les ouvrières qui, debout, tressaient la *pite*, s'étaient arrêtées de causer. Seuls leurs pieds nus continuaient à se frotter l'un contre l'autre; des pieds gourds, fatigués, où la crampe enfonçait des épingles cruelles.

Hilarion sentait dans son dos le souffle de la patronne, les effluves de son parfum impertinent et fantasque. Elle fouinait. Il se retint pour ne pas, mine de rien, lui salir la robe de teinture; en effet, il était nouveau, et ne savait pas ce qu'il lui en coûterait. Enfin elle partit, caressant son chien aux babines pendantes.

Toute la compagnie éclata de rire, et le travail reprit avec entrain. Qu'est-ce qu'elle avait besoin de venir emmerder le monde avec ses airs de patronne, cette poupée poudrée ! Comme si ses mains savaient travailler ou qu'elle pouvait faire des remarques ! Et puis tout le monde travaillait au rendement, alors ?

Hilarion rêvait. Aux vitrines bleues de la mer qui, libre, chante au soleil... Avec cette chaleur, ce serait bon de prendre un bon bain.

Il plongea la grande cuiller de bois dans la cuve, sortit les

---

1. *Pite :* sisal, fibre végétale qui sert à de multiples usages artisanaux.

mèches de *pite* de la teinture, les étendit sur un filin qui courait à quelques pas, puis recommença son manège. Les heures passaient. Son esprit était libre, il pouvait penser à ce qu'il voulait. Il aurait mille fois préféré faire un travail plus dur, mais qui lui aurait donné une vraie joie. Voir un objet quelconque se créer entre ses doigts, quelque chose qui aurait une forme précise, contre quoi on puisse pester si on le rate... Mais, tremper des fils dans de la teinture !

Il sentait la fatigue dans son corps sans que la force de ses bras se soit dépensée. Même en coupant des arbres, la fatigue est tout autre. Les mains serrées sur la hache, on se bat de toute sa force contre le colosse dont la chair vole en éclats; on l'entend craquer un peu plus fort, on le frappe avec rage, alors, lentement, il s'incline, gémit longuement et s'écroule, décochant des groupes d'oiseaux piaillant en plein ciel.

Tout à l'heure, une ouvrière s'était approchée de lui et lui avait demandé un couteau. Il avait senti dans sa voix quelque chose qu'il n'avait encore jamais rencontré chez d'autres femmes, une assurance de chaque geste, de chaque regard. Elle n'avait pas parlé en femme mais en camarade de travail, la main largement tendue. Des femmes comme cela, on pouvait compter dessus, non seulement pour raccommoder un pantalon, non seulement pour faire l'amour, mais aussi pour mener la bataille de la vie.

Il en ressentit une vraie joie, toute fatigue disparut dans ses bras. Il se rappela la leçon déjà vieille et un peu oubliée : « Aie confiance en toi... » Alors il regarda toutes ces femmes. Celle-là qui rit et dont le jeune corps chante la vie, elle doit travailler pour un vieux papa malade, une vieille maman ou des petits frères et sœurs. Cette autre si sage, peut-être a-t-elle un enfant sans père, un nourrisson, elle si jeune avec son ventre de femme. Celle-ci déjà mûre, peut-être un mari en chômage, peut-être toute seule ! Chacune avait son intérêt, son histoire, son rêve...

Ils étaient tous, hommes et femmes, liés à la même chaîne dans cette manufacture maudite; la chaleur, la sueur qui coule dans le dos et les éclisses de la fatigue déchirant les muscles. La teinture lui brûlait les mains et ses vêtements de travail étaient déjà tachés de larges fleurs multicolores.

La fille revint avec le couteau, un bout de canne à sucre à la main :

— Tiens, je t'apporte de la canne, dit-elle; merci pour le couteau.

— Merci, répondit-il.

Elle s'en alla. La pensée d'Hilarion vogua vers Claire-Heureuse. Ça faisait des jours qu'il s'interdisait de penser à elle; c'était la première fois depuis que le docteur Jean-Michel s'était offert à le soigner et lui avait garanti une quasi-guérison. Claire-Heureuse aussi était travailleuse et courageuse. Mais, accepterait-elle ?

L'autre matin, il avait été rôder près de chez elle, à Carrefour. Les coqs s'époumonaient dans les basses-cours, les bonnes femmes traînaient le balai devant les barrières, des enfants noirauds dans leurs caracos sales se bousculaient à la fontaine qui pissait son jet translucide. Et le petit garçon, la bouche tordue par son gros mot à l'adresse de son compère, reprend la mélopée de son cri-chant : « Pâtés chauds!... »

Elle avait apparu dans le matin poussiéreux de soleil; elle avait apparu comme une fleur... Dieu, qu'elle était triste ! En robe de cretonne à fleurs, ses pieds jaunes dans les sandales de cuir rouge...

Il s'était caché à ses regards, le cœur battant.

Maintenant l'angélus du soir tintinnabulait. Enfin, elle était terminée la longue journée de travail ! Chacun plie son bric à brac et se prépare à partir. Ça fait long, onze heures de travail !

*
* *

Elle était venue un soir après huit heures, avec la même robe de toile écrue, le même grand châle noir, la même tristesse, un peu essoufflée d'avoir monté la pente raide. La porte restant ouverte, elle n'avait pas eu besoin de frapper, elle était entrée.

Hilarion demeura debout, surpris et honteux. Elle prit une chaise et s'assit, soufflant.

— Bonjour, mon garçon, dit-elle.

Hilarion lui posa un baiser sur le front. Elle se mit à parler tout de suite.

Quand elle avait appris les dégâts causés par la bourrasque à Nan-Palmiste, par Sor Femme, elle avait cherché à savoir où il était. C'est Christian qui lui avait dit qu'il travaillait chez Borkmann et qu'il se trouvait sûrement chez un ami, Dorfeuille ou peut-être Claudius. A propos, Mariette, elle était morte. Tantine Mariana était venue, l'avait massée avec

de l'huile de requin, pour essayer de « lever les veines qui
s'étaient sûrement déplacées ». Même qu'elle lui avait donné
une médecine. C'était la faute de Christian qui avait refusé
que tantine ne vienne plus tôt. Elle avait fait tout ce qu'elle
avait pu, mais trop tard. Le travail des « mauvais airs » était
trop avancé déjà. Cette Zélie, cette femme du diable qui ne
voulait pas voir Lumène, y était sûrement pour quelque
chose ! La petite était morte. Elle avait rendu un tas de sang
tout noir par l'anus. On l'avait enterrée dans un cercueil
tout blanc. Ça avait coûté cher, mais Christian l'avait voulu.
Même que M'sieu Martino, l'italien, le patron de la tannerie,
était là. Christian était comme fou...
    Les saints n'étaient pas contents. Ça faisait des temps qu'on
n'avait pas célébré de service en leur honneur. Il y a deux
ans Christian avait perdu la vache qu'il faisait garder à Ça-Ira.
Puis il avait eu l'accident à la tannerie, il s'était cassé le
bras. Il n'avait pas voulu comprendre. Il ne faut pas jouer
avec les saints de Guinée, s'ils vous protègent, il ne faut pas
négliger les devoirs qu'on a envers eux. Maintenant il com-
prendrait.
    Elle était venue le voir, parce que dans la famille aussi
ça faisait des temps qu'on n'avait pas célébré de service pour
les *loas* protecteurs. Certes, il y avait six mois, Zuléma avait
fait chanter un *libera* sur la tombe de son papa, mais ça ne
suffisait pas. Et puis, tout ce qui était arrivé à Hilarion ces
temps derniers, était un avertissement. Zuléma aussi était
tout le temps malade. Il n'y avait pas d'autre solution, il fallait
faire un service. C'était décidé. Les parents de la campagne
étaient d'accord. On partirait pour Léogane dans quinze
jours. Hilarion apporterait ce qu'il aurait, mais il fallait qu'il
vienne; les saints ne sont pas regardants [1].
    Les arguments d'Hilarion ne purent rien y faire. Le travail
nouveau, l'accord improbable des patrons, son manque d'argent, rien n'y fit. La vieille s'était déchaînée, et elle n'était
pas commode dans ces cas.
    D'abord Hilarion n'était pas sérieux. Si c'était pour faire
la bamboche, il aurait bien sûr trouvé le moyen. Qu'il faisait
le *moundongue* [2], que de tels enfants finissaient toujours par
tuer leur mère de chagrin, que c'étaient les vagabonds qu'il

1. *Regardant :* exigeant, jaloux de son bien, de son dû.
2. *Moundongue :* personne rebelle, expression née de la difficulté qu'on
avait à faire obéir les esclaves africains de tribu moundong, groupe Sara
(Congo).

fréquentait, qui lui avaient changé son fils. La pauvre vieille en avait les larmes aux yeux, elle était bouleversée.

— Oh ! mon petit à moi ! murmura-t-elle.

Hilarion, tout ému lui aussi, lui passa le bras autour du cou. Elle pleurait. Si bien qu'il lui promit tout ce qu'elle voulut.

Mais il se faisait tard, alors elle s'essuya les yeux et l'embrassa.

— Je t'ai fait quelques *douces*[1] de menthe, je sais que tu aimes ça. J'en aurais fait plus, mais je suis *razeure*[2] pour le moment; d'ailleurs ça ne change pas...

Hilarion aurait voulu lui parler de Claire-Heureuse, mais il ne savait comment s'y prendre. Jamais sa mère n'entrait dans ses histoires d'amourettes. Et puis, il craignait qu'elle ne fût d'accord. Il la raccompagna jusqu'à l'autobus qui devait la ramener à Petion-Ville.

Ils marchaient sans parler dans la bruine du soir. Des groupes parlaient aux carrefours. La brise tiède berçait la ville. Le ciel avait tous ses bijoux d'argent. Alors, il parla à sa mère de cette fille noire aux yeux en amande. Il parlait à mots pressés, comme à l'esbroufe. Elle le regarda avec des yeux tristes, des yeux pleins d'eau :

— Naturellement, tu as l'âge, se contenta-t-elle de dire.

Mais ses yeux parlaient, exprimaient autre chose. Ils disaient que sa souveraineté maternelle avait pris fin; l'homme est toujours en puissance de femme, celle de l'épouse est la fin de celle de la mère. Oui, ses yeux disaient qu'elle avait perdu son garçon, qu'elle entrait cette fois-ci définitivement dans le cycle de ceux qui ne pouvaient plus vivre que pour les autres. Finies les joies égoïstes...

Elle chercha sur son visage les signes de l'âge d'homme, mais ses yeux maternels ne parvenaient pas à les distinguer. Ils y superposaient d'autres images rémanentes. Pour elle, il était tout petit, comme autrefois, comme hier.

*
**

Quand Hilarion arriva chez Jean-Michel, il y avait là un jeune mulâtre très clair en bleu de travail, maigre, avec des yeux immenses lui dévorant la tête. Il était mécanicien à

---

1. *Douces :* sucreries confites.
2. *Razeure :* fauché, en difficulté d'argent.

l'huilerie Brandt. Il parlait d'un tas de trucs, de dialectique
matérialiste, de développement inégal du capitalisme, de
crises cycliques. Il y avait un type auquel ils semblaient en
vouloir, un certain Hikler ou Hitler. Il y en avait un autre qui
semblait leur chouchou, un certain Thaelmann. Ils voulurent
l'intéresser à leur charabia, et proposèrent de lui expliquer.

— Petit cochon, peu de sang, dit le proverbe, docteur. Ces
choses-là sont trop compliquées pour moi, vous ne croyez pas?

— Ce n'est pas vrai, Hilarion, protesta le jeune mulâtre...

Ils essayèrent de lui démontrer que non seulement les
hommes simples arrivaient à comprendre ces choses, mais
qu'ils mouraient pour elles. Ils le questionnaient, argumen-
taient, donnaient des exemples. Enfin que ce Thaelmann soit
un homme dans le genre de Dessalines, c'était peut-être vrai,
mais c'étaient des histoires d'allemands, ce n'étaient pas
celles des haïtiens. Est-ce que les blancs s'étaient occupés de
Dessalines quand on faisait la guerre de l'indépendance ?

Il ne voulut pas croire que, justement, les polonais et les
Allemands du corps expéditionnaire de Napoléon avaient
déserté et s'étaient mis au côté des haïtiens.

— Je ne sais pas très bien lire, leur dit-il d'un air de défi,
mais je suis comme saint Thomas, je ne crois qu'à ce que je
vois... Parlez-moi de Jolibois, voilà un bon Haïtien !

Quand ils lui démontrèrent que les descendants de ces polonais et de ces allemands vivaient encore en Haïti dans la région
de Fond-des-Blancs et de Bombardopolis, il dut s'y résoudre,
en ayant déjà rencontré de nombreux. C'était drôle, il n'avait
jamais réfléchi à ça, ni à la raison pour laquelle Dessalines
puis Pétion aidèrent les sud-américains, les Miranda et les
Bolivar.

Il aurait voulu avoir les réponses aux questions qu'il se
posait depuis sa rencontre avec Roumel, mais il n'osait pas
entamer la discussion avec eux. Quand on est un nègre ignorant, on n'ose pas sortir ce qu'on pense; or c'est quand la
pensée sort de la bouche qu'on sait soi-même ce qu'elle vaut.
Avec des gens instruits, il s'était jusqu'à présent senti comme
paralysé à chaque fois qu'il avait eu le désir de discuter. Naturellement il y a des gens « de bien » qui vous demandent
comment va un tel ou un tel, ou qui vous parlent de la pluie
ou de la chaleur, mais c'était la première fois qu'on cherchait
à savoir son avis sur des choses sérieuses, que des gens comme
ça le « considéraient ». Ils avaient l'air de dire : « Tu es un
homme comme nous, pas seulement avec des mains, des pieds,

un nez, une bouche, mais une intelligence comme la nôtre. »
Il avait toujours senti une barrière infranchissable entre
le monde des clercs et le peuple. Les nègres sots c'était pour
lui un synonyme de gens du peuple, et « les gens qui ont de
l'esprit » la même chose que les gens des beaux quartiers.
Allez donc ôter ça de votre tête !

Naturellement la présence de ce Ferdinand changeait tout.
Déjà Jean-Michel lui était plus proche que Roumel. Non pas
que ce dernier n'eût la même couleur de peau que lui, il en
était de même avec ce Ferdinand, mais voilà, il connaissait
la famille, le milieu, la manière de vivre de ce Roumel. Avec
Jean-Michel, il avait joué aux cartes, bu des grogs, blagué,
mais demeurait quand même une réserve. De plus avec ce
Ferdinand dont les vêtements sentaient l'huile de machine
et qui vous parlait un créole savoureux, sentant bien son Fort-
Sainclair, il existait un franc-parler.

Il essaya d'argumenter lui aussi. Dieu ! comme c'était difficile ! comme s'il voulait faire tourner une machine qui
n'avait jamais servi, qui, voire même, était passablement
rouillée. Il sentait bien que ce qu'il leur disait était gauche et
peut-être faux, mais il avait une ivresse de se servir avec
audace de sa pensée. Il fut même cruel :

— Docteur, conclut-il, tous les nègres d'Haïti sont aussi
voleurs les uns que les autres ! C'est leur patate qu'ils
cherchent quand ils vous racontent qu'ils vont changer l'Etat.
Mon oncle est chef de bouquement, j'en ai vu des candidats
dans les meetings ! Quand ils sont élus, adieu, les belles
paroles !...

Il savait pourtant que dans le cas de Jean-Michel et de
Ferdinand ce n'était pas vrai. Mais il éprouvait le besoin de
cette fausse victoire. Ils la lui laissèrent.

Jean-Michel lui fit sa piqûre. Jean-Michel prétendait qu'il
devait prendre régulièrement ces injections, et puis les pas-
tilles roses, qu'ensuite les crises deviendraient moins fré-
quentes jusqu'à disparaître complètement... Il eut envie de
défier Jean-Michel en lui demandant comment Mariette était
morte. Il n'osa pas. Au fond, ça valait le coup de tenter le
traitement, Claire-Heureuse méritait bien ça. Et puis Jean-
Michel, s'il se trompait, le faisait de bonne foi. Il le soignait
pour rien, et même lui fournissait les médicaments. Jean-
Michel se contenta de rire.

Hilarion se sentait tout joyeux, il écouta avec soin Jean-
Michel qui rangeait ses seringues.

— Vois-tu, Hilarion, c'est parce que j'aime la vie que je te raconte tout ça. J'aime flâner les mains dans les poches dans cette ville. J'aime nos gens, j'aime ce pays. J'ai des amis qui rêvent de quitter cette terre, mais moi j'en suis fou. J'aime l'odeur de notre terre après la pluie, j'aime sa fraîcheur à mes pieds. J'aime les fruits qui sortent de ses entrailles, le maïs boucané, le vin de canne tiède et enivrant, et puis les piments rouges qui piquent le nez et emportent la bouche. Je la veux belle cette terre. J'ai essayé de comprendre pourquoi tant de choses ne vont pas, je crois avoir trouvé ce qu'il faut faire pour la transformer, la rendre, non seulement belle, mais radieuse... Ce sera dur, parce que nous ne sommes pas nombreux et que les meilleurs d'entre nous sont en prison, ou sont obligés de s'enfuir, ou de se cacher. Ça ira comme ça, mal, pendant quelque temps encore, le découragement prendra certains camarades sans expérience, mais d'autres les remplaceront. Il y en aura peut-être parmi nous qui trahiront, tu as raison sur ce point. Et puis la contre-révolution connaît une période ascendante un peu partout. La lutte sera dure. Notre groupe est encore comme un petit bébé, il faut lui laisser le temps de grandir. Mais toi, Hilarion, toi, tu es un véritable enfant du peuple, un véritable *Toma* [1] d'Haïti, comment peux-tu parler de partir ?... Pourquoi aller manger de la vache enragée dans un autre pays ? Quitter son pays, c'est pour les riches, ceux qui sont bien, pourvu qu'ils aient un grand hôtel avec bar américain. Mais les autres, nous autres, nous sommes attachés à ce terroir comme nos merveilleuses plantes qui dépérissent et meurent en d'autres climats. Ce qu'il faut faire, c'est balayer notre maison, l'arranger, mettre de la propreté partout...

Dehors des piaillements d'enfants emplissaient la rue. Jean-Michel se tut. Ah ! qu'ils sont gueulards, nos gosses d'Haïti avec leurs jambes trop longues de petits nègres brûlés de soleil, leurs fronts hauts, leurs têtes rases. Ils courent et crient aux quatre vents du soir.

---

1. *Toma d'Haïti ou d'Haïti Toma :* le mot Toma signifie homme, les Tomas sont une peuplade qui vit au nord du Liberia, au-dessous du Niger. Il est vraisemblable que l'expression d'Haïti Toma, qui signifie homme d'Haïti, ait cette origine.

VI

Marraine a une longue figure, un visage jaune, des yeux gris vert très vifs, mille petits plis au coin des yeux; de petites oreilles, une bouche aux lèvres minces et tristes et des lunettes ovales cerclées d'or au bout du nez. Elle n'a pas oublié la joie, mais c'est une joie monotone, une joie de vieille fille qui anime parfois son visage. Une joie de gens qui le plus souvent parlent, rient et pleurent tout seuls.

Elle se dodeline tant qu'elle peut dans sa grande *dodine* de rotin, comme une grande dame. Ce soir, tant de pensées assaillent son vieux cœur ! Elle se demande si la crème glacée sera bonne, elle pense à Claire-Heureuse qui est devenue une vraie femme, elle essaie de s'imaginer l'homme qui, bientôt, va venir frapper aux persiennes... Il y a encore deux ans, c'était une petite fille, puis les seins ont poussé d'un seul coup, le corps s'est épanoui en un rien de temps ! Maintenant, voilà qu'un homme va venir lui demander le droit d'emmener Claire-Heureuse. Bientôt elle va être toute seule dans les trois pièces de la maison...

La chaleur est dans le salon malgré les portes ouvertes. Claire-Heureuse a lavé le plancher avec des feuilles d'amandier, la grande table de bois noirci a été débarrassée de la machine à coudre et bien essuyée, bien brillée. Dans le pot, il y a des crêtes-de-coq et des bougainvillées. Les chaises sont bien rangées le long des murs comme des enfants punis. L'œil de marraine peut inspecter, aujourd'hui pas une toile d'araignée, pas un grain de poussière.

L'éventail de latanier ne fait que remuer la chaleur. De la cour, le grincement aigre de la sorbetière qui tourne et la chanson de Claire-Heureuse qui s'étire gaiement, se propage et s'éteint avec la fantaisie d'un chant d'oiseau, ivre de soleil.

Les pages du gros catalogue américain tournent sur les genoux de marraine qui regarde, l'esprit lointain, la dernière mode de Broadway, les articles de ménage et les images de couleur. Dieu ! qu'une chanson gaie peut être déchirante ! On élève une gosse avec toute la tendresse que peut contenir un cœur de vieille fille sans parents ni amis, et puis, quand l'âge commence à vous mettre des rhumatismes dans les jambes, elle chante, parce que l'heure de vous quitter a sonné ! Marraine revoit son passé sans couleur, sans histoires et regarde en se dodelinant le sol de la cour carrelée de pierres où des herbes ont poussé dans les interstices. Déjà trois heures et demie !

Marraine habite Carrefour depuis quarante ans. Elle n'y est pas née cependant. Elle est née aux Gonaïves, à côté de la savane Christ. Sa mère était la fille d'un petit spéculateur en denrées qui habitait au coin de la rue de l'Enfer et de la place du Marché. Il s'appelait Joseph Jordan; les Jordan étaient des petites gens, ni pauvres, ni riches. Ils ne fréquentaient pas la haute société, ni n'allaient au cercle du Commerce, ni ne passaient leurs vacances à la Brande, mais c'étaient tout de même des gens bien, des gens à principes. Le malheur fut que le bonhomme Jordan ne comprenait pas les différences de classe; honnête travailleur, il se considérait aussi bien que les autres. Buss Jordan, — les paysans l'appelaient ainsi par déférence et les bourgeois pour ne pas lui dire monsieur — buss Jordan donc envoya sa fille faire ses études à Lalue, à Port-au-Prince, comme toutes les jeunes filles chics des Gonaïves. S'il avait pu, il l'aurait envoyée en France, en quelque pensionnat des Oiseaux, mais il dut se contenter de Lalue. Quand Joséphine Jordan revint aux Gonaïves, elle s'étonna de ne pouvoir fréquenter ses anciennes amies de pension, malgré sa parfaite éducation et ses jolies robes. Elle dut se contenter du petit monde des épiciers, des cordonniers et autres artisans. Elle ne se résigna pas.

Un jour, Joséphine se rendit compte qu'elle était enceinte. L'enfant était celui du godelureau de Konrad Raushberg, le grand commerçant consignataire. Quand les bandages ne purent plus rien contre ce ventre qui grossissait sans cesse, il fallut bien le laisser apparaître. Le vieux Jordan entra dans une colère folle. Comme il ne pouvait être question de mariage entre la fille d'un spéculateur de troisième ordre comme Joseph Jordan et le fils du commerçant consignataire Konrad Raushberg, la petite négresse de la rue de l'Enfer dut garder pour elle seule le fruit de ses amours illicites avec le blond aryen Eric Raushberg, qui habitait dans la fraîcheur du beau quartier des Dattes.

Joséphine dut quitter la maison paternelle. Elle accoucha d'une fille blonde aux yeux gris vert qu'elle prénomma Erica. Malgré que buss Jordan ait renié sa fille, quand l'enfant naquit, Mme Jordan donna en cachette un peu d'argent à sa fille ainsi qu'une lettre de recommandation pour un commerçant grossiste de Port-au-Prince.

Joséphine partit un soir où les *cacos* [1] faisaient rage dans la banlieue des Gonaïves, emportant sa fille dans ses bras. Arrivée à Port-au-Prince, elle s'installa à la rue Bonne-Foi. Quand on incendia Port-au-Prince, d'après les ordres du président Salomon, et que le feu s'alluma dans les quartiers prétendus bazelaizistes, le 22 septembre 1883, Joséphine Jordan perdit sa boutique et se réfugia à Carrefour, un 'trou à l'époque. Depuis la mort de Joséphine, Erica s'était enracinée à Carrefour, comme un palmiste solidement accroché à ce rivage. Elle était restée fille parce que sa mère l'avait élevée dans la peur des hommes. Tout en elle se dressait contre de tels principes, mais sans qu'elle s'en rendît compte, elle avait toujours suivi les principes de sa mère.

Buss Jordan était mort en 1916; vieux nationaliste, il n'avait pas pu survivre à l'occupation américaine. Il était mort de congestion, un soir qu'un *marine* américain était venu faire l'insolent chez lui. Comme les affaires ne marchaient plus que sur une patte, du fait de la guerre, que le prix du campêche baissait, que le coton ne se vendait plus et que la maison Reinbold avait été fermée comme entreprise allemande, il était à demi ruiné, comme d'ailleurs la masse des petits spéculateurs. Il ne laissa à sa petite-fille Erica, qu'il avait toujours refusé de connaître, qu'une vieille maison, un bout de terre à La Quinte, quelques meubles anciens, des couverts d'argent et un maigre capital.

Erica Jordan avait vieilli à Carrefour, vivant des soixante gourdes du loyer de la maison des Gonaïves, des robes que lui donnaient à coudre les paysannes d'alentour et de quelques *douces* qu'elle faisait vendre par des enfants qu'elle prenait chez elle. Une de ses « pratiques [2] » lui donna à baptiser cette Claire-Heureuse. La mère mourut dans l'épidémie

---

1. *Cacos* : paysans révolutionnaires que les factions rivales de féodaux fonciers se liaient pour s'emparer du pouvoir.
2. *Pratique* : fournisseur attitré.

de petite vérole de 1920, alors mademoiselle demanda qu'on lui confiât sa filleule. On lui amena un soir un petit bout de chou qui n'avait pas trois ans. Elle se mit à adorer l'orpheline et jeta sur elle les trésors d'affection dont son vieux cœur était comptable.

Claire-Heureuse était pour elle un mélange de domestique et de fille. Elle n'aurait pu le préciser au juste. Naturellement, elle se considérait comme au-dessus de la plupart des gens du lieu, puisqu'elle était passablement instruite, qu'elle avait une maison convenable et qu'elle était Erica Jordan, Mlle Erica Jordan, vieille fille respectable. Pour elle, les gens se divisaient en deux classes sociales : la basse classe, celle des gens qui vivaient en concubinage et puis celle des gens bien, qui se mariaient ou restaient célibataires.

Claire-Heureuse était certes un peu sa fille, mais aussi une domestique. Elle lui achetait de belles robes, des souliers pour le dimanche, des sandales pour la semaine mais, n'avait pas jugé bon de l'instruire. Naturellement, si elle avait été sa fille, elle l'aurait mise à l'école. Elle envoyait aussi Claire-Heureuse faire la marchande dans les rues, chose à laquelle elle n'aurait jamais pensé pour sa fille. Claire-Heureuse, à sa mort, hériterait de tout son bien, mais il ne lui aurait jamais paru choquant que Claire-Heureuse prenne mari sans se marier, pourvu qu'elle le lui amène auparavant. Elle craignait surtout que Claire-Heureuse ne tombe enceinte avant. « Les filles du peuple ont la tête si faible ! » Ça lui aurait fait un chagrin immense. Tout ça correspondait à toute une série de principes peu sûrs, peu nets qui se résumaient dans le fait qu'elle était la marraine de Claire-Heureuse, rien de plus. Elle avait à cœur l'avenir de sa filleule, c'était induscutable, mais sa filleule étant née de paysans, elle ne pouvait la considérer comme sa vraie fille. Ainsi ce qui n'aurait pas été permis pour sa fille l'était pour sa filleule.

Voilà que les années avaient coulé, qu'elle avait vieilli, que Claire-Heureuse était devenue femme. Elle le disait bien, marraine, qu'à faire la marchande des rues, bien tournée comme elle l'était, Claire-Heureuse finirait par se faire un amoureux. Ça lui causait une joie secrète, elle aurait tant voulu connaître elle-même l'émoi d'une étreinte d'homme. La vie et sa « naissance » ne le lui avaient pas permis, alors elle l'avait souhaité pour sa filleule.

Elle avait vu dès le premier soir que quelque chose s'était passé. Elle avait suivi, sans se tromper, les mouvements de joie et de tristesse que provoque l'amour. Claire-Heureuse avait été éperdument joyeuse pendant quelques jours : c'étaient des chansons et des rires qui, sans raison, montaient à ses lèvres; puis une grande tristesse était venue. Elle avait cessé de manger avec appétit, la nuit elle se tournait et se retournait sans cesse dans son lit, puis un beau jour la joie était revenue, sans cause. Enfin, ce fut un soir l'aveu hésitant qu'il y avait un jeune homme qui venait souvent causer avec elle; mais elle lui avait demandé d'aller trouver marraine. Il lui avait dit qu'il viendrait...

Bientôt il n'y aurait plus dans la maison que le vieux matou qui viendrait se frotter aux jambes de marraine, et le perroquet vert, sans âge, qui de son bec retroussé crierait d'une voix éraillée : « Marraine, les douces vont brûler ! »

Et puis elle prendrait chez elle un autre petit paysan. A son âge, elle n'aurait plus le temps de surveiller une fille. Délicia, la marchande de lait lui découvrirait ça... Il fait chaud... Marraine regarde par la fenêtre ouverte.

Des tonnes de nuages s'accumulent à l'est, au bord du ciel. Elle viendra ce soir la pluie aux mille cheveux drus.

⁂

A grandes enjambées, Hilarion se hâte. Au loin, sur la mer, un vapeur mugit sans arrêt comme les jeunes taureaux dans la savane. Le vent est comme une caresse. Jamais les arbres ne sentirent aussi bon. Hilarion ne pense pas aux souliers trop neufs qui lui meurtrissent le pied, il ne regarde pas les paysannes, se hâtant avant l'averse, qui balancent leurs reins harmonieux, ni n'entend leurs voix sucrées dans l'air qui sent la bonne terre fraîche.

Elle doit être déjà dans la montagne, la pluie. Hilarion marche à grandes enjambées, la bague d'argent bien serrée au creux de la main. Que oui ! elle arrivera la pluie, mais il parviendra à destination avant elle; c'était un match entre eux. Il ne pense même pas au beau costume blanc tout neuf qu'il a revêtu pour la circonstance.

Il repassa dans sa mémoire ce qu'il avait convenu de dire à marraine. Il ne devrait pas parler de sa maladie, Claire-Heureuse ne voulait pas. Elle trouvait suffisante la caution du docteur Jean-Michel. Il ne fallait pas inquiéter marraine pour rien. Et puis elle l'aimait comme ça...

Quand Hilarion arriva sur la galerie, son cœur battit à

grands coups. Il avança quand même, fit un faux pas et buta.
Il avait heurté son pied droit, son pied de chance, c'était bon
signe. Alors, il frappa aux jalousies.

— Honneur, cria-t-il.

Il entendit remuer à l'intérieur.

— Respect ! répondit une voix posée et un peu grave.

Il entra. Marraine se dodelina plus vite. Elle regarda bien
en face le grand gaillard habillé de blanc. Oui, il a une bonne
figure, des mains solides, dures. Non, ce ne doit pas être un
paresseux.

— C'est moi, Hilarion, dit-il. Claire-Heureuse n'est pas là ?

— Prenez une chaise, monsieur, Claire-Heureuse va venir
tout à l'heure.

— Elle m'avait dit de venir aujourd'hui pour vous parler...
Je viens faire ma demande pour Claire-Heureuse...

Marraine ne répondit pas tout de suite. Son cœur battit à
toute force, des gouttelettes illuminèrent ses prunelles. L'émotion accentuait aux coins de ses tempes les petits plis
serrés qui les rident. Elle lutta de toutes ses forces contre cette
fontaine qui voulait couler de ses yeux gris vert, ses yeux
d'enfant. A peine une larme était-elle évaporée qu'une autre
survenait, la clarté de l'eau se mouvait, disparaissait pour
revenir. Les doigts de marraine se crispèrent, l'éventail battit
l'air d'un vol furieux, puis s'arrêta :

— Est-ce que vous avez un travail sérieux ? questionna-
t-elle.

— Chez Borkmann ; je travaille chez Borkmann, mais pour
ce que ça rapporte, ça dépend des fois !...

Lui aussi, sa gorge se serrait ; il entendit bruire derrière les
persiennes qui séparaient ce « salon » de la pièce contiguë.
Alors il ajouta d'une traite :

— Maman viendra pour vous connaître. Et puis, lorsque
je trouverai la chambre, et que j'aurai les meubles, Claire-
Heureuse et moi on voudrait se mettre ensemble...

Marraine ne répondit pas. Elle regarda par la porte de la
cour. Les nuages noirs couvraient maintenant tout le ciel...
Claire-Heureuse entra, avec un plateau portant les verres de
crème glacée. Leurs regards se croisèrent, très vite.

Ils mangèrent en silence. Quand ils eurent fini, marraine
se leva.

— Vous pouvez venir ici le soir, de temps en temps, dit-elle.

Elle partit, droite, par la porte de la cour.

Hilarion et Claire-Heureuse se mirent à parler, tout bas,

leurs bouches se rapprochèrent. Ils étaient assis l'un contre l'autre. Il commençait à faire sombre. Alors ils allumèrent la lampe à pétrole accrochée au fond de la pièce.

Les papillons de pluie et les fourmis volantes entraient par la porte ouverte. Ils se jetaient sur la lampe qui lançait des lueurs blafardes sur les murs. Bientôt la table et le plancher furent jonchés d'ailes de fourmis volantes.

L'amour remuait en eux comme une fièvre brûlante...

*
**

Dehors, la pluie s'abattit d'un seul coup.

L'énorme bête de la pluie aux pattes de verre marche sur Carrefour et déjà, là-bas, à Port-au-Prince. Sur la route, l'eau roule, sale, bouillonnante dans les rigoles. La terre tout à l'heure encore assoiffée par le soleil boit tout son saoul. Une boue liquide.

La pluie claque sur les toits en stries serrées. L'air est plein de vibrations sonores. Les parois de l'horizon deviennent jaune sale, malgré les rideaux de pluie claire. Le vol lugubre et lourd des nuages qui fondent et accourent, sans cesse renouvelés, font au ciel d'immenses *ouangas* [1] maléfiques, de lugubres fétiches de plomb noir.

Là où les fourmis ont fait leur demeure, la lave de boue a tout ravagé. Seul l'insecte qui a la fortune d'un brin d'herbe aura peut-être pu survivre au déluge. Toute goutte de vie animale est à la merci de la pluie velue. La pluie impitoyable qui lance ses flèches d'eau.

Les arbres offrent leurs branches à l'ondée et chaque radicelle boit la soupe qui pénètre la terre. Les feuilles se dressent sous la douche pour retomber sous le poids.

L'éclair fugace et doré dessine au ciel des arbres morts de fantasmagorie, aux branches tremblantes et folles. Alors la voix énorme de l'orage se fit entendre. L'air s'emplit de l'odeur piquante de la foudre.

La pluie redouble. Les crabes « mal-z'oreilles » sortent de la terre laguneuse. Les enfants courent, nus, pour les capturer, dans les rires et dans les cris, dans le piaffement furieux de la pluie qui fait une sensation chatouilleuse en coulant le long de la raie du dos.

---

1. *Ouanga :* objet ou ensemble d'objets doués d'un pouvoir envoûtant, maléfique. Par extension, sorcellerie, maléfice.

Les grands herbages couchés de la pluie sont des fouets sur le corps.

Le piaillement désespéré d'un poussin détrempé, vacillant, qui a perdu sa mère poule.

La Gonave, fumante de brumes, au milieu de la mer au poil hérissé, sous la fusillade de gouttes.

Le ventre bosselé d'un nuage, gonflé de larmes, de râles et de sueurs.

La lutte désespérée d'un cancrelat, sur la souche dénudée par la herse de la pluie... Les pattes-mâchoires crispées sur la racine...

Les dents de la pluie labourant la terre, chassant les pierres, lavant le sable.

Chaque motte de terre a la chance de sa gorgée d'eau, chaque graine, la certitude du bourgeon, chaque racine, son bain de fraîcheur.

La mitrailleuse de la pluie contre chaque fleur, chaque graine de pollen nageant dans l'eau bénite.

Les parfums mouillés...

L'abeille, transie, alourdie d'eau et de sucs, trébuche...

Demain plus de fleurs referont plus de ruchers...

Noble et théâtral est le baryton des crapauds...

Mais les pleureuses du ciel s'épuisent. L'éclair doré darde encore quelques langues de feu, puis des salves de canon partent en plein ciel. Le froissement timide de la forêt de pluie s'évanouit au ralenti.

Encore des gouttes éperdues.

Le rétablissement du cancrelat sur sa racine.

L'artillerie lourde du ciel qui tonne de nouveau.

L'odeur bleue de l'ozone...

Le cuicuitant triomphe du poussin sous le ventre maternel.

L'oiseau décoché dans les mailles relâchées du réseau de pluie.

Les déchirures gros bleu du ciel...

La nature, lessivée et luisante sous le rayon propre et tremblant du soleil qui se faufile comme un regard de femme en mal. La respiration plus libre de tout ce qui vit et palpite.

L'éclat de verre de l'azur.

Le luisant de jade des frondaisons.

Puis, le brusque allongement de cou du soleil qui nettoie le ciel et secoue sur le paysage sa crinière blonde.

L'éclat de rire du vent...

Le grand-gosier s'élève avec calme sur la mer, pour l'agape vespérale de petits poissons frétillants.

L'électricité languissante de l'air qui jette un dernier feu de silex. La grêle de gouttes chutant des arbres à chaque respiration du vent. Le cheval, dans la prairie d'émeraude et de perles d'eau à l'orient éblouissant, le cheval frappe du sabot, hennit et se gratte le poitrail d'un coup de tête. Ça sent l'amour; toutes les fleurs baillent leurs parfums.

Alors, les fuseaux des jambes de la petite marchande de fruits dorés ouvrent et ferment leur compas sur l'asphalte moiré, son cri fuse, clair et vermeil : « Voilà les mangots cornes... Voilà la douceur qui vient ! »

Bientôt les gens sortirent, les yeux au ciel, le bras horizontal, à la recherche d'impalpables gouttes...

*
**

— Mon cher, les femmes c'est comme les couleuvres-chasseur. Quand quelque chose leur fait peur, elles se sauvent mais reviennent toujours reconnaître ce qui les a surpris... Alors, à ce moment, il faut faire attention... Vois-tu, j'ai peur des femmes, moi. Je fais bien comme tout le monde mon petit coup par-ci par-là, mais je fais gaffe à la corde au cou ! Au début, on croit toujours qu'on va s'amuser, mais on est tout surpris de se voir au piège !

Hilarion répondit par un regard interrogateur à Jean-Michel. Que signifiait cette sortie inattendue ? Il en était tout penaud :

— Tu penses que je fais mal de me mettre avec Claire-Heureuse ?

— C'est pas ce que j'ai dit, répondit Jean-Michel, je blaguais, pour te taquiner. Je crois que la petite en vaut la peine, mais si tu veux que je te dise tout ce que je pense, allons-y. Oui, les jeunes gens d'aujourd'hui font tous comme s'ils avaient honte de l'amour, même quand ils sont amoureux ils se cachent, ils crânent. Ils appellent les jeunes filles d'un tas de noms ridicules : les oies, les graines, les guitares, comme s'ils les méprisaient. Le jour où les jeunes gens ne blagueront plus l'amour, c'est qu'il y aura quelque chose de changé dans ce pays. Il y a une telle misère, une telle insécurité pour l'avenir que les jeunes filles ne pensent qu'à se marier, au plus vite, n'importe comment. Les filles sont élevées comme ça, dans l'attente du mari, sans autres perspectives. Les hommes ne trouvent déjà pas de travail, c'est pas les femmes qui en espéreraient ! Les femmes chassent le mari, et le mari se sauve... Les jeunes filles font des neuvaines à saint Paul et des prières à saint Pierre, quand elles ne vont pas chez la tireuse de cartes ou le *bocor* [1]. Ainsi l'amour devient à cause de cela la caricature de l'amour. Quand il arrive que deux êtres s'unissent, les ennuis, la misère, s'acharnent sur l'amour et les chances du bonheur commencent à dépérir... Il n'y a plus cette joie de vivre, cette confiance en l'avenir ! Les femmes ne sont plus solides comme l'étaient nos grand-mères, elles ne voient plus que l'immédiat. Naturellement, il y en a qui sont encore courageuses, dans le peuple. A chaque fois qu'il y a quelque chose qui se fait, elles sont là, à côté des hommes. Mais, crois-moi, la misère avilit... C'est terrible, l'argent. C'est pourquoi, moi, j'hésite... Avant que les femmes ne viennent à nous, il faudra encore attendre. Et puis il y a les curés, la messe, l'éducation ! Or, voilà que tu vas prendre femme, tomber dans les soucis, le loyer, le pain de chaque jour, les enfants, la maladie, toi... Tu sais, c'est bête de ma part, tu m'es devenu comme un ami, et j'ai mis de tels espoirs en toi... Et puis je ne la connais que peu, donc je me la figure mal, alors je m'inquiète...

La vie est une drôle d'aventure. Lui, le voleur, on lui disait de telles paroles ! Dieu ! que de changements ! Il travaillait maintenant, il se soignait, il allait prendre femme, et puis ce Jean-Michel... Que pouvait réserver l'avenir ? Qu'est-ce qu'il ne donnerait pas pour connaître les temps à venir !

Jean-Michel l'arracha à sa rêverie en lui tapant dans le dos :

— Ne va pas prendre trop au sérieux tout ce que je t'ai raconté... On voit toujours assez tôt ce qui doit advenir. Et puis, au fond, ce doit être une brave fille, Claire-Heureuse, tu verras, nous deviendrons bons amis. Tiens, dimanche prochain, il y a un bon film à voir, crois-tu qu'elle voudra venir ?

---

1. *Le bocor* est un magicien, un sorcier, il diffère du houngan, prêtre d'une religion, le vaudou. Parfois, rarement, un même personnage remplit les deux fonctions, on dit alors qu'il « travaille des deux mains ». Les croyants considèrent le bocor qui se sert de « la main gauche » comme un suppôt du diable, tandis que le houngan, usager de « la main droite », est un serviteur du Ciel et ne fait pas le mal.

VII

La route de Léogane est toute blanche. Elle court le long de la côte, capricieuse avec ses cailloux ronds, son herbe rase sur les bords, ses larges trous où le camion reçoit de grands cahots. Elle est dure, mais le camion « Notre-Dame-de-Victoire » tient bien la route.

Il y a dans le camion une femme qui garde avec elle une grande dame-jeanne de sirop de canne mal bouchée, attirant mouches et abeilles. Ça fait un tollé de protestations dans le banc. Elles sont grosses, ces abeilles au ventre doré et poisseux. Déjà la marchande de quincaillerie aux poches de graisse sous les yeux s'est lancée dans une longue histoire invraisemblable.

— Alors la guêpe l'a mordue au beau milieu du nez, un petit moment après, sa figure était grosse comme un *co-coyer* [1] ! Le lendemain, c'était encore plus beau. Malgré tout ce qu'on fit, feuilles de boule-de-masse pilées, cataplasmes de graines de lin et de caca de cabri, ça grossissait, ça devenait rouge. Puis, elle devint raide comme un balai de *médecinier* [2]. Trois jours après, elle était morte... Tonnerre de Dieu ! il y a tellement de sorcières à Léogane ! Et puis son ventre commença à monter, monter...

— Il devint comme ton ventre à toi, Zélie, persifla le chauffeur. Mais c'est parce que tu manges trop de maïs moulu !

Tout le monde éclata de rire. La grosse Zélie se renfrogna :

— Tu es toujours en train de bêtiser, Surpris. Prends tes précautions avec moi pour que je ne te dise pas de gros mots !

---

1. *Cocoyer :* noix de coco revêtue de son enveloppe.
2. *Médecinier :* grande plante herbacée tropicale à vertus médicinales.

— Sans blague, Zélie ? continua Surpris. On dit aussi que ton ventre est plein de gros mots...

Les rieurs reprirent de plus belle.

— Le con de ta mère, Surpris !

Mais Surpris n'eut pas le temps de répondre, il vit juste à temps le charroi de bœuf au tournant. Les freins hurlèrent aigrement. Tout le monde se mit à parler. On laissa passer le grand charroi qui tourna lentement au pas de ses bœufs indolents parmi les « Ho ! à côté ! » du conducteur.

Un lézard bleu traversa la route de toute la vitesse de ses pattes courtaudes, traînant sur le sol son ventre grassouillet. Le camion se remit en marche.

Zélie mangeait des poissons frits dans une marmite. Hilarion regardait le paysage. Sa mère, la vieille Ursule, somnolait, dodelinant du chef. Zuléma aussi.

Hilarion regardait les montagnes bleutées se profilant sans arrêt au long de la route. Vraiment, la terre d'Haïti, ce ne sont que des montagnes; des montagnes bleues, des montagnes rouges, des montagnes vertes, des montagnes sans couleur. On traversait maintenant un petit plateau aride, désolé, calciné par le soleil. Il y avait encore peu de temps, la terre ne devait être ni riche ni grasse, mais le coton, tant bien que mal, poussait encore. Or, depuis que ces sacrés Américains nous ont délibérément amené le charançon mexicain, plus de gousses blanches à perte de vue, plus de fleurs jaune d'or comme des papillons de juin, le coton ne rend pas. On dirait qu'une terrible fatalité, un véritable *madichon* [1] s'acharne sur la terre. Plus de petits fruits rouges, plus de mil et de maïs jetant leur gaîté verte dans le paysage. Pourtant, il se rappelait bien, dans ce coin, il y avait de tout, des ignames, des bananes et même du riz. Les cochons hurlaient tout au long de la route, les veaux sautaient autour des vaches dans les pâturages.

Ça se voyait qu'on avait déboisé les pentes et brûlé les arbres pour faire du charbon. La place des brûlots est encore visible, çà et là, telles des croûtes noirâtres. La vie devient si difficile ! La terre avait été emportée par la colère des orages tropicaux, et puis, le vent aidant, tout s'était érodé. On peut même voir les os de la terre, la pierre grise au soleil.

Comment devait-elle être sa section rurale ? Ici, c'est l'abomination de la désolation, la terre est morte, desséchée en

---

1. *Madichon :* Malédiction.

poussière dans les canaux taris. Les hommes sont maigres malgré la vaste vareuse bleue; les femmes encore plus. Il ne doit pas rester beaucoup de monde sur le plateau. Seuls les vieux ont demeuré, on en voit partout sur la route, s'arrê- tant pour regarder passer le nuage de poussière du camion. Ils doivent, en vieux nègres dandas, s'accrocher désespéré- ment à cette terre, à leurs *hounforts,* les vieux temples vau- dous en ruines qui se cachent aux regards. Ils se battent contre ce qui reste de terre avec de vieilles houes en fer, des machettes mangées de rouille et des serpettes ébréchées. Elle n'est pas méchante, la terre; à demi morte, elle se laisse encore arracher quelque chose.

Comme sa mère, comme Zuléma, ils doivent sacrifier leurs derniers sous à des messes, à des *requiem* pour le repos des morts, et puis à implorer les vieux dieux sourds de l'Afrique lointaine. Tôt levés, tard couchés, rien n'y fait ! Comme dit Jean-Michel, il faut s'arrêter d'implorer, tonnerre de Dieu, il faut se révolter ! Et puis il doit y avoir beaucoup de *de- moitié* [1] parmi ces paysans et les propriétaires des bourgs ne pardonnent pas pour leur dû. Ceux qui ont la chance de se trouver dans un creux, ils peuvent faire pousser quelques touffes de canne à sucre, mais il faut verser au propriétaire de la guildiverie le droit du cinquième. Et puis, il faut don- ner à cette sangsue priorité à l'achat. Ah ! malheur de malheur !

Et les tracasseries de l'arpenteur ! Tonton Alcius racontait à qui voulait l'entendre comment une terre qui leur apparte- nait depuis le temps du président Salomon leur avait été volée. L'arpenteur était arrivé un matin avec ses chaînes, ses compas, et tout le bastringue. En fin de compte, la terre n'était plus à eux, mais à M'sieur Lapointe le député ! Allez donc lutter contre le député, seigneur féodal de toute la région, son capitaine de la Garde d'Haïti, son arpenteur et son chef de section !

Le père Le Guillec lui, il prend cinquante centimes pour la confession, vend l'eau bénite, demande trois poulets pour un baptême, tant pour les messes et tant pour les *libera* des morts.

— Ah ! je suis fatiguée, mais le bon Dieu est bon, on va bientôt arriver..., se lamenta une voix dans le camion.

---

1. *De moitié :* paysan qui doit donner la moitié de la récolte au pro- priétaire en loyer de la terre.

C'est ça ! Le bon Dieu ! Ils sont tous à supplier le bon Dieu et les saints ! Avec une confiance obstinée et tellement vieille ! Mais ils se battent, ils se débattent, comme ils disent, contre la vie, en véritables Haïtiens, sans repos ni fatigue. Mais qu'est-ce que ça donnera ? A la ville au moins il y a quelques fous, ce Pierre Roumel, et puis ce blagueur de docteur Jean-Michel qui parlent de s'unir contre la misère. Ici, personne. On ne peut compter que sur le bon Dieu, et on attend après lui ! Les saints d'Afrique sont bien morts et les morts aussi. Or, voilà que pour faire plaisir à sa vieille mère, il doit faire comme eux, il doit aller chanter et danser pour les saints à Léogane... De l'argent jeté !

Comme c'est triste à voir, ces enfants au gros ventre et aux yeux éteints, devant la cahute délabrée. Ils crient et agitent les mains devant le camion qui passe. Le petit chien aux yeux rouges, diaphane de maigreur, qui est à se gratter les puces, accourt vers le nuage de poussière et aboie, hargneux. Puis cette voix courroucée, criant après la marmaille que le vent disperse dans la poussière ! Hilarion ressentit alors comme il ne l'avait jamais éprouvé, en pleine poitrine, l'angoisse et l'épouvantable coup de poing que donne la souffrance humaine.

Une voix d'enfant s'éleva dans le camion, pleurnicharde :

— J'ai envie de faire pipi !...

Pestant, Surpris arrêta la machine, le gosse descendit pour faire son pipi. Une marchande qui allait le long de la route accourut auprès du camion pour offrir sur son plateau, ses sucreries au sirop sale, autour desquelles bourdonnaient les mouches.

Le chauffeur aussi était descendu, profitant de l'arrêt pour mettre le nez à son moteur. Plusieurs voyageurs descendirent également du camion surchargé, pour se dégourdir les jambes. L'employé du car, le « bœuf à la chaîne », comme on l'appelle, s'affairait sur le toit de la voiture, arrimant les colis.

Deux paysans survinrent. Ils allaient à Çà-Ira. Ils discutèrent ferme le prix. Une gourde, c'est tout ce qu'ils pouvaient donner, et c'était beaucoup. Le camion repartit, on sentait le moteur tendu dans l'effort. Surpris parlait à une vieille dame « bien », assise à côté de lui :

— Quand je terminai à la faculté de Droit, je ne pus trouver en six mois que deux affaires... Deux femmes qui s'étaient battues au marché et puis un caporal qui avait tué sa femme. Alors, j'ai décidé de retourner à Léogane. Ma mère vendit sa maison derrière l'église et puis un bout de terre, ainsi, j'ai pu acheter ce camion. Je n'ai d'ailleurs pas fini de le payer. Et les gens voudraient qu'on les transporte gratis ! Et les pneus ? La gasoline ? L'huile, le garage ? Maman est malade, le paludisme. Ça coûte cher les médicaments !

Les yeux d'Hilarion rencontrèrent le regard transparent de l'enfant qui tout à l'heure avait demandé à faire pipi. Sur sa joue au noir profond, il avait une belle couche de poudre de la route. Le gosse sourit. Tous les voyageurs étaient effondrés dans la fatigue, le gosse et Hilarion étaient les seuls vaillants dans le camion, excepté Surpris, bien entendu. La grosse Zélie dormait, la bouche ouverte. Hilarion se mit à caresser la joue du gosse. C'est doux, une joue de gosse, c'est bon un sourire de gosse. Et, tout heureux, tous les deux, ils se mirent à jouer en silence.

**

La vieille Ursule, Hilarion et Zuléma entrèrent par la haute barrière de cactus rongés de vert-de-gris, laissant derrière eux le sentier qui longeait la haie, ombragé de grands arbres et de *bayahondes* rouillés.

La colline arrondie n'a pas changé. Couverte de maigres broussailles en touffes espacées devant le dessin brouillé de la ligne des mornes lointains. Le ciel de cinq heures du soir n'a pas une fissure, plaque de tôle bleue et brûlante. Au fond, à droite, voilà le champ bordé par le canal au fond verdi de matières végétales. Des touffes de petit-mil jaune et la même herbe fanée qui couvre le canal. Là-bas à l'extrême droite, la montagne se dresse contre le ciel, aiguë, ravinée, marquée de la cicatrice où coule un mince filet d'eau.

Personne devant la case couverte de chaume adossée à la colline verte. Zuléma passa la main sur la bougainvillée qui grimpe le long du mur. Le calebassier, pauvre en feuilles, tend ses fruits ronds.

Ils entrèrent dans la case. La première pièce était vide. Une étagère, des cruches et la grande jarre de terre jaune font la causette dans le même coin. Elle est là depuis si longtemps, cette jarre, qu'Hilarion l'a toujours connue ! Ursule probablement aussi.

Une voix fatiguée s'éleva :

— Qui va là ?

Ils pénétrèrent alors dans la pièce du fond. Tonton Alcius

était couché sur un quatre-piquets [1]. Il soufflait bruyamment :

— Ah ! C'est toi, Ursule ? Ah ! le vieux corps ne va pas, la fièvre me brûle les membres, ma gorge est sèche. Ah ! ma sœur, mes vieux os ne feront plus long feu !

Ils s'empressèrent autour de tonton Alcius.

— Alors, comment va Port-au-Prince ? Personne n'est là. Josaphat et Félicien sont aux champs. Zétrenne est allée chercher de l'eau. Carridad est chez Sor Marianna. Tu sais bien, Sor Marianna, la sœur d'Erminien. Sa fille a été prise de douleurs ce midi... Ah ! il faut que je secoue mon vieux corps. il faut que je me lève...

En dépit de leurs protestations, il se mit debout :

— Depuis le temps que cette mauvaise fièvre me fait trembler. Je la connais, elle ne peut plus ruser avec moi, la salope. Quand elle me brûle, il faut que je me couche, mais quand je sens que je vais suer, je me couvre bien, mais il faut que je me mette debout... Sinon, je reste deux jours, les os brisés. Ah ! où Zétrenne a-t-elle donc mis cette tisane de feuilles d'Haïti... Ah !...

Ils étaient tous assis. Alcius reprit :

— Les femmes ne sont pas là... si tu voulais mettre l'eau pour le café sur le feu, Zuléma, houm ?

— Tout est-il arrangé avec Frère Général pour le service ? interrogea Ursule. Tu sais on ne peut pas rester longtemps, Hilarion a son travail et moi aussi.

— Ah ! Ursule, ma chère, le sel n'a pas besoin de se dire salé, pas vrai ? Quand Carridad s'occupe de quelque chose, c'est sans reproche.

— Alcius, tu sais que la vie est bien difficile maintenant, mais l'anolis donne à sa femme selon la mesure de sa main ! Et puis les saints ne sont pas regardants [2] comme les chrétiens vivants. J'ai apporté dix gallons de *clairin*, la liqueur, les dragées, du pain et puis j'ai encore trente gourdes, Hilarion en a dix, et Zuléma se charge du *libera* pour tous les morts...

Elle continua à causer avec son frère d'Hilarion qui allait se placer avec une fille de Carrefour, de Zuléma qui « levait

---

1. *Quatre-piquets :* lit paysan formé de quatre fourches fichées en terre; des lattes de bois sont posées dans les fourches et sur le tout on place une claie.
2. *Regardant :* qui est jaloux de son dû, de son bien.

de maladie », de la pluie, du prix des vivres au marché, de
Zétrenne qui devait maintenant être une grande jeune fille,
de Carridad qui avait toujours des rhumatismes, de Félicien
qui voulait se faire embaucher aux Travaux publics pour les
routes, et patati et patata.

Hilarion regardait tonton Alcius. Il est un peu voûté, tonton Alcius, assis sur sa chaise appuyée, « carguée », contre le
mur, il fume tout le temps sa pipe. Il ne devrait pas fumer
avec cette fièvre. Il lui a toujours été sympathique, tonton
Alcius. Il n'avait jamais été d'accord pour mettre les enfants
chez les bourgeois des villes. Il disait toujours que c'était
pour ça que son frère Dacius — qui, donc, tonton Dacius,
l'autre oncle d'Hilarion — serait toujours un homme à part,
ayant été élevé en ville. De fait, tonton Dacius avait trouvé
bon de se dire obligé d'aller à Port-au-Prince, juste pour le
service. Certes, il avait donné de l'argent, mais il n'était plus
des leurs. Tonton Alcius c'était un homme ! il préférait se
gourmer avec la vie, lutter, lutter.

Zuléma a bien maigri. Elle devait penser à ses enfants.
Elle devrait rester quelques jours à la campagne, ça lui ferait
du bien.

Zétrenne arriva avec ses calebasses d'eau. Elle fut toute
surprise, quand elle vit tout ce monde réuni. Alors, elle fit
ses plus belles révérences, en jeune campagnarde bien édu-
quée :

— Bonjour, ma tante, bonjour, cousin, bonjour, cousine,
dit-elle.

C'est drôle comme les filles peuvent grandir ! En un rien de
temps, elle est devenue une belle grande demoiselle, une grimelle dorée, aux dents très blanches et aux yeux verts. Ses
cheveux sont plus acajou qu'autrefois. Et maintenant, elle est
toute timide avec son cousin Hilarion. C'est drôle comme le
temps rend les gens étrangers les uns vis-à-vis des autres.
Ce n'est que quand les souvenirs se réveillent qu'on se sent
attirés. Entre un jeune homme et une jeune fille qui ne se
sont pas vus de longtemps, les souvenirs d'enfant n'arrivent
pas à briser une certaine réserve. Et puis, se pourrait-il qu'un
corps pubère refasse les mêmes gestes familiers qu'il fit na-
guère, quand, comme chez tant de cousins et cousines, il a
germé la tendre graine des amours enfantines qui ne se sont
pas développées...

Maintenant Hilarion aide Zétrenne à sortir le grand mortier et les pilons. Lui aussi, il est timide au souvenir de cet

amour enfantin. Et malgré qu'aucune pensée mauvaise ne traverse son cœur, ses yeux cherchent le dessin de ce corps devenu beau comme une fleur. Au fond, l'homme comme les bêtes, n'aime que lorsque vient sa saison d'amour. S'il se laisse prendre aux rets aujourd'hui par celle-ci, il aurait pu l'être demain ou après-demain par une autre, pourvu que la femme rencontrée supporte la confrontation avec la statue de femme qu'il s'est sculptée. C'est à Claire-Heureuse qu'Hilarion compare ce corps et l'âme qui s'en dégage, sondant son cœur afin de savoir s'il aurait pu être amoureux d'une autre femme.

Zétrenne a des cheveux chauds qu'elle a dû mouiller tout à l'heure à la rivière. Ses yeux sont verts comme l'eau de l'étang où ils allaient autrefois pêcher des crevettes. Ses épaules cintrées font balancer tout son buste quand elle marche. Sa poitrine est restée à peine plus riche qu'une poitrine d'adolescente. Elle aime toujours les mouchoirs jaunes et celui-là, autour de ses reins, tend ses hanches animales de jeune campagnarde, ses longues cuisses verticales de marcheuse. Elle est de grande taille, Zétrenne. Ah ! les filles d'Haïti sont belles !

Dommage qu'elle doive rester ici... Elle y subira le sort de toutes les femmes des campagnes, bientôt, elle sera toute déformée par le travail, bête de somme, blasée par la misère. Il est terrible, le sort de ces femmes, levées avec la rosée, couchées avec la lune; et puis des nuées d'enfants ! A peine ont-elles accouché qu'il leur en vient un autre ! Et ça manie la houe, la hache et la machette, et ça vieillit ! A moins qu'un de ces freluquets de la ville venus en vacances ne les débauche. Ça, ce serait encore plus terrible ! Faudrait pas que ça arrive à la petite Zétrenne.

Oh ! ça n'a pas traîné le café de Zétrenne ! à peine pilé, le feu s'est allumé, maintenant ils sont en train de le boire. Les voilà assis, Zuléma, Zétrenne et Hilarion, ils ont laissé le vieil Alcius avec la mère Ursule « battre leurs bouches » sur leurs vieilles histoires. Zétrenne s'intéresse vraiment à Port-au-Prince, elle veut tout savoir. Et leurs rires éclatent dans le soir tombant.

Puis Josaphat et Félicien sont rentrés. Josaphat est un grand gaillard bien taillé, le portrait de tonton Alcius quand il était jeune, à ce qu'on dit. Il est plus foncé que Félicien et Zétrenne, le visage coupé au couteau. Dans une même famille haïtienne les enfants peuvent être de couleurs vraiment différentes. Josaphat est un nègre fidèle à la terre, il ne pense pas à partir comme Félicien. Il mourra sûrement sur le lopin familial, avec la terre s'il le faut. Il est paysan dans sa chair, il n'y a qu'à voir ses mains. La terre, lui, ça le connaît. Quand il crache dans ses paumes, les frotte et prend la houe, faut être un costaud pour tenir son rythme. Félicien et Josaphat, c'est le jour et la nuit. Félicien en a assez de souffrir sur cette terre maudite, il ne parle que de partir.

Carridad est enfin rentrée. Les exclamations ont recommencé et les nouvelles de tous les parents et amis sont redites. Félicien à son *manubar* [1] s'est mis à jouer une chanson cubaine à la mode. Une *canción cubana* où les mots *corazon* et *amor* reviennent sans cesse sur une mélodie brûlante d'ardeurs nègres et de frénésie ibérique. Un chant de cannes à sucre brûlées par le soleil, hymne de sueur de sang et de lascivité.

Tonton Alcius attache son gros hamac de fil de coton violemment colorié, entre les deux poteaux de la galerie. tout comme nos grands-pères, les Indiens chemès, quatre siècles et demi auparavant. Les femmes sont auprès du feu. Zétrenne est à piler le petit-mil du repas dans le grand mortier, au cadencé de ses seins sautants.

Hilarion va jusqu'à la barrière, il regarde les grands flamboyants avec leurs bouquets rouges allumés en plein jour. Il y a au tournant du sentier des touffes de fleurs sauvages, des belles-de-nuit qui attendent l'encre de la nuit bleue pour s'épanouir. La soie rose de leurs pétales exhale de lourds parfums. Les frangipaniers laissent tomber des fleurs qui, en chutant, tournoient dans l'air comme des toupies. Il va jusqu'aux fleurs jaunes accrochées à l'arbuste, et s'y pique les doigts. Des gouttes de sang maculent les fleurs. Un tambour prélude dans le lointain, proche.

Vraiment ça fait du bien de quitter la ville bruyante. Le vent chante dans les arbres. La chaleur est tombée. Ce soir, les hommes aux mains crochues et dures danseront jusqu'à l'aube, les femmes secoueront leurs hanches et leurs jambes s'agiteront jusqu'aux dernières étoiles. Puis ils retourneront dans les champs se battre contre la terre dès les premières lueurs du soleil.

---

1. *Manubar :* instrument folklorique haïtien formé d'une caisse de résonance parallélipipédique sur laquelle le musicien s'assied pour faire vibrer les touches formées de tiges d'acier.

⁎

Dans la cour, il y a bien soixante petits nègres, ça compte soixante petits nègres, ça fait du bruit. On les avait envoyés jouer derrière la case. Tous les gosses du coin sont réunis, car on avait dû prévenir tous les proches voisins. Ça coûte de la sueur un « manger » pour les petits anges », mais si on n'avait pas invité leurs enfants, les voisins auraient pu prendre ça pour du « mal vivre ». Et puis, il ne faut pas être regardant avec les anges. Qu'un enfant passe devant la barrière, si on ne l'invite pas à entrer, ça peut vous donner un gros pied, une véritable patte d'éléphant. C'est une histoire comme ça qui était arrivée à Sor Adila et qui lui avait fait une jambe comme une igname de Guinée.

Seul du voisinage, le petit dernier de commère Cécilia n'était pas venu. Au cours de la nuit, il avait eu une de ces crises de coliques ! Carridad avait dû courir en pleine nuit, en caraco, pour voir ce qu'il avait. Elle avait jugé que ce n'était pas grave, qu'il était seulement « gonflé », d'avoir mangé quelque chose qu'il n'avait pas digéré, du maïs moulu, des patates mal cuites, ou encore des pommes sauvages. Quand ça ne donne pas la fièvre, les pommes sauvages, ce sont des coliques terribles qui mordent le ventre. C'est vraiment pas bon pour les gosses, les pommes sauvages. On lui avait donné une infusion de feuilles de cachiman, grâce à quoi il avait pu dormir. Au matin, au premier chant du *pipirite* [1], Carridad était retournée le voir. De force, on l'avait couché sur le dos, le petit nègre. Jamais vu une petite bête aussi mauvaise ! Une voisine tenait les pieds, une autre la tête, bouchant le nez. Pour respirer il avait bien été obligé d'ouvrir la bouche. Alors Carridad y avait versé un bol de jus de feuilles verdâtres. Il gigotait comme il pouvait, le petit macaque, mais ça ne l'empêchait pas d'avaler de temps en temps une bonne gorgée de *loch* avec un bruit gargouillant. Quand on le lâcha, il se mit à hurler comme un pourceau qu'on égorge. Mais il l'avait bue la mixture, amère comme du fiel. Il n'avait réussi à cracher que peu de chose.

Maintenant la marmaille fait la ronde derrière la case. Le premier se mit à chanter d'une voix aigre et traînante :

— *Zombi mann-manan...*
— *Oui, roi...*, reprirent-ils en chœur.
— *Zombi mann-manan...*, chanta un deuxième.

---

1. *Pipirite* : oiseau chanteur matutinal.

— *Oui, roi...*

Alors l'enfant, au milieu de la ronde, se mit à courir comme un fou, à se faufiler sous les bras et les jambes. Ils essayaient de l'attraper avec leurs mains liées.

— *Quimbé ti poulette...*, criaient-ils.

— *Baille yo...*, répondait le fuyard.

— *La bassette couri...*, chanta une petite fille.

— *Baille yo...*, cria le chœur.

— *La bassette sauvée....* chanta un petit garçon.

— *Baille yo...*

— *Zombi mann-manan.*

— *Oui, roi...* [1]

Puis ils tournèrent comme des toupies, faisant le « Maïs d'or », jouèrent aux frères et sœurs à marier, tandis que d'autres faisaient la ronde des oignons au bord du marché. Ce fut un beau charivari quand on décréta vieille fille un petit bout de chou malingre et pitoyable qui alla s'asseoir toute seule dans un coin, les yeux pleins d'eau. D'autres jouaient avec de la terre qu'ils mangeaient furtivement. D'autres couraient. D'autres rêvaient. D'autres secouaient de vieilles poupées de toile sale et sans couleur.

Des tas de souvenirs envahirent la tête d'Hilarion. Il se rappela ce temps où il avalait sa platée d'un tour de langue :

— Cet enfant a les dents dans la gorge ! disait sa mère.

Et elle vidait son assiette dans la sienne. Il mangeait sans dire merci, avec son féroce appétit de petit nègre nourri sans viande. Ah ! il aurait bien voulu jouer avec eux comme autrefois !

Des sentiments étranges agitaient son cœur. De la bonne graine que ces enfants des campagnes. Pas méchants pour un centime, mais voilà, c'est sauvage. Ils ont presque tous de gros ventres et des yeux bouffis. Ils ont des vers.

Ici, les enfants ça vit tout seul, toute la journée, alors, ça se réunit ensemble. Les petites de six ans sont déjà des petites bonnes femmes. Au-dessus de six ans, elles vont chercher de l'eau à la rivière, amener les bêtes boire, cueillir les fruits et les légumes, et même au marché. Ce sont les petites qui restent à la case, ce sont elles qui donnent à manger à leurs frères et sœurs. Oh ! elles ne doivent pas savoir les laver, ces bébés qui trottent. leur larme de mucus vert pendant à la narine. Mais elles les surveillent pour qu'ils n'aillent pas trop

1. Ronde folklorique haïtienne.

près du feu, leur tapent sur les doigts quand ils mangent des mouches. Elles partagent avec eux les bananes vertes bouillies et le maïs boucané. Quand la mère rentre le soir du champ ou du marché, elle donne la tétée aux petits et peut-être à la grande de six ou sept ans s'il n'y a pas assez à manger !

De drôles de petites bêtes, les enfants. Ça joue avec n'importe quoi, un bout de bois, un caillou, une poignée de terre.

Ça a peur et ça a confiance presque en même temps !

Ça hurle pour une petite chute quand on les regarde, et ça ne dit rien après une bonne écorchure quand on ne les regarde pas.

Quand ils rient, jamais cloche n'a son plus argentin, jamais le ruisseau du Bois-de-Chêne n'a de chanson plus gaie, et le soleil n'a pas plus de lumière que leurs yeux.

Mais ça ne leur arrive pas souvent de rire, les gosses misérables. Ça joue sans arrêt, parfois tout seul avec une bouche triste.

Ils se battent pour rien, se griffent, se pincent avec des yeux mauvais.

Quand ils paraissent tranquilles, leur esprit gigote sans repos sur un insecte, un bout de papier rouge, sur un bruit, sur une fleur, sur un oiseau.

Leurs mains s'agitent sans arrêt. Sans cesse ils observent comment c'est fait la terre, la boue, le sable, l'eau, le feu.

Leurs mains sont vivantes, spontanées, irréfléchies. Leurs mains, ce sont comme des petits animaux sauvages accrochés, vifs au bout de leurs poignets.

Cruels parce qu'ils ne savent pas. Une bestiole, un oiseau, ils le déchirent, lui font mal parce qu'ils aiment sentir bouger, palpiter et se débattre au creux de leur main quelque chose de chaud et remuant. Ainsi ils apprennent le monde.

Ils aiment poser la tête sur une poitrine ou la frotter contre un genou.

Tout est neuf pour eux, une écorce, un pelage de chien, un brin d'herbe.

C'est en jouant qu'ils apprennent que les choses ont un poids, une forme, qu'elles sont lisses ou rêches, chaudes ou froides, molles ou dures.

Ils aiment courir, parce que regarder ne leur suffit pas pour éprouver l'espace. L'espace pour eux, c'est s'ébattre dans un champ, un sentier ou la terre meuble, c'est sauter, pieds nus, sur un tas de cailloux.

Le premier chant d'oiseau qu'entend un enfant est une

chose étrange, merveilleuse. Douce et intrigante. Une arabesque de sons clairs, roulants, syncopés. Drus et variés comme les couleurs.

C'est tout seul qu'ils fabriquent leur premier outil, une pointe de bois, un caillou cassé en éclats...

Pour eux, le rêve ne se sépare pas de la réalité. On a deux vies : quand on dort et quand on joue. Et ça se mêle à chaque instant.

Le premier dessin qu'ils façonnent le doigt dans la poussière...

L'angoisse et la perplexité, le désespoir devant un animal qui cesse de remuer parce qu'on l'a tué, devant un objet qu'on a cassé, devant une chose qui ne veut pas obéir.

Leurs larmes salées et vite séchées...

*
**

Maintenant on a la paix puisqu'ils sont à jouer derrière la case en attendant qu'on leur serve le « manger des anges » qui sème ses odeurs appétissantes.

C'est Carridad qui l'a voulu ce manger des anges. Avec tous ces enfants qu'elle fait venir au monde, il lui fallait remplir ses devoirs envers les petits anges. Quand elle avait été avertir Frère Général pour le service en l'honneur d'Erzulie Mapian, elle lui avait demandé de lui donner la lumière. Alors, devant l'oratoire du *hounfort*[1], Frère Général avait allumé la lampe, fait les prières et cassé un œuf dans un verre d'eau. Le blanc de l'œuf avait formé une sorte de berceau. Avec ça, c'était clair, les anges n'étaient pas contents avec Carridad, elle leur devait un « devoir ».

Frère Général était déjà là, tout de blanc vêtu, un mouchoir rouge noué autour de la tête, un coq rouge sous le bras. Avec sa tête toute blanche, son dos voûté, on racontait qu'il avait cent vingt ans passés et qu'il avait tellement d'argent qu'il mangeait avec des couverts d'or. Il possède beaucoup de terre, il a sept femmes et on ne peut pas compter ses enfants. D'ailleurs avec tous ces officiers de la Garde d'Haïti. toutes ces dames de Port-au-Prince, tous ces politiciens qui viennent le consulter, ça devait être vrai qu'il était riche. On disait

---

1. *Hounfort :* temple vaudou.

même que le président Vincent s'était une fois déplacé pour aller voir Frère Général à Léogane-Dufort.

Frère avait donné la main à tout le monde. Vingt poignées de main à la fois molles et saccadées. Alors, on lui avait présenté ceux qui venaient de la ville. Il avait reconnu en Ursule la fille d'Exulmé Chantor. Il lui avait dit d'une voix bêlante qu'Erzulie Mapian est un *loa* politique et qu'elle avait bien voulu attendre cette fois-ci, mais que quand la petite bourrique hennit dans la savane, les saints savent pourquoi elle le fait. A Zuléma il avait donné une petite relique de toile jaune qu'elle devrait toujours porter au cou. Alors Hilarion le salua :

— Bonjour, papa, qu'il lui dit.

— Bonjour, garçon, qu'il lui répondit. Puis il se retourna.

Frère Général était un petit vieillard sec, tordu par l'âge, avec de tout petits yeux malins et clignotants derrière des paupières mi-closes. La lèvre inférieure était rouge et un peu pendante. Une petite barbe, rase et blanche à la houppe du menton. A l'oreille gauche, il portait un large anneau d'or. Il semblait dormir parfois, puis brusquement on voyait l'éclat incisif du regard couler derrière les paupières presque sans cils. La peau brune et tannée du visage était couturée de petits plis serrés, ses longues mains décharnées comme des gants vides étaient crispées sur un solide bâton de gommier.

Autour de la table, le café coula dans les tasses. L'une d'elles se renversa sur la nappe blanche.

— *Abobo* [1] ! crièrent-ils en chœur.

— Les saints ont soif, déclara tonton Alcius.

Alors, chacun jeta une goutte de café sur le plancher de terre battue. Seul Frère Général avait une cuiller, les autres secouaient leurs tasses pour dissoudre le sucre. Déjà les mouches bourdonnaient dans la pièce. Le soleil commençait à monter. Les bouffées de cris des enfants parvenaient de temps en temps de la cour.

— Les saints ont soif..., répéta Frère Général.

Ursule jeta un seau d'eau à travers la pièce. Devant l'oratoire dressé dans l'angle, la lampe à huile brûlait devant les gravures représentant les saints. Erzulie, la grande femme blanche avec son voile bleu, souriait sur l'image, les mains jointes, des petits anges voletant autour d'elle. A côté était

---

1. *Abobo :* exclamation rituelle qui accompagne une libation dans la religion vaudoue.

saint Jacques le Majeur et saint Georges [1]. Puis les assiettes chargées de pistaches et de maïs grillé.

L'*assa-fœtida* brûla ses fumées lourdes et suffocantes. Tous étaient tendus. On avait l'impression que les saints étaient déjà dans la pièce. Les nuques se faisaient lourdes, les yeux brillaient, mais personne n'entra en transe.

Frère Général se leva et parla, transfiguré, droit, dressé de toute sa hauteur. Ce n'était plus le vieillard chétif et malingre qui était là. C'était un autre homme qui brûlait comme une flamme. Ce n'était plus le vieux tonton cassé, mais le prêtre de l'œcuménicité vaudoue, le *hougan* des mystères de Guinée, dressé comme un arbre et qui parlait cœur à cœur avec les saints loas lointains. Il n'était plus le médicastre exploiteur de la bêtise humaine, ni le sorcier hypocrite et avide, mais sa foi faisait de lui le *vates,* l'inspiré. Quelque chose avait chaviré en lui, il s'était senti comme mourir, et pourtant, il vivait d'une force étrange, qui palpitait à ses tempes. Eux tous, ils brûlaient dans la communion du mystère africain. Leurs âmes s'interpénétraient comme l'eau se mêle à l'eau.

Frère Général parlait. Il sentait sa bouche comme les deux lèvres de cette éternelle plaie qui saigne au flanc de l'Afrique. Il nobla l'antique langage sacré des nègres dokos. A travers les sonorités sauvages de sa voix passa cette vie qui court contre les nègres avec sa gueule de sang et ses yeux de larmes amères. Frère Général s'était purifié de toutes ses laideurs morales. Chaque fois qu'il était devant les loas et les mystères il oubliait le mensonge, son outil de travail, sa foi en la force de Guinée brisait son âme et son corps, il redevenait le fils d'Afrique à qui les secrets ont été transmis par delà la traite et l'esclavage, il redevenait le *papaloi* dont le corps tremble dans la transe :

« Aïe, saints loas d'Afrique à nous ! Regardez vos enfants. Ils ont crié et personne ne leur a répondu. Ils ont demandé la pluie et le soleil est arrivé. Ils ont crié jour et nuit et la misère s'est de plus en plus agrippée à leurs corps. Ils ont lutté pour que la terre accouche d'une marmaille de fruits et le vent a ri dans les feuilles séchées et la poussière des jardins. Leurs os n'ont pas cessé de leur faire mal. Alors, saints loas

---

1. Le vaudou haïtien fait un syncrétisme religieux qui identifie respectivement les esprits vaudous avec les saints de la religion catholique.

d'Afrique, alors Maître des carrefours, alors *hagoun* Balindjo, alors Pétro Zandor, et vous tous ses frères et sœurs de Guinée, vos petits se sont retournés vers vous.

« Oh ! toi, Ti-Jean-Pétro, moi-même Général Ti-Mouché, je noble ton nom.

« Pétro Zandor, moi-même Général Ti-Mouché, je nomme ton nom.

« Et vous, Congo Savanne,

« Vous, Kita Chèche,

« Vous tous,

« Marinette,

« Ti Jean Pied Fin,

« Général Brisé,

« Antoinette Zauban,

« Brisélia Brisé,

« Brisé Jonquille,

« Brisé Macaya,

« Aie Guéde l'Orage !

« Envoyez tous vos petits anges dans la case de votre enfant Carridad. Faites, ô nos morts de Guinée, faites que les hommes ne hèlent plus comme les chiens dans la nuit.

« Aïe, Oiseau Malfraisé de papa Pétro, chante dans les chemins devant les petits anges qui viennent aujourd'hui dans cette case.

« Aïe, papa Pétro, tu es avec tous les loas le protecteur de nous tous ici. Demain nous nommerons ton nom avec celui de ta sœur Erzulie Mapian. Aujourd'hui laisse passer les petits anges. *Ago Yé !*

« Maître des carrefours, chassez les satans aux oreilles noires de Guinée, laissez passer les petits anges. *Ago Yé !*

« Les anges viennent laver la malédiction qui pèse sur la terre avec la rosée du ciel. *Ago Yé !*

« Nous égrenons le maïs, nous égrenons les pistaches, nous semons les dragées. Nous avons rempli les *couis* neufs, nous avons coupé le *giraumont-caïman* [1], nous avons apporté l'igname siguine, nous avons posé le couteau au manche blanc, le coq rouge, l'assiette blanche, les deux fers à cheval...

« Aïe, les saints de Guinée... »

Ainsi disait la voix de Frère Général Ti-Mouché, le vieux papaloi aux secrets de Guinée. Ses paupières étaient lourdes,

---

1. *Giraumont-caïman :* variété de potiron géant.

son visage fatigué, ses bras s'agitaient dans le silence de la pièce.

Voilà longtemps que les tracas et les soucis de la vie des villes avaient obscurci en Hilarion la foi brûlante dans les mystères du Vaudou. La bataille quotidienne pour manger lui avait enlevé tout loisir de penser au vieil héritage de l'Afrique. Il était venu à Léogane par condescendance, toutes ces choses étaient étrangères à son cœur. La puissance d'une culture aussi vieille que le monde avait perdu tout pouvoir sur lui. Mais brusquement, dans la chaleur de cette pièce, tous les fantômes de sa jeunesse étaient revenus l'assaillir. Il brûlait avec eux, d'un feu frémissant. Il sentait dans la pièce le souffle des dieux-fauves de son enfance, exigeants, jaloux et cruels, les dieux-plantes, les dieux de l'eau, des carrefours et du vent, tous les rois-loas du culte de la couleuvre présents dans l'atmosphère puante du *cacadiable* [1] qui brûle. C'est terrible comme l'Afrique pèse sur les pauvres nègres. Quand ils s'en croient détachés, elle surgit soudain, au moment où l'on s'y attend le moins, avec ses rythmes et ses mystères. Quand la peur ou le danger les presse, quand l'*asson* secoue l'âme de Guinée, quand l'émotion étreint leur cœur, les saints descendent de la vieille culture qui dort dans leurs têtes, émergent, surgissent de la vaste et profonde métaphysique panthéiste qui domine leur conscience, pour tordre, remuer leurs corps et leurs cœurs, pour animer leur langue qui s'agite et qui beugle, pour allumer leur âme des chaleurs de l'extase.

Enfin, Frère Général ouvrit les yeux. Il paraissait revenir d'un long voyage dans la Guinée présente dans chaque morceau de son être, d'un rêve presque réel et physique. Son regard était accablé et terne. Le poids de l'âge, tout à l'heure renversé, était soudain revenu, cassant son corps, plissant ses yeux, animant la main de l'imperceptible tremblement de la vieillesse. Personne n'était tombé en transe. Le Maître des carrefours avait laissé le chemin aux petits anges. Frère Général, penché sur son bâton de gommier passa la porte sans mot dire, et sortit.

Alors on amena dans la cour neuf énormes gamelles de bois neuf, chargées de victuailles de toutes sortes, mélangées : viandes de cabri, patates, ignames, bananes, petit-mil, farine

---

1. *Cacadiable* : assa-fœtida.

de couscous, arbre à pain, crébétés, poissons séchés, giraumonts, concombres, abricots, corossols, figues-barriques. Quand les gamelles furent posées par terre, on battit des mains. Les enfants se ruèrent sur les victuailles, dans la bousculade et dans les cris...

⁂

Tout le monde fut surpris quand la petite fille entra dans la cour. Elle avait bondi du buisson où elle était tapie, telle une puce, les jambes prodigieusement maigres, une griffe en avant, l'autre accrochée aux haillons qui la recouvraient. Enfant-bête d'épouvante et de fantasmagorie, elle tournait des yeux animaux et furtifs sur lesquels retombaient des cheveux couleur de terre, sales et poisseux.

Les enfants s'enfuirent quand elle s'accroupit devant une des gamelles. Elle y plongea ses mains aux ongles longs et se mit à s'emplir la bouche avec une frénésie furieuse.

Ils avaient peur, ces gosses, devant ce visage qui n'avait plus rien d'humain. et qui avalait les victuailles en montrant des dents jaunes et pointues. Les traits du visage étaient cependant réguliers, le front large, le nez fin. Ses yeux animaient son visage de lueurs folles. Des yeux de chat, perçants et fixes, allumés de flammes par la vue de tant de mangeaille. Ses joues et son nez remuaient, enivrés.

Les gens s'étaient mis à chuchoter dans la cour.

Ça faisait trois ans qu'il hantait la région, ce petit monstre d'une douzaine d'années. On l'avait trouvée un matin sur la plage parmi les débris d'un voilier naufragé. Quand on avait voulu mettre la main sur elle, elle avait mordu jusqu'au sang, puis s'était sauvée dans les halliers. Elle vivait dans les bois depuis lors.

Elle gîtait le plus souvent près du gros mapou au bas de la colline, dans un trou de terre d'où l'on pouvait la voir sortir de grand matin, en rampant. Elle chapardait dans les champs des fruits, qu'elle dévorait, accroupie. Parfois on la voyait, allongée sur le ventre, près d'un tas de détritus, mangeant à pleine bouche les pelures de fruits, les écorces de melon, les épluchures de légumes ou rongeant de vieux os.

D'autres fois on l'apercevait, allongée dans les herbages, ses petits seins et son sexe, rabougris et noirs de crasse au soleil, sous des guenilles qui ne cachaient rien. Au moindre bruit, elle était en éveil, se mettait à galoper vers un fourré, essayant de cacher avec ses haillons sa féminité pitoyable. Quand on lui jetait un bout de pain ou un fruit elle plongeait dessus et se sauvait en mangeant.

Jamais elle n'avait répondu à la moindre parole. Sa peau était rouge et terreuse. Souvent on l'entendait chanter d'une voix acide des rondes enfantines qu'elle déformait. La raison s'était enfuie de son âme dans la catastrophe obscure où les siens avaient péri. Pour tous ces gens, ça ressemblait à une vengeance d'Agoué, le Maître de la Mer, intransigeant et sans merci. A moins qu'elle ne fût quelque esprit maléfique venu sur cette terre pour expier d'obscurs crimes contre le ciel. Elle vivait en marge de tous, soulevant autour d'elle un nuage de saleté, d'opprobre et de crainte superstitieuse.

Quand elle eut fini de dévorer, les mains chargées de victuailles, elle se mit à galoper et disparut derrière les frangipaniers en fleurs qui bordent le sentier.

Alors les gens respirèrent et se mirent à caqueter. On dut appeler les enfants à poursuivre leur agape. Mais ils ne touchèrent pas à la gamelle que l'apparition avait salie de sa bouche. On l'enleva d'ailleurs et on alla l'abandonner à distance de la case. Les gosses se ruèrent de nouveau sur les gamelles, piaillant et criaillant...

. . . .

Plus tard le rythme vif du *Dompétro* chanta sur les tambours. Le chant s'éleva des lèvres implorantes vers le ciel muet et impassible. La voix de l'*oungénicon* trembla. La *chanterelle* [1] monta, soprano tendre et désespéré, avec des notes bleues et des sons de pleurer; cris trois fois répercutés concertant avec le chœur et *glissandos* hypertendus. Puis la lamentation reprit, lourde comme la marche d'un travailleur peinant sous le soleil brûlant.

---

1. *Chanterelle :* soliste chargée de guider les voix dans certains chants vaudous, elle se confond souvent avec l'oungénicon, chef de chœur et coryphée.

VIII

Un chien grattait ses puces contre la haie. Il regarda Hilarion avec des yeux tristes et rougeoyants dans l'obscurité. Partout, devant les cases, le monde est réuni, « tirant » des contes chantés parmi les yeux écarquillés des enfants. Le soir, tout le monde redevient enfant à la campagne. Bouqui, Malice, les petits êtres fantastiques dont les silhouettes falotes sont visibles dans l'ombre, jouent mille petits drames sanglants et risibles sous les tonnelles. Sous leurs yeux, la tortue monte à cheval, le tigre va faire sa demande en mariage, le mancenillier [1] danse avec la lune dans ses bras... Chaque brin d'herbe est aussi homme que la rivière est femme; l'Oiseau-moqueur, le Nuage, le Roi, le Paresseux, Compère Lapin sont à aimer, parler, haïr dans une clarté de légende et l'enchevêtrement de la forêt qui vit et vibre.

Quelque part, dans un arbre, un chat cracha, furieux, puis miaula tel un nouveau-né. Une voix de femme courroucée s'éleva d'une maison perdue dans les feuillages. Ils marchaient dans la nuit tiède, fatigués, brisés par les longues journées de « devoirs » vaudous.

La frénésie de jambes et de bras autour du *poteau-mitan* [2], entouré de *vévers* [3] rituels, dessinés avec de la farine, les avaient épuisés. La fatigue était dans leurs membres comme une lame d'acier froid enfoncée en plein muscle. La *mambo* [4] jetant des bouquets de frangipanes, de bougainvillées et de

---

1. *Mancenillier :* arbuste d'Amérique Centrale auquel on impute des vertus magiques.
2. *Poteau-mitan :* poteau fiché en terre pour les cérémonies vaudoues.
3. *Vévers :* blason, armoiries des dieux vaudous.
4. *Mambo :* prêtresse vaudoue.

roses sur l'autel, avec dans les yeux le regard languide d'Erzulie Mapian, la déesse amoureuse, prononçant des discours
en français précieux; l'agitation des femmes en pleine crise
de Marinette, se tortillant comme des couleuvres; les poignées
de main, les robes déployées sur les jupons brodés, les anneaux dorés et tout les clinquants des femmes; le chœur
blanc des *hounsis* [1] avec leurs voix nasillardes, les drapeaux
sacrés ondulant, les senteurs fortes des fleurs, tout ça avait
donné mal à la tête à Hilarion.

Et puis, toutes les émotions de la journée ! Quand le lieutenant était entré dans la cour, faisant cabrer son cheval,
même le tambour s'était tu. Frère Général avait pu arranger
les choses. Il avait fallu graisser la patte au lieutenant pour
que tout puisse se dérouler comme prévu. Après ça il ne restait plus un centime pour le *libera* des morts. Ça aussi avait
sans doute contribué à son mal de tête. Quand on est con-
trarié, que par-dessus le marché on est fatigué, rien de tel
pour vous rendre mal foutu. Le salope de lieutenant ne s'était
pas contenté de se faire payer, il avait mangé et bu, puis
s'était mis à tourner autour de Zétrenne. Il avait fallu se
contenir et subir les insolences pour que les rites interdits
puissent avoir lieu. Hilarion, particulièrement, était en colère. Là-bas, les gens ne sont pas encore partis pour aller à
la contredanse qu'on donne cette nuit chez M'sieur Grivers.
Il aurait pu les attendre pour s'y rendre, mais il ne se sentait
pas bien. La présence du lieutenant lui avait mis une boule,
là, en pleine poitrine. Josaphat l'avait remarqué et lui avait
proposé de faire un tour.

C'était un bon compère que Josaphat. Il ne parlait pas
beaucoup, mais on sentait sa chaude sympathie quand il
voulait la montrer. Ils étaient partis dans la nuit claire, décochant au passage des chauves-souris en plein ciel et la fuite
éperdue des rats dans les sentiers.

C'était la saison des pintades. Il y en avait des masses qui
dévastaient les récoltes. On avait tendu des pièges et il fallait
les changer au moins une fois dans la nuit. Elles faisaient
leur bruit monotone dans les feuillages, les voleuses.

Quand ils pénétrèrent dans le champ, ce fut un envol
éperdu d'ailes grises et blanches. Les pintades fusaient de tous
côtés. L'air qui s'était frotté aux citronniers avait une odeur
enivrante. Les alizés de la nuit chantaient dans les herbages.

---

1. *Hounsis :* vierges formant le chœur dans les rites vaudous.

« Tchi, tchi... Tchi, tchi ! » faisaient les pintades prises au piège, tournant en rond dans les paniers sans issue. Ils firent main basse sur une bonne vingtaine de pintades.

— Ça donnera bien vingt-cinq gourdes au marché, déclara Josaphat, ravi. La vie est comme ça ici. On peut changer le mal en bien, comme le bien se tourne tout seul en mal... La vie est comme ça...

Il jetait un regard en biais à Hilarion. Ça ne lui faisait pas plaisir de voir Félicien avec Hilarion. Il avait idée que la présence d'Hilarion encourageait Félicien dans son désir de partir. C'était vrai que Félicien était un peu nonchalant, un peu indécis. Il était dans la vie comme il fumait sa pipe. Il la laissait s'éteindre dans sa bouche vingt fois, et à chaque fois il vous redemandait du feu.

Josaphat cueillit un épi de petit-mil et en fit craquer les grains sous ses dents :

— Ce petit-mil est doux comme du sucre... La vie c'est comme ça ici. Quand on sait la prendre, on finit toujours par se débrouiller. Félicien ne comprend pas ça.

— Tu trouves que c'est un champ de petit-mil ? interrogea Hilarion. Regarde, les grains ne sont pas encore mûrs que les feuilles sont toutes jaunes. Les plants ont poussé comme les dents dans la bouche d'un vieillard. Je crois que Félicien a raison, la vie est chaque jour plus dure ici. Le temps viendra où seuls les vieux se résigneront à rester pour mourir. Toi, tu peux faire ce que tu veux, mais tu ne peux pas demander à Félicien de penser et de faire comme toi.

— Ecoute, Hilarion. Félicien et moi on est des jumeaux, on est nés ici un matin de soleil. On a ici nos plats *marassas* [1], nos cruches et tout. Tu as vu tout ça au cours du « manger les anges ». Maman revenait du marché le jour de notre naissance, à bout de forces. Elle est descendue de son mulet, tu te souviens celui qui n'avait qu'un œil, elle s'est accroupie au bord de la route, là où il y a le grand acajou. Elle a poussé de toutes ses forces, qu'elle nous a raconté, la mère. Et on est nés, l'un après l'autre. Elle a elle-même coupé le cordon avec une pierre de cette route. Puis, remontée sur sa bête, ses jumeaux dans les bras, elle est arrivée à la maison, épuisée... On a grandi ici. On ne se ressemblait pas, on n'est

---

1. *Marassas* : jumeaux, les jumeaux dans le culte vaudou sont l'objet d'une vénération spéciale, étant donné les « pouvoirs » qu'on leur attribue ainsi qu'au « dossous », leur cadet. On fait des cérémonies spéciales ,en leur honneur.

jamais d'accord, mais tous deux on est des nègres d'ici avec
les mêmes défauts et les mêmes qualités. Au fond nous sommes les mêmes... Il croit qu'il pourra se faire ailleurs ? Jamais il ne pourra; c'est un nègre de la terre. Il ne faut pas
qu'il parte. Le nègre ne meurt jamais avant son heure et
personne ne peut échapper à son destin... Quand on arrive
au pays des borgnes il faut fermer un œil. Félicien ne saura
jamais, c'est un nègre d'ici. Toi tu es devenu un nègre des
villes, tu ne sais plus ce que c'est la terre. Tu ne sais rien
de la vie ici, alors, tais-toi !...

La voix de Josaphat tremblait de colère. Son œil luisait
dans l'ombre de cette lueur têtue qui allume le regard de ceux
qui ont toujours vécu sur un vieux fond d'idées qu'ils ne
peuvent se résoudre à changer. « Tant que la terre durerait,
disaient ses yeux, ce que je dis sera vrai. » Pour lui pas plus
que le giraumont ne donne des calebasses, l'homme reste toujours ce qu'il est à sa naissance. Il frappait les feuilles du
sentier avec une badine trouvée au bord du chemin, résolu.
La voix déchirée d'une chouette surgit au tournant. La nuit
devint toute noire, une foule de nuages pressés avait envahi
le ciel.

Vraiment, Josaphat était un véritable nègre de la terre.
Droit et fort comme un arbre, défiant le vent, ignorant qu'il
est à la merci de celui qui détient une hache. L'homme
courbe sous sa volonté le monde, tout comme les lois du
monde le courbent lui-même. Cette démarche noble et caout-
choutée de Josaphat attachait le regard. Cette façon de poser
le pied largement ouvert sur la terre, sans souci des roches
ou des piquants, ce balancement des épaules sans un seul
mouvement des reins !

— Hilarion, je n'ai pas dit ça pour te fâcher, tu le sais
bien...

Il embrassa les épaules de son cousin de son bras fraternel
et le tint contre son épaule en marchant. Le vent avait balayé
les nuages. Le ciel était aussi brillant d'étoiles que la mer
sous la lune, sauf qu'il y manquait ces flaques de lumières
qui frissonnent. Ils étaient devenus songeurs, cloîtrés dans
leurs pensées sans issues. Ils marchaient à grandes enjambées, en nègres qui ont la tête lourdement chargée.

La campagne à cette heure avait toute sa langueur de
femme. Lourde de parfums subtils et fugaces. Sa chair ondu-
lée et tendre faisait des baisers de fraîcheur sous le pied. Les
branchages étaient doux sur le corps comme des mains

d'amoureuse. La robe vert sombre de la terre froufroutait au vent. La terre, couturée de ruisseaux chantants, duvetée d'une herbe bruissante de toutes ses mille et une brindilles, mangée de nuit et de lune... La terre était comme endormie après les ardeurs de la journée. Parfois, un fruit ou une feuille tombait, déchaînant dans les arbres des petits tintamarres frissonnants et rapides, presque mort-nés.

Josaphat s'arrêta, regarda au loin dans le vallon, puis, prenant le bras d'Hilarion, il se mit à parler :

— Quand on a retiré le petit-mil et qu'on l'a rentré sous le toit de la case, quand on a rassemblé les épis de maïs et qu'on en a fait une énorme *guane* [1], quand on a brûlé le champ, alors on compte le produit des grains qu'on a semés. Un seul grain, en donne cent, deux cents, sans compter ceux qui ont été mangés par les oiseaux du ciel, sans parler de ceux qui ont été dévorés par les rats. Alors on partage : ce qu'on doit semer, ce qu'on doit vendre, ce qu'on doit manger. Quand il n'y a plus de grains, il y a encore les patates, le manioc et puis tant de fruits et de graines des bois ! S'il ne reste plus rien, on consomme un peu de lait caillé avec un biscuit, on va au marché vendre un cabri, sinon un peu de bois ou même des feuilles odoriférantes. Ici, on ne peut pas être paresseux. Quand arrive la morte-saison, il y a toujours à faire. Et puis, il n'y a pas de maître qui crie après nous. Les gens de la ville ne comprennent pas ça. Naturellement, quand on n'a pas de terre, il y a un propriétaire qui vous gruge tout le produit de votre sueur, c'est vrai, mais enfin, on est libre... C'est pourquoi je préfère rester là, avec toutes nos misères. Le jour où je partirai d'ici on pourra dire que le caca n'a pas de piquants, mais que quand on marche dessus, on se met à boiter...

Ils se séparèrent. Josaphat courbé sous sa grappe de volatiles s'ébrouant, allait les ramener à la case. Il devait rejoindre les autres plus tard, chez M'sieur Grivers. Hilarion continua sa route à travers la nuit bleue dans la campagne assoupie...

***

Vraiment, les nègres sont d'une drôle de race. Irréductibles. Secrets. Têtus. Les souffrances les ont coulés dans du

---

1. *Guane :* énorme treille de maïs qu'on accroche aux arbres pour les sécher et les conserver.

métal. Il y a sous leur nonchalance apparente quelque chose qui ne faiblit pas et qui s'allume quand on croit que tout est mort en eux. Le nègre est puissant. La souffrance rend calme et puissant. Quand la vie donne un mauvais coup, jette un *madichon*, il y a la lutte de l'homme qui crée un choc en retour, qui renverse le maléfice, recommence ce qui est brisé. C'est ça qui fait la beauté pathétique de l'existence.

Au détour du sentier, un flot de tambour creva soudain la nuit. Le rythme du *rada* qui explose pesa de toute sa force sur les pensées tristes et les chassa. Le *rada* qui fait la nuit inimaginable par le galop sans brides des pieds lâchés et des reins sans faiblesse. Il entendait le prélude cahotant du tambour et le coup de cymbales des pieds frappant un sol sonore de terre durcie. Les pieds commencèrent à frotter le sol, grattèrent la terre, puis se mirent à battre, vifs et timides, cherchant le rythme insaisissable et la fatigue créatrice. Hommes et femmes étaient là, hagards, sans regards dans les mouvements, face à face dans la transe, dans la danse, dans l'emprise qui monte et la sueur qui sent. Puis comme le feu s'étend dans les cannes sèches, la pulsation du tambour commença crescendo, un mouvement giratoire et grondant. Le *rada* tordait les nègres comme des fétus, huilait les corps et fracassa la nuit d'une déflagration de jambes et de bras dispersés.

Tout à coup, une gaillarde qui devait bien avoir ses soixante ans se mit à crier :

— Larguez les reins !...

Elle entra dans la danse de toute sa lourdeur de femme mûre. Ses mamelles, à chaque saut, sautaient et retombaient avec un éclat mou. Les jeunes danseurs et les donzelles arrêtèrent l'envol de leurs jambes pour voir danser l'ancienne.

Tout le corps de la matrone tremblait, de la pointe de l'orteil jusqu'à la racine des cheveux. Le tambour se fit plus lent, si lent que seul un silence oppressé animait le tremblement qui agitait l'ancienne, de temps en temps un coup partait, sec et sonore, à chaque claquement de pieds. Le petit tambour poursuivait son *cata* [1], fluet, sec et cahotant. Le grand tambour conique répondit, lançant à toute volée son rythme explosant et solennel. Alors le miracle se fit. L'ancienne monta en l'air comme une flamme, dans un battement de pieds invisibles. Elle était la danse, la vieille danse de

---

1. *Cata* : rythme particulier de tambour.

l'Afrique lointaine. Parmi eux tous, son corps de vieille avait seul pleinement conservé le message secret de l'antique danse noble du Dahomey. Elle était l'arbre dans le vent, la bête vive dans le feu, l'oiseau dans le ciel.

L'ancienne dansa longtemps, assise sur un talon, debout sur un orteil, bras déployés, jambes libérées, les épaules frémissantes, bondissante. Ailée. Passionnée comme au temps royal de l'amour, comme au temps triomphal de la jeunesse, comme au temps des nègres *marrons* [1], réfugiés au fond des montagnes, comme la flamme portant au ciel des gerbes étoilées d'étincelles.

Hilarion demeura longtemps devant la cour, l'esprit absent, stupide. En sueur.

*

M'sieur Grivers était français. Il était né sur cette terre d'Haïti où il y a de la place pour toutes les bonnes gens. Il avait fait en France son service militaire, puis y était retourné au moment de la guerre de 1914. Il avait perdu un bras au Chemin-des-Dames et, avec lui, le goût d'un certain patriotisme outrancier. M'sieur Grivers voulait maintenant que la guerre foute la paix aux hommes. Misanthrope vis-à-vis de son monde moyen bourgeois qu'il trouvait maintenant factice et prétentieux, quand ses parents avaient décidé de retourner à Bordeaux, il avait résolu de rester sur cette terre qu'il aimait. Il n'avait pas pu quitter le ciel aussi changeant le soir que la gorge des pigeons, le clairin brûlant qui emporte la gorge, la voix aigre des cigales qui rient depuis l'angélus de l'aurore jusqu'au crépuscule violet autour de sa petite maison de Ça-Ira. Il avait posé sur le portail un écriteau où l'on pouvait lire ces mots :

UN PETIT CHEZ SOI

Ça faisait bien quatorze ans qu'il était là sans autres amis que le ciel, la mer, les plantes, la terre et les hommes de la terre. Parce qu'il était resté ce qu'on appelle un ancien haïtien, un homme d'autrefois avec ses moustaches retroussées, couleur canelle, sa chaîne de montre en or tombant en cascade sur la pochette, son gilet, sa veste semi-militaire, ses bottines montantes et sa canne, un énorme *coconacaque* [2] à

---

1. *Marrons :* les marrons étaient, du temps de la colonisation française, les esclaves rebelles.
2. *Coconacaque :* gros bâton à nœuds.

pommeau d'or. Il portait allégrement sa cinquantaine; pro-
menant à travers la campagne sur un petit cheval trotteur
bai sa manche vide battant au vent, troussant les filles faciles
et les gaillardes sans mari, rendant service à celui-ci, racontant des histoires grivoises à celle-là. Il cultivait lui-même un
grand lopin de terre avec l'aide d'un long escogriffe qu'on
appelait Acédieu. Ils s'entendaient comme larrons en foire.
Il avait une petite bonniche fraîche, aux seins debout, aux
pieds nus, aux dents blanches toujours dehors, qui se lavait
avec des feuilles de citronelle. Maints petits mulâtres couraient à travers la campagne qui appelaient M'sieur Grivers
papa. Il leur donnait en riant des tapes, des sous pour la mère
et des petits cadeaux. Quand ils avaient huit ou neuf ans, il
les envoyait à Port-au-Prince chez une bonne femme de ses
amies; une compagne de ses fringales d'autrefois qui, devenue bigote, faisait leur éducation et les envoyait à l'école.

Grivers vivait, tout rouquin qu'il était, se considérant
comme un véritable nègre d'Haïti, tout français qu'il était.
Il s'était battu au Limbé avec Pradel, car il avait été partisan
acharné de Firmin. Il avait accompagné Jean-Jumeau dans
de multiples campagnes. Aussi il contait d'interminables histoires mi-sanglantes, mi-tragi-comiques sur les cacos, ces
paysans toujours en armes de jadis, révoltés et mercenaires
à la fois. Ces histoires, il les agrémentait à chaque récit
d'un détail imaginaire. Condamnant et regrettant à la fois
ces petites guerres coûteuses en sang et en horreurs, ce véritable ancien Haïtien était un pacifique.

Quand il recevait quelque argent, loyers des trois ou quatre
maisons qu'il possédait à Port-au-Prince, il s'empressait de
le dépenser. Il organisait des bals paysans, des martiniques,
des contredanses qui duraient toute la nuit, jusqu'à ce que le
soleil appelle les paysans aux champs.

Ce soir-là, Totoye Grivers était gai. Il avait quelques coups
de clairin à travers la tête, ravi de voir tout son monde. On
savait que le clairin ne manquerait pas chez Totoye, et que
les plus jolies filles de la région seraient là. Et puis, quand on
est un nègre qui a gardé le bon sang des ancêtres, on ne
manque pas une contredanse. La contredanse, le véritable
« gros monbin », ça devient de plus en plus rare, les jeunes
gens savent de moins en moins, et dans bien des régions ça
se perd parce que, avec tous les embêtements qu'on a, les
vieux n'ont plus le cœur à danser.

On était venu nombreux, n'importe qui était toujours bien

accueilli chez Totoye, même les jeunes le considéraient comme un ami, et s'ils l'appelaient M'sieur, c'était uniquement par rapport à l'âge et au respect. Les commères avaient passé les robes à volants et les jupons brodés empesés. Les vieilles avaient noué autour de leur tête leurs plus beaux mouchoirs de Madras ou les tillons blancs à queue brodée. Toutes les jeunes filles étaient passées par la rivière, en étaient revenues avec les pieds jaunes safran, avaient sorti les anneaux d'or et les colliers aux mille couleurs. Sor Carridad était là, examinant toute cette jeunesse, hochant la tête :

— Voyez-moi ça ! Elles perdent les bonnes habitudes, les jeunesses d'aujourd'hui. Ça s'habille comme les donzelles des villes ! Pour une contredanse ! Une robe à fleurs, regardez-moi ça ! elle doit croire que c'est à la cour de la reine d'Angleterre qu'elle vient ! Parlez-moi du costume d'autrefois, les robes bleu foncé derrière, bleu pâle devant, bien blousées à la taille, volant en l'air sur les foulards de satin ceignant les reins. Elles ne savent même plus nouer le foulard à la domingoise, comme une longue calebasse, surmontée du chapeau fleuri. Il fallait voir ça dans un chassé-croisé ! Tous les jeunes gens vêtus de leurs vareuses ! Maintenant la ville ne se contente plus de nous prendre notre jeunesse, elle nous gâte ceux qui restent !...

— Aïe, Carridad, ma chère, tout ce que tu dis est vrai, mais il faut se résigner, déclara sentencieusement tonton Hilophène. Les choses viennent, les choses s'en vont. La vieillesse s'en va, la jeunesse arrive. A quoi bon se plaindre ? Et puis les jeunes gens aiment encore tout ça, mais, rapport à l'argent, on ne peut faire comme autrefois, faut se résigner !

Frère Capinche était venu en passant chez tous les amis, buvant à chaque fois le coup. Dressé sur sa vieille mule réputée ombrageuse, une belle bête couleur de sable gris, faisant mille cabrioles, Frère Capinche était en goguette. Un bon garçon, Frère Capinche, quoiqu'il aime trop boire. On le surnomme Compère Grog. Les enfants sont sans respect aujourd'hui : ils ne pardonnent pas. Quand il est trop saoul ils courent après lui et l'appellent :

— Hé, Compère Grog ! Hé, Grogmagrog !

Il allait au petit galop, les tambours en travers de sa mule, réveillant toute la campagne de battements endiablés. C'est un tambourinier qui n'a pas son pareil, Frère Capinche. Saoul comme une toupie de gaïac, il n'en joue que mieux !

Les autres musiciens n'étaient pas encore là. On attendait

les frères Alcindor, deux petits bouts d'hommes qui ont toujours la guitare en travers du dos et qui, pour un oui et pour un non, vous donnent une sérénade. On les taquinait bien à cause de leur taille, mais ça n'allait jamais loin parce qu'il ne faisait jamais bon de se frotter contre Célomme Alcindor. Julius Julien, qu'on surnommait le Rossignol, non plus n'était pas encore arrivé avec sa mandoline. Il y avait juste Félicien avec son manubar, Frère Capinche avec ses tambours, Gros Gilbert avec son harmonica. La musique chantait déjà en sourdine. Tous les jeunes gens étaient rassemblés autour des musiciens, la grande Euphrasie aussi. Une femme un peu mûre, cette Euphrasie, mais elle chantait, blaguait et riait toujours, un véritable boute-en-train :

— La jeunesse d'aujourd'hui ne sait plus danser ni rire comme autrefois, disait-elle.

Elle se mit à chanter une de ces vieilles méringues d'autrefois, tout en sucre, vierge de tout rythme afro-cubain, toute frémissante de sons. Elle esquissa un pas de danse, faiblement accompagnée par Frère Capinche :

> *Belle bagaille,*
> *Explication darati,*
> *Ioun jeunesse qui mandé marier !...* [1]

Les jeunes filles faisaient la roue devant les jeunes coqs. Beaux yeux baissés, frémissantes de plaisir, elles écoutaient les paroles sucrées des gaillards. Les parents jetaient des yeux furibards :

— Tu sais bien, Alicia, je te l'ai déjà répété. Je ne veux pas que tu restes à causer avec ce maudit garçon de Frédéric. Son père est bien honnête, mais lui, il n'est pas sérieux. C'est un coureur qui a fait les quatre cents coups. Quand on est honnête on ne reste pas plus d'un an à faire la cour à une jeune fille sans faire sa demande.

Un peu plus loin, un beau brin de fille qui paraissait bien sûre de ses attraits disait non à quelque rendez-vous, mais ses yeux disaient oui. Quelques dindes délaissées faisaient les figures longues dans un coin. Ça bourdonnait de partout. Les hommes claquaient leur langue après le coup de rhum,

---

1. Belle histoire,
   Propos de vieille folle,
   Une putain qui demande le mariage !

les commères commèraient, les jeunes éclataient de rire dans le tintamarre des instruments qui s'accordaient.

Quand Totoye s'avança au milieu du glacis, tout le monde s'arrêta. Il fit la révérence. Les musiciens se tenaient prêts.

— A mon commandement pour la contredanse ! Ceux qui ont les reins qui se dévissent, qu'ils sortent du glacis, criat-il.

Alors la guitare préluda l'air gracieux de la contredanse. Les filles s'étaient mises en ligne, face aux garçons, les croupes bien marquées par les foulards de satinette noués à la taille, les robes battantes sous l'haleine de la nuit. Le *manubar* à la voix sombre et la mandoline aigrelette reprirent le rondo léger. Le tambour se mit à battre, doucement comme un cœur, puis le plain-chant s'éleva dans la fraîcheur calme de la nuit, en des méandres de couleur et d'allégresse.

— A mon commandement ! cria Totoye, chassez, croisez ! Les dames, regardez les cavaliers, les cavaliers, admirez les dames !

Comme la vague accourt vers le rivage, d'un seul mouvement les jeunes gens abordèrent les filles, ils chassèrent puis croisèrent les jeunes filles au pas balancé, hanches ondulantes, yeux droits. Comme l'eau se mêle à l'eau. Les deux bataillons s'étaient rencontrés sur l'air sautillant de la contredanse, rivalisant d'harmonie avec cette musique aussi gaie que le chant de l'oiseau-musicien.

Chaude au cœur de tous est la rencontre de la jeunesse en fleur. Royal est le pouvoir de la danse sur les nègres de la terre tandis que la brise se balance au rythme des trilles.

Alors les cavaliers, d'un pas noble et assuré, avec des pirouettes et des entrechats, s'approchèrent tout près de la grâce et du sourire des donzelles aux bras agités.

— Les cavaliers, saluez les dames !

Ils firent d'un geste unique la révérence, les reins cambrés, emportés par la mélodie. Les dames firent les chattes, se balançant en place, dans l'attitude embarrassée des filles timides courtisées.

— Les dames, méprisez les cavaliers !

Elles firent la moue, jouèrent le dédain, minaudant sur un rythme amolli. Les cavaliers sautèrent à trois pas de hauteur sous l'insulte, tournèrent en rond autour de l'essaim insaisissable des fées danseuses. Ils agitèrent leurs mouchoirs multicolores, puis s'arrêtèrent net d'un air de défi et crièrent :

Hep ! Tiguidimpa ! Tiguidimpa !
Hep ! Tiguidimpa ! Tiguidimpa !

La musique se mit à rire, à railler, à sourire, aérienne, légère comme des bulles de savon multicolores.

— Les dames, décroisez les cavaliers, un petit sourire...

Les filles s'élancèrent, la jupe relevée, la jambe frémissante, les épaules animées de secousses telles que le vent en déclenche dans les feuillages touffus. La poussière de la joie, le vin du sourire, couvrirent leurs visages et se mêlèrent à l'huile de la sueur. Filles et garçons s'étaient alternés et dansaient avec de gracieux mouvements de jambes sur l'air dixhuitième siècle où le lyrisme nègre avait jeté des frissons rapides et des frénésies toujours renouvelées. Les corps s'étaient rapprochés, se touchaient presque.

— Les cavaliers, une petite effronterie ! cria le meneur de jeu.

Ils touchèrent d'un geste preste les corps des dames virevoltantes, fuyantes, riantes.

— Les cavaliers, chassez, croisez ! un petit sourire, un petit baiser !

Sans trahir le rythme, ils se croisèrent. Les plus favorisés trouvèrent l'espace d'une seconde des lèvres molles et mouillées, ou le satin d'une joue ou la douceur d'un frôlement de cou.

— Les dames, attention ! Châtiez les cavaliers !

Les cavaliers s'enfuirent sous la menace de la gifle, glissant sur les *pizzicati* qui dialoguaient avec le *manubar*, les cordes et les tambours. Une musique de ciel, chantante et mousseuse comme l'eau des sources, gaie, limpide, roucoulante comme les pigeonnes en mal d'aimer, frissonnantes, frémissante comme une chanson d'avril fleuri. Comme si tout un bocage d'oiseaux et d'oiselles s'était caché dans les instruments de musique réunis sur le glacis à café de Totoye Grivers.

Les premiers coqs de la nuit se mirent à chanter. Hilarion s'inquiétait. En effet, Josaphat et Zétrenne commençaient à tarder. Mais il se laissa entraîner vers la buvette où le clairin pétillait. La bande joyeuse riait et éclaboussa la tristesse d'une amoureuse délaissée dans un coin par un galant volage.

— Chassez, croisez ! les dames et les cavaliers ! criait Totoye.

Les couples se renouvelaient sans cesse sur le glacis, enroulés dans les méandres de la contredanse aux accents de l'harmonica.

*
**

Quand Josaphat arriva aux bosquets de frangipaniers qui enchantaient la nuit, il entendit siffler longuement. Une appréhension l'envahit. Il vit une ombre se faufiler sous les frondaisons. Qui pouvait se cacher dans les environs ? Ce n'était pas la saison des récoltes, les voleurs pour le moment étaient rares, et dans le voisinage tout le monde savait que ce n'était pas chez compère Alcius qu'on trouverait grand-chose à voler. Juste deux ou trois poules qui avaient mal aux yeux, quelques œufs, quelques mesures de petit-mil, des épis de maïs sec et les restes des derniers jours. L'inquiétude de Josaphat n'en fut que plus profonde. Il porta la main à la machette et avança :

— Qui va là ? cria-t-il.

Il entendit le bruit des feuilles froissées et la course de l'homme qui s'enfonçait sous le couvert. On se mit à siffler de nouveau. Cette fois, c'était net, c'était un signal.

C'est alors que Josaphat se rendit compte que le quidam pouvait avoir un compère dans la maison; là était le danger. Il n'y avait en effet, dans le voisinage proche, aucune autre maison. L'homme devait être du pays, l'avait dû reconnaître et essayait de prévenir celui qui devait opérer dans la maison. Et Zétrenne qui était toute seule !... Il abandonna la poursuite et pressa le pas vers la maison.

En entrant dans la grande pièce, il ne trouva pas de lumière. Sûrement Zétrenne n'avait gardé allumée qu'une seule lampe. Mais que pouvait-elle faire dans la chambre ? Il n'était pas possible qu'elle fût partie toute seule chez Totoye. Et puis elle était déjà habillée et devait avoir depuis longtemps fini de ranger. Enfin, il était entendu qu'elle devait l'attendre.

Tout à coup, il entendit des souffles pressés dans la chambre. Des souffles de lutte, courts, avec même un léger ahanement, le bruit mat d'un objet renversé.

En entrant dans la pièce, il resta interdit. A la lumière d'une lampe à pétrole qui brûlait dans un coin, il vit Zétrenne, luttant de toutes ses forces contre un homme. Il en demeura sur place, paralysé de surprise.

L'homme essayait d'acculer Zétrenne sur la couche. Plusieurs fois il avait failli la renverser, mais à chaque fois une dure main de travailleuse s'abattait sur son visage, ou s'agrippait à son cou. Elle était haletante, ramassée sur elle-même, toute sa force et sa souplesse contrant la puissance écrasante de l'homme. Déchaînée, mais faiblissante, quoique non vaincue. Plusieurs fois elle avait failli glisser, mais elle s'était ressaisie à chaque coup.

L'hésitation de Josaphat n'avait duré qu'une seconde. Il bondit vers l'inconnu qui, se voyant découvert, se retourna vivement.

Une masse terrible accueillit l'homme. En plein visage. Il culbuta et faillit s'allonger, renâclant, la gueule en sang. Mais il se reprit et porta la main à la poche arrière. L'éclat d'une arme jaillit dans la pénombre.

Josaphat bondit de côté, juste à temps, quand le coup de feu claqua. Il dégaina la machette. Les yeux de l'homme luisaient dans le noir. Il soufflait comme une bête traquée. Zétrenne, terrifiée, s'était plaquée contre le mur. Mais l'homme n'eut pas le temps de tirer une seconde fois. Prompt comme l'éclair, Josaphat attaqua de côté : un coup de machette en plein cou.

L'homme poussa un cri-râle et s'abattit.

Josaphat s'essuya le front perlé de sueur devant le corps de l'homme gisant. Il se sentait comme dans un rêve. Une seule pensée l'agitait. L'homme était-il mort ou vif ?

— Qui est-ce ? demanda Josaphat.

Zétrenne continuait à pleurer. Dans ses sanglots, elle répétait :

— Il n'a pas pu me toucher, il n'a pas pu !

Josaphat se dégagea de son étreinte. A la lumière flageolante de la lampe, il reconnut le visage du lieutenant Clérard, l'uniforme tout ensanglanté. Il respirait encore faiblement quand Josaphat souleva sa tête :

— Un prêtre ! Appelez un prêtre ! murmura-t-il, suppliant.

La terreur de la mort faisait grimacer sa face déjà tuméfiée. Il respira encore deux ou trois fois, puis rendit le souffle dans les bras de Josaphat. Les yeux grands ouverts.

Alors la panique envahit Josaphat. Il se laissa choir sur le lit, la tête dans les mains, en proie à cette épouvantable angoisse que cause aux gens simples la responsabilité de la mort. Il était terrassé, désorienté, incapable de penser.

Ce fut Zétrenne qui le réveilla :

— Josaphat, il faut te sauver. Jamais on ne donnera raison

à de pauvres gens comme nous. Il faut te sauver, loin, loin...
Il se leva comme un automate et marcha vers la porte.

Dehors, l'air frais de la nuit le secoua un peu. Un homme
s'avançait vers lui. C'était le sergent Lubin.

— Josaphat, c'est toi ? Où est le lieutenant ?

Pour toute réponse le sergent reçut un coup de poing en
pleine poitrine. Il alla s'étaler, hors de combat. Josaphat se
mit à courir comme un fou.

*
**

La campagne à cette heure avait toute sa splendeur de
femme. Tous les parfums de la nuit, toutes les caresses du
vent, toutes les merveilles des champs se déployèrent pour
accompagner la fuite éperdue, la fuite vers l'inconnu, la fuite
sans retour de Josaphat Alcius, l'homme qui était amoureux
de sa terre.

DEUXIÈME PARTIE

I

Le 24 juin tomba un samedi, les papillons furent ponctuels.
Les enfants qui avaient congé s'étaient levés plus tôt que de
coutume. En effet, depuis la veille, leur imagination avait été
enfiévrée par les premières estafettes volantes, richement cha-
marrées, enluminées d'or et d'argent qui à tire-d'aile étaient
venues annoncer la saison nouvelle.

La première *armada* était arrivée du nord-ouest, portée par
le vieux vent caraïbe qui dans la fraîcheur du premier matin
gambadait ses contredanses de cristal.

Le ciel venait à peine d'enlever son bonnet de nuit d'astro-
logue. La mer rangeait ses oreillers de coquilles blanches bro-
dées de madrépores en fleurs; soudain la première vague de
lépidoptères surgit plus jaune que les draps de sable de la
côte, plus dorée que les plus blondes oranges sures. Et les
arbres se chargèrent de plus de fleurs qu'ils n'en pouvaient
porter.

L'air se piqua de poussières légères et multicolores. Les
enfants firent des entrechats derrière les fleurs volantes
venues du ciel. Ils criaient :

— J'en ai un bleu !
— J'en ai un couleur perle !...
— Et va donc ! le mien est plus beau que le tien !

Les adultes sortirent pour s'emplir le cœur de l'ivresse des
enfants et les aider à cueillir les papillons qui emplissaient
le ciel. Ils leur firent des bouquets en attachant délicatement
des fils autour du corselet des insectes.

Quand la pieuvre ensanglantée du soleil de l'aurore rendit
ses dernières volutes de vapeur rose, les essaims s'étaient déjà
rompus et les papillons traqués se dispersèrent dans les mai-

sons, les cours et les parcs publics. Et, malgré les soucis, les travailleurs se rendirent au travail la chansonnette aux lèvres, ou sifflant, ou riant. Les enfants étaient heureux que la Saint-Jean tombe un jour de congé et les parents gonflés d'espoir par les fastes annonciateurs de l'été.

Car l'espoir accourt au secours des hommes à chaque saison nouvelle. L'espoir est une bonne béquille pour les infirmités de l'existence. Comment ferait-on en effet pour vivre si, à chaque fois que la nature se renouvelle, les désirs et les rêves n'attaquaient le cœur avec une violence nouvelle. Malgré les déceptions continuelles, c'est la même chose à chaque fois. Quand les arbres, et la terre, et le temps, changent de couleur, les hommes se chargent d'un puissant optimisme. Même s'il arrive un ennui, celui-ci hausse les épaules et dit :

— Et alors ? Quand le *malfini*[1] ne trouve pas du poulet, il prend de la paille !

— Quand on ne peut pas changer de tête on change de chapeau, réplique l'autre.

Et la vie continue son petit bonhomme de chemin.

Ce matin-là, tout comme les enfants dont le sommeil avait été troublé par l'attente, Claire-Heureuse ne pouvant pas dormir s'était levée avec le soleil pour regarder les papillons de la Saint-Jean. Très haut, au faîte des palmiers marins dont la chevelure verte flamboie, un fin papillon de moire rose et noire enlace une lourde papillonne blanche, l'emportant droit vers le soleil, dans un fulgurant envol nuptial.

Ce fut ce jour de la Saint-Jean, sans cloches, sans officier d'état civil et sans *magnificat* qu'Hilarion prit Claire-Heureuse par la main pour la conduire vers la chambre sans parures où désormais devait gîter leur amour.

Qu'avaient-ils besoin du ministère d'un Etat qui toute leur vie ignorerait leurs besoins et leurs chagrins pour lier leurs mains ? Les travailleurs d'Haïti se mettent ensemble, ils se « placent », mais ils ne se marient pas. Parce que l'Etat n'est pas l'Etat du peuple, parce que la religion officielle n'est pas la religion de leur classe, parce que leur cœur est plus pur que la rosée du matin. Et c'est leur conscience profonde et humaine qui leur sert de Code civil et d'acte de mariage.

Et le papa Bon Dieu auquel ils croient tout au fond de leur cœur est content. Il ne chante pas en latin, il ne joue pas de l'harmonium, mais tous les parents, tous les amis accourus,

---

1. *Malfini* : aigle.

qui viennent vider un verre sur la tête des accordés, l'entendent qui dit :

— Ah ! mon garçon Hilarion a mis sa main dans celle de ma fille Claire-Heureuse, je suis content.

Et les amis rient, les parents rient, écrasant furtivement une petite larme.

Pourquoi donc est-ce qu'on pleure sans savoir pourquoi quand certains êtres chers célèbrent leurs épousailles ?

Ce furent les papillons de la Saint-Jean qui formèrent le cortège nuptial d'Hilarion et de Claire-Heureuse. Une belle traîne d'ailes aériennes, tachetée de brillants irisés, un véritable drap d'or.

*

On croyait Badère fou. Quant à Epaminondas, il était toujours saoul. Ils étaient inséparables. Quand on voyait Badère avec son nez en pied de marmite sur une figure inénarrable, drapé dans ses guenilles comme un pacha, on pouvait être sûr qu'Epaminondas n'était pas loin.

Pour eux, chaque jour c'était fête. Pour se faire les quelques sous dont ils vivaient, ils arrachaient les mauvaises herbes dans les jardins. Ils savaient ce qui se passait partout. Ils trouvaient le client pour n'importe quelle camelote à vendre, fournissaient des domestiques aux bourgeois qui en cherchaient, et faisaient les courses. Dès qu'ils avaient en poche menue monnaie, hop ! ils allaient la boire, puis ils s'endormaient sur un trottoir, en plein soleil. Ainsi, Badère et Epaminondas étaient un peu les enfants prodigues de toute l'avenue Républicaine et des alentours. Quand les enfants les voyaient, ils criaient :

— Hé ! Saint-Roch, où est ton chien ? et ils riaient.

Quand un soir, quelques mois après qu'ils se furent « placés », Claire-Heureuse se trouva mal, ce fut Epaminondas qu'Hilarion tout émotionné chargea de quérir le docteur Jean-Michel. Quand ce dernier arriva, après avoir posé quelques questions et palpé le ventre, il se mit à rire :

— Que diable ! Pourquoi m'avez-vous dérangé en pleine nuit ? C'est dans neuf mois qu'il fallait me faire chercher !

Une telle nouvelle, ça s'arrosait ! Hilarion tout éberlué déboucha une fiole de rhum. Il avait des petites mouches brillantes devant les yeux, il était à moitié ivre avant que d'avoir bu.

*
**

Depuis qu'Hilarion et Claire-Heureuse habitaient au bas de la rue Saint-Honoré, ça n'allait pas trop mal.

On pouvait dire ce qu'on voulait, mais c'était un bon quartier pour le petit commerce. Un quartier animé par tout le tintamarre de l'avenue Républicaine, hanté par les convois funèbres qui allaient ou venaient de l'église Sainte-Anne, les noces et les baptêmes aussi, il faut le dire. Près du Warf-aux-Herbes c'était plein de marchandes de poisson; plein d'odeurs de toutes sortes, qui faisaient une ratatouille peu agréable au nez; plein d'hommes en sueur qui, pour supporter le poids des charges, venaient lamper un coup de clairin, puis éjectaient des bordées de salive poisseuse. Les camions en partance pour Bainet, Jacmel, Saint-Louis ou Cavaillon n'arrêtaient pas de passer dans un bruit incessant de moteurs reniflant comme des nez enrhumés. Tout compte fait des ennuis du quartier, on avait l'avantage du fait que l'avenue Républicaine était un véritable théâtre où se jouaient des scènes bouillonnantes de vie, d'odeurs et de crasse. A chaque fois qu'on y entendait un bruit, on pouvait sortir sur le pas des portes, on était sûr d'assister à quelque chose d'intéressant. Des femmes jalouses qui se battaient pour un homme; des adventistes qui se mettaient tout à coup à radoter, à annoncer la fin du monde et à commencer un prône en pleine rue; ou encore un gosse qui s'enfuyait d'une boutique parmi les cris, courant sous une volée de bâton, parce qu'il avait chipé quelques vivres pour calmer sa faim.

Dans ce quartier, tout un chacun vivait dans la rue. Les gens y étaient simples, vulgaires et avaient le cœur sur la main. Mais quand on touchait à ce qui était leur, ils devenaient enragés. La misère les avait rendus intransigeants sur ce point. Ils vivaient aux confins de l'instinct et de l'intelligence, échantillons d'une société qui abêtit, d'une vie semi-animale, toute tournée vers ce qui était leur souci de chaque instant : manger. Tout était transformé, déformé par les besoins du ventre, l'amour, l'orgueil, la volonté comme la tendresse. Au grand soleil de la rue, avec ses bruits, ses cris, étaient leur théâtre, leur music-hall, leur cinéma, leur seul spectacle.

C'était un quartier où la grâce, la jeunesse, la joliesse s'usaient chaque jour contre la pierre dure de la misère. Les femmes y perdaient vite leurs dents, parce que rien dans le budget ne pouvait être consacré au dentiste. Jour après nuit se tarissaient les rires et l'espérance qui soulève les poitrines de vingt ans, les seins drus couleur de *sapotille* [1] et les muscles pectoraux durs comme du métal. Tout ce qui fait la beauté irremplaçable de la jeunesse, sans cesse tombait, tombait très vite dans le terreau pourrissant de l'avenue Républicaine, comme tombent les pétales quand finit la belle saison.

Quant aux vieux, riaient-ils ? Eh bien ! on sentait que leurs cœurs étaient blasés, fatigués, que la gaieté n'était plus chez eux qu'une habitude persistante d'êtres faits pour aimer et croire en la vie. A dire vrai, qu'avaient-ils donc comme joies, sinon le rire immodéré à propos de n'importe quoi, les cancans, la rue et l'ivresse sans lendemain de quelques fêtes populaires ? Nul bas de laine où se garderaient quelques sous ou quelque espérance.

Dans ce quartier, les femmes n'avaient cure du prêchi-prêcha hebdomadaire du Père Guérétin, le curé de Sainte-Anne et n'allaient que rarement à la messe — à part quelques vieilles folles de bigotes naturellement —. Toutefois, dès qu'elles avaient des ennuis, elles allaient à l'église toucher le pied de Sainte-Anne et lui allumer un cierge. La prière et les neuvaines étaient pour elles une assurance contre les mauvais coups du destin. Quand ça allait trop mal, elles faisaient vœu de s'habiller en bleu ou en toile écrue. A part cette confiance enfoncée au fond de leur être, le Bon Dieu et les autres habitants du ciel n'étaient que des affamés de prières qui donnaient, donnant donnant.

Hilarion et Claire-Heureuse avaient dû bien calculer avant de pouvoir mettre quelques chaises de paille dans la maison, les peindre en vert et blanc, acheter quelques assiettes de faïence, des verres à fleurs et puis le lit. Hilarion était arrivé à économiser l'argent du lit en faisant du surtravail; sa mère avait donné quelques petites choses, et la marraine de Claire-Heureuse avait fait le reste. Elle avait même donné deux cents gourdes à sa filleule pour ouvrir un petit commerce :

— Avec un petit commerce, on n'est peut-être pas riche, mais en échangeant un peu de fatras contre de la poussière, on ne meurt jamais de faim, avait dit marraine.

En effet, s'ils tiraient un peu le diable par la queue, ils ne s'en étaient quand même pas trop mal tirés. Dans la première pièce, Hilarion avait cloué quelques étagères, on y avait disposé quelques briques de savon, quelques paquets de sucre,

---

1. *Sapotille :* fruit tropical brun clair, à peau veloutée.

des bouteilles de kola, du lait condensé et d'autres menues marchandises. Et puis Claire-Heureuse fabriquait elle-même quelques *douces* de sucre jaunâtre qui s'étalaient sur des plateaux de bois. Faut dire que la concurrence était assez forte dans la rue Saint-Honoré. Il y avait une poussière de petites boutiques comme celle-ci qui naissaient comme des champignons, se mouraient de même et renaissaient.

Mais Claire-Heureuse avait dit :

— Avec de la chance, si le Bon Dieu le veut, s'il ne nous vient pas de gros ennuis, dans un an on aura une vraie petite boutique.

En effet, le Bon Dieu semblait vouloir et le sort n'avait rien fait contre, puisque dès le début, du produit de la boutique on avait pu payer le loyer, manger tous les jours et garder une cinquantaine de gourdes pour renouveler le stock. Bien entendu, en y ajoutant le salaire d'Hilarion. Mais dès le quatrième mois de leur ménage, il semblait que Dieu ne voulait plus.

En effet, Hilarion perdit sa place chez Borkmann. Mme Borkmann avait rendu une ouvrière responsable de la disparition de quelques livres de *pite*. Hilarion, se remémorant que c'était Mme Borkmann elle-même qui avait fait déplacer la *pite,* le lui avait rappelé. Ça avait fait un drame. Mme Borkmann avait déclaré que c'était de l'impertinence. Il avait regimbé. C'était un crime de voler la sueur d'une pauvre ouvrière ! Hilarion fut chassé, et la petite ouvrière, pour ne pas perdre sa place, dut payer la *pite*. Après une journée d'agitation et de palabres, tout finit par se calmer à la manufacture Borkmann. Hilarion partit la rage au cœur.

Après un mois de neuvaines à tous les saints du ciel, que Claire-Heureuse avait jugé utile d'implorer, Hilarion avait trouvé du travail. Mais, n'en déplaise au Bon Dieu et à ses saints, c'était surtout grâce à Jean-Michel qui s'était démené comme un diable. Le petit commerce avait connu de mauvais jours, ployant sous la charge de tous les besoins du ménage. Hilarion était devenu polisseur d'acajou à l'atelier Traviezo; il gagnait peut-être un peu moins que chez Borkmann, mais c'était une place plus tranquille, et il avait l'espoir d'améliorer son salaire avec le temps. Claire-Heureuse par des miracles d'économie avait rapidement remonté la pente et le petit commerce avait repris, clopin-clopant, cahin-caha, son bonhomme de chemin.

Après force insistances de Jean-Michel, Hilarion s'était

décidé à fréquenter une petite école du soir que des militants du Parti de son ami tenaient bénévolement dans le coin. Jean-Michel avait réussi à le persuader que ce n'était pas une école comme les autres. En effet, dès le premier soir, il dut bien avouer qu'on s'y trouvait à l'aise et que ce n'était pas comme il l'avait imaginé une officine politique ou un endroit pour bienfaisance intellectuelle. Il avait vite repris toutes ces choses qu'il avait si longtemps laissées dans l'oubli, et si pour écrire il avait encore des difficultés, il lisait maintenant parfaitement.

Il avait aussi appris un peu d'histoire d'Haïti. Tant de choses passionnantes ! Les combats de Dessalines, la question du partage des terres des colons; la lutte des paysans autour du grand Jean-Jacques Acaau et leur communisme agraire qui résista des décades aux expéditions militaires du gouvernement; la lutte des commerçants consignataires du parti libéral contre les propriétaires fonciers du parti national. Sa surprise avait été sans bornes de découvrir que derrière les hommes et les politiques de sauvages luttes d'intérêts et de castes avaient toujours existé, salissant tout, bouleversant tout, allumant le feu des guerres civiles, provoquant des trahisons sordides, expliquant les misères et les malheurs du peuple. Non pas la couleur des hommes, mais les catégories sociales, les classes. Ces choses l'avaient abasourdi. Aussi il commençait à se rendre compte que derrière le bavardage idéologique de son ami, il pouvait exister des choses vraies.

La sensation de la découverte prochaine de clefs certaines lui donnait une soif inextinguible pour l'histoire des temps passés. Aussi le volume d'Histoire d'Haïti que lui avait offert Jean-Michel ne le quittait plus. Il avait l'impression vague que ce livre était pour lui la porte du savoir, le puits aux eaux miraculeuses où il fallait s'abreuver pour devenir un être fort. L'explication de tout ce qu'il n'arrivait pas à comprendre, la connaissance de tout ce qu'il ignorait lui semblaient au départ conditionné par cette étude. Il était resté jusque-là comme un enfant, subissant la vie sans la comprendre, tout entier préoccupé à calmer la faim de chaque jour, l'angoisse des nuits, l'ennui de chaque instant et peut-être à rêver à un mieux-être insaisissable. Dieu ! que de tonneaux des Danaïdes à combler sans les clefs d'or du monde !

Il connaissait comme le déchirement d'un voile, comme le craquement de cette carapace cornée qu'il avait toujours sentie autour de son encéphale, depuis que, patiemment, on lui expliquait dans un enchaînement logique et sans fissures l'histoire d'autrefois.

Que Rigaud, propriétaire d'esclaves et de terres à la tête de tous les autres colons affranchis, ait combattu Toussaint, ancien esclave promu général, l'explication lui en semblait évidente. Que Toussaint fût devenu par la suite un propriétaire terrien féodal toute son action subséquente, sa défaite, s'en trouvaient violemment éclairées. Ces choses transformaient l'histoire, la rendaient simple, proche, attrayante. A chaque page, il se demandait ce qu'allait faire ce cochon de Rigaud, ce que devait penser de tout cela le bonhomme Dessalines, ce que combinait à ce moment le petit Pétion. Mais de tous les anonymes, ceux dont les noms ne lui évoquaient rien, il se foutait, comme de leurs aventures. Ainsi que tous les êtres simples, il pensait en images réelles. Déjà le vieux livre écorné était barbouillé de graffiti vengeurs ou admiratifs. Certains portraits qui s'y trouvaient semblaient sourire avec bonté, d'autres lui donnaient l'illusion d'un rictus cynique. A ceux-ci, il mettait de furieuses moustaches et de méchantes barbes, des cornes, des oreilles d'âne ou autres appendices infamants. Il aimait et haïssait passionnément, en partisan violent.

Faut dire que depuis quelque temps il allait mieux du point de vue santé. Il n'avait plus ces grandes crises qui, durant des jours, avant et après, le brisaient, paralysaient l'émission de toute pensée logique et charpentée. Seules, parfois, surgissaient de longues minutes mortes pendant lesquelles il semblait dormir et dont il se réveillait surpris, debout ou assis, ses outils de travail à la main. Alors, un bon quart d'heure durant, une lourde barre douloureuse lui pesait derrière la tête. D'ailleurs ça arrivait de moins en moins souvent. Même, il se demandait si ce n'était pas la guérison qui venait. Cette demi-victoire de la science dont Jean-Michel était un tel adorateur lui semblait lourde de sens. Car cette maladie qu'on présentait comme le résultat d'un sort ou d'un maléfice surnaturel, ce mal qui n'avait jamais fléchi malgré les services à tous les saints d'Afrique et les exorcismes des houngans, eh bien ! semblait avoir courbé la tête devant les remèdes de pharmacie. Certes, un retour offensif pouvait peut-être se produire, mais dans le secret de son cœur il sentait que cette épreuve de force serait décisive à plus d'un titre dans sa vie.

Le soir il lisait tard devant la lampe. Ça faisait crier Claire-Heureuse, qui arguait qu'on brûlait trop de pétrole. Le samedi il allait faire une partie de cartes avec les amis. Le dimanche il soignait le coq de combat qu'il avait acheté à un dominicain, puis l'après-midi, de temps en temps, l'emmenait batailler dans les arènes de quelque *gaguère;* sinon, il allait avec Claire-Heureuse se baigner à Mahotières, à Mariani ou à la Mer Frappée, et le soir se promener au Champ de Mars. La vie coulait pour lui dans une douceur jusque-là inconnue; car s'il travaillait dur, il n'avait jamais attendu autre chose de la vie et s'il vivait médiocrement, l'habitude de ne pas manger tous les jours lui faisait goûter celui de déjeuner à sa faim comme un bonheur mesuré; et la joie de sentir, en posant la main sur le ventre de sa femme, une petite boule chaude et remuante, lui noyait le cœur. Il vivait comme si sa vie étriquée, misérable était une vie de rêves. Conscient de la fragilité des choses, craignant sans cesse que tout ne s'écroule et de retomber dans l'affreux trou noir du chômage et de la faim, il vivait avec prudence, sans faire de bruit...

*
* *

Ce soir-là, quand Claire-Heureuse et Hilarion rentrèrent chez eux, Toya, la voisine, leur dit qu'un monsieur venait juste de sortir et avait demandé Hilarion. Le visiteur avait une lettre et un paquet, il lui manquait deux doigts à la main droite et il parlait un baragouin presque incompréhensible. Il avait aussi des dents en or et des lunettes d'écaille... Hilarion laissa Toya déverser son trop-plein de paroles et de commérages et, courant jusqu'au coin de la rue, il rattrapa l'homme.

C'était un gaillard dans la cinquantaine, vêtu d'un costume gros bleu, des sandales de cuir aux pieds, un grand chapeau sur la tête, un véritable *viejo* [1]. Hilarion l'avait reconnu tout de suite. Ils revinrent en causant.

Il raconta dans un jargon où les mots espagnols se mêlaient au créole, qu'il venait de Macoris, République Dominicaine, et qu'il apportait une lettre et une commission de la part d'un travailleur nommé Josaphat, qu'il avait connu là-bas.

Claire-Heureuse avait déjà préparé un plateau, des verres, sorti une bouteille de rhum et essuyé la table. L'homme s'assit, s'épongea le visage avec un grand mouchoir rouge, puis posa

---

1. *Viejo :* émigré haïtien à Cuba ou en République Dominicaine.

la lettre et le paquet sur la table. Ses yeux étaient rouges comme ceux des hommes qui travaillent en plein soleil tropical, son front plissé, ses mains larges comme des battoirs. Il dit bonjour à la señora, claqua la langue sur son rhum et commença son histoire. Vraiment, le rhum d'Haïti était sans pareil !

Il s'appelait François Crispin, mais là-bas on l'appelait Frascuelo. Il était originaire des Cayes. Ça faisait dix ans au moins qu'il n'avait mis le pied sur la terre d'Haïti. Il était parti sur un voilier de cabotage qui transportait les travailleurs pour les plantations de canne de Cuba : du temps que les frères Bonnefil faisaient de l'or en jetant des cargaisons de nègres haïtiens, comme du bois d'ébène sur les rives de Cuba. Il avait passé des années et des années à Cuba, puis bourlingué dans toute l'Amérique Centrale. Il y avait cinq ans, il était parti travailler en République Dominicaine.

Il avait connu des tas de villes là-bas. Il avait d'abord travaillé à Santiago de los Caballeros, puis dans la région de Hyguey. Il avait trouvé un *djob* dans une *hatte* [1] de bœufs qui appartenait à un certain don Logrono, un salaud qui n'enlevait la pipe de la bouche que pour vous agonir d'injures. A Puerto-Plata où les femmes sont si jolies, il avait été débardeur, puis à Samana, à Neyba. Dans la course au travail, il avait parcouru tout le pays, coupé la canne à Dajabon et à Monte-Christi, sué dans les plantations de tabac de la région de San-Juan, à Banica, Azua, Ocoa, enfin dans une usine sucrière à Macoris il avait rencontré Josaphat.

Un homme bien honnête, Josaphat, un *hombre* total ! Ils avaient été tout de suite amis. Quand on est tout seul en pays étranger, l'amitié prend tout son sens. Ça commence bien simplement, sans parler outre mesure. Tout se fait très vite parce que le cœur reste ouvert et vide; que quelqu'un, ou quelque chose sur quoi on avait misé, vous trahit; qu'on en a assez de broyer du noir, qu'on ne voit rien devant soi et qu'on n'a plus un sou en poche; parce qu'on cherche un rayon de soleil, qu'on a besoin d'un rire familier qui réponde au sien, d'une tape sur l'épaule, d'une ombre, comme nous, chercheuse d'oubli. Car dans l'exil les jours sont des géhennes, les nuits longues, amères. Même le vent apportant dans ses ailes le bruit de la mer, le cri des hommes, le souffle des bêtes, le vent, ménétrier de tant et tant de rires, de tant de

1. *Hatte :* entreprise d'élevage.

mots chuchotés, devient parfois intolérable. Alors on cherche
un homme véritable, et d'aussi loin qu'il apparaisse, on le
reconnaît, sa parole est déjà un baume, — dans une voix on
sent immédiatement si l'homme connaît la souffrance, — sa
démarche est une joie, son premier geste comme une chose
très anciennement connue.

Un samedi soir, dans un café gonflé d'ennui, des soldats
dominicains avaient cherché querelle à quelques haïtiens qui
tuaient leur spleen à coups de dés et de rhum blanc. Ils étaient
entrés et s'étaient mis à les injurier, eux qui ne leur avaient
rien fait, rien dit.

— *Encontramos a cado paso estos Haïtianos malditos !...*
Un autre avait craché en disant :
— *Hijos de puta !*

Et ça avait continué comme ça. Brusquement, l'un d'eux
alla jusqu'à lui porter la main au collet, à lui, François Crispin ! Josaphat aussitôt s'était dressé à son côté. Ça avait fait
une bataille terrible. Les autres dominicains qui étaient là
croyaient que les soldats allaient donner une bonne raclée
aux haïtiens, mais, les travailleurs du sucre, même si ça
mange mal, c'est costaud ! En un rien de temps, Josaphat
avait envoyé trois soldats à terre. Ça n'avait pas traîné avec
les autres. Quelques dominicains s'étaient mis avec les haïtiens et on avait nettoyé, balayé du terrain cette racaille *trujilliste.* Depuis ce jour, il avait été l'ami de Josaphat.

Si on gagnait bien ? Naturellement quand on est en chômage, qu'on crève la faim, ça vaut mieux d'aller là-bas. Mais
tout ce qu'on gagne suffit à peine pour manger, boire un coup
par-ci par-là. C'est pas de la blague de travailler dans les
plantations ou les usines. A la fin de la journée de travail, on
est mort de fatigue. C'est ainsi qu'il avait perdu deux doigts
de la main droite. Un soir, à Dajabon, juste avant que la sirène n'annonçât la fin de la journée, il s'était fait happer la
main par le moulin. Or, cette foutue machine est comme la
tortue, quand elle mord, même un coup de tonnerre ne la
ferait pas lâcher ! N'était-ce la présence d'esprit d'un camarade qui, d'un coup de machette avait coupé les doigts, il
aurait perdu toute la main, peut-être même le bras. Et là-
bas, quand on n'a plus qu'une main, on est fini; il n'y a
a plus qu'à attendre de crever. A Saint-Domingue, quand on
trouve le rhum meilleur, on dit qu'il doit contenir du sang
d'haïtien.

La plupart des plantations de canne et des usines sont aux

américains. Les *watch-men* sont tous porto-ricains, cubains
ou jamaïcains, jamais dominicains ou haïtiens. Tous des
vaches, il faut faire attention tout le temps à eux. Josaphat
répétait toujours que quand on se trouve au pays des borgnes
il faut fermer un œil. Les américains ne font pas confiance
aux gens du même pays que leurs travailleurs pour pressu-
rer ces derniers. On était mieux considéré auparavant, mais
depuis l'avènement de Trujillo, on traitait les émigrés haïtiens comme des chiens. Pourtant, les travailleurs avaient
fait fête à Trujillo parce qu'on disait que sa mère était haïtienne. Madame ! Aurait mieux fallu que sa mère fût allemande ou turque ! On en voyait de toutes les couleurs ! Pourtant le pays était beau et les habitants comme partout
ailleurs ! Les coqs de combat de Saint-Domingue n'ont pas
leurs pareils, et puis, le carnaval aussi est beau, il dure plus
longtemps qu'en Haïti.

Comment il avait décidé de rentrer ? Il avait gagné à la
loterie nationale. Pourtant cette saloperie de papier, il ne
voulait plus la voir. Il avait acheté ce billet pour faire plaisir
à une vieille femme. Douze cents dollars qui lui étaient tombés comme ça du ciel ! Il n'avait fait ni une ni deux, il avait
ramassé ses brigues et ses bringues et pris le camion pour
Laxavon. A Ouanaminthe, il avait eu une envie folle d'embrasser la terre, tellement elle sentait bon le terroir. Il était
arrivé hier à Port-au-Prince par le camion Notre-Dame d'Al-
tagrâce. Il avait appris à conduire au cours de son odyssée,
aussi il avait décidé d'acheter un camion, pour faire la route
de Port-au-Prince aux Cayes. C'étaient les gens des Cayes qui
allaient être surpris de le revoir !

Toya, la voisine, travaillée par la curiosité, était entrée sur
les entrefaites. Elle était venue, disait-elle, chercher un peu
de sel. Alors Frascuelo trinqua avec Hilarion et ils se mirent
à parler de la pluie qu'il y avait là-bas, de l'ouragan qui avait
détruit Saint-Domingue, du soleil qu'il faisait ici, du prix des
camions de deuxième main, du prix de l'essence et d'un tas
d'histoires.

A la fumée d'un cigare dominicain, Hilarion lut la lettre
de Josaphat. Après de multiples péripéties, il était arrivé là-
bas. Il avait trouvé du travail. A propos du meurtre du lieutenant, il avait appris la libération de son frère Félicien après
qu'il ait fourni l'alibi indiscutable. Il envoyait soixante gourdes pour remplacer le mulet sur lequel il s'était sauvé, et puis
de menues choses de là-bas. Il commençait à *hablar* l'espa-

gnol. Quand tout serait oublié, il comptait bien rentrer. Frascuelo était un bon haïtien, et lui avait rendu des tas de services. Il le recommandait à Hilarion. Il envoyait le bonjour à
celui-ci, à celle-là, et papati et patata...

La brise battait des ailes à travers la porte quand Frascuelo
Crispin partit. Hilarion se mit à essuyer le verre de la lampe.
La nuit engloutissait toutes ses réflexions. Il devait travailler
s'il voulait être à jour avec ses cours. A la lumière frémissante et molle de la lampe, Hilarion se mit à tourner les pages
de la vieille Histoire d'Haïti.

II

Pour Hilarion et Claire-Heureuse l'amour commençait à aller vers les grandes profondeurs. Car pour l'homme comme pour les choses, le bout de bois ou le caillou, il y a l'embrasement de la surface et le feu des grandes profondeurs.

Au début, lors des premiers mots d'amour balbutiés, la passion était à fleur d'âme. Quelque chose qui les dominait, quelque chose de trouble et d'enfiévrant qui les lançait vers les paradis de la douceur. Que Claire-Heureuse plonge la main dans la mer, qu'elle en prenne un peu dans sa paume, cette eau de saphir perdait sa couleur de ciel mais restait malgré tout une chose merveilleuse, car elle gagnait la couleur de cette main aimée. Et l'amour était la contemplation de cette poignée d'eau tremblante et claire. L'amour consistait à se blottir, cœur à cœur, au creux d'un bananier de fraîcheur, à mordre dans la même orange à la pulpe de lune, à jouer comme des enfants, à courir, à se pincer, à bouder, puis brusquement à dresser la tête pour écouter l'oiseau moqueur les siffler avec ses trilles. Alors ils éclataient de rire et faisaient l'amour au soleil.

Ce fut un peu plus tard qu'ils apprirent à comprendre et à manier les torches de l'amour. Ce fut en tapinois que l'amour commença à emplir leurs âmes. Ils surent alors deviner les vibrations de l'autre cœur dans chaque aventure de cette vie, à la fois chienne et fée. Car, si leur amour était resté pareil à lui-même, il aurait contenu les germes de sa propre mort. Dans ce pays où pas un hameau, pas une section rurale, pas un quartier où vit le peuple ne cesse d'être flétri par la gueule de cendres de la misère inhumaine, l'amour descend très vite du ciel pour retomber sur le sol dur de la vie.

Peu à peu, pour Hilarion et Claire-Heureuse, l'amour ce fut manger sans viande, avec le sourire, en parlant d'un air détaché de la rude journée de travail. L'amour devint un ravaudage parfait de pantalon, afin que rien n'y paraisse. L'amour apprit à se mettre au lit sans souper, puis babiller de tout et de rien, avec une bouche pleine du goût des larmes, et enfin, au moment de s'endormir, dire très vite :

— Alors on la vend cette paire de draps brodés ?

Claire-Heureuse, cette petite fille au rire rouge était devenue une femme de prolétaire. Bien des choses s'étaient desséchées en elle, mais d'autres pousses vertes les avaient remplacées. Que la citronnelle qui croît dans petite cour lance dans l'air son chant parfumé, évidemment elle n'avait pas grand loisir d'y rêver comme autrefois, mais la poésie de vivre n'en était que plus forte, à chaque jour de répit que concédait la vie, à chaque contact de l'épaule fraternelle du compagnon de route, à chaque fois qu'une joie venait éclairer la grisaille quotidienne.

Elle était restée aussi amoureuse qu'avant, quoique Hilarion ne fût plus un être de rêve, mais un homme de sang et de chair, un rapport de qualités et de défauts. Il avait même des tics. Ainsi, il se grattait avant de se coucher, d'une manière énervante. D'autres fois, il aimait à se tourner une plume d'oiseau dans l'oreille. Pas querelleur, mais rancunier. Cependant, il avait ses bons côtés. Il ne criait pas comme le mari de Toya, quand l'argent avait filé trop vite. Il avait à cœur de rapporter de temps en temps quelque chose qui ferait plaisir. Mais il était têtu comme une bourrique. Et puis il aimait à sortir la nuit...

Pour Hilarion, la nuit était une amie, une vieille amie de toujours, dont la fraîcheur et la fraternité l'avaient consolé des jours tristes et sans joie qui avaient peuplé jusqu'alors sa vie. Il adorait la nuit. L'incomparable ivresse de rêver dans une belle nuit noire et profonde. Claire-Heureuse avait peur de l'ombre; tous les fantômes des contes de son enfance hantaient les nuits. Pour elle, c'était une nuée terrifiante, porteuse de perfidies et de *ouangas* maléfiques, une nuée ébréchée de lumières sèches et folles — ces loups-garous mangeurs d'hommes — pleine de cris et de craquements étranges. La nuit avait fait leur première dispute.

Et puis, quand une femme est jalouse, elle ne veut rien entendre. Elle se bouche les oreilles, elle pleure, ou elle crie. Comme un nègre n'est pas un saint, il s'énerve un beau jour de s'être retenu pendant si longtemps et de mériter sans cesse des jérémiades. Il se fâche. Plusieurs fois, Hilarion avait franchi le Rubicon des larmes et était allé voir sa vieille amie la nuit.

Oui, c'était vrai, la nuit était pleine de femmes. De ces femmes aux yeux creux, des femmes avec des plis au front et des sourires peints sur la bouche. Mais, ces femmes-là, pour lui, n'étaient que les pitoyables sœurs de camarades de misère. Depuis ce jour où, adolescent en mal de puberté, cherchant la fille d'amour, il avait trouvé Hélène, l'ancienne copine de jeux, la sœur de Christian, il n'avait plus de regards pour ces femmes-bêtes-de-nuit. C'était suffisamment bon de flâner aux devantures de la nuit, le pas traînant sur l'asphalte, les yeux aux étoiles.

Ce soir-là, ce fut bien tard qu'il rentra. Gabriel, son camarade, était devenu boxeur et célébrait sa première grande victoire sur le ring. Avec tous les copains, il n'avait pas pu refuser à Gabriel de vider le verre de la victoire. Et celui-ci bu, il fallut bien accepter celui du manager et celui de Claudius. Ça avait pris au bas mot une bonne heure. Quand ils se séparèrent, un peu surexcité, il ne put se refuser un peu de cette nuit d'hiver haïtien dont les effluves de froidure eux-mêmes sont riches de tant de printemps.

*
**

Dans la chambre, lasse d'attendre, Claire-Heureuse s'était assoupie sur sa chaise. Seule la veilleuse à huile palpitait sur la table. Hilarion devrait réveiller Claire-Heureuse. Il se déshabilla donc et l'appela. Elle se réveilla, les yeux englués de sommeil, bourrue.

— Tu sais, Gabriel a gagné, alors je ne pouvais pas...

Mais les larmes vinrent couper la phrase. Elle s'était levée, avait posé le souper sur la table, sans rien dire. Hilarion était déconcerté. A chaque fois qu'elle pleurait, il avait les bras cassés. Il ne pouvait rien dire ou faire. Non qu'il n'eût rien à dire; non seulement il avait horreur de ces scènes ridicules, mais encore il savait que ces larmes étaient décidées à couler et qu'elles couleraient.

Il se fâcha cette fois, de son cœur jaillirent des paroles amères, brutales :

— Avant qu'on se mette ensemble, il y avait mes amis. Grâce à eux, quand ça n'allait pas, j'arrivais à oublier un peu

mes soucis. Ils ne m'ont jamais refusé un service. **Tu fais
exprès de ne pas vouloir comprendre. Tu n'as pas voulu aller
à ce match et maintenant tu te mets à pleurer ! Demain tu
feras la figure longue toute la journée...**
    Les larmes ne s'arrêtèrent pas. Le regret de sa vivacité en-
vahit Hilarion. Le petit être qui bougeait dans le ventre de
Claire-Heureuse, toutes les tribulations de la vie et tant d'autres choses indicibles étaient les seuls responsables. Alors la
tête de Claire-Heureuse chercha l'épaule d'Hilarion, un sourire hésita au coin des yeux. Il réapparut au menton, à côté
du nez et ruissela sur tout le visage.
    Hilarion sortit de sa poche ce foulard bleu qui avait allumé
en elle tant de désirs lors de leur dernière promenade. Le
bleu était la couleur préférée de Claire-Heureuse. Une couleur, c'est une chose importante, une chose coulée dans les
êtres, liée à leur vie, à leurs bonheurs comme à leurs malheurs. Le bleu était pour elle un enchantement. Tous ses
rêves d'enfant avaient été bleus. Quand elle se promenait,
une fleur bleue la faisait toujours s'arrêter. Enfant chérie
d'une vieille fille, elle ne pouvait aimer ces couleurs flam-
boyantes qui plaisaient à Hilarion. Ces rouges, ces jaunes
d'or et ces verts tranchants la choquaient jusqu'au plus profond de son être.
    Ce cadeau était un signe de paix sur tant de conflits pré-
cédents, le signe sensible d'un concordat de leur **amour qui**
avait fini par triompher des couleurs contraires.
    **Toutes les ombres moururent d'un seul coup dans un bai-
ser. Puis, elle sortit sa chemise de nuit bleue, bien repassée**
avec sa fraîche odeur de lessive, et la revêtit. Le sommeil
après les larmes, lui sembla venir plus doux, plus berceur,
plus libre, un sommeil vraiment enchanté.

L'Artibonite, ce grand gaillard aux bras noueux et puissants, est fils des montagnes. Comme les vrais montagnards il a le port altier, la démarche brutale, la voix vaste, des colères froides et orageuses. Les grands malfinis, ces condors à l'œil luciférien qui gîtent à côté de la foudre, dans les contreforts géants du Massif Central, seuls s'abreuvent aux secrètes racines par lesquelles il puise sa puissance de cristal.

Car, la merveilleuse bouche des souffleurs de verre de Bohême n'a pas plus de force et de tendresse que la terre riche qui engendre le fleuve, le gonfle, le lance et fait éclater ses sources jaillissantes.

La faiblesse et l'ignorance des hommes a peur du monstrueux boa liquide qui se balance par monts et par plaines. Les paysans lui jettent des fleurs, du miel, des gâteaux, du vin et des liqueurs fortes pour le saouler et se le rendre favorable.

Froid, dédaigneux, nonchalant, il roule ses pépites d'or, ses bulles de lumière et ses pierreries d'eau.

Rares sont les nègres qui chantent avec une voix de métal aussi royale que celle de l'Artibonite, car il a enfermé dans ses frissons le luisant de l'or qui dort encore dans le Massif, l'or rouge qui a pris l'éclat tragique du lamento de toute une race. Pauvre race taïno ! Le vacarme grandiose du fleuve se souvient des échos du chant de souffrance d'un peuple entier, péri sous les fouets pour arracher au Cibao son minerai de soleil.

Voilà pourquoi, les vieillards qui vivent le long de l'Artibonite, racontent tant de légendes sur la déesse du fleuve, la maîtresse de l'eau, l'indienne mordorée qui, les soirs de lune, coiffe inlassablement l'immense soie noire de sa chevelure tumultueuse, avec des peignes de nacre, murmurant des chansons argentines, de véritables bulles de savon.

Large est la foulée du fleuve. Ses gués sont aussi plats que le défaut de l'épaule des pouliches de race. Ses flancs sont profonds et généreux comme le ventre des truies pleines. Quand il saute, ça fait de la poussière ! Quand il s'emporte, il barrit. Quand les filles de la terre, avec leur odeur de lait viennent se baigner, son eau fuse claire, oppressée et ressemble aux essaims d'abeilles sur les fleurs. Dans les descentes, ravagé par l'effort, à peine si sa course est tremblée, et il fait entendre son fou rire sur le ahanement des torrents voisins à la bouche sciée par les rochers.

Depuis des siècles, le fleuve dévale des montagnes bleues parmi le Cibao rocheux, à travers les plateaux bigarrés auxquels il donne le café au parfum capiteux, il court au mitan des plaines rendues grasses par ses eaux. Avec les alizés caraïbes, il est le seul survivant, le seul témoin des joies simples de l'île avant le temps maudit des conquistadors.

L'Artibonite est clair, à peine blond à sa source. En roulant là où fut l'antique Maguana, ses eaux devenues jaunes ont vu non loin des ruines de Niti, le Seigneur de la Maison d'Or, *cacique* des montagnes bleues, le terrible Caonabo, appeler son peuple à la guerre contre les forbans pillards venus d'Espagne. Là où le Guayamouc furieux lui paie tribut d'eau bouillonnante, sa livrée est blanche et, sur ses rives, sont les sentiers où marchaient les *caciques* [1] parés d'armes, de branches et d'or, les *butios* [2] impuissants, couverts d'amulettes, les guerriers sans pagnes, les femmes vêtues de braies, les filles cuivrées et nues, conjurant les malheurs du sang taïno.

Du temps que le fleuve passait dans le Xaragua aux terres rouges, sur ses bords couraient les *sambas-troubadours* [3] messagers de la reine poétesse, portant au peuple enchaîné la voix sauvage d'Anacaona, la Fleur d'Or triste et sublime, ses chants funèbres et ses ballades d'amour, les *areytos* [4] de victoire et les premiers grands poèmes patriotiques nés sur la terre haïtienne.

L'Artibonite connaît la chronique de notre sol. Il a assisté à la traite d'une race de métal, qui a survécu aux géhennes.

1. *Caciques :* rois des peuples précolombiens d'Haïti, les Chemès.
2. *Butios :* prêtres de la religion des Chemès.
3. *Sambas :* poètes danseurs des Chemès.
4. *Areytos :* poèmes chemès.

Le nègre Padrejean, à la tête de la première cohorte révoltée, traversa son courant en combattant. En aval de Mirebalais, ses rives ont gardé la trace du pas de fer de la garde doko de Louverture. Dans les Hauts de Saint-Marc, le sang des héros a dévalé les pentes et c'est le fleuve qui a amené ce sang jusqu'à la mer.

Il a été témoin de la naissance brutale de la nation après un long mûrissement historique, pendant lequel se sont mêlés les rameaux disparates venus d'Afrique, dans la fournaise ardente de la société domingoise.

Tout au long du XIXᵉ siècle, c'est avec rage qu'il a drainé la sueur des paysans exploités et les clameurs de leurs révoltes. En armes, le peuple a franchi son cours, cent fois.

Quand arriva la grande invasion des nouveaux vandales, les Américains, crucifieurs d'hommes, il a porté les paysans patriotes et aidé les embuscades. L'Artibonite est nourricier de notre peuple. Il est père du café. C'est lui qui donne le riz. C'est lui qui rend gras le bétail. Il fait les fruits non pareils. Si la canne à sucre est juteuse, le clairin nouveau généreux, notre rhum sans rival, c'est au fleuve qu'ils le doivent.

L'Artibonite entoure notre terre dans ses bras avec des gestes d'amour.

Il aime comme le tigre aime. Car parfois, le reprend son instinct de massacre. Alors il dévaste.

Les habitants vivent à la merci de son inépuisable bonté, qui dure des décades et dans la terreur de ses folies sauvages, mais courtes.

Les vieux nègres de la plaine racontent qu'à chaque fois que quelque chose de grave va survenir dans la vie de notre peuple, le fleuve parle. Il crie d'une voix de tonnerre : un vaste barrissement, qui déchire le silence de la nuit puis, pendant des heures, le fleuve tire de temps en temps un coup bref comme le canon.

***

Cette année-là, l'été avait été plutôt sec dans la plaine. Les mangues délicates avaient cuit sur l'arbre mais n'avaient pas mûri. Seule l'haleine du fleuve avait adouci la saison et rafraîchi les feuillages. Les paysans avaient consulté les vieillards; ils avaient répondu que l'Artibonite serait pitoyable et sauverait les récoltes. Les récoltes furent sauvées.

La nuit du 3 au 4 octobre, veillée de la Saint-François, la

pluie tomba comme une masse. Tout le mois fut pluvieux et sombre. Les paysans se réjouirent.

Des canards migrateurs, verts, bleus et dorés vinrent de l'océan et firent la culbute dans les mares. Sur toute la plaine des ramiers gras battirent leurs ailes rapides. Et, même des pintades blanches posèrent des questions dans les herbages de leur voix aigre et canarde : « Tchit, tchit, qui est là ?... Tchit, tchit ?... »

Le jour des Morts, on n'eut pas d'eau. On put croire la morte-saison précoce. Mais les orages revinrent, rugirent et mouillèrent tout le mois de novembre. A l'embouchure du fleuve, les eaux douces-amères se couvrirent de draps gris bleu des pisquettes, ces petits poissons de la savale qui éclosent grâce au tonnerre. Le sel marin est rose comme les belles-de-nuit en cette saison. Les récolteuses de sel aux jambes pitoyables qui étaient en chômage, les femmes accortes des marins et les commères pêcheuses d'huîtres, mangèrent des fritures brûlantes de pisquettes.

Quand arriva l'hiver, on put croire que le ciel n'aurait plus d'eau. En effet, le soleil revint, timide, couleur de paille, Puis du septentrion, survint un vent aigre qui fit sortir de vieux châles des armoires, le nordé qui toujours grince des dents.

Les bateaux de cabotage se serrèrent les uns contre les autres dans le port. Trois goélettes avaient péri. Les chansons des marins se turent dans les bouges qui entourent le Marché Debout. Les capitaines avaient les yeux rivés au large, tandis que les subrécargues vérifiaient les cargaisons.

La pluie revint. De longues ondées rechignardes. Alors, dans les hameaux couchés au bord du fleuve comme des cochons de lait près du ventre maternel, les vieillards commencèrent à craindre. Mais, les sources nouvelles se contentèrent de cheminer sous la terre et ne crevèrent point.

Tout janvier fut plein du bourdonnement des moustiques venus des flaques croupissantes. Du Cap aux Cayes, de la rivière du Massacre à Léogane, la fièvre étendit son haleine fétide sur des tas de régions. Les travailleurs allèrent au travail avec des tremblements dans les os, des maux de tête féroces et ce goût amer de la malaria dans la bouche. Les pharmaciens manquèrent de quinine et gagnèrent des tas d'argent. Dans les campagnes, les bébés commencèrent à mourir, les parents accusèrent les mauvais voisins, les « mauvais airs » et les loups-garous. Les ministres et les députés firent des discours à la Chambre. Au Sénat ce fut de même.

Le Cercle de Port-au-Prince donna un grand bal en falzar et gibus. Le chef de la Mission Sanitaire américaine fit une conférence sur l'hématozoaire de Laveran, et les gens continuèrent à crever. Le prix des vivres monta sur les marchés.

Février fut miséricordieux. Il chassa les nuées, chassa la fièvre. Le soleil revint et souffla sur tout le pays de sa bouche de feu. Les journaux *Le Nouvelliste* et *Le Matin* chantèrent les louanges du président Vincent, le « dynamisme » des distingués ministres et le « panaméricanisme » et l'aide généreuse de la Mission américaine. Cependant, des voyageurs venus de l'Est racontaient que la pluie avait émigré des côtes et des plaines pour faire rage sur le Massif Central et le Bahoruco. Le calme et la tranquillité revinrent toutefois dans les champs.

La fermentation du sirop étant achevée dans les guildiveries, le clairin fut chauffé dans les alambics. Les gros planteurs se frottèrent les mains. La campagne était plus verte, plus crêpue que jamais.

A l'embouchure du fleuve, près de la Grande-Saline, il y avait des flamants roses et rouges, battant la campagne de leur pas noble et compté, précédés du cri de leurs sentinelles vigilantes. Des chasseurs habillés de branchages rampèrent, avec des ruses de Sioux, guettèrent en silence et abattirent les grands oiseaux fous de rage, qui attaquent aux yeux. Les oisillons furent capturés, malgré leurs piaillements. Quant aux cochons marron, ces sangliers des lagunes, ils furent traqués et forcés, étendus par des chevrotines traîtresses.

La plaine travaillait sa vie rude et parfumée. Elle palpitait comme un ventre respirant. Les semailles furent faites, le riz repiqué. Les habitants préparèrent avec amour et sueur les futures récoltes. Toute la plaine vivait sa saison de travail.

*
**

Une nuit, la colère du fleuve éclata sur la vallée de l'Artibonite. Ce fut par une plainte comme le plain-chant monumental des grandes orgues des cathédrales, que commença le sinistre. Un fulgurant *adagio* de trompettes archangéliques, d'une douceur infinie, se balançant sur le miel de la nuit faite du bruissement des insectes, de la sérénité des chants d'oiseaux et de la respiration de la terre et des hommes dormant.

Le sommeil fut secoué en sursaut dans les cases. Interdits,

glacés, les gens s'accoudèrent sur les paillasses, les yeux englués. La marmaille vint se coller contre les genoux et le ventre maternel.

Puis, dans le lointain, se fit entendre une vaste et sourde clameur, répercutée, qui allait se rapprochant sur le chuchotement énorme. L'immense déprécation des habitants de la terre, l'immense détresse de tous les malheureux, unis dans une supplication au fleuve, comme la forêt hurlerait sous le vent. Une puissante fugue, simple et pathétique, implorant le monstre déchaîné :

— Aie pitié de nous ! Laisse-nous nos misérables cases ! Laisse-nous nos champs misérables ! Laisse-nous notre sommeil misérable !

Le fleuve répondit par des accords majestueux d'impuissance, *decrescendo* sur sa propre folie de massacre et par le grondement de l'orchestre de ses eaux ivres.

Les cases riveraines avaient reçu de plein fouet le coup de bélier du flot chantant. Elles furent arrachées, emportées parmi la contrebasse du beuglement des bœufs, la crécelle triste des chèvres et le violoncelle déchiré des femmes. La volaille volait d'un vol lourd sur les arbres. Le ciel était d'encre, sans nuages, sans une fissure, sans une étoile. Hommes et bêtes luttaient dans le courant.

Reprenait la clameur de nouveaux sinistrés, implorante, blasphématoire :

— Aie pitié de nous, fleuve de larmes, fleuve de massacre, dieu d'épouvante ! Cesse tes brutales fanfares, qui sonnent à nos oreilles la ruine de l'homme, et de ses rêves ! Laisse-nous vivre le travail de ceux qui chaque jour sont courbés sous la sueur. Laisse-nous nos berceaux ! Laisse nos joies médiocres. Aie pitié de nous !

Mais les eaux galopantes continuaient à ruiner l'espoir des hommes, à broyer les foyers, à labourer les champs en gestation, à emporter les récoltes.

Parfois se détachaient sur le tintamarre du sinistre de tendres voix d'enfants, de rudes voix d'hommes lançant des appels angoissés, thèmes de détresse d'épouvante et d'adieu sur la colossale symphonie du fleuve en crue.

⁂

Pendant trois nuits et deux jours, le fleuve répandit la mort et la désolation.

Puis, par un crépuscule violet, les eaux se mirent à baisser.

Le lendemain, les dos d'ânes qui ondulent la plaine commencèrent à montrer leurs croupes bourbeuses.

L'autre amoureux éperdu de la terre haïtienne, le général Soleil, fit une apparition brutale. Ecartant les buées roses du matin, soufflant avec sa bouche de forge, secouant sa crinière de flammes, le nègre de feu qui, sans cesse, voyage dans le ciel, commença à boire les eaux et déversa sa chaleur d'amour sur la plaine.

La chaleur qui compense la méchanceté des hommes au pouvoir et leur haine du peuple, la chaleur, amie des pauvres nègres, s'étendit pesante, luisante sur les eaux. Le général Soleil, seul service d'hygiène des campagnes haïtiennes, attaquait les microbes, les miasmes et les flaques.

Une jument rompit le silence en mille morceaux, par un hennissement clair et cascadant.

Des hommes commencèrent à descendre des arbres et à courir des collines voisines, fourbus, sales, avec des barbes de trois jours, pensifs, le front barré par les dures rides des réflexions amères.

— Grâce ! La miséricorde !... se lamentaient des femmes devant les cochons morts et les cadavres des cabris aux yeux ouverts.

— Aïe ! Dieu ! Bon Dieu ! Maman ! Aïe !..., gémissaient les jeunes filles, devant la ruine des cases. Et elles se mouchèrent dans leurs jupes crottées de boue.

— Aïe ! Joseph ! Mon nègre à moi ! modula une vieille, tordant ses mains sur une dépouille de vieillard au crâne ouvert.

Honteux, le fleuve était gris, couleur de cendres. Il reculait pas à pas, désemparé, devant l'écroulement des paysans qui avançaient vers lui.

Les corbeaux, amants des charognes, s'abattaient en escadrilles serrées, les malfinis dessinaient des cercles dans le ciel.

Alors les hommes de métal que sont ceux qu'on appelle les nègres des feuilles, s'approchèrent de ce qui restait de leurs cases et de leurs biens, Les picverts sur les palmiers frappaient avec rage les écorces et jetaient au grand soleil leur cri étrange et coloré...

*
**

Dès qu'elle avait appris la nouvelle de l'inondation sur le journal, marraine avait pris son châle noir, son canotier de velours et son parapluie à tête de perroquet, pour aller voir sa filleule. La camionnette la déposa au portail Léogane.

Là, elle trouva un « bus », un de ces vieux fiacres dont les cochers sans clients dorment sur les sièges. Un antique fiacre tout rafistolé, dont le cocher était aussi maigre que la haridelle. Ces pauvres diables, vestiges pitoyables du passé, oublient leur inutilité et leurs misères, en rêvant sans cesse à un passé révolu ou en buvant le grog qui enlève la mémoire.

Le vieil homme avait une petite barbe sale, une veste militaire en toile bleue, boutonnée jusqu'au cou, et parlait tout le temps, tout seul. En route il commença un discours à sa cliente, un discours qui avait la forme d'un soliloque. Il était venu de Jacmel sous le président « Tonton Nord ». Autrefois, il était quelqu'un, cocher de Charles Oscar, s'il vous plaît. Pour sûr qu'elle avait connu les attelages de chevaux anglais gris pommelés de Charles Oscar ! Et les uniformes chamarrés, les trompettes qui sonnaient, pour un oui, pour un non. Mais un jour, la révolte avait grondé à Port-au-Prince. Les troupes de Rosalvo Bobo avançaient du Nord. Il y eut les affreux massacres. Charles Oscar fut tué et déchiré dans les rues par un peuple déchaîné... Tout était fini...

Marraine répondit avec complaisance au vieux bonhomme, qui semblait à demi toqué par la misère et ses splendeurs d'antan. Ce fut un événement inattendu, qui arrêta son flot de paroles. La vieille rossinante, dont les os crevaient le cuir, venait de s'écrouler en pleine chaussée. Bouleversé, le pauvre bougre sauta à terre. Les larmes aux yeux, il prit la tête de la bête dans ses bras pour la relever.

Prompts comme l'éclair, les badauds de l'avenue Républicaine s'étaient déjà rassemblés. Les klaxons des automobiles mugissaient contre l'attelage qui gênait la circulation. Sans pitié, une jeunesse ingrate de va-nu-pieds commença à insulter la douleur du vieil haïtien.

— Tire-lui la queue, cocher ! cria l'un.

— Pourquoi est-ce qu'li ne lui allume pas un cierge au lieu de l'embrasser ? ricana un autre.

— Mets-toi dans les brancards à sa place, vieux *schnock !* Elle pourra bien te remplacer sur le siège, vous êtes si maigres tous deux qu'on n'y verra que du feu !...

Il maudit de la voix et du geste ces enfants cruels de l'âge nouveau qui n'était plus le sien. Mais, que pouvaient ses malédictions contre le temps de la voiture mécanique, qui le condamnait à la risée et à la mort ? On écarta l'attelage du milieu de la chaussée, le cheval ne voulait pas se relever. Alors le vieux s'assit au bord du trottoir, la tête dans les mains, pour ne pas entendre les rires et les quolibets.

Marraine ne put supporter plus longtemps la scène. N'était-ce pas sa jeunesse qui gisait au bord de cette avenue ? Elle glissa une gourde dans la main du pauvre vieux, tout éberlué devant une telle bonne fortune et quitta le cortège affligeant. Pendant vingt pas, les bruits et les rires la suivirent encore.

Quand elle arriva chez Claire-Heureuse, celle-ci était en train de faire la lessive. Elle secoua le nuage de mousse qui lui agrippait aux mains et posa un baiser sonore sur la vieille joue parcheminée.

Marraine s'assit sur une *dodine,* se balança, tandis que sa filleule faisait couler le café. Alors marraine parla de ce qui l'inquiétait :

— Tu connais la nouvelle ? L'Artibonite a débordé. Dieu seul sait combien de chrétiens vivants sont morts, combien de bœufs, de cochons, de cabris ! Cette année, nous allons sentir les dents de la misère ! C'est pourquoi je suis venue. Si tu ne prends pas tes précautions, tu vas voir, tu perdras ton commerce. Il faut acheter une bonne quantité de riz, de maïs moulu, des pois et tout ce que tu pourras trouver à manger. C'est pas du kola que tu vendras ni du lait condensé. Ça fait trois fois que j'ai vu déborder l'Artibonite et à ce moment-là encore c'était le bon temps. Mais aujourd'hui... Ma mère avait coutume de dire qu'après l'eau, il y a soit l'abondance, soit la misère...

Claire-Heureuse, inquiète, interrogea avidement sa marraine. La vieille but son café et se remit à parler. Elles convinrent que Claire-Heureuse partirait au plus tôt au Pont-Beudet et qu'elle ramènerait tout ce qu'elle pourrait. Marraine lui apportait cinquante gourdes. L'*anolis* donne à sa femme selon la mesure de sa main, n'est-ce pas ? Et puis, elle avait bien gardé un peu d'argent pour amortir son stock ? On réglerait les dettes à marraine quand on pourrait... L'arbre qui est haut déclare qu'il voit loin, mais la graine qui roule voit encore plus loin. Va venir un temps où les chrétiens vivants dévoreraient leur barbe, et les chiens grimperaient sur les cocotiers pour trouver à manger !

Une petite fille était entrée dans la boutique :

— Dix *cobs* de sel ! avait-elle demandé.

Claire-Heureuse alla la servir. A travers la porte on pouvait voir une nuée de petits vagabonds, hurlant autour du fil d'un cerf-volant vert et jaune, voguant haut dans le ciel. Du temple adventiste monta un cantique nasillard.

— Il est sept heures, déclara Claire-Heureuse. Hilarion ne va pas tarder.

*
* *

Sur les désolations, les médiocrités et les misères de la vallée, seul l'immémorial travail acharné et le vieux soleil de mars apportent le changement, l'huile de la sueur et ce sommeil qui donne l'oubli.

Devant les mares jonchant la plaine, comme d'immenses morceaux de miroir brisé, devant les flaques miroitantes, les chevaux des curés qui ne visitent que rarement la campagne se cabraient, effrayés par les reflets de leurs propres ombres, portant les silhouettes funèbres des hommes du Bon Dieu. Car, dès que tout danger eut été écarté, les curés gras et pansus des bourgs voisins, solennels comme des Sancho Pança, les trois doigts bénissants, avaient commencé à courir le cadavre, la bouche prête pour les *dies irae,* les *requiem* et les *libera.*

Mais les paysans pleuraient et enterraient eux-mêmes leurs morts, sans curés, sans sacristains, sans prêtres des savanes [2]. Les escarcelles des curés restaient plates, les curés étaient furieux.

Les petites chapelles qui s'ennuient au bord des sentiers effacés, parmi les frondaisons vertes, misérables refuges des mulots et des rats des champs, rongées de poussière et de tristesse, avaient bien ouvert leurs portes et sonné leurs cloches aigrelettes, mais seules de rares ombres furtives étaient venues se signer.

Les paysans s'arrêtaient bien au milieu du travail pour saluer les curés qui passaient:

— Bonjour, père... qu'ils disaient.

Mais, si les curés commençaient à les questionner, ils faisaient la sourde oreille, en paysans matois, avec des visages

---

1. *Cobs :* centimes de gourde, monnaie haïtienne.

2. *Pères des savanes :* anciens enfants de chœur, sacristains ou employés des presbytères qui, illégalement, font fonction de curés dans les campagnes à cause de leur connaissance des prières en latin et des rites catholiques.

de crétins scientifiques, l'œil furtif, le nez en point d'interrogation :

— Plaît-il, père ?... Ah ! le vieux corps n'en peut plus et puis on est un peu dur de la feuille. L'enterrement ? Alors vous voudriez savoir là où il y a l'enterrement ?... Positivement il y a un enterrement... Je crois que c'est plus loin... Encore un petit peu sur la main gauche, et puis sur la main droite, jusqu'à ce que vous trouviez un gros sablier...

Et comme il y avait des quantités de gros sabliers dans la région, ils pouvaient toujours courir, les curés; ce n'était jamais là. Ces paysans savaient bien que les hommes de Dieu ne chantent pas les psaumes, ni ne braillent les prières pour rien. Ils regardaient par en dessous ces « mangeurs d'œufs et de poulets » qui vendent la confession et marchandent l'eau bénite.

Les *papalois* [1], eux aussi, étaient accourus, mystérieux, gesticulants, prophétiques, menaçant les hommes de la terre de mille nouveaux malheurs, s'ils ne calmaient la colère des dieux vaudous et leur appétit de bonnes victuailles. Mais, assommés par leur détresse et leur dénuement, ils répondaient seulement :

— Oui, papa...

Et ils baissaient la tête. Car leur crédulité avait été enfouie si profondément dans leurs âmes par le désastre qu'ils demeureraient longtemps encore insensibles aux invitations hypocrites des curés, aux injonctions impératives des *papalois* et à toutes les savantes manœuvres de ces limaces voraces, parasites de leur bêtise immémoriale.

En effet, quels plus grands malheurs pouvaient encore survenir après la ruine des champs, l'écroulement de leurs chaumières et de leurs espérances ? Leur crédulité, un moment sourde, reviendrait certes, mais peu à peu, avec de nouveaux bourgeons, les fleurs nouvelles, les nouveaux fruits, les nouvelles graines pour lesquels ils recommenceraient bientôt à trembler à tout instant.

Les pasteurs protestants avaient été plus adroits et plus clairvoyants. Concurrents défavorisés dans le commerce des choses saintes et des paroles sacrées, jaloux, bouffis d'envie, ils devaient être cauteleux, cacher leur lucre. Ils étaient arrivés un peu tard sur le marché commercial de la religion et dans l'exploitation éhontée de la faiblesse et de l'ignorance

---

1. *Papalois :* dignitaire du clergé vaudou.

humaines. Ils devaient ménager cette clientèle qu'ils avaient
à conquérir sur les curés, les *papalois* et les *bocors*. Les nouveaux venus savaient que c'était un dur combat qu'ils avaient
entrepris contre des traditions centenaires, ils ne gagneraient
qu'avec toutes les armes de la fausse humilité, de la fausse
charité et de la fausse pitié. Ils s'étaient contentés d'aller
s'asseoir sur les chaises basses, distribuant des biscuits et des
caresses aux enfants. Quand les adultes survenaient, ils se
levaient pour faire le prêchi-prêcha, imputant les malheurs
à leur irréligion, à leurs sortilèges et à leurs superstitions vaudoues, qui provoquaient le courroux de Christ. Ils débinaient
les curés, les *papalois* et les *bocors*, ils annonçaient la fin du
monde prochaine, ils demandaient aux pécheurs de souffrir
pour Dieu, d'accepter en silence tous les malheurs, de ne pas
se révolter, de faire pénitence et de se résigner dans cette
vallée de larmes, pour mériter les bonheurs et les félicités
du ciel.

Certes, il y eut quelques paysans cossus, pour satisfaire aux
invites des curés, des prêtres vaudous et des pasteurs. Mais
la seule force géante qui était maîtresse de la plaine, invincible, remuant tout de son souffle puissant et vivifiant, était
la grande et vieille fraternité des travailleurs et des malheureux, reconstructrice de toutes les ruines, rédemptrice de
toutes les détresses.

Du soleil rose à la lune blanche, le peuple de la plaine
livrait combat avec mille houes dressées, mille machettes
levées, mille haches brandies.

Ceux qui étaient membres des sociétés de Guinée, antiques
coopératives de travail venues d'Afrique, furent comptables
à chacun de chaque journée de travail reçue.

Les plus individualistes eux-mêmes durent faire appel à
la fraternité. Ils embouchèrent les conques de *lambi* et son-
nèrent de longs appels. Tous les paysans valides accoururent
du voisinage, pour apporter l'aide à ceux qui les appelaient à
la *coumbite*[1] fraternelle. Les gros propriétaires cossus eux-
mêmes profitèrent de l'élan pour organiser force corvées.

Comme au temps lointain de l'indépendance, comme au
temps fraternel qui sera pour notre peuple, épaule contre
épaule, sueur contre sueur, la solidarité unit les travailleurs.

Les chants jaillirent des entrailles de la terre, irrésistibles,

1. *Coumbite :* séance de travail collectif organisée en échange des repas
de la journée, à charge de réciprocité, sauf pour les grands planteurs. Le
mot est d'origine espagnole, *convite :* réunion, festin.

portés par toutes les cohortes de reconstructeurs. Toute la vallée retentit bientôt de la rumeur du travail, de l'écho des chansons et de la palpitation des tambours. Sueurs d'hommes, de femmes, d'enfants, sueurs de vieillards mêlées.

La levée en masse, dans le compagnonnage et la fraternité s'organisait sous la bannière des vieux chants qui disent nos certitudes immémoriales :

> *La rivière débordé*
> *N'a passé mamans nous,*
> *N'a passé papas nous,*
> *Si nous gain frères nous.*
> *N'a passé Z'amis yo*
> *Hogoun, Hogoun, Hogoun,*
> *Hogoun Badagris* [1]...

Et l'espoir renaquit, la confiance se leva, lumineuse comme l'immense soleil embrasé qui, en apparaissant, avait fait reculer les eaux. Les hommes de la terre jetaient leur défi à l'adversité, travaillaient pour les beaux fruits, les branches vertes et chantaient la victoire incessante de la vie sur la mort.

---

[1]. La rivière a débordé
Nous passerons nos mères,
Nous passerons nos pères,
Si nous avons des frères
Nous passerons leurs amis !
Hogoun, Hogoun, Hogoun,
Hogoun Badagris...

IV

Après le coup de massue du fleuve, tout le pays fut remué. Comme l'avait prévu marraine, était venu un temps où les chiens affamés grimpaient sur les cocotiers pour trouver à manger. Tout fut secoué, l'argent, l'amour, le travail, le calcul des hommes. Les enfants, mal nourris, devinrent difficiles à obéir. Les fissures qui existaient dans les sentiments s'élargirent subitement. Des femmes firent cocus leurs maris et des maris abandonnèrent leurs femmes. Des familles craquèrent. De vieilles amitiés se transformèrent en hargne, en froideur, en haine. Jusqu'aux animaux domestiques devinrent mauvais.

Hilarion et Claire-Heureuse se débattaient courageusement pour garder intacts leur petit commerce et leur amour. Claire-Heureuse, avec l'argent prêté par marraine et le fond de caisse de la boutique, était partie pour le marché de Pont-Beudet. A peine était-elle revenue que les clients commencèrent à affluer. En un rien de temps le bruit s'était répandu que dans une boutique de la rue Saint-Honoré on trouvait des vivres et des provisions... La rumeur s'en était propagée avec l'incroyable rapidité avec laquelle, de bouche à oreille, se propagent les nouvelles intéressantes; le télégueule, comme le peuple l'appelle. « Et tu connais la nouvelle ? » Et ça galope, ça court dans toutes les directions à la fois comme si le vent lui-même s'en mêlait. Plus vite que le morse ou le radar !

Le soir même survint un commerçant syrien avec sa camionnette. Il emporta au prix fort tout le riz, tous les haricots, le maïs moulu et le petit-mil. A peine resta-t-il à Claire-Heureuse quelque chose pour elle et pour marraine.

Malgré son ventre qui s'alourdissait, la barre qui lui faisait mal dans le dos, elle reprit aussitôt le camion pour Pont-Beudet. Elle ne trouva que peu de chose et le paya fort cher. Le lendemain de son retour les commerçants stockeurs, qui groin au vent fouinaient les marchandises, avaient tout emporté.

A son troisième voyage, le marché de Pont-Beudet était pitoyable. Sale, couvert de *ventresses* [1] de bananiers, de fruits rabougris, artificiellement mûris, de poules qui avaient mal aux yeux ou la pépie, de haricots piqués de vers. A peine put-elle trouver un peu de riz de mauvaise qualité, du riz *tizia*. En passant sur la route, près de l'asile de fous, on entendait leurs cris et leurs hurlements. Les paysans disaient que depuis quelques jours ils étaient comme enragés. Ils avaient sûrement faim. On racontait que des commis battaient la campagne, achetant tout, volailles, vivres, céréales.

A l'Archahaie, la ville semblait plus triste, plus morne que jamais. Ville agonisante depuis des années, elle paraissait encore avoir flétri en quelques jours. Même les commerçants syriens semblaient avoir perdu leur bagout.

Claire-Heureuse comprit alors qu'elle n'aurait plus besoin de revenir et qu'il n'y avait rien à faire, puisque même les gros négociants s'étaient mis de la partie. A Port-au-Prince, manger chaque jour était un problème et si on n'avait pas de gros moyens, c'était simple, on ne trouvait que des bricoles à acheter.

L'Hôpital Général refusait du monde.

On commença à voir affluer vers Port-au-Prince des hommes et des femmes en masse. C'étaient les paysans affamés, qui abandonnaient les régions dévastées par l'inondation. Et aussi les travailleurs de la J. G. White qui avaient quitté les chantiers parce qu'on ne trouvait rien pour se nourrir. Toute une foule interlope, hâve, déguenillée, commença à hanter les rues de la capitale. Au marché Vallières, au marché Salomon, au Fort-Sainclair on était assailli par de grands gaillards aux yeux creux qui voulaient vous forcer à leur donner à porter les paquets.

Devant le porche des églises, ça grouillait de mendigots, qui tenaient leurs stupres bien en évidence, des femmes portant des enfants décharnés, à la main tendue, des vieillards cassés

---

1. *Ventresses :* gaines charnues du bananier qui, quand elles sont sèches, sont utilisées pour emballer les fruits.

et tremblants. Les marchandes de bougies faisaient de bonnes
affaires. Il y avait des tas de gens en faux col, des mendiants
en faux col, qui hantaient les églises. Les gens priaient à
haute voix :
« Saint Pierre, papa, nous n'en pouvons plus... »
« Christ-Roi, fais quelque chose pour nous... »
« Dieu le père, toi qui fais tomber la manne du ciel... »
imploraient les commères. Mais la Sainte Vierge, le Saint-
Esprit et saint Jacques le Majeur demeurèrent sourds. La
manne ne tomba pas du ciel. Un énorme soleil de beurre fondait au ciel.
    La nuit, les voleurs faisaient rage dans toute la ville. Plus
on en arrêtait, plus il y en avait. Le savon commençait à
manquer. Marraine avait réussi à en avoir une caisse de chez
Reinbold, pour la boutique, mais Claire-Heureuse se demandait ce qu'elle pourrait bien vendre, quand il n'y aurait plus
rien. Déjà on voyait des marchandes des rues qui vendaient
cette liane mousseuse qu'on nomme liane-savon. Bien des
ménagères avaient commencé à employer des lessives de
cendres pour nettoyer le linge.
    L'huile, le saindoux, les cigarettes, le sucre, le sel mon-
taient sans cesse de prix. Le marasme des affaires s'ampli-
fiait sans cesse, touchant continuellement de nouveaux sec-
teurs. Des tas de boutiques commencèrent à fermer leurs
portes...
    L'abondance de la main-d'œuvre avait fait baisser les
salaires, la pénurie activée par le stockage faisait monter les
prix, la montée des prix accentuait le chômage, à cause de
la mévente. Les petites gens étaient perdants sur tous les
tableaux. « On va tous crever », répétaient-ils.
    Les paysans avaient certes augmenté le prix des denrées,
mais de ce qu'ils désiraient emporter chez eux, des cretonnes
ou de l'indienne pour les femmes, du bleu pour les vêtements,
des houes ou des machettes pour le travail, ils ne ramenaient
que peu de chose. Les femmes hochaient la tête et se lamentaient, les hommes fronçaient les sourcils...
    Le soir, le Champ de Mars était plein de groupes gesti-
culants. Toute une foule de fonctionnaires et de candidats
fonctionnaires. Les premiers se plaignaient des difficultés,
mais jaloux de leurs places, ils évoquaient sans conviction
les possibilités de changement :
— Vincent fera quelque chose, sûrement...
    Les autres s'excitaient :

— C'est Vincent qui est responsable ! qu'ils disaient. Ce cochon-là ne s'occupe que de coucher les femmes !

Un vent de fronde soufflait sur la ville. La faim et la gêne remuaient les entrailles du peuple. Là-bas, dans les faubourgs, le peuple souffrait dans la nuit mais commençait à s'énerver.

Là-haut, dans les villas embaumées, les margoulins du marché noir buvaient des boissons fraîches dans des verres de cristal très fin ou bien ronflaient, ou bien comptaient leurs gros sous. Au Cercle Bellevue, au Cercle Port-au-Princien, les exportateurs, les industriels, les ministres, les sénateurs s'ennuyaient avec des jeux de cartes. A Cabane Choucoune, les femmes, les épaules nues jusqu'aux seins, avec des yeux de biches langoureuses, bouches peintes, voluptueusement entrouvertes, se tortillaient le derrière dans des danses frénétiques.

Sous un ciel bleu royal, pailleté d'étoiles et de pierreries.

*
**

Connais-tu Pétion-Ville, là où les fleurs sont fraîches, là où le grand frangipanier aux fleurs d'onyx se balance en murmurant ? Là où les oiseaux-mouches, couleur de bananes mûres, sucent les sucs ? Connais-tu cette petite fleur qu'on appelle « sein-de-jeune-fille » ? Connais-tu cette romance gaie triste qui parle de cerises, d'eau fraîche bue au creux de la main, d'amour inapaisé, d'une robe verte, de larmes et de ciel bleu ?

L'une d'entre elles avait un visage rond, des yeux amarante, une robe toute chiffonnée. Essoufflée, rougeaude, elle courait dans les herbes, poursuivie par les bouquets de rires de ses compagnes, dans ce petit coin sauvage de Pétion-Ville.

Elles avaient toutes treize, quatorze ou quinze ans, l'âge où on sait encore rire sans souci, l'âge de la dernière poupée.

Quand elles eurent fini de s'essouffler, elles se jetèrent à plat ventre dans les herbes. Elles arrachèrent les jeunes pousses et sucèrent cette pulpe douce qu'il y a dans les jeunes tiges; elles jouèrent aux osselets.

L'une d'elles se leva et alla cueillir ces petites fleurs *zinzolines* qui tournent comme des parachutes quand on les laisse tomber. Puis elles sortirent les ouvrages et brodèrent des fleurs sur des mouchoirs, des points de croix sur les canevas. Elles chantaient.

Les pentes de Pétion-Ville sont dures à grimper, la route est longue. Celle qui avait le visage rond et les yeux flamboyants — oh, elle n'avait pas quatorze ans, — cueillit une marguerite humide.

— Il m'aime... un peu..., beaucoup..., passionnément...

— Laisse-le tranquille, Suzette, tu n'as pas de sous pour aller au cinéma, tu ne le verras pas dimanche...

— Tais-toi, jalouse, toi non plus tu ne le verras pas. Chez toi aussi, c'est la purée. Laisse-moi tranquille...

Elle continuait d'effeuiller toutes les marguerites qui se trouvaient devant elle.

Ainsi, même dans les coins les plus lumineux, même pour les milieux de la bourgeoisie moyenne, la disette remuait les laideurs. Les alluvions fangeuses du fleuve étaient drainées à des centaines de kilomètres sur les plus hautes cimes de la société et de la vie.

Hilarion essuya son front perlé de sueur et continua sa route à travers les petits sentiers qui sentent la verveine.

La terre haïtienne était plus belle que jamais.

⁂

Maître Jérôme Paturault était un de ces politiquards professionnels qui servent tous les gouvernements. Il avait réussi en publiant des sonnets boiteux et symbolistes et des proses à la Valéry, sans verbe ni complément. Ce mauvais grimaud à la bouche en cœur, avait vu s'ouvrir devant lui les portes des salons de Turgeau. Alors il avait épousé une petite mulâtresse éperdument belle, vertigineusement creuse et sotte, dont quelques petits scandales épicés avaient déprécié la valeur marchande. Le journal *Le Nouvelliste* avait ouvert ses colonnes au « délicat poète » dont le mariage asseyait la position. Grâce à des chroniques fournies en mots ronflants, en barbarismes effrontés et en divins solécismes, quelques dénonciations et flatteries fangeuses, à l'adresse des américains poussant à la roue, les coucheries de sa dame de petite vertu faisant le reste, à vingt-sept ans, maître Jérôme Paturault avait décroché un poste de chef de division aux Relations Extérieures.

Ainsi, tandis que le peuple geignait sous la botte de l'occupant, tandis que les patriotes emplissaient les cachots, tandis que les paysans, les ouvriers et les intellectuels en armes, mouraient comme des mouches à Trou-Jésus, à Ennery et à Marmelade, commença la marche triomphale du poète collabo. Cocu méticuleux, il organisait avec un art consommé sa réussite politique. Quand les manœuvres politiciennes s'avéraient impuissantes, alors survenait Mme Paturault, chatte, parfumée, aristocrate à souhait, les yeux, la bouche et le corps vénusiens. Un bon divan faisait le reste, et l'association du rimailleur et de la jolie petite garce devenait de plus en plus un modèle pour les politiciens aux dents longues.

La carrière fonctionnariste s'offrait toute grande aux époux Paturault. Jérôme alla d'abord à Paris comme secrétaire de légation. Ce fut l'ivresse dans les loges des danseuses et les bras des demi-mondaines, les folies de l'époque tango, les soupes à l'oignon en falzar à cinq heures du matin aux Halles. Pour Germaine Paturault, ce fut plutôt les parfums capiteux, les *five o'clock tea*, Deauville et autres places en vogue, ainsi qu'un petit diplomate cacatoès sud-américain, dont elle s'était acoquinée. Mais Jérôme Paturault, conscient du fait que la fonction publique n'est pas cheval à papa, comprit qu'il était temps de se réveiller des délices de Capoue et annonça à sa femme qu'il allait demander un autre poste pour se rapprocher de Port-au-Prince, où la situation l'inquiétait. Mme Paturault pleura, tapa des pieds, mais dut se consoler, car l'homme avait du tempérament quand il le fallait, elle comprit finalement qu'il était indispensable de se préparer aux batailles politiques à venir. Bientôt Jérôme fut nommé consul à New-York; là, il pouvait se constituer un magot, combiner, intriguer et, chose importante pour un politicien comme lui, se faire connaître du Département d'Etat, dispensateur réel de tous les postes en vue, enfin surveiller d'assez près la situation en Haïti. Germaine Paturault se consola assez vite, car elle découvrit qu'en la métropole du dollar on pouvait tout aussi bien se satisfaire.

Quand ils sentirent que le président Dartiguenave était un soliveau bien usé entre les mains de l'occupant yankee et que, de toute évidence, les grenouilles allaient demander à Jupiter un autre roi, le couple Paturault s'empressa de rentrer au pays.

Etait-ce qu'il avait perdu un peu de sa finesse au pays du coca-cola, mais toujours est-il que l'homme fut atterré quand il se rendit compte de la gravité de sa méprise, sa première en politique. Se fiant à la souplesse de son échine, il avait cru les yeux fermés aux dires de ses « amis », certains gros officiels de l'occupation américaine et avait soutenu à fond la candidature de Stéphen Archer. Mais, paraît-il, à la dernière minute, le grand prévôt Russel reçut d'autres ordres et ce fut Louis Borno qui fut « élu » par le Conseil d'Etat nommé par le président sortant.

Les époux Paturault, en regardant les retraites aux flambeaux, les feux d'artifice, les réceptions et les bouillons populaires, se rendirent compte, un peu tard, que cette fois ils avaient été bel et bien bernés sur toute la ligne. Germaine Paturault piqua une crise de nerfs.

Jérôme en prit bravement son parti et commença à faire de l'opposition. Sans vergogne, il remua quelques anciens scandales odoriférants, se battit d'estoc, de taille, de la plume et de la langue. Inconsolable, Germaine exigea qu'on lui payât une appendicite à Paris. Elle n'y retrouva malheureusement pas son foutriquet sud-américain. Rendue sérieuse, on ne sait trop comment, elle décida de se faire gratouiller le ventre afin de connaître les joies sublimes de la maternité. A son retour, Germaine apprit à son mari, ravi, qu'elle était enceinte, tandis qu'il la croyait bréhaigne comme un figuier maudit. Il en eut l'énergie décuplée. Il fit donner le ban et l'arrière-ban de ses associés politiques, accentua sa campagne journalistique contre Borno, dont il alla jusqu'à attaquer la vie privée et la mère, enfin demanda secours à ses « amis » yankees.

De guerre lasse, Borno capitula. En effet, le roquet était mauvais, et il n'y avait pas avantage à le garder dans ses mollets, tandis que le peuple se remuait et qu'on avait besoin de toute la meute, pour garder en respect le mouvement national, qui menaçait de balancer l'occupant et ses marionnettes. Jérôme Paturault fut nommé conseiller d'Etat.

Il était juste temps, l'emprunt de 1922 était bien entamé et maître Paturault, qui avait bien cru rater sa part de la galette, pilla sans vergogne la sueur du peuple, se paya quelques villas, une nouvelle voiture et regonfla son bas de laine fort entamé par son chômage.

Après force reniements et maintes péripéties, Jérôme Paturault était devenu ministre. Il avait érigé en dogme le principe politique fondamental de Vincent :

— En politique, il faut tout savoir embrasser, même le cul d'un cochon !

Il avait d'ailleurs fini par lier sa barque à celle du maître corrupteur, se disant que cette doctrine étant sa seule chance de réussite dans la vie, il devait se faire le jésuite de son pape. Il était donc devenu ministre, l'échanson, le chancelier des plaisirs et l'exécuteur des hautes œuvres du président; en un mot, son âme damnée.

Constatant le mauvais vent qui soufflait sur le pays, il avait eu l'idée d'une grande fête, une grande bacchanale dans ses salons truffés d'indicateurs. Ça lui permettrait de prendre le « pouls » de la situation. Le prétexte en était tout trouvé : les fiançailles de sa belle-sœur avec un petit morveux pommadé, promis aux plus hautes sinécures. D'ailleurs il avait été consulter son voyant, son *houngan*. L'homme avait été péremptoire : « La boue glissée, mais soleil séché-li [1]. »

La situation était difficile, mais il pouvait se rendre les dieux favorables par de grandes cérémonies en leur honneur.

Comme tous les aventuriers parvenus et bornés de la politique haïtienne, il était tout tremblant devant l'Olympe africain. Il remuait sans cesse en lui une grande peur : que quelque concurrent retors ne fasse s'abattre sur lui quelque sortilège puissant, qui le privât de son crédit auprès du ciel. Sa médiocrité le faisait trembler devant les forces occultes. Dans sa tête de politiquard lettré et féru de connaissances livresques, mais sans culture humaine, il transposait littéralement sur le plan métaphysique, la structure politique semi-féodale haïtienne. Il y voyait un Bon Dieu trônant, autour duquel gravitaient des clans angéliques et infernaux, puissances, archanges et dominations, plus ou moins amalgamés, qui se combattaient obscurément et férocement. Il fallait se les rendre favorables par l'encens ou les prières, les offrandes et les pots-de-vin et toute une liturgie de cérémonies et de fêtes. Tout le savoir humain qu'il avait absorbé, mais non digéré, toute la fausse culture qu'il ne manquait pas de faire rutiler comme un marchand de clinquant, ne l'avaient pu dégager des aberrations grégaires du vaudouisme. Vaudouisant, il l'était de toute son âme, plus que Ti-Joseph ou Malikoko l'illettré, qui, pour leur part n'avaient eu ni l'opportunité ni les moyens d'échapper aux métaphysiques ancestrales. Jérôme Paturault avait décidé de faire d'une pierre deux coups. Pendant que se déroulerait dans les salons et les jardins qui précédaient la maison, la brillante réception mondaine, tout au fond de l'immense cour, le *houngan*, dessinant ses *vévers* [2] et faisant cliquer l'*asson* [3] célébrerait la gloire des dieux africains.

1. « La boue est glissante, mais le soleil la sèche », adage haïtien.
2. *Vévers :* blason des dieux africains, voir note page 129.
3. *Asson :* sceptre que portent les prêtres du vaudou au cours des rites.

Quant à Germaine Paturault, depuis le matin elle était engourdie sur un divan du living-room, son petit caniche blanc sautillant autour d'elle, sur un tapis bleu roi, un véritable tapis persan de parfaite lice. Très tôt, le masseur était venu, lui avait tripatouillé le ventre, trituré les fesses en insistant sur les plaques de peau d'orange de sa coriace cellulite. Ensuite, elle était passée à la salle de bain et avait fait couler des flots de lavande. Pour soigner ses mains, elle avait consacré une heure. Puis, allongée sur sa couche, elle s'était étendu des couches de crème de beauté sur les épaules et la naissance des seins : sa gorge supporterait ainsi dans l'échancrure du décolleté, les lumières à giorno. Enfin, elle s'était fait un masque de beauté avec des fruits coupés, — paraît-il c'était la recette de Mata-Hari — : des bananes, des tomates, des poires, des concombres et des oranges. Une recette merveilleuse. Couchée nonchalamment, Mignonne Paturault — Mignonne était son petit nom — attendait que son épiderme acquît plus de blancheur et cet aspect porcelainé avec lequel elle allumait ses admirateurs, malgré l'approche des quarante étés qui bientôt commenceraient à la ramollir. Car, les regards d'hommes, le seul but, le seul sens de sa vie, la faisaient frémir comme une fleur fouillée par un essaim de guêpes.

Quand Hilarion entra avec la cohorte des domestiques et des serveurs, il fut surpris par cette tête marbrée de rouge, de vert, de jaune et de blanc crémeux, où roulaient des yeux glauques. Un des serveurs buta dans le tapis et marcha sur la patte du chien qui se mit à criailler d'une voix déchirée. La tête s'anima brusquement, les lèvres remuèrent, une voix fluette et cinglante vint les glacer sur place :

— Ursule ! C'est vous qui avez fait entrer cette armée de nègres sales ici ? Ils vont tout saloper avant que de voler tout ce qu'ils pourront. Regardez ce qu'ils ont fait à ce pauvre chien. Et le tapis, regardez-moi le tapis... Un véritable troupeau de cochons !

— Madame Paturault, c'est vous qui m'aviez dit comme ça..., commença la vieille Ursule, tremblante.

— Je n'ai tout de même pas demandé qu'ils viennent frotter leurs pieds crottés contre mes tapis, non ? interrompit-elle, immobile pour ne pas rompre son masque. Est-ce que le barman de Port-au-Prince est arrivé ?...

C'était un spectacle étrange que de voir cette image de monstre de l'Apocalypse, cette tête bariolée, issue d'un collage surréaliste, glapir avec tant de rage froide contre les pauvres bougres pantois qui la regardaient. Quelle haine anonyme devait leur porter cette inconnue venimeuse ! Quand elle disait « mon chien » ou « mon tapis », ça chantait dans sa bouche comme une caresse, tels des objets précieux, des choses familières, aimées; mais quand elle s'adressait à ces individus, le dégoût marquait sa bouche immobile d'un rictus léger. Elle les méprisait, elle leur crachait dessus. Oui, ils étaient le peuple aux mains dures, le fumier dont on se sert, mais à quoi on ne veut pas toucher. Hilarion n'était pas blessé, mais curieux. Pourquoi cette haine, pourquoi tout ce fiel ? Bien sûr, elle était de la race des seigneurs, et alors ? Cette femme était de ces gens qui pleuraient un chat, un oiseau et qui ne regarderaient même pas un homme du peuple écroulé, sanglant et gémissant au bord d'une chaussée. Cette haine, ils l'avaient apprise de père en fils, elle avait couvé, fermenté, elle dormait dans chacun de leurs gestes de charité, dans une poignée de main obligeamment accordée au vulgaire, dans chaque sourire. Cette haine était héréditaire, elle durerait aussi longtemps que leur puissance durerait. Mais cette puissance pourrait-elle finir, puisqu'ils agissaient comme si elle était éternelle ? Jamais l'espérance humaine n'aurait de fin, tant que cette haine marquerait le visage de ces gens de sa flétrissure !

Germaine Paturault fut sèche et brève :

« ... On vous a fait venir parce que vous n'allez pas servir dans une maison quelconque ni à des gens quelconques. Ceux qui n'ont pas de tenue blanche peuvent repartir... Tous resteront à l'office, jusqu'à la fin de la réception. Ils ne feront que ce dont on leur donnera l'ordre. Pas d'initiative. Ceux qui casseront paieront ce qu'ils auront cassé. De toute façon, il ne sera toléré, sous aucun prétexte, que quiconque se rende dans la cour, sous peine d'être renvoyé immédiatement... J'ai fini... »

Après avoir salué, le troupeau des hommes inférieurs sortit, la tête basse, ulcérés, meurtris jusqu'au fond d'eux-mêmes.

⁂

Vers cinq heures du soir, dans les jardins et les salons embaumés de rose, les invités commencèrent à affluer. Des hommes en spencer ou en smoking noir et blanc, des femmes aux robes froufroutantes, aux parfums aériens.

Des cocktails circulèrent dans des verres très fins. Des femmes minaudantes, outrageusement décolletées. Des bouquets de rires. Des propos chuchotés. L'orchestre jouait discrètement *Lambeth Walks* et méringues langoureuses. Tout était lumineux, étincelant, sélect.

Au milieu des groupes, Jérôme Paturault circulait, plastronnant, baisant les mains, penchant la tête de-ci de-là pour citer quelques vers de Vincent Muselli, ou des *haïkaïs* japonais; plus loin, docte, parlant politique étrangère, commentant la conquête japonaise de la Mandchourie; là, protecteur, promettant nominations et décorations. Ministre, de l'orteil jusqu'au crâne.

Les espions faisaient foison, glanant des propos séditieux, faisant parler ceux-ci, tendant des pièges à ceux-là. En effet, qui craindrait des jeunes gens de bonne famille, bien sanglés dans leur tenue de soirée, buvant ferme et contant fleurette ?

Des femmes déjà mûres parlaient d'amours de petits bibis, des derniers tissus de Paul Auxila et même, vaguement, des difficultés ménagères.

— Excellence, comment faites-vous ? Il est tellement difficile de trouver les moindres denrées alimentaires. Or, vous nous offrez ce soir un véritable balthazar... Vous n'êtes pas seulement un charmeur, mais aussi un merveilleux magicien !

Jérôme Paturault se rengorgeait, enveloppé par l'essaim :

— Que ne ferait-on, mesdames, pour voir pétiller vos beaux yeux... Et puis, entre nous, comment serait-on un bon ministre sans savoir gouverner sa maison ? Mon secret est simple, c'est prévoir... D'ailleurs, ne vous inquiétez pas, au dernier Conseil des ministres, nous avons pris des mesures drastiques pour faire face à cette maudite situation. J'ai fait un exposé sur la question. L'ambassadeur américain a été surpris de l'audace de mon projet. Mais, j'allais vous révéler une question d'Etat... Je me sauve, mesdames...

Derrière les bosquets de bougainvillées, des couples cherchaient la solitude. Bruits de baisers, rires excités, mots tendres. Dorées par les embrasements du couchant, les jeunes filles des beaux quartiers, couleur de fruits mûrs, sous les tonnelles fleuries, à l'ombre des feuillages, des berceaux et des charmilles, chassaient l'aventure.

Cependant, malgré toute cette profusion d'abondance et de frivolités, on sentait l'inquiétude marquée sur maints visages d'hommes. Nombreux, d'ailleurs, n'étaient venus que pour s'informer. La secousse semblait rude pour le gouvernement. La disette qui tourmentait le peuple, remuait toute la nation, soufflait l'inquiétude chez tout ce ramassis de parasites. On racontait tant de choses sur les mouvements qui couvaient ! On parlait de tel colonel de la Garde qui, presque ouvertement, mijotait quelque chose. Il y avait aussi les pradélistes et tout un remue-ménage dans le nord.

Vers sept heures du soir, la fête battait son plein. Sur la piste dressée dans les jardins, le bal avait commencé. Les jambes emmêlées, joue contre joue, les couples dansaient dans la fraîcheur du soir. La nuit n'était pas tombée, un jour gris flottait encore. Les gens aussi commençaient à être gris. Sans arrêt, les serveurs distribuaient les boissons, le rhum Barbancourt cinq étoiles phosphorescent dans la pénombre, le kola rose, les punchs.

Cependant, « le vulgaire » se rassemblait derrière les grilles pour regarder la fête nocturne. En voyant ces tables chargées de mets et de boissons, toutes ces robes merveilleuses, toutes ces tenues de soirée, le peuple assemblé s'énervait.

— Si c'est pas une pitié de voir tout ce que ce monde peut s'envoyer, tandis que nous on ne trouve presque plus rien à manger, disaient les femmes.

Quand sortaient les jeunes bourgeois ivres, allant chercher des coins pour vomir et se retaper un peu afin de continuer la bacchanale, des quolibets les accueillaient. La foule commençait à se faire drue, à gronder contre ces pantins en goguette.

— Bande de voleurs ! C'est l'argent du peuple qu'ils sont en train de manger !

D'autres s'exclamaient :

— C'est scandaleux ! Faire ça pendant une telle pénurie !

Certains s'excitaient, ça commençait à sentir la manifestation.

— De quel côté qu'il se cache, notre ministre ? Qu'il vienne un peu pour qu'on lui dise deux mots !...

— Nous avons faim !

— Regardez-les donc ces grands mulâtres !

Les gendarmes qui gardaient le portail décidèrent de repousser la foule. Ce fut une fuite éperdue. Mais un bon nombre de spectateurs se rassembla sur le trottoir d'en face, les autres, enhardis, les rejoignirent. Un beau chahut.

Quand Jérôme Paturault, alerté, apprit ce qui se passait, il rembarra les gendarmes. En effet, il se rendait compte du danger. « Le peuple, c'est comme les enfants, pensait-il, c'est pas comme ça qu'il faut le prendre. » Il savait aussi que Vincent n'aimait pas s'entourer d'hommes impopulaires et que dans ces cas il s'en séparait sans hésiter. Il demanda donc de la menue monnaie comme il avait vu faire le président. Il se disait que lui aussi saurait se mêler à la foule, se faire populacier, répondre par des saillies grasses à leurs questions, amadouant les hommes, pelotant, lutinant les femmes, faisant des mamours aux enfants.

Il sortit donc, demandant aux gens d'approcher. Il fut surpris de voir cette populace aussi tendue. Il insista et leur lança des poignées de monnaie. Des enfants s'élancèrent pour les ramasser. Les adultes approchèrent, froids, curieux de voir le ministre de près.

Paturault était tout sourire. Il raconta qu'il n'avait pas su qu'on les avait repoussés. Ils pouvaient naturellement regarder, il ferait même distribuer des sandwiches... Un homme s'était enhardi et avait avancé vers lui :

— C'est toi le ministre ? demanda-t-il.

— Oui, répondit Paturault, déconcerté.

— Tu dois nous prendre pour des chiens pour nous jeter de l'argent par terre ?

La foule entourait maintenant le ministre. Des hommes en bleus, des femmes nu-pieds qui s'approchaient à quelques centimètres de son visage. La peur envahissait Paturault. Les quolibets et les questions jaillissaient de partout.

— Regardez-moi ses babines ! lança une voix. L'argent du peuple rend gras !

— C'est une honte d'insulter ainsi la misère du peuple, cria une femme.

— Et puis il nous a fait donner du bâton, ce cochon-là !

Sous les huées, le ministre s'enfuit devant la foule grondante. Le peuple s'amassait de plus en plus, les gendarmes chargèrent le rassemblement, s'acharnant particulièrement sur les femmes et les enfants. Bientôt la place fut nettoyée et le calme revint. L'orchestre lançait dans l'air du soir ses roulades et ses chorus. Les invités tranquillisés recommencèrent leurs *Lambeth Walks* endiablés. Ils chantaient :

> *Any time your Lambeth way,*
> *Any evening, any day,*
> *You'll find thus all*
> *Doing the Lambeth walk !*
> *Hoy !...*

Du fond de la cour, un tambour assourdi par les hurlements de l'orchestre annonça le début de la cérémonie en l'honneur des dieux infernaux. Le ministre s'était discrètement éclipsé. Le *houngan* possédé jonchait le sol de maïs et de pistaches grillées, noblant le langage sacré. On amena un bouc vêtu d'une jaquette rouge. Ce fut Jérôme Paturault, dansant autour du *poteau-mitan* et des *vévers* dessinés sur le sol qui sacrifia l'animal. Le tambour mystérieux, gluant, funèbre, disait des litanies sourdes. On but le sang chaud à la ronde tandis que cliquetait l'*asson* du grand-prêtre sur la tête des assistants.

L'orchestre, dans les jardins, sans discontinuer, lançait ses congas, ses méringues et ses boléros. Germaine Paturault, infatigable, entraînait le bal, souriante, chatte, langoureusement serrée contre ses cavaliers servants. Tout était lumineux, sélect, étincelant, enchanté.

Vers onze heures du soir, une grêle de pierres s'abattit, projetée de tous les arbres environnants.

Cependant, la fête ne fut pas longtemps troublée. Les mondaines piaillantes se calmèrent vite, la joie reprit plus pleine, plus endiablée, plus déboutonnée. En un rien de temps les lanceurs de pierres avaient été détectés et pourchassés.

Ce fut dans un petit jour d'aubergine, à l'heure où les marchands ambulants lancent dans les rues fraîches leurs premiers cris acides et colorés que prit fin la noce. Les moteurs des grosses voitures américaines démarrèrent, rugissants, emportant vers leurs lits moelleux les invités de Jérôme Paturault.

V

Il n'y avait pas de doute, on frappait à la porte. Ils se réveillèrent en sursaut :

— Claire, Claire, criait une voix, ouvrez, c'est moi !...

Qui donc ce pouvait-il être, en pleine nuit ? Hilarion alla ouvrir tandis que Claire-Heureuse passait un vêtement. C'était Toya, la voisine, à demi habillée.

— Claire, venez vite ! Comment se fait-il que vous n'ayez pas entendu ? Buss Manuel, mon homme, venait à peine de rentrer de son service de nuit, il mangeait un morceau. On entend des cris chez Sor Choubouloute, la grande vieille. On a dû défoncer la porte. On l'a trouvée assise dans son lit. La sueur lui coulait du corps, épaisse comme de l'huile de *cocoyer*... Et puis elle en racontait des choses ! Elle *déparlait* [1], hagarde. Je ne pouvais rien faire toute seule. Alors je suis venue frapper à votre porte. Il n'y a pas moyen de la calmer...

Et Toya, comme à l'accoutumée, de déverser sans souffler son flux et son reflux de paroles, inlassable comme la mer.

Sor Choubouloute était une grande vieille cassée en deux, tordue comme une branche de gommier, elle habitait la même maison que Toya, dans la cour. Un visage très noir, tout triste, comme recouvert en guise de peau d'un voile de crêpe, la figure tout en os, creusée de petits yeux fuyants, sous des paupières sans cils, une courte barbe poivre et sel comme les cheveux. Elle marmonnait toujours des paroles sans suite entre ses gencives édentées. Les enfants en avaient peur et, à cause de cela, lui lançaient des pierres quand ils la voyaient; tel est fort chez les enfants le besoin de crâner pour cacher leur crainte. Alors, elle se redressait et les maudissait d'une

---

1. *Déparler :* délirer.

voix éraillée, d'une voix de fausset, haute comme une crécelle, d'une voix ayant perdu l'habitude de servir. La meute des va-nu-pieds reculait, impressionnée mais bravache :

— Hé, Choubouloute, hé ! criaient-ils. Vieille Bouloute ! Hé !...

On racontait que, dans le temps, Sor Choubouloute avait été quelqu'un. La preuve, d'après ce qu'on disait, le propriétaire, un grand commerçant de la rue Bonne-Foi, lui laissait la jouissance du *locatis* où elle gîtait. Du moins on le pensait. En effet, elle vivait de reliefs et de rebuts de marché et n'aurait jamais pu payer de loyers. Même les adultes en avaient peur. On la disait sorcière et jeteuse de sorts; cependant, jamais les voisins les plus proches ne pouvaient trouver la moindre chose à lui reprocher. Certains même consentaient à lui acheter quelques épices. Oh ! elle était bien propre, avec ses chaussures d'homme, mal rapiécées, son caraco écru tout ravaudé, son chapeau noir en forme de bol. Un certain respect lui venait toutefois des vieilles gens à cause de cette dignité qui émanait de sa détresse et peut-être parce qu'elle pouvait être la prémonition de leur avenir :

— Quand un vieil os blanchit à la poussière de la route, disaient-ils, il faut penser qu'il y avait de la viande pardessus.

Dans ce monde à l'envers, la vieillesse était le pire lot. Ceux qui commençaient à vieillir, s'ils ne craignaient pas la décrépitude pour elle-même, désiraient la mort, avant que de devenir des épaves, porteuses d'épouvante et d'horreur, condamnés à boire la lie fangeuse du calice, où tout un peuple s'abreuve chaque jour.

Quand Toya, Claire-Heureuse et Hilarion entrèrent dans la chambre de Sor Choubouloute, il y avait déjà là un tas de commères et même quelques hommes qui chuchotaient avec des yeux inquiets. La vieille était couchée, respirant bruyamment, son corps décharné à demi nu, à peine recouverte d'un vieux drap.

— Elle vient de s'endormir, souffla une femme. Tout à l'heure, elle était comme enragée. Ses dents claquaient, elle poussait des beuglements étranges. « *Oba koulomba ! Houm ! Houm !* », criait-elle, et puis : « Vengeance, aïe, vengeance ! Si mon étoile rebrille, j'aurai sept. »

— Cette maladie n'est pas naturelle, je vous le dis, déclara le vieil Almanor.

Il secoua la tête, cracha sur le plancher, murmurant des

patenôtres et, en guise d'exorcisme, tira successivement sur chacun des lobules de ses oreilles. La vieille s'était redressée sur sa couche, en proie à un nouvel accès d'agitation. Elle ne tenait pas dans le lit, tantôt jetant la tête sur l'oreiller, lançant ses membres grêles dans toutes les directions, pleurant et riant.

— Faudrait lui donner un bain de feuilles de corossol, dit Toya.

— Non, répliqua une autre, un bon bain de pieds de moutarde.

— Peut-être qu'un bon *loch* de feuilles d'Haïti, suggéra Claire-Heureuse.

De toute évidence, personne ne tenait à se rapprocher de la vieille qui gesticulait et criait de plus belle. Brusquement, elle se dressa, assise dans le lit, suant et soufflant, et se mit à parler :

— Aïe ! Vengeance ! Vengeance ! criait-elle. Mon étoile rebrille, j'aurai sept !

Les voisins reculèrent épouvantés.

— Mon étoile rebrille, j'aurai sept, criait la vieille Choubouloute, les yeux exorbités... Chrétiens vivants, la charge est trop lourde pour moi ! Les péchés brûlent mon cœur... Ecoutez, chrétiens vivants, ma confession générale. La maison est pleine d'âmes de jeunes filles. Je vous prie, débouchez toutes les bouteilles de la maison... C'est moi-même, Charlotte Sichelien Siché qui ai tué Idamante Dieudonné, Carmencita Mentor, Polsinna Dessaix... Mon étoile rebrille, j'aurai sept... Mon cheval *zobop* était fort, mais il a rencontré plus fort... *Oba koulomba ! Houm ! Houm !* hurlait-elle.

La panique s'empara des assistants qui s'enfuirent, allant donner l'alarme. En un rien de temps, tout le quartier réveillé apprit que Sor Choubouloute était bien loup-garou, de la confrérie des *zobops*, qu'elle était comme enragée, qu'elle faisait la confession générale de tous les chrétiens vivants qu'elle avait tués. N'est-ce pas que deux enfants du quartier étaient morts ces jours derniers, soi-disant de typhoïde ? Toya prétendit même qu'elle avait vu, de ses yeux vu, une sorte de petite poupée, aux yeux de braise, dansant sous le lit de la vieille. Il était quatre heures du matin, et le quartier se réveillait. Les marchandes se préparant pour la vente à la criée, les hommes qui allaient au travail, tout ça s'était rassemblé. Les langues allaient clabaudant. On racontait avoir vu des objets fantastiques dans le logement de la vieille. Certains allaient jusqu'à affirmer que, dans son lit, elle essayait de voler en l'air, comme les loups-garous.

On tint conseil. De toute évidence, cette femme était un danger pour les enfants du quartier. Il fallait faire quelque chose, par exemple la conduire à l'hôpital. Hilarion se rappelant que Jean-Michel était justement de garde cette nuit-là, à l'Hôpital Général, décida de l'aller chercher.

Cette scène et tous ces propos l'avaient remué. La peur des choses occultes l'avait assailli comme tous ces simples gens, accompagnée de tout le poids des légendes dans lesquelles il stagnait crédulement depuis son enfance. Cependant, une petite voix inconnue, oh ! combien faible ! lui disait que peut-être la faim et la fièvre avaient provoqué le délire de la pauvre vieille à demi folle, recluse dans l'opprobre et l'animosité générale, à laquelle on avait tant répété qu'elle était sorcière. Mais en lui demeurait l'essentiel : une pauvre âme crédule et tremblante. La peur était plus forte, une peur panique qui, prenait aux entrailles. En effet, que pouvait-il y avoir d'extraordinaire dans le fait que cette pauvre vieille soit en relation avec les esprits infernaux, tandis qu'hier encore, dans les beaux quartiers, chez un ministre, s'il vous plaît, il avait entendu les sons irréfutables et entrevu les lumières folles qui marquaient la présence des dieux d'en bas, toujours assoiffés de sang ?

Il revint dans l'ambulance avec Jean-Michel. Il n'osa, malgré sa peur, refuser d'entrer avec lui chez la vieille. Ils furent d'ailleurs suivis par quelques audacieux. Elle était brûlante et claquait des dents. L'odeur acide de la fièvre emplissait la pièce. On raconta que ça faisait deux jours qu'on ne l'avait vue sortir; mais si elle n'avait pas mangé ça ne devait pas beaucoup la changer de son ordinaire. Et puis, elle avait dit elle-même qu'elle était loup-garou. Jean-Michel haussa des épaules, complètement fermé à une telle hypothèse, amusé même, méprisant.

Il la souleva. Elle était molle. Il lui toucha la cornée. Tout le corps était animé de petits tremblements rapides. Il lui fit une piqûre.

— Il faut la transporter tout de suite, je ne sais pas si elle aura le temps d'arriver, mais il le faut. Je crois que c'est une bilieuse hémoglobinurique, regardez les urines. De toute façon, elle est dans le coma. Avec une telle misère physiologique, ce n'est pas étonnant qu'elle ait eu des accès de délire aussi violents que vous le dites. Loup-garou !... Vous n'êtes pas un peu sinoques, non ?

Dans la cour, on faisait les gorges chaudes. Et comment donc ! Naturellement qu'il n'avait pas voulu croire qu'elle était loup-garou, le docteur. Un coma paludéen qu'il disait ! Et tout ce qu'elle avait raconté, c'était du coma, paraît-il ! Dorisca, la guérisseuse, tenait audience devant la porte.

— Ces docteurs, ils sont nègres et ils ne veulent pas croire à l'Afrique, disait-elle. Heureusement, chaque chien lèche son gros orteil comme il sait. Si nous écoutions ces messieurs, les mauvais airs mangeraient tous nos enfants et nous les laisserions faire, sous prétexte qu'il n'y a point de loups-garous, mais des gens qui ont des comas sur la tête !...

*
**

— Hilarion, ho ?... tu m'écoutes ? Jusqu'où tu crois que ça va aller ? Si c'est pas une pitié que de voir tous les hommes se décourager ?... Maintenant, dans la boutique, la seule chose que je vende facilement, malgré les hausses, c'est le *clairin*. Tu sais Buss Philibert, le cordonnier, lui qui était un homme si sérieux, eh bien ! il s'est mis à boire, lui aussi. Il vient dix fois par jour boire un coup d'absinthe. Il s'est acoquiné avec ce bon à rien de Gobert, tu sais, le soulard. Tu m'écoutes, Hilarion ? Jusqu'où tu crois que ça va aller ?

— Hum, hum, fit Hilarion.

Il ne voulait pas répondre. Jusqu'où ça pouvait aller ? A quoi bon continuer à se casser la tête ? Il s'y était esquinté toute sa vie. Oh ! lui, il ne s'était pas mis à boire, ce n'était pas dans sa nature, mais lui aussi était découragé, lessivé.

Toutes les belles paroles que Jean-Michel lui avait mises dans la tête lui avaient, un moment, fait entrevoir une lutte grandiose. Il n'avait pas été loin de se croire l'homme de cette lutte. Une lutte où tous les petits s'uniraient comme les doigts de la main, pour former un énorme poing, d'une puissance indescriptible qui, un jour, se mettrait à cogner pour faire à tous les braves gens une place, sous le grand ciel bleu d'Haïti. Jean-Michel parlait de prolétariat, de lutte classe contre classe, mais lui, dans la bataille, il voyait Philibert, l'artisan cordonnier, qui avait cinq employés; Mᵉ Mesmin, l'avocat marron; Crispin François, le chauffeur de camion; Jean-Michel, l'étudiant en médecine; Gabriel, le boxeur, et même M'sieur Traviezo, son patron, qui, malgré ses grands

airs, était un bien brave homme. Malgré ses injustices de
patron, ce dernier aussi souffrait de la concurrence déloyale
des gros industriels, souchés aux américains, tel Borkmann.
C'était ça qui, comme du temps de Dessalines, pouvait changer quelque chose. D'un autre côté, il sentait que Jean-Michel avait raison. Oui, il fallait que les travailleurs se battent
classe contre classe, pour arracher leur pain à l'appétit vorace
des patrons. Mais il voyait les ouvriers peu nombreux, passifs,
et, avec tous les chômeurs, tous les crève-la-faim qu'il y avait
dans le pays, il prévoyait la défaite à chaque bataille. Les
trucs de Jean-Michel lui semblaient des rêves lointains, des
choses qu'on lit dans les livres et qu'on ne rencontre pas dans
la vie. Cependant, il sentait là-dedans quelques choses qui sonnaient juste, parce qu'elles contenaient un esprit qui refusait
la résignation, un esprit qui cherchait le combat. Et puis
Crispin François, Frascuelo, qui revenait de République Dominicaine, lui avait raconté des choses qui donnaient raison
à Jean-Michel. Plusieurs fois à Cuba, à Santiago, à Pilar del
Rio, à Matanzas les ouvriers avaient refusé de travailler, la
huelga qu'on appelait ça. On sortait en groupes dans les rues,
criant contre les compagnies. C'étaient des hommes venus de
Oriente, de Habana, ou de Camaguey qui organisaient ça, des
« rouges » qu'on les appelait. Ça durait des jours et après
force manifestations, si on se battait bien contre la police,
si on ne se laissait pas dégonfler, eh bien ! les patrons augmentaient les salaires. Parfois, rarement, ça s'était aussi produit à Saint-Domingue. Hilarion se disait que s'il y avait en
Haïti des hommes qui se disaient communistes et déclaraient
vouloir supprimer les patrons, il n'y avait pas de « rouges »
comme à Cuba. Une fois, il avait demandé pourquoi à
Jean-Michel. Il lui fut répondu que les « rouges » de làbas et les communistes d'ici, c'était la même chose, qu'ici
on était faible, qu'on n'avait pas de journal. Cette histoire de
journal, il n'y avait rien compris. Pourquoi les communistes
d'ici n'allaient-ils pas dans les ateliers et les usines pour
combattre les patrons ? Un journal ! Tu parles si les travailleurs s'en foutent ! Comment est-ce qu'ils feraient pour
le lire ? C'était peut-être bien beau dans les livres toutes ces
histoires, mais ici, on était en Haïti, que diable ! Un journal,
si on voulait, ça pourrait peut-être faire comprendre aux
autres, à ceux qui n'étaient pas des prolétaires, à tous les
autres qui savaient lire. Mais, que ces communistes répètent
à tout bout de champ qu'ils sont le parti de la classe ouvrière

et qu'ils ne se battent pas à côté des ouvriers, il ne comprenait pas. Lui, il voulait bien marcher, mais avec des types qui sauraient comment faire, pour faire rendre gorge aux patrons, chaque jour. Des types qui paient d'exemple, quoi ! Des types prêts à lutter, quelles que soient les conditions, mais à leur histoire de journal, il ne comprenait rien. Il ne voyait qu'une chose : plus on irait à la bagarre, plus il y aurait de gars à savoir la mener. Ainsi son cœur était avec Jean-Michel, mais son esprit était tour à tour avec et contre lui.

Les mauvais jours étaient survenus, des mauvais jours pour tout le monde, après cette sacrée inondation. Au début, il avait été en pleine incertitude, mais il sentait en lui un courage neuf. Oh ! Claire-Heureuse s'était bien débattue, toute fatiguée, tout enceinte qu'elle était. Elle avait lutté comme une vraie négresse d'Haïti, de toutes ses forces. Dans ce combat quotidien, sa petite bouche violacée s'était pincée, ses yeux s'étaient entourés d'un cerne gris, son sourire commençait à s'écorcher, sa peau à se ternir, mais sa beauté n'en était que plus forte, plus humaine, moins céleste.

Certes, Hilarion pensait qu'elle n'était pas encore prête à partager les réflexions qui l'agitaient, mais jamais il n'avait été aussi fier d'elle, aussi amoureux. En analysant Claire-Heureuse, il croyait trouver ce qui manquait à Jean-Michel et à tous les petits-bourgeois communistes, que son ami lui avait fait connaître. Aucun d'entre eux n'avait cette combativité à toute épreuve. Claire-Heureuse, une simple fille du peuple, pouvait en remontrer à quiconque sur ce point.

Il était déçu de Jean-Michel. Il en avait assez, des phrases, il lui fallait de l'action. Pourtant, c'étaient ces phrases qui avaient mis en marche ce moteur qui l'entraînait. Etaient-ce les idées abstraites ou la vie quotidienne du peuple qui intéressaient ces gens ? Si ça continuait, il laisserait tomber tous ces palabreurs ! Mais en les abandonnant, il savait aussi qu'il se laisserait choir dans une fosse sans issue, la fosse de la résignation et du désespoir. Il se retrouverait tout seul, avec son ignorance et ses élans, avec sa Claire-Heureuse, ses camarades de misère et les patrons aux dents longues. A quoi fallait-il croire ? C'était, dans cette nuit amère, comme une cohue de pensées qui l'envahissait, un troupeau de cent mille cornes de rêves et d'images. Pour le moment, il avait encore besoin de Jean-Michel et de ses camarades, ils étaient la lumière, ils portaient l'espoir... Qui savait ? Peut-être qu'un jour, du mariage de leurs idées avec le peuple sortirait la grande force qui bâtirait un autre avenir. Jusqu'où iraient les difficultés exacerbées avec l'inondation ? Il ne le savait pas; pour l'instant, il fallait se secouer, vivre. Dans l'avenir dormaient les réponses à toutes les questions.

⁂

— Hilarion, ho ? je te parle. A chaque fois que je te parle de choses sérieuses, tu ne réponds pas...

Hilarion se taisait. Il ressentait une immense fatigue, une colère bouillonnante. S'il répondait, la colère jaillirait et ce serait sur Claire-Heureuse que se déverserait la rancœur accumulée par ce monde à l'envers.

La dispute était toujours dans l'air quand Victorine, la compagne de Lenoir, le chauffeur de taxi, entra dans la boutique avec un visage humble et triste. Claire-Heureuse se renfrogna. Elle était bien gentille Victorine, une personne « comme il faut », tout le monde était d'accord pour dire que c'était une couturière qui faisait du beau travail et qui ne trompait jamais son monde; mais tout de même ! ça faisait trois semaines qu'elle devait ces douze gourdes à la boutique. C'est terrible de voir une personne « comme il faut » avec des yeux suppliants... Claire-Heureuse était bien décidée à ne pas se laisser faire aujourd'hui.

— Bonjour, madame Claire; bonjour, m'sieur Hilarion, ça va la santé ?

— Bonjour, madame Victorine, ça va, merci, répondit Claire-Heureuse, la bouche pincée.

— Ah ! On a toujours des embêtements ! dit-elle très vite, en détournant le regard. Lenoir a cassé sa boîte de vitesses. Il a fallu se saigner pour la remplacer. Comme ça, je ne pourrai pas vous payer aujourd'hui. Je n'ai pas une goutte de lait pour la petite Francine. Il m'en faudrait une boîte, une toute petite, un peu de maïs moulu, de la graisse et un peu de *kérosine* pour la lampe. Je dois coudre tard ce soir, j'ai du travail pressé, et ça me permettra de commencer à vous payer...

— C'est pas de la mauvaise volonté, madame Victorine, mais ça fait trois semaines que j'attends comme ça; aujourd'hui, je ne pourrai pas...

Les yeux de Mme Victorine s'emplirent de larmes. La honte la clouait sur place. Mais elle lutta de toutes ses forces contre elle-même et dans un sursaut d'énergie, se défendit encore avec le plus de naturel qu'elle put. En effet, c'était encore plus dur de retourner les mains vides, et de retrouver la petite Francine qùi la regarderait avec ses yeux de petit chien affamé.

— Vous en prie, madame Claire, je vous paierai demain. Lenoir a pu sortir la voiture aujourd'hui...

— Vous êtes toutes pareilles ! Mais vous ne vous rendez pas compte que je ne pourrai pas attendre pour payer ces marchandises... Si vous croyez que je pourrai dire à M. Bolté...

— Merci, madame Claire, dit-elle, d'une voix étranglée, se retournant pour partir.

Hilarion se redressa :

— Donne-lui ce qu'elle demande, dit-il d'une voix impérative.

— Mais, Hilarion...

— Donne-lui, hurla-t-il...

— Je dois aller chez Bolté aujourd'hui, je ne pourrai déjà pas lui reprendre des marchandises...

Une rage froide s'était emparée d'Hilarion. Il alla aux étagères, prit les marchandises, les mit dans les bras de Victorine interdite, puis se retira dans la salle à manger attenante. Claire-Heureuse l'y suivit :

— Tu ne t'es jamais occupé de la boutique... J'ai aussi bon cœur que toi... Si tu jettes les marchandises par les fenêtres, bientôt on n'aura plus rien. Mais Monsieur veut faire le prince...

Une gifle partit, atteignit Claire-Heureuse en plein visage et faillit la renverser. Elle le regarda, stupéfaite. Elle lui vit des yeux qu'elle ne connaissait pas, des yeux rouges, brillants, des yeux d'une détermination qui lui fit peur. Elle s'avança, s'accrocha à lui et lui dit un seul mot :

— Hilarion...

Il se dégagea brutalement, prit son paquet de cigarettes sur la table et partit. La sirène municipale hurlait midi en stridulations forcenées.

*
**

Elle ne pleura pas. Elle resta longtemps assise au bord du lit, comme anesthésiée. Puis, d'un coup, les pensées affluèrent.

Oui, depuis quelque temps, son homme n'était plus le même. Il parlait moins. Des tas de choses semblaient le préoccuper. Ainsi, il avait décidé d'aller à l'école du soir. Et tout brisé qu'il était, après la longue journée de travail, en rentrant de l'école, il se penchait encore sur les livres. Elle n'y comprenait rien. Quand il veillait trop tard, elle protestait même, disant qu'il devait travailler le lendemain ou qu'il ne fallait pas trop user le pétrole de la lampe. Il lui avait fallu une gifle, pour comprendre qu'entre elle et son compagnon commençait à s'étendre un domaine où elle ne pénétrait pas, des tas de réflexions auxquelles elle ne participait pas !

Alors la peur la pénétra. Une peur qui lui fit mal. Elle était en train de perdre l'amour de son homme, l'homme qui était le sens de sa vie !

Elle, une pauvre petite marchande des rues, elle s'était livrée à l'amour sans réfléchir, sans complication, avec tout son cœur simple. L'amour, elle le concevait comme les sucreries qu'elle avait coutume de vendre. Les gens réclament toujours la même sucrerie. Ce goût durerait toute la vie. L'amour était donc une chose complexe, une chose vivante, une chose délicate ? Que n'aurait-elle donné pour en connaître le secret! Elle était l'enfant adoptive d'une vieille fille qui n'avait pu lui en rien apprendre. Elle n'avait jamais vu la vie normale, mais la vie sans drames et sans joies humaines, la vie châtrée de sa raison. Son homme, elle lui lavait les chemises, lui préparait à manger, lui racontait les histoires de la journée, l'embrassait, en un mot lui donnait ce qu'elle croyait le bonheur. Mais ce bonheur-là, à cause de toutes les difficultés de la vie, n'était qu'une pâle image de ce qu'elle aurait voulu. Tout le monde recherche le bonheur, pas vrai ? Oh ! il lui était reconnaissant de cet impossible bonheur, qu'elle essayait d'accommoder chaque jour avec les misérables reliefs que laissait la vie. Elle ne pouvait pas se tromper sur son regard, mais... Il y avait un mais !

Ainsi, il semblait heureux quand elle préparait de la pâte de goyaves, mais parce qu'elle lui faisait remarquer que la pâte serait un tantinet acide par manque de sucre, il l'embrassait d'une manière toute drôle. Il disait que la pâte était bonne comme ça et qu'elle avait raison d'économiser. Mais il la mangeait avec trop de gourmandise, comme pour lui faire plaisir.

Une autre fois, ils étaient allés ensemble au cinéma gratuit, sur le Champ de Mars. Elle riait de tout son cœur de voir Charlot dévorer à belles dents son soulier. Elle fut toute surprise quand il lui demanda brutalement si ça lui donnait envie de rire ?

Jamais ces choses-là ne l'avaient inquiétée. Elle en avait
tant vu dans sa vie de marchande ambulante ! Elle avait
gardé cette faculté de rire des choses cocasses même si elles
n'étaient que le vêtement des choses amères. Dans ses yeux,
il y avait les enfants malingres qui regardent la rue avec le
regard tragique de la faim; les vieilles gens usés par le travail, dormant de faim sur les bancs des places publiques; les
clochards fouillant les tas de détritus. Son regard avait pris
l'habitude d'être neutre comme les regards d'enfants, prêts à
tout voir...

Des images vieilles remontèrent à ses yeux, elle ne sut pas
pourquoi. Où étaient-elles enfouies, ces images auxquelles
elle n'avait jamais prêté attention, et que cette gifle faisait
ressurgir ?...

Entre autres un tragique dialogue dans le quartier borgne
de l'Ecole de Médecine. C'était dans le bouge de la « Grosse
Ninic ». Les voix lui parvenaient encore distinctement. Celle
de cette fillette de quinze ans, qui offrait à la maquerelle sa
chair fraîche et vierge, pour les abominables clients de son
lupanar. Les refus mous de l'horrible femme, ce petit rire
inhumain où transpiraient son désir d'une bonne affaire et la
peur des gendarmes. Les insistances de la gamine : la mère
morte, deux petits frères et une petite sœur. Et puis ces
sanglots...

Puis, revint à ses yeux cet homme, encore jeune, qui déam-
bulait, parlant tout seul, et qui brusquement se jeta sous une
voiture lancée à toute allure. Cette tête fracassée dans une
mare de velours écarlate. Les insultes proférées par le mou-
rant à ceux qui voulaient le secourir : des paroles amères
comme du fiel, un concentré de toute la détresse humaine !

Elle cacha son visage dans ses mains, mais d'autres images
forcèrent encore cette barrière.

Elle revit des *marines* américains ivres, s'apprêtant à brûler une liasse de dollars, tache verte sur la chaussée. La
femme décharnée et le bébé diaphane, les suppliant de leur
faire la charité. Ils la firent danser, marcher à quatre pattes,
miauler, aboyer, hennir pour lui donner un de ces billets
qu'ils voulaient brûler. Elle la revit ramasser avec la bouche
un dollar, sur lequel coulaient les larmes de honte de la
pauvresse. Claire-Heureuse réentendit presque les hoquets,
les rires, les lazzis; et cette flamme rouge léchant les billets
verts !

Oui, la rue avait été son école, son université, ses livres.

Elle avait réussi à traverser tout ça avec une fraîcheur d'âme, un amour de la vie qui la surprenaient elle-même quand elle y pensait. Elle en avait toutefois payé la rançon, sans le savoir. Alors que d'autres s'endurcissaient à la misère, Claire-Heureuse en avait acquis un sens de la lutte digne d'une bête sauvage, mais aussi une énorme faculté de résignation, une capacité d'accepter sans limites. Depuis qu'elle avait ouvert les yeux sur la vie, les souffrances de tout un peuple les avaient délavés, elle se savait inaccessible au découragement comme à l'étonnement, mais la révolte aussi lui était difficile.

Oui, cette gifle, comme toutes les anomalies qu'elle avait constatées chez son Hilarion depuis quelque temps, c'était la dureté de l'existence qui en était responsable. Parfois elle sentait remonter ses vieilles appréhensions sur la maladie d'Hilarion. S'il devenait fou ? C'était, à ce qu'on dit, arrivé à plusieurs personnes atteintes du mal caduc. Elle chassa vite ces pensées. C'était un fait qu'Hilarion était pratiquement guéri et que ces pilules faisaient bon effet.

Elle ne comprenait pas. A tout considérer, ils étaient moins malheureux que des quantités d'autres... Comment un nègre, tanné par le corrosif de la vie haïtienne, pouvait-il s'emplir de fiel, alors qu'il n'était pas le plus menacé ?

La question qu'elle lui avait posée le matin même .

— Jusqu'où tu crois que ça va aller ?
elle ne l'avait émise que pour qu'il formule ce qu'il prévoyait. Ainsi, elle se préparerait en toute conscience, sereinement, à une plus grande dépense d'énergie et de courage. Elle aimait savoir, elle aimait prévoir.

Elle était à mille lieues de concevoir qu'Hilarion était angoissé par le problème de l'abolition de la misère. Hilarion, peu sûr de lui-même, voulait en toute liberté arriver à la vérité, et le fait était qu'elle aurait très mal compris, qu'elle lui en aurait même voulu. Ces pensées lui auraient semblé une menace contre la vie précaire mais tranquille qu'ils étaient arrivés à se faire. La nouveauté amène une telle peur aux gens simples !

Elle se sentait en danger dans ce qu'elle avait de plus cher. Ce Jean-Michel et ses maudits livres en étaient certainement responsables ! Cette sourde animosité, qui déjà dormait en elle contre les livres qui lui volaient leurs rares moments d'intimité, s'enfla subitement; en un moment, elle se sentit emportée par une poussée de haine violente, un *rush,* un *amok* impétueux, animal presque.

Elle alla les toucher. L'envie de les détruire jusqu'au dernier la noya tout entière. Elle réagit aussitôt contre cette impulsion mauvaise, qui serait lourde de conséquences. Des idées folles et contradictoires la traversaient. Elle eut encore peur, peur de son incertitude, peur de son ignorance. Alors, enfin, les larmes coulèrent.

Elle les sécha vite cependant, parce qu'il fallait bien accomplir la tâche de chaque jour. Déjà des cris d'impatience se faisaient entendre dans la boutique. Les clients ne veulent savoir qu'une chose : qu'on les serve vite, sinon ils s'adressent ailleurs.

*
* *

Il marcha longtemps à travers la ville, l'esprit absent, dans un nuage qui assourdissait à ses oreilles les bruits de la ville. A peine se rendait-il compte par les formes, les couleurs et les odeurs, du quartier où il se trouvait. Si les maisons étaient blanches et que ça sentait bon les fleurs, c'étaient les hauts quartiers. Des couleurs plus sombres, des senteurs mixtes et fades indiquaient le milieu de la ville, la zone neutre. Des formes géométriques, multicolores à travers la transparence des vitrines, une odeur humaine faite de mille odeurs fortes et fines, odeurs de foule, le quartier commercial. Quand les formes devenaient un amoncellement fantastique de cubes, de rectangles, de pointes, la couleur, un sombre caca d'oie, que le nez commençait à être offensé par des effluves de déjections pourries et de détritus croupissants, c'était le royaume populaire, le bidonville. La transition n'était brutale qu'aux frontières du cercle d'opprobre qui enserrait la ville d'une ligne comme tracée au couteau.

Dans son cœur se bousculaient l'angoisse et l'incertitude. Une séquence d'images et de gestes superposés qui, de leur simplicité première, devenaient grand-guignolesques par leur entrelacs. Il était furieux, à ne pas prendre avec des pincettes. Il écartait les piétons de sa route, sans prendre garde à leurs protestations. Il se trouva nez à nez avec un homme qui loin de le laiser passer, le saisit par le bras.

— Laisse-moi passer ! cria Hilarion.

Mais l'homme éclata de rire, d'un rire large et franc et

serra plus fort le bras qu'il maintenait. C'était Gabriel, le boxeur. La colère d'Hilarion s'écroula comme un château de cartes. La mine qu'il faisait devait être de première, pour provoquer un tel rire. Pour ne pas être trop ridicule, il se mit à rire lui aussi.

Ça lui fit un bien infini. Ils étaient à côté du mausolée Pétion-Dessalines. Ils entrèrent au bar dénommé *Chez François*,

— Je prends un *acassan*, et toi ?

— Un *acassan !*

Ils burent la boisson glacée avec avidité. Il faisait chaud. Le patron regardait avec satisfaction leurs mines épanouies et quand il entendit le claquement de langue sonore qu'ils émirent l'un et l'autre, il jubila, et se rapprochant :

— J'attendais que vous claquiez la langue. C'est la première fois que vous venez ? Tous les clients claquent la langue comme ça les premières fois. Fameux, hein ? C'est une recette à ma grand-mère...

Le patron voulait causer; le client devait se faire rare, aussi, il le soignait. Mais devant leurs réponses évasives, il dut réfréner la démangeaison de paroles qui lui fourmillaient la langue. Tout penaud, il rentra derrière son comptoir. Hilarion était de nouveau morose.

— Alors, pas de *djob* ? demanda Gabriel.

— Oh ! le *djob* ça va couci-couça, répondit Hilarion.

— Mais tu dois être raide ?

— Non.

— Toi, tu t'es disputé avec ta femme ! Je vous dis que vous êtes fous de vous mettre la corde au cou !

— Laisse-moi tranquille, répliqua Hilarion, bourru.

— Mon cher, tu n'es pas causant aujourd'hui, tu ne me demandes pas ce que je deviens ?

Hilarion regarda Gabriel. Vraiment, il avait changé. Lunettes d'écaille, costume de *casimir* bois de rose, souliers fantaisie marron et blanc, canne d'acajou.

— Comment me trouves-tu, hein ?

Hilarion se dérida enfin devant sa mine satisfaite. Il devait avoir fait un héritage. Ils rirent. Gabriel revenait d'une tournée triomphale, Cuba, San Juan de Porto-Rico et *tutti quanti*.

— Comme ça ! que je les ai eus, faisait-il. Ping, paf, krach ! et il mimait l'adversaire allongé.

Ils parlèrent du pays. Gabriel rentrait du matin même, il

ne savait rien. Gabriel hocha la tête. Oh ! il avait compris, lui ! Il avait un contrat en vue avec la National Boxing. Dès que ce serait fait, pfftt ! Adieu ! Plus de Gabriel dans ce maudit pays !

Hilarion se fâcha pour de bon :

— Tous la même chose, cria-t-il. Et tous les pauvres nègres qui ne peuvent aller nulle part !

— Je m'en fous ! répliqua Gabriel. Je me débrouille comme je peux, je m'occupe de moi. Si je devais penser à tous les misérables de ce pays, je ne dormirais plus la nuit. Faut se défendre soi-même, mon vieux ! Naturellement si je peux faire venir à New-York de vieux copains comme toi, je ne les oublierai pas. En tout cas, je ne veux pas crever ici !

Hilarion se tut. Depuis quelque temps, il n'entendait que ces mots. Etait-ce la solution ? Le mot lui faisait mal dans la tête. Ce mot se dressait devant lui; à chaque moment de la journée, il entendait quelqu'un le répéter :

— Le pays est foutu, faut le quitter !

Le patron s'était rapproché. Alors, il allait partir le jeune homme. New-York ? Ça c'était une ville ! Des dollars, il y en avait comme les étoiles du ciel. Et puis des lumières. Ça gronde, ça ronfle, une ville merveilleuse. Ils se levèrent. Gabriel paya.

— Alors, pourquoi que t'es revenu ? lança Hilarion au patron. Si c'est comme tu dis, tu devrais être au moins millionnaire !

Gabriel l'entraîna :

— Mais qu'est-ce que tu as aujourd'hui ?

Ils furent bientôt devant le Palais National. Ils regardèrent un moment les factionnaires exécuter leur danse de Saint-Guy devant les guérites. Un groupe de touristes yankees survint, le Kodak à la main. Ils leur firent signe de poser. Ils posèrent.

Il y avait un petit garçon tout blond qui les regardait avec des yeux d'émail. Gabriel avança la main pour lui caresser les cheveux. Le petit bonhomme cracha sur cette main noire.

— *Get out, nigger !* hurla-t-il, les yeux exorbités.

Les parents éclatèrent de rire et ramenèrent le petit yankee tout rouge, campé sur ses ergots.

Cette fois ce fut Hilarion qui entraîna Gabriel. Ils s'assirent sur un banc non loin du kiosque à musique.

— Alors c'est pour quand ce départ ? questionna Hilarion.

*
**

Quand il rentra, Claire-Heureuse, contrairement à son habitude, ne fit mine de rien. Ils mangèrent en silence. Il était intrigué de voir Claire-Heureuse habillée comme pour sortir. Il ne demanda toutefois rien. Il ne savait exactement plus où il en était, se sentait fatigué... Il était devant elle comme un enfant pas sage, il l'avait meurtrie. Demain la vie continuerait !

Demain dans toutes les usines, les savonneries, les parfumeries, les brasseries, les huileries, les abattoirs et les tanneries, dans les briqueteries du bord de mer, dans les fabriques de cigarettes et de chaussures, dans les imprimeries, dans les manufactures d'acajou et de *pite,* sur les docks chargés de marchandises, les fourmis humaines se mettraient à s'agiter, dans le rituel du travail. Chaque jour et sans faiblesse, ils travailleraient pour les autres. Ils vendent leur jeunesse, leur force et même leur vieillesse en échange du bout de pain qui empêche de mourir. Et le soir, dans les maisons, des petits drames se noueraient et se dénoueraient comme ce soir.

Plus il était marqué par le travail, plus le labeur le couturait de cicatrices, plus son corps se déformait, plus les choses s'éclaircissaient à son esprit. De quelles usures nouvelles son corps devait-il être porteur, pour qu'il ait la lumière ? Les mots de Jean-Michel lui revenaient dans la tête.

— Ton salaire sert à maintenir en état de fonctionnement tes muscles, tes os, tes nerfs, ton cerveau et à fabriquer d'autres travailleurs pour le patron. Le jour où tu te rendras clairement compte de cette vérité, il faudra même te retenir...

Pendant longtemps ces phrases avaient glissé sur lui sans l'entamer. Il riait à chaque fois que Jean-Michel « palabrait » :

— Tonnerre m'écrase, disait-il, tu sais mieux prêcher que le Père Guéretin !

Maintenant ces phrases le brûlaient. Il avait, sans s'en rendre compte, regardé autour de lui avec d'autres yeux, écouté avec d'autres oreilles, touché avec d'autres mains. Il avait mangé, dormi, rêvé, désiré, aimé, souffert avec ces idées dans sa tête.

Il avait commencé à examiner à l'atelier toutes ces paires de mains qui s'affairaient sur le travail, qui soupesaient, qui mesuraient, qui appréciaient l'épaisseur, la résistance, le poli du matériau, qui caressaient l'objet qu'elles façonnaient. Tendres, béantes, contractées, passionnées, il les regardait courir sur l'ouvrage, glisser avec adresse, joyeuses, pleines d'entrain et de plus en plus gourdes, de plus en plus lasses, mécaniques, fourbues, s'abandonner, mortes sur l'établi, puis revivre, continuer leur tragique et émouvante mission humaine !

Ces mains n'étaient plus des choses de chair, mais de larges battoirs de corne et d'os. Jaillies des poignets, parcourues de veines, ces mains de travailleur sont des outils, sans cesse déformés, alourdis, épaissis. Quand ils n'avaient plus ces mains, ou qu'elles ne fonctionnaient plus, la vie n'était plus vivable. Ces paumes avaient pourtant été de tendres plages ondulées de creux et de dunes, parcourues de sillons capricieux, du temps de l'adolescence impatiente. Maintenant, un cal dur s'étend sur la colline d'où naît le pouce, des croûtes sur la plaine centrale bordée d'infâmes durillons. Ces doigts, carrés, tordus en crochets, aplatis ou courbés n'ont plus de forme ni de couleur. Dans certaines mains de travailleur parfois se dresse, accusateur, un index privé d'une phalange, un annulaire à jamais raidi, un pouce sans ongle.

Bientôt ses pieds ne seront plus des pieds, mais des blocs de cartilage à jamais estampés par le fer, le bois, l'asphalte de midi, les pierres, la boue et même le feu.

Ces jambes, à force de peiner, deviendront des bâtons noueux et torses, d'où surgira la saillie du mollet, amas de muscles entrelacés et remuants comme un nœud de couleuvres.

Il regarda la bouche, les dents, les yeux de Claire-Heureuse, la peau durcie, les cicatrices des brûlures, les stigmates des plaies et en fut bouleversé. Il avait aimé avec passion sa fraîcheur et sa beauté, il l'avait forcée à le suivre dans sa vie sans issue, elle acceptait avec joie l'écorchure de sa beauté et lui, il lui flanquait des gifles !

Il eut envie de s'en aller, vite. Il déclara, toussant pour s'éclaircir la voix :

— Il va être huit heures et demie, va falloir que j'aille à l'école du soir !

Claire-Heureuse le regarda dans les yeux. Il essaya de la fuir :

— Attends, aide-moi à fermer la boutique, ce soir je m'ennuie, je vais aller avec toi, dit-elle.

Quand ils furent dehors, la brise battait l'air de son bras. Il faisait très doux. Claire-Heureuse buta dans le caniveau. Elle se retint à son coude. Il la soutint. Elle se serra contre lui avec force.

— Tu sais, Claire, murmura-t-il, cette gifle...

Elle ne lui laissa pas le temps de finir, elle lui plaqua deux doigts sur la bouche :

– Chut. chut..., fit-elle.

VI

Ce jeudi soir, Port-au-Prince était affalé sous le dernier soleil. La terrasse du *Savoy* était pleine de monde. Les plateaux de rhum-soda circulaient entre les parasols et dégageaient une odeur fade et sucrée. Les gens étaient engourdis de chaleur. Le tintamarre des voitures troublait seul la tranquillité vespérale.

Quand la petite française à la grande voiture blanche commanda d'une voix blasée :

— Un gin-fizz avec une paille !

des gens s'étaient bien retournés pour la regarder, mais la foule était vraiment préoccupée par autre chose. On avait à peine entendu quelques chuchotements. Malgré son maquillage violent, sous ses paupières peintes en vert, ses yeux dormants où traînaient des morceaux de ciel, sa bouche en arc, ses bras nus jusqu'à la racine, où rampaient des veines comme de petits serpents bleus, décidément elle n'avait pas la vedette. Elle aspira d'une traite la boisson opale et partit, tirant un grand caniche somnolent, dans un nuage de parfum qui fleurait bien son Chanel n° 5. Elle marchait diaphane, languide, fragile comme une fleur de serre, échantillon insipide d'une classe décadente, balançant ses hanches vers d'autres boissons, avec une paille.

Aujourd'hui, sa célébrité se trouvait obscurcie. La Delahaye toussa, ronfla et partit comme une flèche vers le bas du Champ de Mars, dans la direction du *Berliner-hof*. Seuls les regards de quelques petits mulâtres niais et de quelques noirs à cigare avaient tourné vers le galbe de ses jambes roses et sa nuque dorée. Un petit gros fit cul sec avec son verre et des paroles vagues papillotèrent.

Un homme siffla un crieur de journaux. Il vendait *Haïti-Journal*. On le renvoya d'un geste brusque :

— *Haïti-Journal* ne doit rien dire sur cette affaire de ce Pierre Roumel.

— Il faut acheter *Le Pays* pour savoir quelque chose.

— Le journal de ce fou de Callard ?

- - Pourquoi pas ?

— Tu parles, il doit être payé comme les autres...

— Payé ? Callard ? Tu es fou ?..

Ils continuèrent à discutailler sans fin.

Tous ceux qu'étouffent les chaleurs, tous ceux qu'étreint le désœuvrement des fauchés, tous les politiquards en quête de nouvelles, tous les jouvenceaux en quête d'amoureuses, tout ça était au Champ de Mars.

Les clochettes des marchands de crème glacée tintaient sans arrêt. Une camionnette de la Garde d'Haïti passa à toute allure. Le consul américain arriva à la terrasse du *Rex-Café* et y jeta des remous avec sa marmaille couperosée et sa grande bringue de femme blondasse. Il était rare de voir les diplomates américains se mêler ainsi à la foule. Les gens se mirent à parloter :

— Ils sont sûrement inquiets. Ils viennent voir comment les gens prennent l'affaire Roumel... Ça leur donne des soucis, on dirait...

L'un après l'autre les petits yankees répétèrent d'une voix nasillarde :

— Coca-cola...

Les parents étaient raides et guindés. Les enfants se mirent à piailler :

— *Another drink, mama !*

— *Let my cake, Jackie !*

— *Take it easy, Sam ! Keep quite, boys !* cria le consul.

Les savates traînantes des marchandes de pistaches, les doigts liés des amoureux, l'étalage ambulant des marchands de bonbons, tout ça chantait dans cette vesprée étouffante où un blanc croissant de lune précoce luit à l'orient d'un ciel sans rides.

Sur un banc, le club des sans-travail tient séance. Et ça te donne des nouvelles sensationnelles et ça te renverse le ministère !

La semaine avait été vraiment énervante. Avec le début du procès, tous les gens étaient excités. Et puis, le peuple de La Saline et du Morne-à-Tuf n'était pas content. On disait que ça remuait drôlement. Hier, il y a eu panique au marché Vallières. Comme ça, pour rien, les gens se sont mis à courir. Deux bateaux de guerre américains sont entrés ce matin en rade de Port-au-Prince. Jolibois agite le Bel-Air et, dit-on, tient un meeting clandestin cette nuit. Et puis les pradélistes veulent faire une manifestation !

La ville était inquiète, comme à la veille d'un grand jour. Tout était oppressé. Tous les regards étaient interrogateurs. Chacun essayait de voir d'où venait le vent. Car, si Vincent tombait, il y aurait des élections, et dans une campagne électorale, chacun doit avoir son député, son sénateur, son président. Chacun essaie de se trouver du bon côté, d'avoir sa part de l'assiette au beurre. Si Vincent était balayé, il fallait pouvoir dire qu'on avait fait quelque chose pour.

Le jour tombait maintenant. Un soir sensuel, agité, aguichant se pavanait comme une joie nègre dans une tristesse violacée. Les alizés du soir tardaient à se lever. Le soleil comme une énorme grenade rouge avait laissé saigner son suc sur les nuages, sur la mer et sur la ville. Les gens marchaient, maugréants; les têtes de nègres, le crâne ras, la face dure, le nez mobile, les lèvres trop épaisses se mêlaient aux faces jaunes des mulâtres aux yeux trop noirs. Des adolescentes, languides dans leur charme ensoleillé, se prélassaient sur le gazon vert. Les bougies des premières étoiles.

Un soir vide et énervant. Brûlant.

En passant près des groupes, les voix s'éteignaient, se baissaient. La voix devenait chuchotement, de bouche à oreille, le son une simple vibration; chaque souffle un silence entendu.

Qu'est-ce que Vincent allait faire ? Serait-il renversé ? Pendant des années, mois, semaines, tant de gens ont connu la gêne, que les troubles étaient une chance de changement. Chacun soupire après une situation...

Devant le Palais National, les soldats font les cent pas, avec en main la *machin-gun* [1], dont la gueule toute ronde surveille le coin de la rue.

Claire-Heureuse toucha son ventre. Le bébé qui y était recroquevillé comme un petit crapaud, serait-ce une fille ou un garçon ? Hilarion n'avait jamais voulu dire ce qu'il souhaitait. Pourtant, quand elle n'avait pas d'appétit, il l'encourageait toujours.

---

1. *Machine-gun :* fusil mitrailleur.

— Force-toi, pour le petit nègre !

Un drôle d'homme, cet Hilarion. Pourquoi ne disait-il pas ce qu'il désirait ? Se mettait-il à parler, rien ne pouvait l'arrêter; mais il se surveillait, le macaque ! Il trouvait toujours une échappatoire, lorsqu'on voulait lui faire dire ce qu'il taisait, ou qu'on essayait de le prendre au mot.

Pour sa part, Claire-Heureuse ne voulait pas entendre parler d'une fille. Elle fulminait quand Toya l'affirmait, sous prétexte qu'elle avait le ventre rond. Tu parles, une fille ! Que de tracas ! D'abord ça coûte cher, tout le temps des robes ! Tandis qu'un garçon, il lui suffit d'un bout de culotte pour être habillé. Dès que ça a quatorze ans, les filles, il faut les surveiller ! Les jeunes gens sont tellement hardis aujourd'hui ! Et puis les femmes sont trop malheureuses. Il faut tomber sur le bon mari. Elle, Claire-Heureuse, avait eu de la chance, mais les femmes, ça vit dans la dépendance, ça se fait battre, ça lave des tas de linge, ça repasse, ça se cuit le sang devant le fourneau des cuisines, ça pleure, ça meurt un jour, usées par le travail...

Pourtant, l'autre jour à l'école du soir, sa joie avait été profonde d'entendre raconter l'histoire de cette Marie-Jeanne, la compagne de Lamartinière, qui s'était battue pendant la guerre de l'Indépendance, à la Crête-à-Pierrot. Aujourd'hui, les femmes n'ont plus l'occasion de devenir des héroïnes. La vie est pâle, terne; une seule chose importe : lutter pour ne pas mourir.

Ah ! qu'il est remuant, ce gosse ! Jamais il ne reste en paix. Et je te flanque un coup de pied, et je fais des cabrioles ! Ici. ça devait être la tête, là, un genou.

Maintenant une grande tranquillité pénétrait l'âme de Claire-Heureuse, elle ne savait trop pourquoi. La vie n'était pas moins âpre ni les choses n'avaient l'air de s'arranger, au contraire la boutique marchait à la va-comme-je-te-pousse et pour manger de bon cœur, il fallait vraiment ne pas être difficile ! Tout le trouble de ces jours derniers s'était d'un seul coup évaporé. On verrait bien ce que l'avenir réservait, pardi ! Peut-être était-ce d'avoir été à l'école du soir ? Toutes ces vieilles histoires d'autrefois sentent bon et font du bien ! Quand elle en revenait, elle se sentait une petite chaleur au creux du cœur. Cette école faisait naître un espoir incompréhensible. Si elle n'était tellement fatiguée après ses longues journées de travail, elle y serait restée plus longtemps.

Le docteur avait dit que ce serait dans environ deux mois

que naîtrait le gosse. Oui, elle lutterait tant qu'elle pourrait
pour qu'il ne devienne pas comme les petits nègres du quartier.

Ça fait tellement mal à voir ces négrillons du quartier, ces
négrillons du pain noir, dégingandés par la sève d'une croissance mal faite, dépenaillés, voyous, chapardeurs, vagabon-
deurs, fouineurs et des tas de choses encore !

La vie gorge de rebuffades et de fiel les enfants d'Haïti !
Tiens ! cette clameur dans la rue, c'était sûrement eux, qui
se battaient. Peut-être pour quelque objet trouvé dans une
poubelle, à côté d'un rat crevé ou d'une vieille boîte de con-
serves !

Pourtant la paille du soleil d'Haïti brille ce matin comme
des allumettes de Bengale !

*
**

Le Conseil des ministres avait été orageux. Le président
Sténio Vincent était furieux. Il fulminait. Paturault était
resté auprès de lui.

— Tu comprends, Paturault, avec ces cochons-là, mon gouvernement aura tôt fait de devenir impopulaire. Entre Roche-
brune qui croit qu'être ministre de l'Intérieur c'est de matra-
quer les gens qui ont essayé d'arriver au Palais ce matin
et Belmorin qui a empoché les trois quarts des secours des-
tinés aux sinistrés, les autres, c'est du vent ! Du vent ! Des
crétins sonores ! Des crétins... !

— Président, souffla Paturault, quand même ! Je crois que
vous avez été un peu fort. Avec cette maudite opposition qui
lève la tête, ce n'est pas le moment de jeter vos ministres dans
ses bras !

— Les ministres dans l'opposition ! ricana Vincent. Si tu
crois que je les prends au sérieux, avec leur bouche en cul
de poule ! Je les ai eus tous à genoux devant moi et leurs
femmes, je les ai eues sur le dos ! Regarde, quand j'ai demandé à Yves Dantès ses projets pour faire face à la situation,
eh bien ! cet économiste distingué m'a récité un passage
d'Adam Smith ! Je vais foutre tout ce monde-là en l'air !
Qu'ils aillent faire de l'opposition, ça me fera bien rire !...

Paturault redressa la tête. Les choses étaient graves, plus
graves qu'il ne le pensait. Le président avait décidé quelque
chose. Il avait eu le nez fin de trouver le moyen de rester
avec le président.

— Naturellement, vous avez fort bien pensé, président, un changement ministériel calmera les esprits, mais...

— Je ne suis pas décidé à laisser ces imbéciles aggraver la situation, qui commence à devenir inquiétante. Oui, c'est vrai, la colère monte dans le peuple, c'est là qu'est le danger ! Il faut agir vite. Demain je sors deux décrets. L'un faisant un abattage de dix pour cent sur tous les salaires. Avec l'argent, on importe du riz, du maïs, des vivres. Je fous en prison trois ou quatre sénateurs, la douzaine d'énergumènes qui mènent la danse. L'autre décret met hors la loi ces emmerdeurs de communistes. A propos, tu as vu l'article de ce foutriquet de Berzine ? Quelle graine, ces communistes !...

— Parfait, président, parfait...

— Mais tu ne connais pas le plus beau. Naturellement ce n'est pas moi qui signe les décrets, mais les ministres. Je ferai savoir que j'ai été obligé de leur céder. Et puis huit jours après, hop ! je les balaie ! Que penses-tu de ce coup ? Je crois que ce sera le meilleur de toute ma carrière ! Naturellement, la propagande doit être bien faite...

Paturault devint vert. Le président ricana de son rire cascadant :

— Tu es le seul auquel je le dis, aussi personne n'en saura rien. N'est-ce pas, mon cher futur ex-ministre ?...

Paturault bafouilla de plus belle. Le président lui tapa sur l'épaule.

— Mon cher, toi qui te dis mon disciple, prends-en de la graine. C'est ainsi qu'on reconnaît les siens... A propos, tu ne vois rien d'autre à me conseiller ?...

Paturault tremblait. L'homme était-il cynique au point de lui raconter tout cela et de le vider avec les autres ?

— Naturellement, tu ne vois rien... Et tu voudrais encore être ministre !

— Mais, président, président, murmura Paturault.

— Si tu veux savoir la suite de ce qu'il faut faire dans une telle situation, écoute plutôt... Pour réaliser tout ça, il faut l'appui de l'armée, n'est-ce pas ? Alors il faut donner une prime aux gendarmes de la Garde et un bout de fromage aux gradés. J'ai déjà vu le ministre américain, trois bateaux de guerre vont être détournés sur Port-au-Prince. Ça donnera à réfléchir aux pradélistes et autres cacapoules ! Et puis les *marines* dépenseront quelques dizaines de milliers de dollars. Ensuite le carnaval approche, il faut des fêtes monstres. Bouillons populaires, *coudjaille* [1], bals sur les marchés... C'est comme ça qu'il faut faire reculer la canaille et non pas en rêvant au cimetière marin de Valéry...

Paturault s'était ressaisi. Il était évident que le président voulait surtout l'humilier. Il fallait encaisser le sourire aux dents. Il se fendit la bouche jusqu'aux oreilles :

— Génial, président, s'exclama-t-il, génial ! Auprès de vous, j'apprends à devenir un véritable homme d'Etat. Mais, croyez-vous que le représentant fiscal américain agréera l'aspect financier du plan ? Sidney de La Rue est mon ami, je pourrais...

— Voyons, Paturault... Vous devriez connaître au moins l'arrangement financier du 7 août 1933... Sidney de La Rue ne peut que fixer les limites des budgets ministériels...

Le président se prit la tête dans les mains et joua le grand jeu :

— Ah !... Je me sens seul, Paturault, je me sens seul... Je ne suis pas secondé... Ils sont tous à la curée. Seul ! Tu te souviens, Jérôme, du temps qu'on était au lycée Pétion ?...

Paturault l'observait en dessous. Fini d'encaisser, il fallait maintenant lui faire peur à son tour...

— Ah ! président, c'était le bon temps ! Qui dirait à ce moment que c'est moi qui m'occuperai un jour de votre correspondance secrète avec Trujillo ? Pourtant, en ce temps-là on ne s'entendait pas, à cause de cette fille... Comment s'appelait-elle encore ? Oui, Carmencita... Vous vous souvenez ? A ce moment vous étiez surtout lié avec Pradel...

Vincent ne broncha pas, il continua de même :

— Oui, c'était le bon temps... Ce vieux Pradel ! Si on ne s'était pas acharné à nous séparer, peut-être serait-ce lui qui me succéderait à la présidence. Je commence à en avoir assez de tous ces tracas. Ah ! Le jour n'est pas loin où je plaquerai tout. Il ne me reste que toi comme ami, malgré mes taquineries, tu peux être sûr que c'est à toi que je penserai...

Le président ouvrit la fenêtre. Le soleil entra et fit chanter les ors et les velours du cabinet de travail présidentiel. Le grand carillon de la pièce se mit à égrener cinq heures du soir, sur une mélodie pastorale dix-huitième. Il s'accouda. Son œil rencontra d'abord le gazon d'émeraude, les parterres et les bosquets fleuris de ses jardins. Puis il regarda la grande échancrure de la mer, le quartier du Bel-Air tout en plaques

---

1. *Coudjaille :* sonnerie de tambour des réjouissances populaires

sombres, enfin il s'arrêta sur les montagnes qui limitaient l'horizon. Son humeur sembla s'adoucir à ce spectacle, un sourire erra au coin de son nez. Il se mit à déclamer :

— Ces montagnes d'azur qui chaque matin se cuirassent de soleil pour monter à l'assaut des ciels plus proches...

— Merveilleux, président, merveilleux, s'exclama Paturault. Voilà un magnifique début de discours. Et même, que diriez-vous d'un grand discours politique à la radio ?...

Le président hocha la tête, l'idée ne sembla pas lui déplaire. Paturault avait touché le point faible. Il se gratta la gorge et reprit, la tête tournée vers le ciel changeant du soir :

— Ces montagnes d'azur qui chaque matin se cuirassent de soleil pour monter à l'assaut des ciels plus proches, répéta-t-il. Tu as raison, ça pourrait aller, un discours à la radio pourrait être habile...

✻✻

L'enterrement de la vieille Choubouloute devait avoir lieu le lendemain. Dans la cour, Toya pérorait :

— Aïe ! J'ai failli mourir de saisissement ! Vous savez, la vieille Choubouloute, eh bien ! on l'a ramenée de l'hôpital, elle est morte. Il y a un monsieur qui est venu dans une automobile verte. Tu parles d'une voiture ! Une Packard longue comme un bâtiment de cabotage. Une voiture officielle. Ça doit être un sénateur ou un ministre. Il est venu chez moi pour me demander si je pouvais m'occuper de l'enterrement. Il m'a donné cent gourdes pour la robe d'enterrement et la veillée. Il a dit que Mme Bonnadieu m'a recommandée parce que je suis une notable du quartier et que je m'occupe de la toilette des morts... Si c'est pas une pitié de voir ça ! Tant qu'elle était vivante, on la laissait crever de faim et puis quand elle est morte, pour qu'il n'y ait pas de scandale, on vient lui faire un bel enterrement...

La curiosité tourmentait les commères, on se perdait en conjectures. Sûrement Toya en savait plus qu'elle n'en voulait dire. Certains racontaient qu'à l'hôpital, avant de mourir, Sor Choubouloute avait dit son vrai nom et qu'ainsi on avait pu prévenir la famille. D'autres prétendaient que la vieille était devenue folle, mais qu'elle avait des biens en province et que les parents, des gens de la haute, en voulaient à l'héritage. Bref, ça clabaudait ferme.

La morte était couchée sur son lit au milieu de quatre cierges allumés. Un mouchoir blanc lui maintenait la mâchoire comme les gens qui ont mal aux dents, selon la vieille coutume de Guinée. Les mouches, sentant la mort, étaient déjà là, hargneuses, ronchonnantes. Elle avait retrouvé un visage calme qu'on ne lui avait jamais connu. Ses grands yeux fermés bien enfoncés dans les trous, le nez pincé, la bouche où flottait une pointe de sourire morose. Dans la mort, elle avait retrouvé le visage serein des vieilles grand-mères d'Haïti et leur bonté et leur candeur. Toute raide, toute sérieuse, comme faisant quelque chose de très grave, comme goûtant enfin l'ineffable bonheur de la tranquillité.

Toya avait bien fait les choses. Elle arriva bientôt à la tête du chœur des pleureuses, titubante, les mains agitées comme une somnambule, vêtue de sa vaste cotte de Brabant écrue, madras de *gingas* sur la tête, un grand mouchoir rouge à la main. Alors elle lança la lamentation d'une voix déchirée :

— Aïe, *grande* [1] Choubouloûte, aïe, ouvre tes yeux ! Pourquoi tu nous as quittés. Aïe, Bon Dieu, la Vierge, grande sainte Anne ! pourquoi vous nous l'avez enlevée ? Aïe, ma voisine, personne n'était plus honnête que toi ! Et serviable et respectée ! *Ave Maria purissima !* Aïe, maman à moi, tu nous as laissés seuls dans cette vallée de larmes ! Tu es morte comme un petit oiseau du Bon Dieu, sans gêner personne ! Aïe, grande Chouboulonte, lève-toi pour calmer le chagrin qui nous déchire ! Aïe !...

Elle eut une attaque de nerfs, s'écroula dans un fauteuil en poussant de grands cris, se tordant les mains et agitant son grand mouchoir rouge :

— Aïe ! Grande Choubouloute ! hurlaient les pleureuses...

Tour à tour, languissante, puis forcenée et mourante, la lamentation reprenait, déchirante, désolée, agrémentée de profonds soupirs, de cris et de hurlements. Vraiment, ce peuple avait collectivement une vocation de symphoniste !

Dans la cour, on avait accroché aux basses branches des arbres des lampes-tempête, à pétrole qui, sous l'haleine des alizés du soir, jetaient des œillades dans la nuit. Un groupe de joueurs de cartes était déjà en train. Et je coupe et pique et pique et pique et repique ! Ça criait ferme. A côté, Almanor, le conteur, essayait son baryton sur les contes chantés qu'il avait en réserve pour la nuit. Les enfants étaient là, suppliant le conteur de commencer, puisque les étoiles étaient

---

1. *Grande :* grand-mère.

déjà là, touffues, les regardant, disaient-ils. Car, si vous ne
le saviez pas, ça porte malheur de tirer des contes avant la
tombée de la nuit. Les enfants ont le cœur chaud... Comme
les adultes se mettaient de la partie, Almanor se décida. D'ailleurs Toya revenait de la chambre mortuaire. Elle alla à la
buvette, s'envoya une bonne lampée de *clairin* et retourna
s'asseoir parmi l'auditoire. Almanor commença l'histoire de
la pauvre petite bourrique blanche qui vendit son âme :
« Cric ?...
— Crac !...
— Il était une fois, il y a longtemps, longtemps, longtemps,
une pauvre petite bourrique blanche, qui avait un maître
méchant, méchant, méchant... Et chaque jour, pour n'importe quoi, il la battait, et à chaque fois la pauvre petite bourrique blanche se mettait à chanter :

> *Waya-waya, le bâton est amer !*
> *Waya-waya, la bourrique blanche a du chagrin !*
> *Waya-waya, le maître est méchant,*
> > *Waya-waya !*

Et les oiseaux qui volent dans le ciel, et les poissons qui
nagent dans la mer et les bêtes qui marchent sur la terre
arrêtaient leur course pour écouter la triste chanson de la
pauvre petite bourrique blanche... »
Plus loin, un groupe s'était formé, autour de deux gaillards
qui par gageure s'étaient défiés à l'escrime au bâton, pour
les beaux yeux de quelque donzelle.
Mlle Espérance, une fille vieille et dévote, ayant recruté
un bataillon parmi les grand-mères et celles qui toujours
s'ennuient, venait de pénétrer dans la chambre mortuaire.
Les litanies commencèrent :
— Mère de la divine grâce, psalmodiait Mlle Espérance
tandis que le chœur faisait les répons :
— Priez pour elle !
— Mère très pure...
— Priez pour elle !
— Mère très chaste...
— Priez pour elle !
Claire-Heureuse était furieuse. Malgré toutes les histoires
que les voisins avaient racontées à propos de la vieille, parce
qu'on servait un peu d'alcool et quelques pâtés, ils étaient
là à faire des tas d'embarras comme s'ils regrettaient la dé-

funte ! Claire-Heureuse s'était couchée. Mais tout ce tintamarre l'empêchait de dormir, aussi était-elle encore plus
mauvaise. Hilarion essaya de la calmer, car il avait envie
de faire un petit tour à la veillée :

— Laisse donc ! disait-il. Tous ces pauvres diâbles ont
assez d'emmerdements comme ça. Ils ont une occasion d'oublier leurs misères, ils en profitent. Et puis c'est la coutume.
Tu ne voudrais tout de même pas qu'on laisse le cadavre
avec les mouches !...

Dieu ! que les femmes enceintes sont nerveuses quand elles
s'y mettent ! Pour un peu, ce serait Hilarion qui aurait payé
les pots cassés. Mais il n'avait guère envie d'une querelle, la
veillée battait son plein, et ce soir il sentait une fringale de
joie et d'amusements !

Tac ! Tac ! faisaient les bâtons des tireurs, parmi les sauts
et les esquives. Les encouragements fusaient çà et là. Ce fut
Rosalvo qui gagna. C'était un nègre qui venait du Nord et
qui semblait connaître son affaire, tandis que Camillien n'en
savait vraisemblablement que les rudiments. Il recevait une
vraie raclée. Il s'était de toute évidence vanté, ne croyant
pas tomber sur un bec. Les lazzis sifflaient autant que le
bâton autour du maladroit. Bientôt une clameur salua le
vainqueur.

— Vous ne pouvez pas faire plus doucement ? Respect
pour les morts ! cria Almanor.

Il fut aussitôt servi, le bataillon des diseuses de litanies
pour dominer le bruit s'était mis à brailler plus fort et le
vent apporta des morceaux de la supplication :

— Miroir de justice...

— Priez pour elle !

— Trône de la sagesse...

— Priez pour elle !

— Vase spirituel...

Le conteur à son tour haussa le ton et continua à chanter
les péripéties de la pauvre petite bourrique blanche et du
maître méchant. Il reprenait le couplet, à chaque mésaventure dans laquelle la pauvre petite bourrique était battue. Les
enfants écoutaient bouche ouverte, tandis que les adultes n'en
faisaient pas moins, les yeux ronds d'apprendre que le tour
du mauvais maître arriva :

— Alors les voleurs du grand chemin battirent le maître
méchant et la petite bourrique chantait :

Waya-waya, le bâton est amer !
Waya-waya, le méchant maître a du chagrin !
Waya-waya, le bâton est amer,
Waya-waya !

Un guitariste était arrivé. Les jeunes abandonnèrent leurs cartes et le conteur pour écouter la vieille complainte qu'il chantait. Elle parlait d'une Lisette qui avait quitté sa plaine natale pour la ville, et ses amours et ses larmes. Une chanson vieillotte. Une vieille chanson d'Haïti.

On dansa même. Toya esquissa quelques pas de martinique, dansa un *d'jouba* au son d'un tambour bien tendu, qui battait un *cata* infernal. On buvait ferme, on chantait, on jouait : à cache-cache Lubin, à *khin-guésou*, à *baguine* et à balancez-*yaya*.

Des relents de litanies remuaient l'air :
— Rose mystique...
— Priez pour elle !
— Maison d'or...
— Priez pour elle !
— Porte du ciel...
- - Priez pour elle !
— Etoile du matin...
— Priez pour elle !

Almanor terminait son histoire. La petite bourrique blanche qui en avait assez d'être battue alla trouver papa diable et vendit son âme :
— Depuis ce jour, conclut sentencieusement le conteur, les bourriques n'ont pas d'âme, elles ne parlent plus, elles ne chantent plus comme la petite bourrique blanche :

Waya-waya, le bâton est amer !
Waya-waya, la bourrique blanche a du chagrin !
Waya-waya, le maître est méchant !
Waya-waya !

— Et c'est parce que j'ai été demander à la petite bourrique blanche pourquoi elle ne chantait plus, qu'elle m'a donné un coup de pied qui m'a expédié jusqu'ici, où je vous raconte cette histoire...

Plusieurs fois les pleureuses allèrent pleurer. Almanor racontait histoire sur histoire. Toya buvait rasade sur rasade. Les nègres du quartier tinrent bon contre la nuit et chantaient, et dansaient, et jouaient aux cartes, pour ne pas laisser la morte passer sa dernière nuit parmi les mouches.

L'orient pâlit, bleuit, puis blanchit. C'était le matin.

***

Le sang avait coulé en plein tribunal. Un officier avait frappé le prévenu en plein visage. L'armée patrouillait à travers les rues. Les manifestations avaient été dispersées. Les portes s'étaient fermées, puis rouvertes. Jolibois avait été arrêté au cours d'un meeting au Bel-Air.

Les gens du Bois-Verna et du Turgeau déclaraient que tout ça ils l'avaient prévu, que Vincent était solidement arrimé au pouvoir. Pradel, disait-on, avait envoyé une boîte de cigares à Vincent, et ce dernier lui avait offert un fume-cigare en or massif. La grève de l'Ecole de Médecine avait raté, mais Jean-Michel eut la chance de ne pas être dépisté.

Le ciel était désespérément bleu. La misère noire. Les visages ternes. Le tambour avait éclaté aux quatre coins de la ville. Vincent avait fait un magnifique discours à la radio, où la littérature le disputait à des menaces à peine voilées. Les mandarins étaient ravis de l'éloquence souveraine du président.

Le démagogue avait donné une *coudjaille* et des bouillons populaires, auxquels tous les gueux étaient accourus. Il s'était rendu en personne dans les bas quartiers, où était parqué le *lumpen-prolétariat*. Il avait distribué des sous aux gamins, avait familièrement tapé sur le derrière des femmes, puis il avait bu avec les hommes :

— Papa Vincent est bon garçon, chantaient les ivrognes !

Mais, s'étant rendu compte que les réjouissances seraient insuffisantes pour calmer les esprits, il avait décidé de passer un gant de velours sur son gantelet de fer. Tout en arrêtant quelques personnes, il avait cru bon de libérer Pierre Roumel. On avait en même temps signifié au leader qu'il avait le choix entre deux solutions, s'exiler ou bien il pourrait lui arriver un « accident ».

Alerté par Jean-Michel, Hilarion était accouru pour voir Roumel avant son départ. La maison était pleine de monde; cependant Pierre trouvait le moyen de dire un mot à chacun. De sa voix chaude et claire il donnait ses derniers conseils.

— D'abord, ne pas se décourager. Continuer le travail. Il faut leur démontrer qu'ils se trompent en pensant qu'en écar-

tant un homme, ils peuvent paralyser un parti comme le nôtre.
Chacun doit se préparer à prendre le flambeau des mains défaillantes... Deuxièmement, pas de phrases révolutionnaires,
du travail pratique, ne jamais perdre le contact avec les
masses. Il faut que nous devenions la chair de la chair du
peuple... Ensuite respecter la démocratie intérieure du parti
et la consolider, faire tout pour promouvoir une montée de
cadres ouvriers... Etre inébranlablement fidèles au pays qui,
le premier, a construit le socialisme, à l'Union Soviétique,
dont l'exemple fait notre force, à Staline, qui est notre plus
grande lumière, dans l'affreuse nuit qui s'étend sur notre
pays... Enfin faire tout pour garder intacte notre unité...
    Hilarion écoutait, bouche bée, cet homme qu'il n'avait ja-
mais vu abattu...
    — ...Pas de faiblesses, continuait Roumel, pas de compro-
missions, pas d'actions individuelles ou mal préparées, tout
pour le parti... Et nous verrons se lever une armée de com-
battants, qui naîtront des excès mêmes de la répression. Conserver la confiance inébranlable dans notre peuple, penser
que nous ne sommes pas seuls, mais un bataillon d'une
grande armée, nous avons des responsabilités... Nos défaites
seront des défaites de tous les ouvriers du monde, nos succès leurs succès. Si le fascisme est battu en Europe, nous en
sentirons le contre-coup, le monde est un. Mais puisque nous
sommes de simples hommes, il faut penser au découragement.
Si un jour le découragement menaçait de submerger nos
âmes, si un jour nous nous sentions défaillir à cause de la
tristesse de certaines heures qui, parfois, accablent les nations, alors, relire la vie de Lénine, cet homme que les difficultés transformaient en « faisceau d'énergies », aller à Staline... S'éduquer sans cesse... Aimer sa terre, aimer son peuple. Se coucher, s'endormir, se lever en révolutionnaires et en
patriotes. Garder notre cœur aussi pur que nos matins clairs,
repousser la marée de mensonges et de calomnies qui déferle
sur nous, y répondre par un immense amour de l'homme et
de la vie...
    L'émotion étreignait la gorge du chef. Il vint à Hilarion et
lui serra la main avec force.
    — Je ne t'ai pas oublié, lui-dit-il, ta sympathie m'a été
d'un grand secours à la prison. Tu viens me voir en ami,
c'est bien. Il faut du courage pour être venu ici, malgré les
gendarmes qui entourent la maison. Peut-être qu'un jour tu
seras des nôtres... Pas tout de suite, un jour, peut-être...

Subitement, l'homme parut à Hilarion d'une grandeur démesurée. Les mots prononcés, il ne les avait pas tous compris, mais il se sentait bouleversé. Jamais les mots n'avaient eu sur lui un tel pouvoir... Cet homme lui avait donné à réfléchir, grâce à lui, il avait compris que malgré son ignorance, il pouvait arriver à penser... Si ces hommes avaient raison, malgré toutes les faiblesses qu'il croyait déceler dans leur position ? Il s'en voulut du manque de confiance qu'il avait parfois ressenti vis-à-vis de Roumel.

Sur le quai de départ, les communistes allèrent donner une dernière poignée de main au chef qui partait pour l'exil. Sa vieille mère retenait de toutes ses forces les sanglots qui l'étouffaient...

Du haut du bastingage, la terre natale avait cette couleur de sang et de fiel mélangés. Port-au-Prince était couvert de croûtes de misère. Le Bois-de-Chêne comme une larme coulait à travers la ville.

VII

Avec l'arrivée du *Saratoga,* du *Potomac* et de l'*Ohio,* qui
déversèrent des flots de *marines* américains, les affaires
reprirent un peu dans le quartier commercial. Les magasins
du bord de mer, les bars, les boutiques ne désemplissaient
pas de grands gaillards aux yeux de poupons, gorgés d'alcool
et de morgue. Les gendarmes avaient cédé la terre aux M.P.
et ne se montraient même pas. Des théories de filles battaient
la semelle sur les trottoirs, aguichant les groupes de yankees
en goguette. Braillant nasillardement des rengaines, on dirait
que ces derniers avaient décidé de vider le pays de tout le
rhum qu'il pouvait produire. Les mains et les poches chargées de fioles, ils entraient dans les bars pour boire, embrasser, gifler les filles. Les seigneurs du dollar foulaient le pavé
en maîtres, se vautraient dans les caniveaux, hurlaient, grimpaient aux réverbères, faisaient mille et une excentricités.
Près du marché Vallières, ils s'emparaient des ânes des paysannes, glacées d'effroi, et faisaient des fantasias échevelées
en pleine rue en poussant des glapissements de Sioux. Sur les
places publiques du bord de mer se déroulaient d'incessantes
rixes. Les quelques fiacres qui sillonnent l'avenue Républicaine avaient été pris d'assaut et s'écroulaient presque sous
de véritables grappes de *marines.*

Dans les boutiques, les vendeuses se terraient derrière les
comptoirs. Maints magasins avaient embauché pour la durée
du passage des Huns de véritables malabares, afin de vider les
ivrognes trop entreprenants. La plupart des bijouteries
avaient clos leurs portes, celles qui étaient encore ouvertes
les entrebâillaient, prêtes à fermer à la première alerte. En

un mot, le quartier commercial était sur le pied de guerre, prêt à faire face à l'invasion. Les commerçants jouaient à pile ou face. S'ils n'avaient pas trop de dégâts, l'opération serait rentable, les recettes augmenteraient sensiblement sur celles de ces jours derniers, qui avaient été catastrophiques, sinon les polices d'assurances seraient la seule garantie contre les coups durs.

Pour Claire-Heureuse, il n'était pas question, étant seule, de garder la boutique ouverte. D'ailleurs elle n'avait rien à y gagner. Ses marchandises n'étaient pas ce que recherchaient les soudards. Et puis, les clients savaient comment faire pour entrer et se faire servir : ils n'avaient qu'à passer par la cour.

Hilarion était en plein boum. Les commandes d'objets en acajou affluaient des *Curio's Shops,* tout le monde faisait des heures supplémentaires. Il avait même décidé de ne pas rentrer déjeuner. Il allait manger dans un petit bouis-bouis près de la Banque Nationale avec les copains. On y racontait des histoires extraordinaires. A la table d'Hilarion, il y avait un syrien dans la force de l'âge, très familier et très affable, qu'on rencontrait souvent dans le quartier. Il s'appelait Habib Nahra et tenait une minuscule boutique de tissus devant la Belle-Entrée du marché Vallières.

Habib avait un magnifique œil au beurre noir, il pleurait presque en racontant sa mésaventure. Trois *marines* étaient entrés dans la boutique, poursuivant une jeune paysanne qui s'y était réfugiée. Il s'interposa pour la protéger, mais les satyres ne l'entendaient pas de cette oreille. Il fut roué de coups, et, si des M.P. n'étaient pas survenus, non seulement les dégâts auraient été considérables dans la boutique, mais encore, il n'en serait peut-être pas sorti vivant. Quand même, les dommages étaient sérieux.

— Avec ça la boutique n'est pas assurée, poursuivit-il. Et les *marines* sont partis sans que j'aie pu prendre leurs noms. On m'a dit d'aller à l'ambassade, mais qu'est-ce que ça donnera ?...

Il y avait très longtemps qu'Habib Nahra était en Haïti. Il y était arrivé tout enfant avec ses parents. Deux bateaux, la *Chimère* et le *Djibouti,* avaient jeté quelques centaines d'émigrants levantins sur les rivages d'Haïti, chassés par une misère noire qui s'était abattue sur leur pays. Ses parents avaient péniblement commencé comme colporteurs, une caisse de bois amarrée sur le dos, ils sillonnaient le pays, vendant de la pacotille. Il les avait suivis dans leurs pérégrinations. Ainsi, il avait appris à connaître et à aimer le pays. De marché en marché, dans les foires des fêtes patronales, par monts et par vaux, il avait suivi le calvaire du peuple haïtien. Quand étaient arrivés les envahisseurs yankees, il avait vu les travailleurs, les patriotes, les paysans résister les armes à la main et mourir en chantant de vieilles chansons de la guerre de l'Indépendance. Il avait vu les fusiliers marins de la libre Amérique attaquer avec leurs armes automatiques de pauvres gens armés de machettes de travail. Il avait vu les civilisateurs assassiner les femmes, torturer les enfants et crucifier vivants les insurgés. Du plus loin qu'il fouillait dans sa mémoire, il ne voyait pas d'autres images que celles de cette terre.

Sou par sou, pendant des années, ses parents avaient amassé le petit pécule dont il avait hérité et qui lui avait, un jour, permis d'ouvrir boutique. Le racisme antisyrien qu'entretenait la bourgeoisie commerçante haïtienne lui avait appris à ne s'occuper que de son négoce. Pourtant, il était éperdument attaché au pays et à ses simples gens. Contrairement à beaucoup de ses compatriotes qui, en face du racisme, entretenaient un particularisme syrien, sa compagne, il l'avait choisie dans le peuple haïtien : une simple travailleuse qui ne savait ni lire ni écrire, mais qui avait cette vieille culture humaine que seule il révérait. Peut-être à cause de cela, il n'avait pas bénéficié de la solidarité des autres syriens et n'avait pu arriver comme eux à une bonne aisance. Et puis, il ne portait pas les américains dans son cœur. Du temps de l'occupation, il n'avait pas cherché à faire des affaires avec eux. Sa réaction avait été brutale quand il avait vu ces *marines* ivres poursuivre la petite paysanne. Dieu sait pourtant si la laideur de la vie lui avait appris à ne pas s'emballer, à ne pas se heurter aux puissants ! Il avait pensé à sa femme et à ses filles et ça l'avait pris d'un seul coup. Il ne s'était jamais senti l'âme d'un don Quichotte. Heureusement, sa femme et les enfants étaient partis en province à l'enterrement d'une parente. Qui sait ce que ces ivrognes auraient pu leur faire !

Il se mit à parler de la loi Vincent, qui réservait le commerce de détail aux haïtiens d'origine. Il était amer, les mots lui faisaient mal, mais il avait besoin de confier à d'autres sa rancœur. Un employé de banque se mêla à la conversation :

— On peut dire ce qu'on veut, déclara-t-il, mais il faut quand même laisser vivre les haïtiens !

— Moi aussi je suis haïtien, rétorqua Habib Nahra irrité; et mon père aussi l'était. Pourquoi n'ai-je pas les mêmes droits que les autres ? Moi, un haïtien diminué ! Dieu sait pourtant si je suis aussi bon haïtien que bien d'autres, dits d'origine, qui vendent le pays en gros et en détail...

— Oui, mais si cette loi n'existait pas, reprit l'employé, tu n'aurais pas seulement été roué de coups, tu aurais peut-être déjà perdu ton commerce, car les américains auraient en main tout le commerce du pays...

La discussion devint générale. Pour beaucoup, cette histoire d'américains qui menaçaient de s'emparer du commerce de détail n'était que de la frime. Nahra se déchaîna :

— Les souliers que tu portes sont américains, s'exclama-t-il, et tes chaussettes et ton costume, sûrement le tissu de ton caleçon aussi ! Tu crois après ça que les américains ne peuvent pas faire ce qu'ils veulent dans ce pays ? Tu n'as qu'à sortir dans la rue pour comprendre. S'ils voulaient avoir le commerce de détail, il y a longtemps qu'on le leur aurait donné sur un plateau d'argent. Ils n'occupent plus, mais ça ne veut rien dire. Ils sont partis parce que s'ils étaient restés, le pays serait un véritable guêpier pour eux. La banque où tu travailles est à eux, malgré tous les camouflages, et tu le sais bien...

Hilarion se leva, c'était l'heure. On ne mangeait pas mal chez cette Catherine. Pour vingt-cinq centimes, on avait un bon plat de riz avec des haricots, et la compagnie était sympathique. Lui non plus n'aimait pas beaucoup les syriens et les italiens. Sans trop savoir pourquoi. On avait entretenu chez lui un sentiment inconscient contre les « arabes » et autres indésirables. Ça devait venir de bribes de conversations, de calomnies habilement colportées, de plaisanteries. Ainsi s'élaborent dans la tête humaine les préjugés. Et les préjugés, en fin de compte, se retournaient toujours contre les idiots qui les partageaient. Ils pourraient atteindre Josaphat, son cousin qui était en Dominicanie, où Gabriel, le boxeur, qui allait à New-York.

En sortant du restaurant, un *marine* le heurta. Il le regarda droit dans les yeux et lui jeta, décidé, une phrase qu'il avait entendue :

— *God damn you, son of a bitch !*...

Il avait dû écorcher les mots et l'accent devait être exécrable, mais l'homme semblait avoir parfaitement compris. Il avait tressailli, mais il passa son chemin. Il avait dû comprendre tout de suite que ce nègre-là était capable de lui flanquer une bonne ratatouille !

***

Jean-Michel venait de prendre service à la salle d'urologie de l'Hôpital Général. La petite infirmière qui l'accompagnait pour la tournée de pansements, détournait la tête afin de ne pas regarder.

— Voyons, mademoiselle, faites attention, vous venez de renverser le Dakin !

— Excusez-moi, dit-elle, mais cette odeur !...

Jean-Michel la regarda; elle était blanche. Il lui prit le bras, la soutint et l'amena s'asseoir. Sœur Christophe accourut, sa cornette blanche tout agitée :

— Elle s'est trouvée mal, expliqua Jean-Michel.

— Regardez-moi ça ! dit sœur Christophe. Pourquoi nous envoient-ils en urologie des bleues qui voient une salle d'hôpital pour la première fois !...

Elle était très émue, sœur Christophe, mais, comme à son ordinaire, elle cachait son sentimentalisme sous des manières bourrues. Sœur Christophe ne devait pas avoir trente ans. Elle était canadienne. Quelque chagrin d'amour l'avait conduite à prendre le voile. Les internes la taquinaient tout le temps. Elle était vive et très enjouée, à ses heures. Jean-Michel avait le chic de la faire enrager, soit en lui parlant des amoureux qu'elle avait eus dans le passé, soit en faisant mine de la convertir au matérialisme. Le fait est que la religion ne lui avait pas enlevé tout esprit critique et qu'aucun mysticisme n'avait pu entamer son humanisme. Jamais elle n'encourageait les malades à souffrir pour le bon Dieu, elle souffrait avec eux, en femme vivante, et échappait à cette cruauté morale que donne la bigoterie. Elle avait même un faible pour Jean-Michel, à cause de son irréligion, qu'elle sentait liée à un immense amour de l'homme, à la haine du système social qui entretenait ces maladies hideuses, ces déchéances physiques, insupportables au regard, et toute la grande pitié de ces hôpitaux sales et mal outillés. Sœur Christophe faisait toujours tout ce qu'elle pouvait pour soulager la douleur, elle ne donnait jamais de scapulaires ou de chapelets bénits.

Sœur Christophe s'affaira, donna des sels à respirer et un

cordial à boire. La petite infirmière esquissa un léger sourire :

— Elle sera mieux au cabinet de consultation, décida Jean-Michel, elle pourra s'allonger...

Ils l'accompagnèrent. Sœur Christophe avait du linge à remettre pour le blanchissage, elle s'en alla de son petit pas trotte-menu, faisant claquer ses sandalettes. Jean-Michel se mit à questionner la petite infirmière qui revenait à elle :

— Alors, tu n'as pas mangé ce matin, dit-il, ou peut-être hier aussi, dis ?

— Oh ! oui, docteur, j'ai mangé, répondit-elle en baissant la tête.

— Tu sais, j'ai l'habitude avec vous autres, vous êtes toutes pareilles, des gamines ! Si tu n'as pas mangé, ce n'est pas un drame. Je connais ça. On ne s'en fait pas parce qu'on se dit qu'on se rattrapera le midi à la cantine. Si tu crois que ça ne m'est pas arrivé à moi aussi ! Si tu veux, je te fais chercher un sandwich. Alors, c'est oui ?

— Mais, docteur, j'ai mangé !

— Alors, pourquoi baisses-tu la tête tout le temps ?

Jean-Michel lui releva la tête d'un doigt. Elle avait une petite figure grosse comme le poing et des yeux brillants. A peine seize ans, la coiffe blanche maladroitement fixée et pendant de travers. Jean-Michel fronça les sourcils :

— C'est la première fois que ça t'arrive, au moins ?

— Oui, docteur, la première fois...

— Hum..., fit Jean-Michel. Tu n'as pas tes menstrues ?

— Non, docteur, ce n'est pas ça, mais cette odeur ! Elle me prenait à la gorge...

— Hum..., fit Jean-Michel.

— J'ai essayé de résister jusqu'à la fin des pansements, pour ne pas vous embêter, mais ma tête s'est mise à tourner...

— Qu'est-ce qu'il fait ton père, où habites-tu ?

— On habite juste derrière l'Exposition, à côté du stadium. Papa est électricien à la Compagnie. Elle le regardait, étonnée.

— Que diable ! quand on se fait infirmière, faut pas avoir le nez délicat. Ça te dégoûte les choses qu'on fait ici ? Faut se résigner; ici ça sent l'iodoforme, la chair pourrie, l'urine. Et puis, on voit toute la misère humaine, on est forcé de se pencher sur des parties du corps qu'une jeune fille comme toi n'aime pas toucher, surtout dans l'état où elles sont ici. Faut tenir bon, mon petit, pour ne pas être blasée, garder tout son amour de la vie et la petite fleur bleue au fond de son cœur. Naturellement, tu débutes, tu t'habitueras... Au moins ça te plaît le métier ?

— Oh ! oui, docteur, mais l'urologie, pour commencer, c'est dur !

— Ah ! Mademoiselle a des préférences ! Si tu crois que c'est comme ça que le métier rentrera, tu te trompes. Qu'est-ce que tu veux, le pays est misérable. Ici, c'est pas un hôpital modèle ! Faut être coriace ! Ces pauvres gens sont misérables, ils sont ignorants, ils croupissent dans des conditions de vie épouvantables, ils viennent se soigner ici pour des choses déjà graves. Et, comme on se débrouille avec presque rien, alors ça pue... C'est pas comme dans les livres de cours. Moi aussi, parfois, la nausée me prend... Enfin ! on est jeune, quoi ! Je me dis qu'un jour on travaillera dans des hôpitaux plus beaux que ceux des livres. Mais il faudra lutter pour ça. Peut-être tu ne me comprends pas ? En tout cas, je ne veux plus te voir tourner de l'œil, débrouille-toi comme tu voudras, mais il me faut du travail effectif ! Et puis attends-toi à être engueulée, comme tout le monde si ça ne va pas. Le patron, c'est qu'il n'est pas commode !

La petite était toute ragaillardie, elle arborait un large sourire. Hilarion venait de pénétrer dans la salle de consultation. Jean-Michel lui fit un petit signe.

— Allons, sauve-toi, dit-il à l'infirmière, apporte-moi une seringue stérile et n'oublie pas de préparer un autre plateau. Tout est trempé de Dakin !

Jean-Michel serra la main d'Hilarion et lui demanda des nouvelles de chez lui. Claire-Heureuse se portait bien. Ils ne s'étaient pas vus depuis la visite chez Roumel. On était débordé dans le service avec l'arrivée des américains. Hilarion n'avait plus de lourdeurs, pas la moindre petite crise. Jean-Michel avait pris un crayon et dessinait sur un bloc des volutes de fumée, il réfléchissait :

— Je vais encore te faire cette piqûre, et puis tu ne prendras plus que trois comprimés de luminal par semaine. Je crois qu'on a gagné. Si, en diminuant les doses, ça continue d'aller, eh bien ! en faisant attention, tu n'auras même plus besoin de moi...

L'émotion envahit Hilarion. Une longue page de sa vie allait se tourner, il allait être un homme qui n'aurait plus à craindre d'étaler aux autres un mal infamant. Que de choses promises !... L'infirmière arriva; elle lui lia le garrot au-dessus du coude, serra. Les veines gonflèrent et dessinèrent des entrelacs sur le fuseau de l'avant-bras. Contrairement aux fois précédentes, il ne ressentit aucune appréhension. La fraîcheur de l'alcool... Les muscles exécutèrent une danse frémissante. Jean-Michel rata la veine, sortit l'aiguille et comprima l'hématome.

— Tu es bien brave aujourd'hui, remarqua Jean-Michel.

Leurs yeux se rencontrèrent. Jean-Michel comprit. C'était curieux, à chaque fois que son ami remplissait son office médical, Hilarion quittait toute familiarité à son endroit. Depuis que la science avait démontré sa puissance à Hilarion, il la regardait comme il regardait autrefois le Mystérieux et le Sacré. Jean-Michel était prêtre de ce rite qui avait vaincu le mal maudit.

L'aiguille pénétra dans la veine. Une goutte de sang apparut à la base de la seringue.

— Lâchez le garrot... Ouvre la main...

Le sang envahit la seringue, écarlate, éclatant, puis se mêla à la solution qui devint rose. Attentif, Hilarion essaya de sentir le liquide miraculeux fuser à travers son sang. Mais il ne sentait rien, c'était fini.

Ils restèrent quelques secondes silencieux. La rencontre de ce Jean-Michel avait été la chance de sa vie. Sans lui, jamais il n'aurait connu un tel retour à la vie. Il était dans la mauvaise direction et aurait fatalement fini dans l'infâme dépotoir des faubourgs suburbains. Certes c'était l'aventure merveilleuse de cette amitié qui avait accompli le miracle, mais ce lien n'était-il pas à sens unique ? Qu'avait-il donné en échange, en effet ?

Il craignait que Jean-Michel n'attende quelque chose en retour. Combien de fois n'avait-il pas senti comme une demande muette d'un engagement dans cette lutte dont il ne reconnaissait pas encore la valeur ? Mais son ami ne demandait jamais rien. Ils ne disaient jamais, ces gens-là :

— Hilarion, veux-tu faire ceci ou cela ?

Ils attendaient, comme s'il devait fatalement leur proposer, de lui-même de s'engager avec eux.

Il fallait qu'il dise quelque chose. Jean-Michel avait gagné la première manche sur la maladie, il fallait être beau joueur. Jean-Michel ne lui en laissa pas le temps :

— Je suis heureux pour toi, Hilarion. Mais tu ne me dois rien; aller avec nous est une chose grave. On ne vient pas chez nous pour faire plaisir à quelqu'un. Pourquoi es-tu gêné

avec moi ? Je t'ai rendu service, n'est-ce pas une chose normale et toute simple ?

— Quand on dort avec Jean, on connaît sa manière de
ronfler, lui répondit Hilarion, en le regardant droit dans les
yeux. Si, aujourd'hui je suis guéri, c'est grâce à toi, je sais
que tu ne me demanderas jamais rien. Mais moi, je sais ce
que je te dois et je ne sais pas encore comment te le rendre...

⁂

Le temps des chaleurs venait. Calmement, sans se presser,
mais avec des petits « courirs », comme les paysans qui, descendant des montagnes, brusquement se mettent à trotter pour
bien assujettir la charge posée sur la tête. Déjà les flamboyants, colosses verdoyants, élevaient jusqu'au ciel des
torches rouges, allumées en plein jour. Les sabliers épineux
faisaient éclater avec des déflagrations sèches leurs gousses
qui tombaient sur le sol, éparpillant des graines et des coques
vides. Le sablier est un arbre béni des enfants. Avec leurs
graines plates et rondes, les dols, ils jouent passionnément
à une sorte de jeu de billes. Souvent ils croquent la pulpe
des graines qui, mangées en trop grandes quantités donnent
des diarrhées parfois mortelles. Ils s'emplissent les poches
avec les coques qui portent une unique dent recourbée fort
solide. On accroche la dent de sa coque à celle d'un adversaire et on tire de toutes ses forces. C'est tout un art, et quel
orgueil quand on trouve une coque qui résiste trois ou quatre
jours à tous les assauts !

Les enfants étaient grisés, fous, par l'odeur pleine qui émanait de la terre, par l'air chargé de pollen et par l'appel des
grands bois. Les enfants-esclaves des demeures bourgeoises,
ne pouvaient se résoudre à oublier leur âge, pour les lourds
travaux auxquels ils étaient enchaînés. Tout ce petit monde
profitait de la moindre occasion pour s'enfuir dans les rues,
dans les terrains vagues et les bois. Ils étaient comme de
jeunes chiots déchaînés; armés de frondes et de cailloux, de
badines faites de branches souples, d'arbalètes fabriquées de
bobines et d'élastiques. Ils chassaient les anolis aux couleurs
changeantes, les insectes, libellules et autres cigales. Ils mangeaient toutes graines des bois, les fruits sauvages et les bourgeons acides nouvellement éclatés. Sans souci des ruisseaux
de sueur qui coulaient de leurs corps, sans merci pour les
souliers chèrement payés, les sandales, la plante des pieds.

Sous l'œil étincelant, immarcessible, et bon enfant du soleil, ils chassaient.

Le picvert est un monsieur très bien, malgré son habit vert et jaune, sa tache rouge sur la tête, il se tient droit et raide sur les troncs, frappant cérémonieusement du bec contre les écorces. Amoureux des cimes, il ne se cache jamais et méprise les pierres des frondes bandées par les mains d'enfant. Les colibris couleur de banane mûre mouchetée, fusent de toutes parts sur les fleurs. Des nuées d'oiseaux gravent de guirlandes de notes frêles, les matins de cristal. Les pipirites matutinaux, les geais-michette parleurs, les bouvreuils, les rouges-gorges, les merles, les mésanges, les winghiri, les cardinals, les cagous, les toucans à gros bec, les verdiers, les pies-grièches. Qui pourrait nommer tous les porte-plumes, safrans, vermeils, garance, couleur d'azur et couleur de gueule, cérusés, ocellés, gemmés, mouchetés, qui concertent et dansent le calinda dans les bosquets et les jardins !

Avec la belle saison l'agitation tendait à se tempérer. Un été porteur de fruits mûrs, commençait à calmer la faim dans les faubourgs. D'abord les avocats, les ignames et les « arbre-véritable » avaient permis de bourrer l'estomac des enfants, à bon marché. Puis les cachimans, les abricots géants, les corossols avaient fait leur apparition. Enfin les mangues avaient mûri et chargeaient les arbres d'astres jaunes et rougeoyants. Sur le bord de mer flottait le parfum capiteux des mangues francisques, que déchargeaient sans arrêt les voiliers venus des Gonaïves. Mais aussitôt débarqués, les marchandes dispersaient le fruit de luxe vers les beaux quartiers. Il restait cependant assez de mangots cornes, muscats et carottes pour satisfaire le malheureux vulgaire. Haïssez le chien, mais dites qu'il a les dents blanches, déclare l'adage ! C'était la misère, la détresse, mais une détresse tellement vieille que l'été parfumait et tempérait de la saveur de ses fruits ! Si on ne se nourrissait que fort peu, on arrivait à calmer son « grand goût ». Et s'il n'y avait cette maudite chaleur qui vous huile le corps dans la canicule des docks, des marchés, des usines, et des ateliers, on ne penserait même pas au fait que les prolétaires haïtiens ne connaissent pas de congés payés, ni de vacances, alors que les bourgeois s'enfuient vers les stations estivales des hauteurs.

La paille du soleil d'Haïti brille comme des jonquilles, la ville est pleine d'un jour aveuglant et de senteurs paradisiaques, le sol sec et sonore est battu par les pieds nus des

travailleurs qui, inlassablement, sempiternellement, désespérément, courent, s'arc-boutent sous les fardeaux ou s'acharnent sur les machines.

*
**

Quand Hilarion rentra, Claire-Heureuse l'attendait. Elle
avait beau faire mine de rien, ça se voyait qu'elle l'attendait.
Hilarion était tout joyeux.

— Ça y est, déclara-t-il, le traitement est fini. Le docteur
a dit que je ne serai plus malade...

Il avait jeté ces mots d'un ton bas, âpre et triomphant.
Pourtant, ils ne parlaient jamais de sa maladie; quand il
allait voir le docteur, il disait simplement :

— Je dois aller voir Jean-Michel aujourd'hui.

Claire-Heureuse savait bien que c'était pour des piqûres,
mais il ne le lui avait pas dit, et pour rien au monde elle
n'aurait voulu lui en parler. Très vite, elle avait retenu les
jours où il se faisait piquer :

— Tu n'oublieras pas d'aller chez Jean-Michel, disait-elle.

Et il trouvait à point nommé son médicament à côté du
verre d'eau sur la table.

Deux fois, elle avait été inquiète de la mine d'Hilarion, elle
n'avait pourtant rien osé lui demander. C'était Jean-Michel
qui l'avait tranquillisée. Elle ne l'avait vu en crise qu'une
fois. Une petite crise toute courte. Quand il était tombé, toute
tremblante, elle l'avait saisi à bras le corps, s'était arc-boutée
et avait réussi à le jeter sur le lit. Elle lui avait ouvert le col
de la chemise, desserré la ceinture et s'était mise à l'embrasser et à pleurer. Pourquoi sa peur que n'avaient pu dissiper
ni les explications, ni l'amour, avait-elle disparu dès la première confrontation avec le réel ? Comment avait-elle pu
avoir cette présence d'esprit, ne pas crier, ne pas appeler au
secours ? Tout ce qu'elle aurait pu dire c'est qu'elle avait
oublié à cette minute de quelle maladie il pouvait s'agir, pour
voir simplement, gisant et inanimé, l'homme qu'elle aimait.
Dès qu'il avait essayé d'ouvrir les yeux, elle s'était réfugiée
dans la cour. Peut-être ne s'était-il jamais parfaitement rendu
compte qu'elle l'avait vu. Depuis lors, elle n'avait plus eu
peur, seulement craint que cette maladie ne fasse de la peine
à son homme ou n'entravât son gagne-pain. Pour l'éviter, elle
priait tous les saints du ciel.

Hilarion ne se demanda pas ce qui pouvait ennuyer Claire-
Heureuse. Les femmes sont tellement sensibles ! Peut-être

n'était-ce qu'une bagatelle qui lui faisait cette bouche grave
et ce visage anxieux. Et puis, on verrait bien ! Aujourd'hui
était jour de joie ! La grande nouvelle qu'il apportait souffle-
rait l'inquiétude de Claire-Heureuse comme le soleil, quand
il survient, éteint aussitôt une bougie restée allumée.

Claire-Heureuse le regarda de longues secondes. Cette nouvelle était si inattendue ! Elle continua à ravauder le pantalon, puis le posa.

— Jean-Michel a dit que tu ne seras plus malade ? demanda-t-elle, le fixant de nouveau.

— Par précaution, je dois encore prendre les pilules roses
pendant quelque temps, mais c'est fini...

Claire-Heureuse se leva. Elle se dirigea vers le petit oratoire. Devant la petite statue de la Vierge, elle craqua une
allumette et alluma la veilleuse à huile :

— Grâce la miséricorde ! s'exclama-t-elle.

Elle était rayonnante. Des larmes coulaient sur ses joues,
ses mains se tendirent vers la Vierge, ses yeux mouillés chantaient un chant de grâces.

— Merci, la Vierge ! murmura-t-elle simplement.

— C'est pas elle que tu dois remercier, dit rageusement
Hilarion.

— C'est elle, elle a entendu ma prière !

— Ce n'est pas elle, répéta Hilarion avec force. Maman
aussi avait fait des oraisons et des neuvaines et des vœux.
Elle ne l'a jamais écoutée ! Les gens autour de moi continuaient à dire que j'étais maudit, que je payais des péchés ou
des crimes. Les gens avaient peur de moi, je ne pouvais pas
trouver du travail. Ce n'est pas elle, ni aucun saint, ni le bon
Dieu. Le bon Dieu, il s'en fout de nos misères ! Ce n'est pas
elle, c'est Jean-Michel, c'est les piqûres, c'est les pilules
roses, c'est la médecine !...

Claire-Heureuse le regardait, attristée. Elle se retourna,
arrangea les quelques fleurs qui se fanaient devant la statue.

— Oh ! Hilarion ! lui dit-elle, Dieu est le seul maître ! On
dit que le docteur Jean-Michel est communiste et que les
communistes ne veulent pas voir le bon Dieu. Docteur Jean-
Michel est un bon garçon, il t'a trouvé du travail et t'a soigné, mais c'est le bon Dieu qui guérit. Il ne faut pas te laisser
prendre la tête, Hilarion. Je ne comprends rien à toutes ces
histoires et j'aime bien le docteur Jean-Michel, mais j'ai peur
que tu te laisses embobiner. Que deviendrions-nous si on te
mettait en prison ?...

C'était ça, quelqu'un était venu monter la tête à Claire-Heureuse. Avec tous les gens qu'on arrêtait, elle avait eu peur. Qu'avait-on pu lui raconter ? C'était ça qui la tourmentait. Tout autre jour, il aurait discuté, mais aujourd'hui, un tel flot de joie coulait à travers son cœur qu'il se moqua :

— Alors tu crois qu'on va m'arrêter ? On t'a peut-être raconté que j'allais faire une révolution ? Mais c'est tout ce qu'il y a de plus vrai ! Il faut que tu ailles chercher des cailloux bien pointus; moi je vais reprendre mon vieux *fistibal* [1]. Je vais lancer une de ces pierres dans l'œil de Vincent qu'il en tombera raide mort !

Elle sourit et l'embrassa :

— Je suis bête, dit-elle, mais Toya m'a tellement raconté d'histoires, que j'ai vraiment eu peur. Je me disais qu'on te voit souvent avec Jean-Michel et comme on le surveille, il pourrait nous arriver malheur... Et puis, venir comme ça me dire que tu es guéri, ça m'a fait un coup ! J'ai senti une boule là; mes jambes sont devenues toutes molles. Méchant ! tu ne crois pas que le saisissement pourrait me faire accoucher d'un petit monstre ?

Elle se blottit dans ses bras. Hilarion la saisit par la taille et la fit virevolter dans la pièce.

— Lâche-moi, criait-elle, tu vas me faire avorter !

Ils s'abandonnèrent, essoufflés sur le lit. Leurs mains se joignirent, les yeux vagues, regardant le plafond blanchâtre au-dessus de leurs têtes. Sur ce plafond, Hilarion voyait filer à toute allure la grande automobile à laquelle il avait rêvé toute sa jeunesse, et des bateaux empanachés de fumée, des locomotives poussives, des moteurs, toutes sortes de mécaniques complexes. Tous ses rêves de jeunesse que la maladie avait écrasés d'un coup de talon, éparpillés, jetés à l'eau mauvaise à boire de la vie. Claire-Heureuse, elle, voyait autre chose. Des groupes de badauds entourant en pleine rue une forme allongée, des enfants cruels et moqueurs, la solitude dans une ville hostile. Ce fut elle qui se décida à rompre le silence.

— Il faut inviter Jean-Michel, dit-elle... Je lui ferai un *tchaka* [2] de maïs. Pas vrai ? Je crois qu'il aime ça...

Hilarion lui répondit à contretemps :

---

1. *Fistibal :* fronde d'enfant faite d'une lanière de caoutchouc fixée à une fourche.
2. *Tchaka :* soupe paysanne haïtienne aux pois et au maïs.

— Tu te souviens, après notre rencontre, on est resté trois semaines sans se voir. J'étais découragé. C'est Jean-Michel qui m'a forcé à te revoir, à t'avouer ma maladie...

Claire-Heureuse l'écoutait, surprise. Elle crut devoir renchérir :

— ...On tuera le coq blanc. Il commence à devenir vieux, mais ça fera un bon coq pour le *tchaka*. Il ne sera pas dur. Il sera gommeux...

— Je m'en fous que Jean-Michel soit communiste, enchaîna Hilarion. Et puis, c'est pas de ma faute si seuls des communistes ont fait cas de moi et m'ont aidé !

— J'ai gardé deux bouteilles de vin du jour qu'on s'est mis ensemble. On les débouchera, ajouta-t-elle.

— C'est ça, les bouteilles de vin et une bonne bouteille de rhum, conclut Hilarion...

Ils se turent et restèrent allongés. Leurs pensées papillotèrent çà et là.

— Dis, Hilarion, demanda Claire-Heureuse, les professeurs de l'école du soir, ils sont aussi communistes ?

— Hum, hum, approuva-t-il.

— Et le petit mulâtre qui vient parfois te voir, celui qui travaille chez Brandt ? Comment est-ce qu'il s'appelle encore ? Ah ! oui, Ferdinand. Ferdinand est aussi communiste ?

— Il l'est aussi, répondit Hilarion.

VIII

Hilarion s'approcha de la lampe, Claire-Heureuse se pencha sur son épaule. Il toussa et se mit à lire à voix haute :

> *Mon cher Hilarion,*
> *C'est ton cousin Josaphat Alcius qui t'écrit. C'est toi seul qui peux me donner des nouvelles de mes vieux, du temps qu'il fait chez nous, de ceux qui sont nés, de ceux qui se sont mariés et de ceux qui sont morts. Ça compte pour un pauvre nègre qui est loin de sa terre, tout ça.*
> *Tu me dis que le ventre de ta négresse est pointu. Ce sera sûrement un garçon. Qu'elle mange beaucoup de bourgeons de mirliton, maman disait toujours que ça fait accoucher vite. Je t'envoie deux prières que m'a données une vieille dominicaine à qui j'ai rendu service. D'abord une prière à sainte Marguerite, patronne des femmes en couches, et une autre à la Vierge-Miracle de Higuey. Quand elle commencera à avoir les tranchées, tu lui poseras la prière de sainte Marguerite sur le ventre, tu allumeras une bougie que tu tiendras, la tête en bas, en récitant la prière à Vierge Altagrâce de Higuey. Dis à Claire-Heureuse que son cousin qu'elle ne connaît pas lui baille la main.*
> *Je ne suis pas content que Zétrenne veuille se placer avec Julius Julien, le Rossignol. Il joue tout le temps de la mandoline, il a une belle voix, mais c'est un bambocheur, c'est pas un homme sérieux. Quand il prend une houe pour travailler la terre, ça lui fait des ampoules au creux de la main. Que veux-tu, le petit cochon ne demande jamais à sa mère pourquoi sa gueule est longue, et comme ça tous les cochons ont la gueule longue. Fais dire à Félicien qu'il doit attendre pour avoir son coq de combat pangnol, les bêtes perdent mainte-*

nant leurs plumes, je ne voudrais pas lui envoyer un animal malade. Tu donneras aussi les prières que je t'envoie à maman, elle sera contente. Toi, tu sais lire et écrire, tu les copieras. Quant à papa, il a tellement eu de chagrins que ça se comprend qu'il commence à être gaga. Le cœur me fait mal.

Maintenant, le vent du soir doit chanter dans les feuilles de maïs à Ça-Ira. Le champ de manioc doit se plaindre comme les enfants qui ont mal au ventre. Ma chèvre aura sûrement mis bas une belle portée. J'ai grande envie de manger des marigouyas. Ici on n'en trouve pas, heureusement que moi je ne suis pas enceint.

Tout ça est bien triste, mais dans ce pays aussi il y a de la bonne terre. A Macoris, il n'y a que des champs de cannes à sucre et quelques hattes [1] *de bœufs. Je coupe la canne du matin jusqu'au soir. Le dimanche, je vais à la* gaguère *pour voir les coqs au combat. Il y a avec nous un* viejo *qui est bon tambourinier, on se réunit parfois entre haïtiens, on chante, on tire des contes.*

Si le commerce continue à mal marcher et qu'un jour tu te trouvais sans travail, ce n'est pas trop mauvais dans ce pays. Viens me retrouver avec Claire-Heureuse. On pourra se serrer dans la case qui, grâce à Dieu, si elle est délabrée, est assez grande, je crois. Si le bon Dieu veut, je pourrai te trouver du travail. Le pays est plus grand que le nôtre et comme il n'y a pas autant de monde que chez nous, on arrive encore à trouver du travail. Pas vrai que dans les petites coureries [2] *les coquettes se tiennent les seins mais que, dans les grandes paniques, elles lâchent tout ?*

Je ne vais pas musarder plus longtemps. Tu donneras la lettre à Cécée Paulema, au marché Salomon, où elle descend chaque semaine pour troquer son fatras contre de la poussière.

Le bon Dieu est bon. N'oublie pas de dire bonjour.

Josaphat ALCIUS.

✣

Minuit venait de sonner. Ils étaient trois dans l'imprimerie. Il y avait là Ferdinand, Jean-Michel et Octavio Maximi-

---

1. *Hatte :* entreprise d'élevage de bovidés.
2. *Courerie :* panique sans cause qui s'emparait des gens aux époques de troubles.

lien, un camarade linotypiste. Ayant décidé de sortir un tract,
ils n'avaient trouvé que ce moyen de le tirer. Octavio avait
hésité, tergiversé mais finit par accepter de le faire à son
entreprise. Justement, il était le bon copain du veilleur de
nuit. Il lui avait raconté une histoire : prétextant avoir écrit
quelques poèmes qu'il voulait réunir en plaquette, il réussit
à émouvoir et à amadouer le bonhomme. Le cadeau d'une
bonne bouteille avait fait le reste. Pour le moment, le vieux
ronflait comme une scie à chantourner.

Le plomb fondant jetait des reflets d'astre nocturne dans
le halo d'une ampoule bleue. La lynotype tournait avec des
bruits liés en cascade; de temps en temps une sonnette de
sécurité jetait un tintement aigre, puis la galée tombait avec
un léger craquement. Maximilien, les yeux écarquillés sur
son texte, la tête de trois quarts, faisait valser ses doigts sur
le clavier avec le recueillement et la joie pleine que donne
le travail. Il râlait :

— Pourquoi diable, ce texte est-il aussi long !

— Tais-toi et tape, murmura Ferdinand, on y a mis ce,
qu'il fallait.

Jean-Michel n'était pas tranquille. Quant à Maximilien,
après avoir tremblé, il était devenu tellement calme, qu'on ne
pensait pas qu'il faisait quelque chose qui pouvait lui
coûter cher. Dès qu'il s'était trouvé devant la machine, dans
l'odeur fraîche de l'encre d'imprimerie, il s'était senti chez
lui. Il faisait *son* métier sur *sa* machine.

A une époque où tant de jeunes gens cherchaient à tâtons
dans le grand cloaque de l'heure, une issue vers la lumière,
ces trois gaillards, penchés sur la machine, avaient la conviction d'accomplir une tâche impérative. Leurs rêves de la
clarté , leurs élans généreux, faisaient taire la peur qui
battait à grands coups dans leur cœur. Ils n'auraient jamais
osé pour eux-mêmes ce qu'ils faisaient ce soir. Mais ils
en avaient assez de l'éternel dialogue à mots précautionneux.
Ils voulaient toucher les foules, éveiller les esprits, bander
les courages, faire entrevoir aux yeux fatigués, loin, bien
loin, au bout du tunnel, la petite lueur blanche de la liberté.

Maximilien avait fini de linotyper le texte.

— Vite, il faut tirer tout de suite, murmura Jean-Michel.

— Tu es fou, on ne l'a pas encore vérifié ! protesta Maximilien.

Il alla au marbre, posa les galées dans un petit cadre qu'il
serra, puis il encra et appliqua une feuille de papier mouillé.

— Tiens, corrige l'épreuve, dit-il à Jean-Michel, je vais préparer la presse.

Jean-Michel était nerveux, sa plume perça l'épreuve humide et la déchira.

— Donne ! s'impatienta Maximilien, tu t'énerves. J'ai horreur du travail mal fait.

Il se mit à corriger sans hâte, placidement, desserra le cadre, fit sauter quelques lettres et en plaça d'autres.

— Bon à tirer, murmura-t-il.

Ils se rendirent auprès d'une petite presse à main d'un modèle antédiluvien et la firent tourner.

— On ne paie pas le papier, dit Maximilien, alors on en fait cinq mille aux frais de la classe des capitalistes ?

— Combien de temps ça prendra ? interrogea Jean-Michel.

— Oh ! une petite heure ! opina Maximilien.

Ils s'approchèrent pour voir sortir les précieux tracts. A quelques minutes de la fin, il y eut une alerte : le veilleur de nuit faisait sa ronde. Jean-Michel et Ferdinand eurent juste le temps de se planquer derrière une linotype. Le vieux s'approcha, demanda à Maximilien s'il allait avoir bientôt fini et partit aussitôt, sans rien regarder. Ils purent reprendre le tirage. Maximilien eut le culot d'en faire mille de plus.

En sortant, l'air frais de la nuit les accueillit agréablement. Ils avaient eu chaud.

— Hep ! là-bas ! cria une voix.

C'était un gendarme qui les avait vus sortir de l'imprimerie. Jean-Michel serra les tracts contre sa poitrine et se mit à courir à perdre haleine, suivi des autres. Le gendarme se lança à leur poursuite et stridula l'air de coups de sifflet. Les fuyards eurent le temps de tourner l'angle, Jean-Michel s'arrêta.

— Tentons notre chance, sans quoi on va avoir tous les gendarmes de la création à nos trousses. Suivez-moi.

Il sauta le portail d'une cour voisine, ses camarades le suivirent. Un chien se mit à aboyer. On entendait le gendarme se rapprocher. Le chien grommelait de plus belle au fond de la cour.

— Cette maudite bête va nous trahir, murmura Jean-Michel.

Heureusement le tintamarre que menait le gendarme réveilla tous les chiens du quartier qui se mirent tous à hurler. Le gendarme passa en trombe et s'éloigna rapidement. Les bêtes commençaient à se calmer.

— Venez vite, dit Jean-Michel, je connais un sympathisant qui habite à côté d'ici, à la rue Saint-Honoré, on pourra planquer les tracts. Mais ne commettons plus la bêtise de marcher ensemble. A vingt pas l'un de l'autre au moins.

Ils réveillèrent Hilarion et Claire-Heureuse.

— Qui va là ? demanda Hilarion.

— C'est moi, Jean-Michel, ouvre vite.

Ils entrèrent et s'assirent, les jambes coupées.

— Donne-nous quelque chose à boire, Claire-Heureuse, on t'expliquera après. C'est moi qui régale, un bon coup de rhum de cinq doigts !

— Qu'est-ce qu'il y a ? Qu'est-ce qui vous arrive ? demanda Hilarion.

— Tiens, mets ce paquet en sûreté, je viendrai le chercher demain, dit Jean-Michel.

Jean-Michel alla à la porte donnant sur la cour et l'ouvrit. Le ciel blanchissait. Il la referma et se mit à fredonner.

— On avait les bêtes du *serein* [1] aux fesses. Je me suis dit que l'on pouvait se réfugier ici pour attendre. Ça ne t'ennuie pas, Claire-Heureuse ?...

⁎⁎⁎

L'atelier Traviezo était une vaste salle carrée, en arrière-boutique du magasin. Il s'ouvrait sur une petite cour où un robinet, fermant mal, larmoyait sur un petit bassin. Ça chauffait tellement qu'aussitôt le départ de M. Traviezo, les ouvriers allèrent prendre un bol d'air dans la cour et se rafraîchir au robinet. Ils se taisaient, écoutant le moindre bruit. Arrivaient à eux tout le tintamarre du quartier, le claquement des dents des grues géantes, les hurlements de douleur des steamers et des cargos dans la rade, le mugissement des trains de la gare MacDonald, signalant partances et arrivées, les cris des marchands ambulants, les klaxons de la gare aux autocars, sur le modulement d'orchestre à cordes du Marché Debout.

Chantal Traviezo, une fillette d'une douzaine d'années, survint en courant à travers l'atelier et s'arrêta interdite de le

---

1. *Serein :* le serein est la nuit; se rappeler du « sereno », le veilleur de nuit de l'Espagne.

voir dépeuplé. Elle s'avança jusque dans la cour et cria à la cantonade, d'une grosse voix :

— Or ça ! c'est comme ça que marche le travail ?... Eh bien ! moi, je fiche tout le monde à la porte !...

Elle se tordait de rire de la peur qu'elle leur avait faite, tandis que les ouvriers l'entouraient.

Chantal était une petite fille-garçon, un vrai petit diable, couleur abricot, avec des cheveux raides, aile de corbeau, lui battant le dos. Pas garce pour deux sous, ni faiseuse d'embarras, mais quel luron ! Elle aimait discuter le coup avec ces gars aux mains dures, leur tapait dans le dos avec gravité, les appelait « mon petit vieux », ou « compère » en se campant sur ses ergots, un vrai garçon. Si l'un d'eux n'était pas d'humeur, elle le houspillait :

— Eh ! va donc ! Tu ne pouvais pas me dire que ta femme t'a flanqué une ratatouille aujourd'hui ? Je t'aurais laissé tranquille !

ou encore :

— Toi, tu as des ennuis de femmes ! Raconte, on essayera d'arranger ça !

ou bien encore :

— Flûte ! sinon : « Quel emmerdeur ! »

Elle préférait Charlot, un ouvrier qui l'avait vue naître; elle avait toujours un bonbon ou une cigarette de luxe, chipée à son père, pour lui. Mais elle les aimait tous. Peut-être parce que, gosse de riches, à demi-orpheline, gâtée par son père et sa smala de domestiques, elle trouvait à côté des ouvriers de l'atelier quelque chose qu'elle n'avait nulle part ailleurs : le fait de ne pas être considérée par eux comme un petit bon Dieu, ainsi que chez elle, leur franchise, leur rudesse... Qui pouvait savoir ce qui se passait dans cette petite tête ! Parfois, la bonté naturelle des enfants, leur sens du beau, leur amour du juste, leurs élans vers l'idéal survit opiniâtrement au mode de vie frelaté que leur imposent les riches. Peut-être, cette petite pouliche sauvage, que l'absence d'une mère avait fait de Chantal, jugeait-elle sévèrement les pantins qu'elle rencontrait dans son milieu. Par contre, elle poétisait ces hommes mal dégrossis, mais humains. Peut-être les rapprochait-elle de ces héros créateurs de Jules Verne qu'elle adorait ? Car, libre de tout contrôle sur ses lectures, elle se jetait littéralement sur les Voltaire, les Diderot, les Beaumarchais, les Laclos, les Restif de la Bretonne et les Anatole France de la bibliothèque paternelle. Ceci, joint aux livres d'anticipation qu'elle dévorait, était bien fait pour la transformer, un peu plus chaque jour, en une non-conformiste, rebelle à la contrainte sociale. Quand elle retrouvait ses amis de l'atelier, elle respirait :

— Dites donc, les gars, je vais vous annoncer une nouvelle ! Naturellement, bouche cousue, autrement j'aurais des ennuis avec mon gouvernement ! Vous savez, papa parle de vendre son bastringue. Ce n'est pas encore fait, mais on ne sait jamais... Alors je vous préviens, en douce...

Les scies tournantes cessèrent de ronronner, les gouges de mordre le bois, le papier de verre d'agacer les dents. Charlot, Rosemond et les autres l'entourèrent et la bombardèrent de questions.

— Je ne sais pas, moi ! répliqua-t-elle. Je vous ai dit tout ce que je sais. Et puis, vous n'êtes pas encore à la porte !

Elle s'empara d'un rabot qu'elle fit chanter sur le bois. Charlot le lui enleva. Alors elle chatouilla Hilarion et pinça Clodomir. Elle revint se frotter la tête contre la main de Charlot. Il la souleva de terre et l'embrassa sur le front :

— Zut ! Tu me mouilles ! Lâche-moi, j'entends venir le vieux ! Je me sauve, les gars !

Elle leur tira encore la langue et, faisant une horrible grimace, disparut.

***

A la sortie de l'atelier, les gars étaient soucieux. Clodomir était effondré :

— Pour une nouvelle, c'est une nouvelle, murmurait-il sans arrêt.

— Pourquoi M. Traviezo voudrait-il vendre l'atelier, demanda Charlot à Rosemond ?

— Parce que ça lui plaît, le salaud ! jeta un petit rougeaud.

— Pour une nouvelle, c'est une nouvelle, c'est une nouvelle ! continuait Clodomir.

Ils se hâtaient de rentrer pour aller discuter la nouvelle avec leurs compagnes. Qu'est-ce qu'elles allaient dire ? Elles qui se plaignaient déjà tout le temps !

— Viens, Hilarion, dit Rosemond, on va boire un coup.

Et il l'entraîna.

Adrien Rosemond, fils d'un commis de magasin et d'une brodeuse, à huit ans faisait des dessins sur ses cahiers d'écolier, sur la page de calcul ou de dictée. Plus tard, élève de

Saint-Louis de Gonzague, il caricaturait ses professeurs. On voyait partout sa bête noire, le frère Chrysostome, sous la forme d'un bouledogue. Le frère Sainte-Croix l'ayant pris en amitié, lui donna quelques leçons de dessin. Quand ce dernier, outré par les préjugés raciaux de ses frères en Jésus, quitta la robe, les très chers frères cherchèrent un prétexte pour chasser l'ami du défroqué. Il ne continua pas ses études, et apprit l'ébénisterie. Ballotté d'atelier en atelier, l'ébénisterie ennuya Rosemond qui se mit à sculpter sur bois, à ses heures perdues. Il trouva cette place de sculpteur de « curiosités » pour touristes américains. Il en fit un art. Il y mit tout son cœur, observa les paysannes au marché, les tambouriniers, les danseurs folkloriques, les travailleurs, les enfants, les vieux, les amoureux. Dans ses statuettes, il jeta tout son amour de la vie, son attachement pour les gens simples de son peuple, mais aussi ses rancœurs, ses insatisfactions, ses angoisses, ses révoltes contre son méchant salaire et la laideur de la société. Il était célibataire endurci, bohème, indiscipliné, soupe-au-lait. Il se souciait peu de voir partir aux quatre coins du vaste monde les petits chefs-d'œuvre sur lesquels il ne recevait qu'une toute petite part. Il savait qu'il faisait de l'art, du grand art, mais le pays n'aimait pas les artistes !

Hilarion avait présenté Rosemond à Jean-Michel, mais le Rosemond était coriace. Il était sous la coupe d'un vieil italien à demi fou, Luigi Antonini Malipiero, qui faisait le ferblantier près de la rue des Fronts-Forts. Luigi était anarchiste, et ne jurait que par Bakounine, Kropotkine, Elisée Reclus, Malatesta et *tutti quanti*. Non que Rosemond eût des tendances anarchistes, mais il vénérait le vieux bonhomme pour son idéalisme et adorait l'entendre se gargariser de mots. Rosemond avait écouté Jean-Michel avec attention, car il avait reconnu au passage certains mots qu'employait aussi Luigi Antonini. Au beau milieu de l'exposé de Jean-Michel, qui voulait le convaincre que le peuple en avait marre, il l'interrompit. Il sortit une diatribe contre les sergents recruteurs, et déclara que puisque le parti de Jean-Michel était un petit bébé et qu'il n'avait aucune disposition pour être bonne d'enfants, il n'avait rien à voir à toutes ces histoires. Jean-Michel comprit alors qu'il n'y avait rien à faire avec ce petit bourgeois révolté. Il était de ces types qui s'échauffent jusqu'à se faire trouer la peau, le jour où les grands drapeaux rouges claquent au vent de la rue, mais qui hésitent tout le temps. Au fond, les révoltes de ces gens et leurs .grands airs cachaient leur peur... Drôle d'engeance que ces pauvres bougres qui, plongés dans la misère du peuple, gardent néanmoins un pied dans la bourgeoisie ! C'étaient ceux-là qui faisaient les traîtres et les opportunistes.

Ce contact avait attristé Jean-Michel. Il s'était mis à penser au parti, privé de son chef, où fourmillaient des tas de camarades comme ce Rosemond. La crise était grave, les camarades ne faisaient presque plus rien. Eloy Boudeau et Laurent Desagneaux avaient trahi et écrivaient des articles à la gloire de Vincent. Ils étaient à peine une poignée de camarades à tenter encore quelques actions. Les plus dangereux, c'étaient ceux qui essayaient de justifier leur inaction par des textes de Lénine et de Staline. Il était parti tout songeur de cette rencontre avec Rosemond.

Hilarion, donc, s'était laissé entraîner par Rosemond dans la même boutique où, quelques jours auparavant, avait eu lieu cette conversation. Il voulait réfléchir. La nouvelle qu'avait apportée la petite Chantal était tellement grave, qu'il était tout désemparé. Ils s'accoudèrent et commandèrent un alcool trempé pour Rosemond, un kola pour Hilarion. La patronne, cutre avachie par de trop nombreuses maternités, atone et languide, somnolait derrière le comptoir, les yeux ouverts.

— Que penses-tu de cette histoire qu'a racontée la petite ? interrogea Hilarion.

— Que veux-tu que j'en pense ? Si la boîte ferme, il faudra chercher un autre travail. On cherchera jusqu'à ce qu'on trouve...

Ils se turent. Le trempé de bois-de-cochon fit tousser Rosemond. Ils fumèrent. Rosemond semblait avoir quelque chose à demander. Il posait un tas de questions d'un air détaché :

— Il y a longtemps que tu connais le docteur Jean-Michel ?

— Longtemps !... Enfin, ça fait quelque temps que je le connais ! Pourquoi ?

— Pour rien. Parce que le docteur Jean-Michel semble bien avec toi. Et puis, c'est un révolutionnaire...

Hilarion regarda Rosemond. Jamais il n'avait douté de Rosemond, mais ça avait tout l'air d'un interrogatoire. La conversation allait de-ci, de-là, mais Rosemond la ramenait toujours à la politique et à Jean-Michel. A un moment, il y alla franco :

— Tu as déjà vu ça ? interrogea-t-il en lui sortant un tract.

C'était précisément un de ces tracts que Jean-Michel avait

laissés chez lui l'autre nuit. Il prit le papier, le palpa, le retourna, y jeta un coup d'œil et le rendit à Rosemond.

— Non, fit-il en le regardant droit dans les yeux.

— Pourtant ça doit être un tract communiste ? Jean-Michel ne t'en a pas montré ? Il y en a plein partout, reprit Rosemond, souriant.

Hilarion se fâcha :

— On dirait que tu cherches à me faire parler ! Tu travailles pour la police ou pour Traviezo ? Tu veux me faire dire que Jean-Michel est dans le coup ? Qu'est-ce que ça peut te rapporter de savoir qui l'a fait ? Je ne m'occupe pas de ce qui ne me regarde pas, moi... J'ai assez d'ennuis comme ça avec l'atelier !

Hilarion jeta de la monnaie sur le comptoir et se redressa pour partir :

— Ne te fâche pas. C'est moi qui t'ai invité. Je ne savais pas que ça t'embêtait de parler de ça... Si tu veux savoir, c'est parce que j'ai parlé à Luigi Malipiero de notre rencontre avec Jean-Michel. Il m'a répondu que les communistes sont des farceurs et que seuls les anarchistes peuvent faire quelque chose. J'ai voulu lui prouver que ce sont les amis de Jean-Michel qui ont fait ce tract.

Hilarion se ravisa :

— Ecoute, Rosemond, je ne fais pas de politique, mais s'il arrivait jamais des emmerdements à Jean-Michel, ça ne se passerait pas comme ça. Il y a des tas de salauds qui font les indicateurs de police et s'amusent à dénoncer des gens qui ne leur ont rien fait, je le sais. Jean-Michel a peut-être tous les péchés d'Israël, mais ce qu'il a fait pour moi et pour des tas de pauvres malheureux comme moi, je ne peux l'oublier. Je ne sais pas ce qu'a derrière la tête ton vieux fou d'italien, mais il ne me paraît pas très catholique...

Ils discutèrent encore longtemps.

IX

Il était sept heures passées. Le rapide soir tropical, étrange comme un rire inattendu, tombait sur la ville. Aussi bas que le soleil, des fantasmagories de bêtes, de bonshommes et de brebis blanches de nuages moutonnaient la prairie du ciel. Dans la ville, le silence du travail accompli, le ronronnement des chats sur les genoux, les furtifs rendez-vous d'amour avant le repas du soir, le traintrain des ménagères finissant la journée, des groupes de bronze, jeunes filles et enfants haillonneux aux fontaines publiques, l'haleine musicale et fraîche des alizés.

Brusquement toute la rue Saint-Honoré et même une bonne partie de l'avenue Républicaine se trouvèrent en émoi. Badère et Epaminondas, les vagabonds célèbres du quartier, l'un coiffé d'un haut-de-forme, l'autre armé d'un clairon, avaient brusquement surgi d'on ne sait d'où, menant un potin de tous les diables. Ils s'étaient payé une cuite de première et donnaient spectacle juste sur la galerie du temple adventiste. Jamais on ne les avait vus comme ça. Ils avaient sûrement fait quelque héritage, gagné à la loterie ou détroussé quelque pacha.

Ça avait débuté alors que le culte commençait au temple. Le pasteur et ses fidèles, le recueil ouvert, étaient en train de brailler un cantique éperdu. Epaminondas, flanqué de son Badère, tirait du clairon des éclats qui avaient dû résonner aux oreilles du pasteur et de ses ouailles comme les trompettes du jugement dernier. Badère, l'œil rouge et mauvais, imitait le son du canon d'une voix caverneuse et sonore.

Les gosses n'avaient pas attendu pour accourir. Le bout de crayon sucé sur le devoir de calcul n'eut pas le temps de

sécher, le doigt sur la page de lecture n'eut pas abandonné
la ligne, la complainte des leçons apprises par cœur ne fut
pas encore éteinte, qu'ils se dressèrent, puis se ruèrent d'une
galopade de pieds nus vers la rue. Les mamans ne crièrent
pas après la marmaille car leur curiosité ne fit qu'un tour;
elles se hâtèrent de mettre le repas du soir sur feu doux et
s'essuyèrent les mains sur les cuisses, en moins de temps
qu'il ne faut pour le dire. Les hommes, à peine revenus du
travail, ceux qui se lavaient les pieds, ceux qui se rasaient,
ceux qui se tortillaient une plume dans l'oreille, rejoignirent
en un clin d'œil la foule déjà rassemblée.

Le pasteur, suivi de ses fidèles, était sorti pour chasser les
crieurs du temple. Mais ses admonestations n'obtenaient pour
toute réponse de la part des perturbateurs que des coups
de clairon. Il lui manquait vraisemblablement le nerf de
bœuf qu'avait utilisé Christ pour disperser les marchands du
parvis de la Maison du Seigneur. La foule, trouvant le spectacle à son goût, riait à gorge déployée. En effet, elle avait
une dent contre ces adventistes du diable, qui rendaient le
quartier invivable par leurs braillements, leurs hymnes aux
sonorités angoissantes et qui, lorsqu'ils ne psalmodiaient ce
cantique qui hurlait « A la mort ! A la mort ! » chantaient
toujours les souffrances de l'enfer, une horrible fin du monde,
mais jamais des choses gaies. Le pasteur, un américain à
l'accent inénarrable, voyant que ses menaces n'avaient pas
d'effet, s'était mis à implorer d'une petite voix de tête. Tu
parles comme l'Epaminondas et le Badère s'en balançaient !
D'ailleurs, jusque-là ils n'avaient pas vu, ni même entendu,
le cornac et son barnum.

Epaminondas et Badère faisaient maintenant l'exercice militaire. Epaminondas s'était promu général, il caracolait sur
un cheval imaginaire, saluait, criait des ordres, claironnait
de vieilles marches d'autrefois, la *Marche des Grenadiers du
Nord*, la *Marche des Saint-Louisiens,* le *Chant des Gibosiens.*
Les vieux hochaient la tête en mesure, car, après les avoir
fait rire aux larmes, les deux vagabonds avaient réveillé en
eux la meute des souvenirs aux dents aiguës. Badère, pour
sa part, remplissait consciencieusement sa tâche de soldat,
marquait le pas, « marchait carré », rampait, tirait au fusil.
De quoi mourir de rire.

Le pasteur, à bout de s'arracher les cheveux, finit par poser
la main sur l'épaule d'Epaminondas. Epaminondas le remarqua enfin et, tout en riant, lui envoya une bouffée d'effluves

bachiques. L'ultime intervention se termina par une catastrophe. Epaminondas s'étais mis à imiter les gestes et la voix du pasteur avec une fidélité étonnante. Badère s'était agenouillé, tandis que son compère commençait un prône fleuri de patenôtres et d'obscénités. Le prêcheur et ses ouailles s'enfuirent, épouvantés.

Mais tout ça n'avait que trop duré. La police finirait par s'en mêler, le représentant de Dieu avait ostensiblement été téléphoner. On entraîna les deux lascars en leur promettant à boire. Claire-Heureuse les servit avec appréhension.

— Ça finira mal, pérorait la grosse Toya. Dans l'état où ils sont, on leur paye encore à boire ! Ce Badère est fou et Epaminondas ne l'est pas moins. Vous verrez qu'ils finiront ce soir par tuer quelqu'un, se jeter sous une voiture ou se faire aplatir par les gendarmes !

Cependant l'évolution des choses semblait devoir donner tort à Toya. Nos ivrognes étaient morts de fatigue. Epaminondas se mit brusquement à pleurer à chaudes larmes et Badère s'allongea sur le trottoir pour dormir. Peu à peu les langues se calmèrent, les gens se dispersèrent; après l'intermède réjouissant qui avait rompu la monotonie du soir, les préoccupations de chacun reprirent, la paix du soir s'étala sur le quartier comme s'allumaient les premiers réverbères.

⁂

On criait au feu. Les portes s'ouvrirent sur la mine renfrognée de sommeil des dormeurs en vêtements de nuit. Une fumée âcre bouillonnait en grosses volutes dans la rue.

La grande boulangerie Bonnadieu était en flammes. En un moment la rue fut noire de monde. Un cri traversa la foule. On venait de cueillir Epaminondas et Badère sortant de la porte cochère de la boulangerie. Badère avait un bidon d'essence vide à la main.

D'énormes langues de feu bleues, rouges et jaunes, léchant les murs, s'élevaient plus haut que les plus hauts palmiers. De véritables grandes eaux d'étincelles dominaient le brasier et se répandaient dans un rayon de quarante mètres au moins. Le ciel même en était empourpré. L'incendie respirait, crépitait dans la nuit avec une odeur de pain brûlé.

La foule s'agita dans tous les sens. Des femmes hurlantes, des hommes au front barré, des enfants curieux... Une chaleur d'enfer se dégageait du sinistre. Un affolement indes-

criptible s'était emparé des voisins immédiats de la maison
en flammes. Ils habillaient les enfants, mais hésitaient à
sortir les meubles et les objets précieux. Le danger était menaçant mais ne paraissait pas immédiat. Les pompiers ne
tarderaient plus, leur caserne était toute proche. Tous les
voleurs du quartier devaient être à pied d'œuvre. Dès qu'il y
a un incendie, ce sont toujours eux les conseilleurs qui
incitent à déménager et, parfois, dans les grandes paniques,
ils sortent d'autorité les meubles et tout ce qui les intéresse.
Après l'incendie, on ne retrouve plus rien, tout le monde a
disparu.

À peine les sirènes avaient-elles retenti que les voitures
rouges surgirent, chargées d'hommes aux casques d'argent
qui reflétaient les lueurs du brasier. Dès son arrivée, le capitaine des pompiers ordonna l'évacuation des maisonnettes
contiguës à la boulangerie. En vain des récalcitrants protes-
tèrent, les gendarmes les sortirent de force.

Dans la cohue, Claire-Heureuse abandonna son foyer, en
chemise de nuit. Elle avait sur les bras une paire de draps,
sa vieille poupée de toile, au visage effacé, une petite boîte
contenant la layette du bébé attendu et puis la grande photo
qu'elle s'était fait faire avec Hilarion. Hilarion, pour sa part,
avait pris l'argent du tiroir-caisse, des livres et leurs pauvres
couverts.

Les évacués s'assirent sur le trottoir, face à l'incendie. Ils
voulaient assister jusqu'à la fin au drame, ils espéraient toujours. Claire-Heureuse appuya la tête sur l'épaule d'Hilarion
et se mit à pleurer nerveusement. Une voisine lui apporta une
tasse d'infusion de feuilles *saisies* contre l'émotion; à cause
de son état, lui dit-elle. Claire-Heureuse essaya de sourire.
Mais de nouvelles exclamations attirèrent son attention. Une
maisonnette contiguë à la boulangerie avait commencé à
fumer.

— Qu'est-ce qu'ils foutent, les pompiers ? protestaient les
gens.

Les pompiers déroulaient leurs tuyaux et dépliaient leurs
échelles. La fumée devenait de plus en plus épaisse. Une
pluie de cendres fines et de papier brûlé tombait sans arrêt.
Le feu faisait de grands jambages dans le ciel; il semblait
danser sur les foyers avec une joie sauvage. Les évacués formaient un groupe écrasé, le long du trottoir, avec leur tenue
sommaire et leurs objets hétéroclites dans les mains. Ils s'agglutinaient comme cette foule désolée du plafond de la Six-

tine de Michel-Ange. Leurs gestes et leurs attitudes, accentués par les lueurs fauves de l'incendie, reproduisaient ces grands vocables éternels du malheur. Leurs visages, burinés d'amour, de regret et d'effroi, d'accablement et de crainte, donnaient toutes les images de la grande unité humaine. Le long de ce trottoir, il y avait des hommes crispés, plaqués de teintes sombres, aux reflets de couleur, traînant un doigt dans le caniveau, hochant la tête, frappant le sol du pied, des femmes aux visages ocres, verdâtres ou gris, la main fermant une chemise de nuit entrouverte, serrant un enfant blême contre leur ventre au levant deux mains au ciel, comme une cathédrale. Tout un entrelacs de courbes pures et impures, de lignes brisées, de taches somptueuses sur le fond de ciel moiré de lueurs.

Claire-Heureuse s'était dressée. Elle avait oublié la petite bague d'argent que lui avait donnée Hilarion pour leurs accordailles ! Elle voulait retourner la chercher car fallait-il espérer de voir circonscrire le sinistre ? Le gendarme qui contenait la foule ne voulut rien entendre :

— C'est impossible, répétait-il. C'est défendu. Il faut attendre que le feu soit éteint.

Tous les cris de Claire-Heureuse ne purent rien contre la détermination du garde. Elle revint s'asseoir au milieu du groupe des sinistrés, qui lancèrent une bordée d'injures au gendarme. Claire-Heureuse tordait ses mains, ses cheveux déliés avaient pris une couleur bleu ardoise, qui faisait ressortir ses yeux blancs. Adieu, bague de mes amours !

Une autre maisonnette flambait. Les sinistrés crièrent encore. Que faisaient ces pompiers ? Malgré toute leur agitation, l'eau ne jaillissait pas au bout de leurs lances !

— La pression de l'eau n'est pas suffisante, ils cherchent d'autres bouches d'incendie, expliquait-on.

Tout à coup, il y eut un grand remous dans la foule. Le capitaine des pompiers venait de réunir ses sapeurs. Il portait lui-même une grande hache, luisante comme la lune blanche qui se pavanait, coquette, insensible dans le ciel. Le premier, le capitaine des pompiers frappa une des maisonnettes. Puis tous les sapeurs se mirent à frapper, à qui mieux mieux, sur les maisons. La foule hurla. Un cri qui venait du ventre. Des évacués se lancèrent à travers la rue vers leurs maisons. D'autres suivirent.

Les gendarmes durent leur faire face, la matraque haute. Certains s'enfuirent, mais les femmes étaient les plus enragées. Elles mordaient, hurlaient, trépignaient et faisaient front. Cependant les matraques creusèrent le vide dans leur bataillon.

Un hurlement inapaisé parcourait l'atmosphère embrasée, polluée, écarlate de la nuit d'épouvante, un hurlement-blasphème plus éloquent que le plus ardent discours, maudissant le ciel et la nuit trop belle. Il était leur dernier adieu et leur révolte.

— Non, disait leur plainte, il n'est pas possible que la Douleur continue à régner en maîtresse sur son royaume. La Douleur finira par faire périr le royaume ou périra elle-même. Car l'homme est beau, il est tendre, il est amoureux. Voyez la beauté saisissante de ce bras de femme, jailli comme un miracle, en pleine désolation. Voyez le puissant équilibre du corps de l'homme, dressé face au ciel. Voyez la beauté des amours humaines, ces amoureux aux mains liées ! Voyez le visage de l'éternel supplicié, en proie aux démons de la vie et de la mort. Voyez la détermination de cette femme au ventre maternel, protégeant le fruit de ses amours et de ses espérances. Voyez la face des corps gisants, brisés, dévastés ! Voyez les mains implorantes de ceux qui veulent sauver leurs biens du sinistre. Voyez ce ciel tranquille, à l'image de ce Dieu, venant sur ses nuées, transcendant, le bras levé, souverain, impassible, sur la monumentale détresse des catastrophes !...

TROISIÈME PARTIE

I

A chaque pas on heurtait les longues feuilles de cannes à sucre, tendues en forme d'arceaux. La rosée coulait le long de la nervure centrale pour tomber sur leurs bustes nus. Au début, ça chatouillait, mais très vite on ne sentait plus la goutte de fraîcheur. Il faisait frais, mais ils étaient en sueur. Et la rosée se mêlait à la sueur.

Les travailleurs marchaient bravement sur les plantes géantes, aux feuilles coupantes comme des lames de rasoir. La machette était brandie parallèlement à terre et s'abattait presque au ras du sol, sur les racines aériennes des cannes. La plante tombait d'un seul coup sur les autres, dans une chanson de feuilles froissées, tandis que d'un geste preste les coupeurs en tranchaient la flèche, ornée d'un panache blanc. Leurs jambes étaient brûlantes, truffées des petits piquants qui couvrent comme d'un duvet le bouquet terminal des cannes.

— *Andad, hombres*[1] ! criait le chef d'équipe pour les encourager.

C'était toute une procession qui s'avançait rituellement vers les cannes. D'abord allaient sous de larges chapeaux de paille les équipes de coupeurs qui progressaient en un large cercle, suivis des chefs d'équipe, armés de gourdins. Ensuite venait le nuage familier de guêpes et d'abeilles, folles d'ardeur. Le vol des insectes gorgés de jus était titubant, car ces cannes rouges du champ étaient particulièrement enivrantes. Guêpes et abeilles dansaient comme des vagues dans leur labeur bourdonnant. Puis c'étaient les ramasseurs qui mettaient de côté les flèches coupées, plants des moissons futures, ligatu-

---

1. *Andad, hombres !* : En avant les hommes !

raient les cannes en gerbes et les amoncelaient en tas. De grands charrois, menés par quatre bœufs mornes, couplés sous le fléau, allaient et venaient parmi les « Ho ! » et les « Aca ! » des conducteurs. Des Apollon couleur d'airain chargeaient les gerbes sur les chars, au bout de longs tridents, avec des mouvements de reins de discoboles. Enfin, au loin, fumait, toussait, crachait et hurlait le train sucrier qui, dans un battement de bielles, fuyait vers les grandes cheminées de l'usine grise, qui se profilait à l'horizon. Jusqu'à l'air était sucré.

Hilarion avait une barre aux reins. Ce n'était que depuis le matin qu'il coupait les cannes. Josaphat ne l'avait pas trompé. Le lendemain même de son arrivée à Macoris, il avait été embauché à l'usine sucrière. La terre dominicaine semblait accueillante, le travail, s'il était dur, n'était pas difficile, il n'y avait qu'à imiter les autres. Comme dit le proverbe : faire caca comme le chien n'est pas difficile, mais c'est trembler la jambe comme il le fait après qui est le plus dur. En effet, il était déjà immensément fatigué.

Il faut d'ailleurs dire que depuis son arrivée, il avait tellement eu à faire qu'il n'avait pas eu le loisir de penser. Peut-être l'émotion lui coupait-elle aussi les jambes; l'émotion de tout ce qu'il avait quitté, l'angoisse de se retrouver sur une terre étrangère. L'inquiétude aussi d'avoir laissé Claire-Heureuse dans cette ville où elle ne connaissait personne, où elle ne pouvait comprendre que difficilement les gens, alors qu'elle pouvait accoucher d'un moment à l'autre.

Tant de choses s'étaient passées en quelques jours ! Le lendemain de l'incendie, il avait conduit Claire-Heureuse chez Erica Jordan, puis avait couru chez son ami. Là, il apprit que la nuit précédente des gendarmes étaient venus l'arrêter. Hilarion avait erré dans la ville comme un corps sans âme. Puis il avait été à l'atelier s'excuser de n'être pas venu travailler, à cause de l'incendie. Les copains lui avaient rapporté que M. Traviezo avait annoncé que d'ici huit jours il n'y aurait plus d'atelier. Comme quoi un jour de déveine tout vous tombe sur la tête ! La mort dans l'âme, il avait pris la route de Carrefour, à pied, pour économiser les vingt-cinq centimes de la camionnette. Il était tellement préoccupé qu'il faillit se faire écraser dix fois par les voitures.

Claire-Heureuse, pour sa part, le lendemain de la nuit mémorable, était plongée dans une sombre rêverie. Elle avait curieusement réagi quand il lui avait appris l'arrestation de

Jean-Michel... Elle n'avait pas bronché quand il eut dit que l'atelier Traviezo allait fermer.

— Demain, c'est dimanche, avait-elle dit, j'irai voir Jean-Michel à la prison.

— Dans ton état, tu ne devrais pas...

— J'irai quand même, avait-elle répété d'un ton sec.

— Mais tu ne pourras pas passer...

— Je passerai, je le verrai, déclara-t-elle d'un ton péremptoire.

Le lendemain elle partit avec un petit panier contenant un poulet rôti, du riz aux petits pois, un morceau de gâteau au chocolat, des bananes mûres frites et un petit bouquet d'œillets rouges. Elle ne dit pas comment elle avait réussi à le voir. Elle revint tout illuminée, presque joyeuse. Elle raconta peu de choses. Jean-Michel, paraît-il, tenait son pantalon avec ses mains car on lui avait enlevé sa ceinture. Il était de bonne humeur, il riait. Elle ne lui avait parlé ni de l'incendie, ni de la fermeture de l'atelier. Il l'avait blaguée sur son ventre, lui disant qu'elle allait sûrement mettre au monde un hippopotame, qu'on finirait bien par le relâcher, car on ne pouvait rien prouver contre lui. Il lui avait demandé de ne pas manquer l'école du soir, d'y accompagner Hilarion le plus souvent possible. Il avait respiré les fleurs, avait serré Claire-Heureuse dans ses bras en l'appelant petite sœur et embrassée. Elle s'était retrouvée un papier dans la main, Hilarion saurait sûrement ce qu'il fallait en faire. Elle riait et pleurait à la fois en racontant son équipée.

Le chef d'équipe dut rappeler Hilarion à l'ordre. Ses rêveries lui avaient fait perdre la cadence, il s'était laissé distancer d'au moins trois pas par ses camarades. Il dut jouer de la machette avec une vitesse folle et les rattrapa.

Mais nul chef d'équipe ne peut empêcher un homme de rêver. Hilarion était aujourd'hui une chose sans force entre les doigts du souvenir. Il songea encore. Il se revit discutant avec François Crispin, le *viejo* qui avait maintenant un autocar qui faisait la navette entre Port-au-Prince et Santiago de los Caballeros, en Dominicanie. Il repensa à la discussion pénible qu'il eut avec Claire-Heureuse, quand il lui fit part de sa décision irrévocable de partir travailler à Macoris. Ses refus, ses larmes, sa résignation. Il revit le triste jour du départ, Claire-Heureuse embrassant les murs et les arbres du petit jardin de Carrefour qui avait ombragé sa jeunesse, ses caresses aux fleurs, son désespoir d'enfant, ses yeux sans larmes. Il sentit sur son front le baiser mouillé que lui avait donné, pour la première fois, la vieille marraine en lui disant d'une voix blanche :

— Adieu, mon fi...

Le soleil était maintenant à mi-hauteur dans le ciel. Le sifflet du *watch-man* éclata. C'était le repos. Josaphat, qui travaillait dans une équipe voisine, rejoignit Hilarion; ils s'assirent à l'ombre d'un mûrier jaunissant. Des marchandes accoururent vers les travailleurs, elles avaient sur la hanche des paniers pleins de sucreries, de *churos*, de sandwiches et de fruits. Certaines marchandes portaient sur l'épaule de grands alcarazas en terre poreuse; les hommes les appelaient :

— *Ven aca, aguadora, i dame tu botijo !*

Le bec des alcarazas s'inclinait vers la bouche des travailleurs pour les faire boire à la régalade. Le filet d'eau fraîche coulait en ruisseaux aux commissures des lèvres des travailleurs, qui arboraient des sourires satisfaits. Elles étaient belles ces dominicaines vêtues de robes aux couleurs bariolées, court vêtues, montrant des mollets ronds et de fines chevilles. C'était peut-être sur ce point qu'elles pouvaient battre les quelques marchandes haïtiennes qui vendaient, çà et là. Si la vie n'était pas aussi chère, le salaire aussi médiocre, si la coupe des cannes n'était pas si dure, l'existence pourrait être plaisante dans ce pays...

Un des travailleurs avait empalmé sa guitare et s'était mis à chanter. Une méringuée. Pour sûr, c'était aux haïtiens que les dominicains avaient pris la méringuée. Ils l'avaient arrangée à leur façon, y avaient mis un peu de l'odeur de leur terre, de leur caractère national bouillant, de leur goût des couleurs vives. Elle était plus rapide, mais elle restait très proche de sa sœur aînée, la méringue haïtienne. Cette région était curieuse. Les haïtiens y restaient bien haïtiens, ils pensaient toujours à la patrie lointaine, mais ils n'étaient plus les mêmes. Comme François Crispin, ils avaient une façon de concevoir les choses, des gestes et des manières de faire particuliers. Les autres habitants de cette région n'étaient pas non plus comme les autres dominicains. Ils parlaient un langage où le créole haïtien se mêlait au parler dominicain. Certains chants et certaines danses étaient presque les mêmes qu'en Haïti. Ici se mélangeaient deux cultures nationales. Qui sait ce que réserve l'avenir ? Ces deux nations étaient sœurs. Ce que n'avaient pu faire toutes les guerres d'autrefois, ce que ne pourraient jamais faire la contrainte et la violence, peut-être que la vie le ferait. Quelque chose se nouait ici, par le travail, les chants, par les joies et les peines communs, qui finirait par faire un seul cœur et une seule âme à deux peuples enchaînés aux mêmes servitudes.

Les travailleurs s'étaient assis. Un des haïtiens avait sorti un pipeau. La guitare cherchait sur les notes basses une mélodie nouvelle, tandis que le pipeau promenait très haut ses notes acides et claires. Toutes les voix se fondirent. C'était le chant des cannes dures, aux feuilles blessantes, le chant du soleil torride, le chant des jambes brûlées et des torses ruisselants. Ils étaient enfants des mêmes espérances. Le sifflet du *watch-man* interrompit l'improvisation collective.

Alors ils se redressèrent, firent craquer leurs bras, leurs jambes et reprirent leur marche vers l'armée des cannes rouges qui ondulaient à l'horizon.

Hilarion se remit à rêver et à abattre les cannes. Claire-Heureuse était un drôle de costaud ! Elle avait supporté le voyage sans broncher. Maintenant elle devait s'acharner à faire place nette dans les trois pièces où ils gîtaient, Josaphat, elle et lui, grâce à la gentillesse d'une dominicaine à laquelle Josaphat avait rendu service. Maintenant le gosse ne saurait plus tarder; elle avait les yeux creux et le ventre bas.

Quand survint le soir, Josaphat posa la main sur l'épaule d'Hilarion et ainsi, ils firent la route qui les séparait de la ville. Josaphat était rayonnant. Depuis leur arrivée, disait Conception, une voisine, il avait changé; maintenant il ne se sentait plus perdu comme une feuille emportée loin de son arbre par le vent. Une nouvelle vie de famille s'offrait à lui, il avait d'autres personnes de qui se préoccuper, de qui s'inquiéter. Ça lui semblait bon. Ils marchaient sans mot dire.

Quand ils atteignirent la ville, il n'y avait aucun souffle de vent.

— Ici c'est pas comme chez nous, il n'y a pas de vent de mer. Il y a les montagnes pour l'arrêter. Quand il fait chaud, il fait chaud, déclara sentencieusement Josaphat.

Ils se trouvaient devant une pharmacie. Le pharmacien, un gros homme au ventre énorme, vêtu de blanc, se tenait devant sa porte, agitant un éventail de latanier.

— Viens, dit Josaphat.

— Pourquoi ? demanda Hilarion.

— Je te dis de venir, insista Josaphat.

Ils entrèrent dans la pharmacie suivis du bonhomme souf-flant comme un phoque. Josaphat demanda un paquet de bicarbonate.

— *Haïtianos ?* demanda le bonhomme en les servant.

— *Si, somos haïtianos,* répondit Josaphat.

Il leur demanda ce qu'ils étaient venus chercher en Domi-nicanie et pourquoi ils ne restaient pas chez eux. Josaphat haussa des épaules et lui tourna le dos.

— Qu'est-ce qu'il dit ? interrogea Hilarion.

Josaphat se retourna et lui désigna au fond de la pharma-cie une grande photo en couleurs où le generalissimo doctor Raphael Leonidas Trujillo, Y Molina, *benefactor de la patria, salvador del pueblo* et la suite, chamarré comme un paon, faisait la roue. Ils sortirent.

En arrivant dans la petite rue où se trouvait leur maison-nette, ils aperçurent Claire-Heureuse les guettant sur le pas de la porte. Elle leur posa un baiser sur la joue à chacun.

— Tiens, lui dit Josaphat, une femme qui va accoucher doit bien digérer, je t'ai acheté ça. Il faut que tu en prennes après chaque repas.

Hilarion et Claire-Heureuse rirent. Josaphat était tellement content de les avoir avec lui que, pour certaines choses comme celles-là, il agissait avec une autorité qui ne se dis-cutait pas. Il fut gêné de leurs rires.

— Dimanche on ira à la *gaguère* pour faire combattre mon coq, enchaîna-t-il pour changer de conversation.

Il se mit à fouiller dans le tiroir de la table. Hilarion lui demanda de lui passer le bout de crayon et le papier qui se trouvaient dans le tiroir :

— Tu veux faire une partie de trois-sept ? interrogea Jo-saphat.

— Si tu veux, tout à l'heure. J'ai quelque chose à écrire, pour ne pas l'oublier.

Il s'assit et, sur le bout de table, se mit à écrire de sa grande écriture maladroite :

Mon cher Jean-Michel,

La vie est bien drôle. Ne te fâche pas que je sois parti. Ça m'a pris comme ça, d'un seul coup. Le feu avait brûlé la maison, j'avais perdu mon travail, tu n'étais pas là. Alors j'ai fait la seule chose qui semblait nous rester. Pas pour nous, mais pour le petit enfant qui n'avait pas demandé à venir sur la terre, et qui allait arriver... Tu comprends...

.. ..

*
**

— Raouh ! Raouh ! faisait la petite chienne de Conception. Les hommes étaient partis faire un tour dans la ville. Claire-Heureuse avait dû insister pour qu'ils y aillent. Pourtant Hilarion en avait sûrement envie; on ne mangerait que vers huit heures, ils auraient le temps de faire une bonne virée. Claire-Heureuse voulait bavarder un peu avec Conception qui lui avait dit de venir quand ça lui plaisait.

Josefina, la petite chienne, semblait bien mauvaise, toute minuscule qu'elle était. Elle montrait hargneusement ses dents jaunes et pointues semblant dire :

— Eh bien ! toi, la nouvelle, on n'entre pas ici comme dans un moulin !

Les bêtes ne donnent pas facilement leur sympathie, elles vous tournent longtemps autour, vous regardent, vous examinent, surveillent tous vos gestes pour y découvrir les signes de la bonté ou de la méchanceté. Et elles le connaissent, le cœur humain !

Maria de Flores accourut, ramassa Josefina sous son bras et ouvrit la barrière à Claire-Heureuse.

Conception était une femme précocement vieillie, elle ne devait cependant pas avoir plus de quarante-cinq ans. Elle était rentière. Rentière si l'on peut dire, elle vivait des médiocres revenus de deux maisons qu'elle avait acquises du temps de son ancienne splendeur. Une au centre de la ville, la meilleure, l'autre, celle qu'habitait Claire-Heureuse, située en plein quartier populaire, vieille et délabrée. Conception avait trois raisons de vivre qui, au fond, se confondaient, la danse, sa fille Maria de Flores et sa chienne Josefina.

La danse avait été toute sa vie auparavant. Mais après une existence aventureuse durant laquelle elle avait porté dans d'innombrables salles de second ordre de toute l'Amérique latine toute la passion que pouvait contenir son petit corps menu, elle avait eu la carrière stupidement brisée en se cassant la cuisse. La poisse. Elle avait toujours eu la poisse ! Des années durant, elle avait espéré rencontrer l'impresario ou le grand directeur qui ferait d'elle la vedette internationale dont le nom éclaterait « haut comme ça » à la devanture des grandes salles du monde. Elle avait alors trente-cinq ans, toute sa beauté, toutes ses dents, mais aussi les premières rides et les premiers cheveux blancs. Il fallait se dépêcher de triompher ! Elle espérait encore une vingtaine d'années de scène et réussissait, par un entraînement physique forcené, à maintenir la détente, l'agilité, le feu intérieur et même à enrichir sa technique. Elle avait incontestablement un talent certain, preuve qu'elle donnait le grand frisson au public populaire — tellement exigeant — qui était son lot. Mais ce n'était pas ce public-là qui pouvait déterminer le succès. Presque partout, l'art est un commerce, les artistes dépendent de bonzes qui auraient aussi bien pu être marchands de bestiaux ou bookmakers. Toujours est-il qu'elle n'arrivait pas à perdre espoir après avoir sacrifié à ce démon qui la ravageait, toute joie intime, la vie familiale, même l'amour, ce sel de la vie. Jusqu'à Maria de Flores, fruit de l'ivresse d'un soir, avait été sacrifiée. Puis ce fut le stupide accident. Un soir à Tegucigalpa, en exécutant avec une véritable *furia aragonesa* une *jota de Alcaniz*, le plancher de la scène avait cédé. Une méchante fracture multiple, ouverte, le fémur avait éclaté en quatre endroits. L'infection. On avait parlé d'amputation. Le soir même où le chirurgien lui annonça que le membre était sauvé, mais que jamais plus elle ne pourrait danser, on l'avait trouvée dans le coma. Tentative de suicide, gardénal.

Ce fut une terrible lutte pour la sauver. Toujours la poisse ! De nouvelles complications étant survenues : la septicémie. Quand elle se trouva guérie, elle n'était plus que l'ombre d'elle-même. N'était-ce ce vieux chirurgien humaniste, gardien fidèle de vieilles traditions de l'unité de la médecine des corps et de la médecine des âmes, qui mit tout son cœur dans une lente médication contre le désespoir, elle ne s'en serait jamais relevée. Il exhuma de la mémoire de Conception l'existence de cette petite Maria de Flores qu'elle avait oubliée chez sa vieille nounou, à Macoris. Patiemment, le médecin créa à ses yeux le phantasme du feu solaire dormant dans cette petite Maria de Flores, nécessairement promise aux plus hautes aventures dansées, puisque fille de Conception. Et un jour, il se trouva que Conception fut persuadée qu'elle avait toujours pensé se survivre dans Maria de Flores. La passion se ralluma dans son cœur. Les adieux que lui fit Joaquin Olivares, son fidèle impresario, furent touchants. Il donna à Conception la plus belle preuve d'attachement, Josefina, son inséparable chienne porte-bonheur qui les avait accompagnés dans tant de tournées.

La chienne était pour Conception un peu comme l'âme du vieil ami. Cette Josefina-là n'était pourtant pas la vraie Josefina. Avant que la première ne devienne trop vieille, elle l'avait envoyée chez le propriétaire d'un autre chien japonais. De la portée, cette chienne avait été choisie comme la réincarnation de Josefina, et la nouvelle avait exactement pris la place de l'ancienne, sans aucune différence. Pour Conception, en effet, Josefina était éternelle. Elle était l'âme de l'ami dont la vie nous éloigne mais qu'on n'arrive pas à oublier, le témoin de sa fidélité au grand art, son fétiche. Quand elle était seule avec la chienne, elle lui parlait, évoquait des souvenirs, lui disait ses ennuis, et la petite bête l'écoutait, le museau en l'air, semblant la comprendre.

Conception était une simple. Superstitieuse et bonne, jusqu'à en être un peu bête. Enfant de la balle, fille d'un gitan espagnol montreur d'ours et d'une mère dominicaine, danseuse, Conception, malgré son petit pécule, était restée fidèle au peuple. Selon elle, le génie de la danse ne pouvait vivre que sur le terreau des quartiers populaires et ne se nourrir que de la création continue du peuple. Le soir, elle ouvrait toutes grandes les portes de sa maison pour laisser entrer les sons enfiévrés des musiques faubouriennes. Tous ceux qui jouaient d'un instrument populaire, guitare, manubar, bongos, maracas, tambours ou tambourins pouvaient passer le seuil de Conception.

Ce fut par hasard que Josaphat devint un familier de Conception. Josefina avait été perdue il y avait quelques mois, et vraisemblablement volée; on ne l'avait pas vue d'une semaine, chose qui n'était jamais arrivée. Larmes, désespoir, arrachage de cheveux, prières et le reste n'y changèrent rien. Josaphat retrouva la chienne et la ramena. Par ce fait il devint un homme providentiel, à qui il était dû une reconnaissance éternelle. Et quand Conception avait promis, rien ne pouvait y changer.

Conception, qui baragouinait un peu toutes les langues, avait pris, dès son arrivée, Claire-Heureuse sous sa protection. Claire-Heureuse avait été bien contente; seule toute la journée, elle se serait ennuyée à mourir et n'aurait pu se débrouiller.

Conception était à demi couchée sur la galerie qui donnait

sur la cour, dans une chaise longue, l'éventail à la main. Du rhum, de l'eau de seltz et de la glace pilée se trouvaient à portée de main. Sur une chaise, un phonographe lançait les dernières notes d'une vieille *petenera* gitane.

— *Sienta te*, Clara, avait dit Conception en désignant une chaise, tu ne peux pas boire rhum-soda, Maria de Flores va nous chercher du kola.

Elles parlèrent de tout et de rien. La conversation dériva naturellement sur l'accouchement proche. Conception lui promit de lui envoyer une matrone qui était « femme sage » avisée. Grâce à elle, tout se passerait bien. Maria de Flores revint avec le kola et alla s'asseoir au pied de la chaise longue. Conception ronchonna. Maria de Flores était trop paresseuse, de tout l'après-midi elle n'avait pas réussi à bien accompagner cette *petenera* avec ses castagnettes. Que diable ! la *petenera* était un chant, non pas une danse ! Maria de Flores faisait de l'agilité, des galopades, tandis qu'on lui demandait simplement de souligner le rythme pour montrer qu'elle avait bien compris l'esprit de la *petenera*. La castagnette mâle pour la mélodie, la femelle pour l'accompagnement. Elle croyait faire la maligne en transformant la *petenera* en *allegria* !

Maria de Flores haussa des épaules, bouda, sourit en tapinois, et changea le disque sur le phonographe. Une *faruca* puissante monta et la fillette se lança dans la danse, la taille redressée en col de cygne, ses jambes trop frêles d'adolescente, frémissantes, la tête haute, les bras tendus en arrière. Elle avait je ne sais quelle divinité au corps.

Maria de Flores allait sur ses quatorze ans. Comme les filles du soleil, son corps avait cette précocité que dément quelque détail, les jambes ou les bras le plus souvent. Tout le reste était femme. Naturellement, ses yeux en colère, sa bouche fâchée, son rire restaient enfantins, mais on aurait pu s'y tromper. Les récits de sa mère, les échos de la vie des grands danseurs, la musique, la danse avaient constitué le plus clair de son éducation. Elle avait été à l'école juste ce qu'il fallait pour ne pas être trop gourde. Cela ne l'intéressait d'ailleurs que fort peu; elle avait aussi fini par se croire prédestinée à la danse. L'éducation contradictoire que lui avait donnée sa mère — menée à la trique pour la danse, trop gâtée pour le reste — lui avait façonné une personnalité primesautière, fantasque même, avec une pointe de vanité qui, cependant ne cessait pas d'être attachante. Jamais elle n'était attirée, comme les gamines de son âge, vers la campagne avoisinante, les bois odoriférants, les bains de source, les pique-niques et autres cabrioles. Danser était sa manière de faire des folies, sa manière de gambader, sa manière d'être enfant. Quand elle jouait, elle improvisait à partir de la danse aux poignards dominicaine, de quelque boléro, sinon d'une *buleria flamenca,* au grand scandale de sa mère. Naturellement, avec ça aimant aller au bal, courir les cinémas et déjà coquette avec les garçons, mais elle avait, d'un cœur léger, choisi entre l'amour et la danse. Sa mère était pour elle un copain, mais aussi une vieille statue de la danse tendrement aimée et secrètement admirée, une sorte de coryphée.

Telles étaient les amies de Claire-Heureuse sur cette terre dominicaine qui l'angoissait quelque peu par sa nouveauté. Le fait de ne pas être isolée dans ce pays commençait à remettre un peu de calme dans son cœur. Oui, sur une terre étrangère, l'amitié est infiniment précieuse. Une terre étrangère apparaît au début en dehors du monde, puis, quand un visage se rapproche, le pays se rapproche. Alors l'esprit compare, l'être se laisse émouvoir, une joie timide commence à palpiter le cœur. Les hommes sont tous à la recherche du bonheur, telle est la commune mesure de chacun. Ainsi Conception, malgré toutes ses extravagances recherchait le sien, dans la volonté de faire revivre son fantôme. Maria de Flores était comme les enfants de partout, sincère et droite, bouillonnante d'un grand idéal d'action, recherchant le nouveau, pressée de connaître la vie et le rêve, peut-être un peu toquée. Une enfant quoi ! Elle-même, Claire-Heureuse avait été comme ça. Non, ce pays ne pouvait pas ne pas être une terre humaine.

Elle but le kola qui pétillait dans son verre. C'était bon par une telle chaleur. Maria de Flores était venue s'asseoir à côté d'elle. Elle lui avait demandé quelque chose qui semblait la démanger depuis quelque temps :

— Ça ne te fait pas mal d'avoir un si gros ventre ?...

Elles rirent de sa naïveté. Il commençait à faire nuit, les hommes ne tarderaient plus. Conception raccompagna Claire-Heureuse tandis que Maria de Flores courait derrière une balle qu'elle lançait. La chaleur commença à tomber. Là-bas, à Port-au-Prince, les marchandes de fritures devaient s'installer sous les réverbères des quartiers populaires. L'avenue Républicaine était maintenant calme, les montagnes de l'horizon bleuissaient.

‎⁂

Macoris est une petite ville proprette enserrée dans l'exubérante nature tropicale avoisinante. Toute la vie de Macoris tient au sucre. L'usine sucrière est son cœur. Que deviendrait la ville si les milliers de travailleurs du sucre n'étaient plus là ? Les bars et les boîtes de nuit, les boutiques fermeraient certainement leurs portes; les filles de joie qui encombrent les rues, les souteneurs, les trafiquants et toute la racaille devraient chercher fortune ailleurs. Ce serait la mort lente. Peut-être quelques touristes hispanisants viendraient encore voir les ruines rongées d'herbe de l'église coloniale, ou tel autre vestige de l'époque colombienne, mais ce serait fini.

Macoris, mis à part le sucre, ne se différenciait pas des autres villes de province dominicaines. Une ville stérilisée, en plein essor, comme ces nains figés en pleine croissance. Elle ne grandissait pas, elle ne vivait pas, elle épaississait, essayant de survivre à la syphilis fasciste qui rongeait ce pays généreux. Les entreprises sucrières impérialistes ne lui avaient apporté que de monstrueuses excroissances de faubourgs malsains. Au cœur de la ville, les petites maisons étaient rangées sagement le long des rues, comme des petits vieux dans un asile. Tout était terne comme est terne toute la petite bourgeoisie provinciale dominicaine, qui s'étiole à la recherche incertaine du pain quotidien. Comme les autres, elle avait sa place Trujillo, sa rue Ramsès-Trujillo, sa laiterie Trujillo, son école Trujillo, ses gamins illettrés courant dans les rues, son curé disant au prône que le bon Dieu est grand et que Trujillo est son prophète. Adjoindre à tout cela son orphéon militaire pour le concert bi-hebdomadaire, les fringants officiers de l'armée trujilliste, sa meute de policiers arrogants et brutaux, et on aura fait le tour de ce qu'il y avait à y connaître. Une ville sans horizon sous la botte du fascisme trujilliste et de l'impérialisme yankee, maîtres des usines sucrières environnantes.

Josaphat eut vite fait de montrer à Hilarion ce qu'il y avait à voir. Josaphat était bavard ce soir. Il racontait mille et une histoires du dernier carnaval. C'était beau, c'était grandiose. Petit paysan de Léogane, il n'avait d'autres termes de comparaison que la fête des Raras où, le vendredi-saint au carrefour Ça-Ira, toutes les bandes de paysans masqués se donnent rendez-vous, selon les traditions vivaces transmises par les Indiens Chemès. Il avait gardé une impression inoubliable de ce carnaval citadin. Puis son enthousiasme tomba brusquement. Il s'était mis à penser aux plantations, au travail, aux *watch-men*. Il y en avait un auquel il fallait faire attention, celui qu'on appelait Escudero.

— Celui qui a une cicatrice sur la joue ? demanda Hilarion.

— Lui-même.

— Il n'en a pas l'air.

— Mais il en a la chanson, reprit Josaphat. Ainsi, il y avait dans mon équipe, un brave gars, Paco Torres. Parlez-moi d'un bagarreur ! A chaque fois qu'on avait besoin de demander quelque chose, c'est lui qu'on envoyait. Il y a deux semaines, on parlait de *huelga,* de grève. Naturellement, Paco était d'accord et nous disait d'y aller. Eh bien ! c'est Escudero qui l'a fait renvoyer. Puis le grand patron américain nous a rassemblés, il nous a dit que c'étaient les rouges qui voulaient nous faire faire la grève, qu'on renverrait tous ceux qui étaient en rapport avec les rouges. Personne ne sait d'ailleurs ce que c'est ces rouges. Enfin, il a dit que de toute façon, si on faisait la *huelga,* il y avait d'autres travailleurs pour nous remplacer.

— Et alors ? questionna Hilarion intéressé.

— Alors, on ne l'a pas faite. Parce qu'on était à la fin du mois et que personne n'avait d'argent. Ensuite on s'est dit que si les patrons étaient prêts pour la *huelga,* c'était pas le moment... Il faut dire aussi que c'était plein de gendarmes partout et que personne ne voulait commencer...

Ils se turent un long moment et marchèrent chacun avec ses pensées.

— Tiens, c'est là qu'habite Paco Torres, reprit Josaphat.

— On entre le voir ?

Josaphat battit des yeux apeurés. Evidemment, il fallait être fou pour vouloir prendre contact pour le moment avec un type comme Paco Torres. Si on les voyait avec lui ils perdraient sûrement leur place.

— Peut-être n'est-il déjà plus là... Il doit être parti... essaya Josaphat.

— On va voir !

— Tu sais..., recommença Josaphat incertain de ce qu'il fallait dire.

— On l'a renvoyé pour ce qu'il a fait pour nous tous, non ? Aurais-tu peur ?

L'argument parut péremptoire à Josaphat. Oui. c'était vrai. Jamais un véritable nègre d'Haïti n'abandonne un camarade dans le malheur. Quand il y eut le tremblement de terre, des types étaient morts pour en sauver d'autres. Quand lui-même avait dû s'enfuir, il avait toujours trouvé un toit chez tous les paysans auxquels il s'était adressé.

Ils frappèrent aux jalousies. Paco, un rougeaud, colosse de deux mètres de haut, vint leur ouvrir. Il sourit de toutes ses dents quand il les vit. Son énorme voix de basse retentit comme l'écho dans une cathédrale :

— *Es un compañero, un hombre del azucar !* dit-il joyeusement en se retournant vers un homme qui était assis au fond de la pièce devant une petite table.

Il leur écrasa tour à tour la main dans la sienne, puis désignant Hilarion :

— *Un hombre del azucar ?* interrogea-t-il.

Ils firent signe que oui. Paco était ravi.

— Je savais bien qu'ils viendraient, dit-il à l'homme qui était assis. Ils sont venus avant mon départ. Les travailleurs du sucre ne lâchent pas les copains !

L'homme qui était assis tendit la main. C'était un petit homme maigre, un mulâtre très clair avec des lunettes qui faisaient ressortir ses yeux creux. Hilarion vit sur la table un livre relié en toile bleue sur la couverture duquel une tête se détachait en médaillon. Il le prit entre ses mains. Il avait vu le même chez Jean-Michel, mais celui-ci était écrit en espagnol. Un sourire erra sur ses lèvres :

— Lénine, fit-il, en désignant la tête du doigt.

— Tu connais Lénine ? interrogea l'homme un peu surpris.

Hilarion le regarda dans les yeux. Ça devait être un rouge, comme ceux de Cuba dont François Crispin lui avait parlé.

— J'étais en prison avec Pierre Roumel, déclara-t-il fièrement.

— Où est maintenant Pierre Roumel ? interrogea l'homme dressé et souriant.

— On l'a obligé à partir.

Ils se turent. Paco fit asseoir Josaphat et Hilarion, apporta des verres et versa du rhum.

— Tu vas t'en aller ? demanda-t-il au petit maigrichon.

— Non, je reste, ce n'est pas aujourd'hui qu'on m'arrêtera. Et puis ce n'est pas tous les jours qu'on a l'occasion de causer avec les travailleurs du sucre.

L'appellation sonnait « fière » dans sa bouche; puis se tournant vers Hilarion :

— La vie est étrange, murmura-t-il, l'homme ne perd jamais le fil d'un ami ! Serais-je mort, que l'un de nous, ou un autre que nous connaissons ferait nécessairement savoir à Pierre que nous parlions de lui un jour, ici à Macoris. Et je ne serais pas tout à fait mort, je vivrais dans le souvenir, de par le vaste monde !... La dernière fois que j'ai vu Roumel, c'était en Allemagne, il y a plus de dix ans ! Ce jour-là à Hambourg, les dockers se battaient contre les policiers de Noske... Thaelmann nous a fait pleurer quand il nous a parlé des malheurs de l'Allemagne. C'était comme si on nous parlait des malheurs de nos propres pays. Ni Pierre ni moi n'étions encore communistes à ce moment... On a fait chacun notre chemin et voilà qu'on se retrouve sans nous revoir... Je sais que Roumel est arrivé à fonder le parti là-bas. Ici, nous en sommes encore loin... Toi, tu étais du parti ?...

— Non..., fit Hilarion.

— Mais tu étais avec Roumel, je sais ce que ça veut dire, ça suffit. Vois-tu, je devrai bientôt partir. J'ai les hommes de Trujillo aux fesses ! Et toi aussi Paco, tu es brûlé ici, tu devras t'en aller dans une autre région, sinon t'exiler... Si nous voyions ce que l'on pourrait faire pour embêter Trujillo avant de partir ?... Ça va être de plus en plus dur pour les hommes du sucre ! Ça va mal pour le Chacal. Les exilés dominicains font du bon travail à Cuba et au Venezuela, mais ce sont les travailleurs d'ici qui peuvent décider de la bataille. De cette bataille peut sortir le parti que nous voulons... S'ils ont chassé ceux qui menaient la lutte dans l'usine et les plantations, c'est qu'ils veulent vous en faire voir de toutes les couleurs. Mais si vous savez être unis, vous êtes capables de leur donner une leçon. Que diable ! nous sommes quelques types ici qui peuvent mener la lutte à vos côtés. C'est de ça que sortira le parti, Paco...

II

Claire-Heureuse avait mangé, la veille au soir, un énorme
plat de pois congos. Une envie. Hilarion avait bien essayé de
la persuader que c'était trop indigeste pour le soir et que ça
pouvait lui faire mal, mais elle n'avait pas voulu en convenir.
Josaphat, pour sa part, l'incitait, mine de rien, à faire ce qui
lui plaisait. Paraît-il, les envies de pois congos étaient terribles. Sa mère racontait qu'elle avait connu une femme qui,
n'ayant pas satisfait une envie de pois congos, accoucha d'un
véritable petit monstre, à la peau couverte d'une foule de
petits globes jaune verdâtre...
  — Tu entends ce que dit Josaphat ! Quel homme contra-
riant tu es, Hilarion ! Ces pois congos ont parfaitement crevé...
  Et patati, et patata. Claire-Heureuse mangea ce qu'elle
voulut. Puis on décida de faire une promenade. Il faisait une
nuit splendide, une nuit calme et lumineuse, passementée
d'étoiles et d'astres, une nuit qui augurait d'un beau dimanche pour le lendemain. La lune était transparente, si transparente que leurs cœurs simples s'en émurent. Cette lune se
livrait à leurs yeux telle qu'elle s'était donnée à l'imagination
des vieux nègres-poètes d'Afrique, les griots inventeurs de
légendes. Une telle clarté appartenait au merveilleux, et êtres
de vraie poésie, ils s'y abandonnèrent. Etait-ce un bonhomme
portant son paquet de bois sur la tête ainsi qu'on le disait en
Haïti, ou un lapin, comme prétendaient les cubains de
l'usine, qu'on voyait dans la lune ? Claire-Heureuse était pour
le lapin, Josaphat tenait pour le bonhomme. L'un et l'autre
protagonistes tiraient Hilarion par la manche pour l'amener à

son parti, mais il ne voulait pas répondre. Ce charme était trop fragile. Il héla une marchande de cacahuètes grillées et en acheta. Ils marchèrent longtemps. Claire-Heureuse renâclait un peu, mais Josaphat, qui conduisait l'expédition, ne voulait pas entendre parler de rentrer. La nuit avait un goût de bonheur.

Parfois ils croisaient un ivrogne à la démarche valsante ou quelque belle de nuit au regard insistant. Alors, ils détournaient la tête vers le ciel. Les étoiles ont chacune une couleur. Elles forment des guirlandes de fête. La voie lactée, grande écharpe de fumée, enroule et déroule ses volutes sur le satin broché tendu au-dessus de leurs têtes. Un grand oiseau de nuit décrit des cercles dans le ciel.

La cloche d'une église se mit à chanter l'heure d'un baryton d'airain aussi vaste que la nuit. Ils s'arrêtèrent. Ce carillon dans sa puissance toute sereine, chaude pluie de larges gouttes tremblées, avait quelque chose d'inhumain qui leur glaça le cœur. Les joies d'aujourd'hui sont si contradictoires, si maigres ! Leur joie était trop superficielle, trop fugace pour être accompagnée de la plénitude des cloches. Le chant des clochers est à l'échelle de l'avenir, il chante des miracles, et l'homme d'aujourd'hui n'arrive pas à concevoir le bonheur et l'avenir. La nuit, les cloches prennent toute leur force. Leurs voix roule sans être ternie de parasites. On l'entend, comme un cœur, battre, se gonfler, déferler, se répandre, s'amenuiser, mourir toute vive. Déjà morte et encore vibrante quand survient le nouveau son théâtral, avide, hypertendu de boire le vibrato qui s'épuise. Le dernier coup développa sa tessiture jusqu'aux confins de la brise. Enfin ils purent repartir, anxieux de l'entendre ressurgir au tournant de la rue silencieuse.

Ils restèrent longtemps à regarder un bal qu'ils rencontrèrent sur leur chemin. Ce bal avait lieu chez une certaine Consuelo Morales, une grande femme brune, taillée en homme, qui, assise devant une table, en travers de la barrière, un gourdin entre les jambes, faisait le contrôle, le cigare aux dents. C'était un bal du genre qu'on appelait en Haïti « douze et demi », parce que les hommes payent douze centimes et demi la danse et les femmes rien. Un bal honnête, mais que les gens « bien » considèrent comme mal famé, les jeunes gandins de la haute s'y arrogeant le droit de peloter les filles du peuple.

Des groupes de jouvenceaux rôdaient autour de la barrière. Leurs belles étaient sûrement à l'intérieur et ils n'avaient pas assez d'argent pour entrer ! Leurs mines anxieuses étaient fort comiques. Ils voyaient en effet l'heure avancer et craignaient d'être supplantés auprès de leurs amoureuses par quelque joli cœur plus fortuné. Les couples tournoyaient sous les tonnelles des bougainvillées, joue contre joue, savourant leur jeunesse et leur joie de vivre. Consuelo était plus vigilante que jamais. Deux groupes de jeunes gens se concertèrent pour mettre sur pied un plan de resquille.

De fait, bientôt Consuelo poussa un cri, abandonna la barrière et courut vers un mur latéral que nos gaillards étaient en train d'escalader. Alors un autre groupe lança une attaque frontale et commença à sauter par-dessus la table. Consuelo hurlait comme une folle. Les gars s'étaient déjà faufilés dans la salle, et seuls quelques lourdauds se firent pincer. Un seul resta aux mains de Consuelo et de ses acolytes. Les autres s'enfuirent et se rassemblèrent dans la rue pour voir ce qui allait advenir de leur copain.

Le prisonnier était presque un gosse. Il pleurnichait hypocritement. Après l'avoir secoué comme un prunier, Consuelo le laissa échapper et rejoindre ses amis. Elle savait bien que tous étaient ses clients, la prochaine fois, s'ils avaient des sous, ils payeraient. Elle faisait ça pour le principe, car elle aimait régler ses affaires elle-même, sans les cochons de flics.

Un capitaine s'était trouvé dans le groupe des resquilleurs malchanceux.

— *Vamos, muchachos !* On ne pourra plus entrer, il y a bal chez Luz-Maria, on ferait mieux d'y aller !...

— *Hasta la vista,* Consuelo ! crièrent-ils en chœur.

Et leurs rires revenus, cascadants, éclatèrent dans la bousculade. Turbulente jeunesse !

♣

On avait marché dans la pièce. Hilarion se dressa :
— Qui va là ?

Il n'eut pas de réponse. Il regarda à côté de lui, Claire-Heureuse n'était pas dans le lit. Il se leva à son tour. Claire-Heureuse était dans la salle à manger fouillant dans le buffet.
— Que fais-tu là ?
— Va te coucher, je suis venue chercher du bicarbonate.
— Tu vois, je l'avais bien dit de ne pas manger ces pois congos. Maintenant tu es malade. La peste de la femme têtue !

— Va te coucher, je ne t'ai pas appelé, laisse-moi tranquille...

Elle faisait dissoudre le bicarbonate de soude dans un
verre d'eau. Hilarion haussa des épaules et s'en fut se coucher. Claire-Heureuse revint s'allonger.

Cette lourdeur sur l'estomac était pénible, elle respirait
mal et n'arrivait pas à se rendormir. Elle sentit une crispation lointaine traverser le bas-ventre, ramper, s'irradier et
s'évanouir. Hilarion avait eu raison ces pois congos faisaient
leur travail. Si elle allait être malade ? Elle s'irrita contre
elle-même, la veille elle avait lavé tout son linge et comptait
le repasser le lendemain. Les hommes n'avaient pas une seule
chemise propre !

La barbe ! Et déjà Hilarion qui se mettait à crâner, à faire
le prophète et à la regarder avec les yeux du « si tu m'avais
écouté ». La morsure revenait comme une chatouille énervante. Elle remua. Hilarion s'accouda. Elle fit semblant de
dormir.

Elle se remit à penser à Hilarion. Il était émouvant le bonhomme, il était là, aux aguets. Dès qu'elle semblait malade,
il était ainsi, tourmenté et maternel. Peut-être même se faisait-il des idées ? Jamais pourtant on n'avait entendu dire
qu'une indigestion fasse tort à une femme enceinte. Qui sait, il
s'imaginait peut-être que c'était l'accouchement qui commençait...

Une nouvelle crispation contracta son ventre, si brusquement que dans sa surprise, un gémissement lui échappa.

— Pas besoin de te cacher, je t'ai entendue. C'est bien
fait ! Les pois congos t'ont gonflée, je t'avais prévenue...

Ils se chamaillèrent à voix basse pour ne pas réveiller Josaphat qui dormait dans la pièce voisine.

— Le bicarbonate ne fera rien. Je vais te faire une infusion de feuilles de cachiman...

En cherchant la lampe à alcool, Hilarion la fit tomber, Josaphat se retourna sur sa couche. Il s'était réveillé et cria :

— Qu'est-ce qu'il y a ?...

— Rien, tu peux dormir.

Josaphat se ramena.

— Qu'est-ce qu'il y a ? reprit-il,

— Rien, Claire-Heureuse a une indigestion avec ses pois
congos. C'est de votre faute à tous deux.

L'infusion était prête. Josaphat conseilla de ne pas la su-
crer mais de la saler. C'était âcre et amer à la fois. Claire-

Heureuse fit la grimace, mais avala jusqu'au marc pour ne
pas contrarier Hilarion qui n'était déjà pas content.

Une demi-heure se passa, Claire-Heureuse se tournait et se
retournait sur le lit. L'infusion ne semblait rien faire.

— Montre-moi où tu as mal, demanda Josaphat intrigué.

Elle désigna du doigt le bas-ventre.

— Et ça ne te donne pas envie d'aller au cabinet ? C'est
drôle !

Elle nia de la tête. Josaphat réfléchissait. Claire-Heureuse
gémissait, parfois, ne pouvant se retenir.

— Je crois que les pois congos ne sont pour rien dans cette
indigestion-là, c'est l'enfant que tu n'arrives plus à digérer !
Je crois que ça y est. Je vais prévenir Conception et courir
chez la sage-femme. Toi, allume le feu et fais bouillir de
l'eau, beaucoup d'eau. Prends les prières et fais comme je
t'ai expliqué. Je reviens tout de suite...

Hilarion courut à droite, courut à gauche cherchant la
bassine à linge pour mettre l'eau à bouillir. Il la découvrit
enfin. Il usa toute une boîte d'allumettes pour allumer le
charbon de bois rangé dans un réchaud de fer. De temps en
temps, il rentrait en courant pour voir comment allait Claire-
Heureuse.

A l'annonce du travail, Claire-Heureuse avait été surprise.
Ça ne pouvait pas être comme ça les douleurs de l'accouchement ! Dès qu'elle sentit venir la contraction, elle eut peur,
se recroquevilla et se mit à crier. Hilarion accourut. Elle le
regarda avec des yeux méchants :

— Pourquoi tu viens me regarder, toi ? Qu'est-ce que tu
viens chercher ? Va t'occuper de l'eau !

Elle aurait bien voulu quelqu'un auprès d'elle, mais pas
Hilarion. Que pouvait-il comprendre à son mal ? Rien que
de la regarder, il l'énervait, il lui semblait même que ça exa-
gérait ses douleurs. Les hommes sont toujours là à vous
regarder avec l'air de se demander si ça fait vraiment si mal !
Il lui aurait fallu une femme déjà mère avec qui échanger
un regard chargé de sens, un regard complice. Une femme
qui saurait ce que c'était, qui la consolerait en lui parlant
de ses propres expériences, qui dirait par exemple :

— A mon premier, c'était comme ça, au second c'était encore plus dur, mais pour les autres ce n'était déjà plus pareil...

De femme à femme, à ces moments-là, s'établit une conni-
vence occulte, faite de clins d'yeux furtifs, de hochements
de tête, de gestes apitoyés. Les hommes sont bannis de cette

intimité-là, seraient-ils médecins. Certes, ils peuvent connaître la bonne marche du travail et savoir ce qu'il faut faire, mais à aucun moment on ne leur accorde la clairvoyance du processus mental de l'accouchement et de la douleur. Ils sont presque des ennemis parce qu'apparaissant comme les favorisés de la reproduction de l'espèce.

Claire-Heureuse avait un immense émoi, fait non seulement de l'expérience nouvelle et du complexe social qui était attaché au mystère de la procréation, mais encore de toutes les craintes accumulées par les incertitudes de la vie. La quasi-solitude dans un pays mal connu, l'insécurité des lendemains et puis la voyance douloureuse de ce petit être lâché dans l'aventure de cette vie déjà si dure pour les grands. Elle avait donc épouvantablement mal.

L'attente de la prochaine douleur la faisait déjà trembler. Une angoisse lui partait de la gorge, parcourait sa poitrine et l'animait de grands frissons solennels. Les minutes coulaient une à une. C'était comme un rêve éveillé et dolent qu'elle vivait. Le tambourinement de la pendule à ses oreilles aiguisait sa crispation comme feraient les dents agacées par un fruit trop acide ou un son désagréable.

Quand venait la douleur, c'était une véritable libération qui s'accentuait par le cri libre. Un cri qui était un délice parce qu'il semblait annoncer l'expulsion prochaine, mais aussi un gouffre vertigineux.

Un kaléidoscope d'images ! Le visage de la vieille marraine lointaine, ridé, tourmenté, inquiet. Les grands arbres ondulants du jardin de sa jeunesse. L'inconcevable idée de sa nudité qui serait bientôt exposée aux regards sous la lumière crue de la lampe. Ce Josaphat marchant, peut-être sans se presser comme il avait promis. Le rivage marin de sa première leçon d'amour. De l'eau, de l'eau, beaucoup d'eau bleue. Les bruits amplifiés de la maladresse d'Hilarion. Tous les jeux de poupée à venir avec ce bébé de sa chair. L'impression que lui ferait une bouche d'enfant goulu sur ses seins. La citronnelle verte qui jadis embaumait la maisonnette de la rue Saint-Honoré et qui, dans cette occasion, ferait de si bonnes infusions calmantes. L'amour qui, dorénavant, changerait de forme et de couleur. La soif...

Comme Conception entrait, on entendit un grand cri dans la chambre. Ils accoururent.

L'enfant était là, visqueux, ridé, vagissant. Un garçon. Ce fut Conception qui réussit à allumer le feu avec une lampe.

✿

Dans ce crapaud gesticulant, miaulant, couvert de graisse animale, d'où pendait le cordon ombilical, anguille verdâtre et gluante, reposait la continuité de la vie. De nouveaux actes, de nouveaux espoirs, de nouvelles luttes.

Le regard qu'échangèrent le père et la mère fut un regard de paix, d'intelligence et de remerciement. La maternité possédait la mère, la faisait rayonner de son triomphe. Gisante, brisée mais souriante; forte et enivrée. Les femmes s'agitèrent autour de l'accouchée et ne laissèrent au père stupide que la fortune de ce seul regard. Elles poussèrent l'intrus hors de la chambre.

Il suait à grosses gouttes. Il avait besoin d'un peu d'air. En sortant, il jeta un coup d'œil sur la glace. Elle lui renvoya une méchante image de lui-même. Etait-ce ce même front un peu bombé qu'avait l'enfant ? Ça ne pouvait être qu'une illusion ! Certes ce mélange de Claire-Heureuse et de lui-même était quelque peu déconcertant. Etait-ce aussi une illusion ? Pourtant il croyait à ce mélange, ainsi le nez, la bouche, les pommettes lui paraissaient pleins de contradictions. Peut-être, s'il le disait aux autres, se moqueraient-ils ? La nature était une belle et grande chose.

Puis sa pensée revint à lui-même. Bientôt un petit être viendrait se mêler à ses jambes. Le mot de papa serait bredouillé et chatouillerait son cœur. Pendant longtemps on ne sent pas l'âge venir, on veut même vieillir. Pour échapper à l'adolescence, que ne ferait-on pas ! On recherche tous les signes extérieurs de l'âge adulte, on fait des bêtises, on se met à fumer, on boit de l'alcool en s'efforçant de ne pas tousser. Par goût, mais surtout par vantardise, on court les filles, puis on est soi-même pris au piège. Le miracle de l'amour. On prend femme. Les soucis deviennent plus nombreux, plus difficiles à surmonter. La vie empêche de faire des tas de choses qu'on aime, puis un jour on s'aperçoit qu'on s'en détache insensiblement. Adolescent, on rageait de ne pas avoir d'argent pour aller au bal, on rageait quand on ne pouvait aller au cinéma, un après-midi passé à la maison était une chose affreuse. Puis l'indifférence atteint les choses les plus aimées. Le vitriol de la vie exerce son action corrosive. Un enfant naît. On commence à se rendre compte qu'on n'est pas autrement fait que les autres qu'on considérait comme des vieux, des radoteurs, des rabat-joie. Comme eux on passe par le même chemin. Et la constatation de la marche des ans vous plonge dans une grande rêverie ! On racontait qu'une jeune fille de Puerto-Plata avait eu un gosse et qu'à sa sortie de l'hôpital, sans ressources, elle l'avait étranglé, puis s'était elle-même ouvert le cou. On les avait trouvés tous deux enlacés sur le perron de l'église, couverts de sang. Jean-Michel aurait dit que c'était une pauvre fille sans cervelle, mais ça démontrait tout de même quelque chose. Pour cette fille, le bonheur de son enfant comptait plus que sa propre vie.

Le ciel est là, pâlissant, avec des teintes irisées. Demain il sera bleu, puis multicolore, puis noir, et tout recommencera. Si c'est vrai qu'il y a un Bon Dieu dans le ciel, il ne doit s'occuper que de son ciel celui-là. Les nègres d'autrefois ont vu naître leurs enfants sous les fouets des blancs, puis ils ont chassé les blancs. C'était le vieux rêve de générations de nègres. Fallait-il vivre pour les enfants à naître ? Etait-ce là le vrai sens de la vie ?

*
* *

On disait que le capitaine Arismendi Trujillo, le propre frère du Chacal, était en fuite. Il avait conspiré. La vieille mère du dictateur s'était jetée aux pieds du généralissime fou de rage et avait aspergé ses bottes de larmes pour obtenir la vie sauve pour son fils. Trois colonels avaient été égorgés dans leurs lits par les sbires du Chacal. La police de Trujillo était bien faite. Il faisait épouser aux gradés les plus importants de son armée ses anciennes maîtresses. Ainsi, c'étaient les femmes qui surveillaient les maris et les dénonçaient au besoin. Des enfants, au sortir de l'école, avaient manifesté. L'armée avait tiré à la mitrailleuse, allongeant une cinquantaine de petits cadavres dans la rue.

Paraît-il, le plan d'Arismendi avait été établi avec certains exilés. La révolte devait éclater à Santo-Domingo, tandis que les exilés débarqueraient dans la région de Puerto-Plata, non loin de la frontière haïtienne. Mais l'ambassadeur américain avait averti le Chacal que deux bateaux venant du Venezuela et de Cuba, chargés d'une petite armée d'exilés étaient signalés. La police du Chacal avait fait le reste.

Les exilés n'avaient pas débarqué. A Macoris, les murs avaient été recouverts de graffiti contre Trujillo. Sous les portes on trouvait des tracts. Des camions chargés de soldats patrouillaient la ville, l'arme en arrêt.

∗∗

Les équipes de travailleurs avaient déjà pris les outils quand une voiture lancée à toute allure entra à même le champ. Quatre personnes se trouvaient dans la voiture. Un des occupants de la vieille Ford ouvrit la portière et se dressa debout sur le marchepied. C'était Paco Torres, le coupeur de cannes qu'on avait renvoyé quelque temps auparavant.

— *Compañeros...*

Les travailleurs accoururent et entourèrent la voiture. Paco Torres parla. Il dit leur misère, leur faim, les salaires de famine. Il dit les massacres perpétrés dans la capitale. Des cris saluèrent le récit des crimes du Chacal. Paco Torres les arrêta du geste. Le peuple avait les yeux tournés vers les travailleurs du sucre. Déjà les travailleurs avaient déclenché la *huelga* dans la région de Samana. Il fallait que tous les travailleurs du sucre se dressent pour défendre leur pain, car on parlait de réduire les salaires. On ne leur demandait pas de faire de politique, mais de réclamer pour obtenir des salaires convenables. Le moment était favorable. Trujillo tremblait derrière les vitres de son palais. La *huelga* pouvait être victorieuse, elle le serait. Ils étaient forts; les travailleurs des autres plantations les suivraient. Il fallait imposer de meilleurs salaires par leur unité. Cette plantation n'était qu'une partie, une faible partie des domaines sucriers, mais elle pouvait devenir le levain qui ferait monter la pâte.

Des remous traversaient la masse compacte des travailleurs. Les *watch-men* stridulaient l'air de leurs sifflets pour appeler au travail. L'incertitude la plus complète régnait dans les rangs des hommes du sucre. Les travailleurs haïtiens surtout hésitaient. Ils étaient en terre étrangère, et puis, pour le plus grand nombre, ces mots étaient nouveaux. Hier encore paysans avec un lopin de terre, puis ruinés, ils n'avaient pas un sou vaillant devant eux.

Paco comprit leur hésitation. Le bras dressé, il s'adressa à eux :

— *Compañeros haïtianos*, vous devez marcher avec nous ! Ici on veut vous faire marcher comme des chiens. Ne vous mettez pas en travers du mouvement, ça permettra à Trujillo de répandre de nouvelles calomnies sur les haïtiens ! Jamais les travailleurs du sucre ne seront divisés, frères dans le travail, nous resterons frères dans la lutte ! Les haïtiens

ont maintes fois montré qu'ils n'acceptent pas d'être esclaves !
dominicains et haïtiens unis, nous imposerons aux américains de la compagnie de nous donner le pain de nos enfants !...

Les *watch-men* s'étaient retirés à l'écart et se concertaient.
Escudero, le *watch-man* porto-ricain qui avait une grande
balafre sur la figure, s'agitait dans leur groupe avec de grands
mouvements de bras, comme un diable dans un bénitier.

Les hommes étaient suffoqués par l'audace de Paco Torres.
Ils se mirent à crier, à lancer des phrases à l'adresse de Paco :

— Et si on ne nous reprend pas à l'usine ?...

— Hé, Paco, va pour la *huelga !*

— Avec quoi donnerai-je à manger à mes gosses pendant
la *huelga* ? J'en ai sept, moi !...

Paco s'était mêlé au groupe. Devant toutes ces questions
auxquelles il ne pouvait répondre à la fois, il sauta de nouveau sur le marchepied de la voiture et arrêtant le tumulte
du geste, il s'apprêta à parler :

— *Compañeros....*

Le mot s'étrangla dans sa gorge. Un coup de feu avait cla-
qué. Une petite tache rouge marquait la poitrine de Paco,
s'élargissait sans cesse; elle illumina bientôt la chemise blanche d'un grand soleil rouge. Il essaya encore de parler, le
bras droit sur la poitrine, tandis que la main gauche se cris-
pait désespérément sur la capote de toile noire de la vieille
Ford :

— *Compañeros...*

Un sourire erra sur son visage et il tomba, la face contre
terre, avec un grand cri. Un homme sortit de la voiture, se
pencha sur Paco et le retourna. La bouche béante laissa couler un flot de sang. Les bras en croix, il gisait les yeux grands
ouverts. Il était mort.

Des coups de feu claquèrent sur la voiture. L'homme sauta
dans la Ford qui démarra dans un grincement.

Les *watch-men* tirèrent encore sur la voiture, Escudero en
tête. Un pneu avait crevé. La voiture brimbalant sur sa patte
cassée disparut au tournant de la route.

Les travailleurs étaient silencieux, les yeux rivés au cadavre
souriant. Escudero les bouscula, avança vers le corps et le
souleva à demi.

Un homme bondit vers Escudero et d'un grand coup de
pied au visage l'envoya rouler à cinq pas de là, le visage en
sang. L'homme prit le corps de Paco sur ses bras étendus,

la tête renversée en arrière montrait des dents rouges, les jambes molles du cadavre lui battaient les cuisses.

Les travailleurs du sucre s'avancèrent après lui vers le groupe des *watch-men* interdits. Ils regardaient cloués sur place, puis se mirent à courir, suants de peur, vers les champs.

Le convoi funèbre tourna alors vers la route. Les hommes, silencieux, la tête découverte sous le soleil, se dirigeaient vers Macoris dont quelques toitures sombres marquaient la place dans le lointain. Le sang du mort coulait le long des jambes du vivant en ruisseaux entrelacés.

III

Le cadavre de Paco Torres avait été déposé devant les bureaux de la Compagnie. La direction, un moment affolée, le fit disparaître certes le plus vite possible, mais des centaines de personnes l'avaient vu. Puis une vieille femme avec un grand châle noir alla réclamer le corps. La foule des ouvriers était grondante devant les portes des bureaux de la Compagnie. Pris de peur, les américains rendirent le cadavre.

On fit un enterrement inoubliable à Paco Torres. Le cercueil, porté à bras, était recouvert de fleurs et de branches. Tout au long du cortège les ouvriers scandaient des mots d'ordre.

La police était sur les dents, à l'affût de la provocation. Mais devant cette mer humaine venue de tous les coins de tous les faubourgs et des plantations environnantes, les flics se sentaient impuissants. Les officiers rageurs cravachaient leurs bottes. Ils avaient reçu l'ordre de tirer au premier prétexte, mais ils n'osaient, le moindre coup de feu pouvait provoquer l'émeute. Deux fois les trujillistes essayèrent de « disperser », mais ils furent sévèrement corrigés et s'enfuirent comme des lapins, sous les huées. Les hommes du sucre n'avaient pas la main douce !

Les revendications avaient pris corps au cours même de l'enterrement, comme naissent les chansons au cœur des foules en liesse.

— Arrêtez les assassins ! scandaient-ils.

— *Treinta centavos !* Nos trente centimes !

Les mots d'ordre étaient partis d'on ne sait où, puis les cris s'étaient répercutés, amplifiés, comme l'écho répond à l'écho. Les travailleurs étaient électrisés par ces cris. Pour la plupart, ils avaient déclenché la *huelga* dans un grand mouvement de colère et d'indignation, ils n'avaient pas pu faire autrement. Tout à l'heure encore, leur conscience était trouble, non que la colère se fût éteinte, mais comme l'alcool capiteux des îles, elle leur revenait par bouffées, longtemps après qu'elle eut brûlé leur poitrine. Ils ne savaient comment se terminerait l'aventure, et, brusquement, tout était devenu clair ! Jusque dans la mort Paco continuait à être l'ami qui guide et qui éclaire. Ils pouvaient marcher d'un pas ferme derrière sa dépouille.

En arrivant au cimetière, une pluie fine se mit à tomber. Ce n'était qu'un petit nuage qui passait sur le soleil de cinq heures du soir; le diable qui battait sa femme. La foule se répandit en silence parmi les tombes et les tertres couronnés de fleurs.

Le curé se faisait attendre. Les fossoyeurs se tenaient appuyés sur leurs pelles au bord de la fosse. Un grand ylang-ylang jetait ses petites fleurs tourbillonnantes comme des parachutes dans le trou. La forte respiration des femmes pleurant accentuait le silence.

Le *padre* survint en trombe. Il fendait la foule d'un pas vif, suivi d'un gringalet d'enfant de chœur, dans une robe trop vaste, portant la croix crêpée de deuil. Ils avaient hâte d'échapper à cette foule qui dégageait une odeur d'émeute. Le duo des psaumes funèbres monta. Contradictoire, implorant. La voix du prêtre courait à toute allure, tandis que les répons de l'enfant de chœur traînaient dans l'air mouillé. Le goupillon aspergea trois gouttes sur le coffre, puis les officiants s'en allèrent comme ils étaient venus.

Alors une jeune fille se détacha d'un groupe, sortit de sa poitrine un drapeau rouge qu'elle secoua pour le déplier et l'étendit sur la caisse funèbre. Elle pleurait. Une faucille et un marteau illuminaient la soie écarlate. Elle rejoignit à reculons le groupe. Un chant monta de ses lèvres tremblantes, grave, très haut, et fit tourner toutes les têtes. On chuchotait dans les groupes. C'était Domenica Betances, une jeune peintre qui arrivait de France :

> *... Tombé à la tâche,*
> *Vaincu, tu terrasses la mort !*
> *Lié et tué par des lâches,*
> *Victoire ! Victoire !*
> *C'est toi le plus fort !...*

La foule ne connaissait rien de cette femme ni de ce chant dont ils ne comprenaient pas les paroles, mais les têtes se redressèrent sous la chaleur de l'hymne. Ce chant était venu de l'autre côté de la mer, du vieux continent, mais il gravait dans leurs cœurs une sérénité, une résolution inconnues. Il existait donc derrière l'horizon lointain d'autres combats semblables aux leurs. Des combats optimistes.

Il n'y eut pas de discours. Le cercueil descendit lentement au fond de la fosse, dans un silence devenu profond. Les pelletées de terre pierreuse tombèrent brutalement, avec des résonances creuses de plus en plus sourdes. A coups de pelles les fossoyeurs firent un talus sur Paco Torres.

La famille s'épuisait en sanglots.

Longtemps après, les travailleurs du sucre parleraient aux enfants à naître de Paco Torres. Les moindres gestes de sa vie seraient auréolés de l'éclat de la légende. De bouche à oreille sa simple et merveilleuse histoire se transmettrait, le vent emporterait la légende aux quatre coins de la terre dominicaine, elle traverserait les frontières avec les hommes. Elle irait fertiliser la poussée libératrice dans les plateaux et les plaines d'Haïti. Les travailleurs, portés par le flux et le reflux de la misère, jusqu'aux plantations de Cuba, l'amèneraient avec eux. Les mots de la légende atteindraient Porto-Rico, la Jamaïque, les îles Turques, Panama, le Venezuela, le Mexique... Le nom arriverait peut-être à être oublié avec le temps, mais il se transformerait en quelque chose de plus vaste, il entrerait dans l'âme des hommes du sucre et deviendrait un élément de la conscience, une ligne de forces tendues vers la lutte pour la victoire.

♣

Souvent passaient des groupes, essayant de former des cortèges vite dispersés, mais toujours renaissants. Le colosse aux bras d'acier avait été provoqué, il était enfin sorti, et ne voulait plus rentrer. De toutes les suburres avoisinantes coulait un fleuve humain en rage, avec des femmes et des enfants déguenillés. Claire-Heureuse ne se consolait pas de ne pouvoir se lever à son gré. La police avait besoin de renforts et en attendait. Josaphat faisait comme tout le monde, mais ça se voyait bien qu'il n'était pas tranquille; il avait peur. Que voulez-vous, ça ne se fait pas d'un seul coup une conscience de prolétaire ! Ça se travaille, ça se martèle, ça

se trempe avant de devenir du bel et bon acier. Il ne comprenait pas que les copains puissent miser tout sur la grève,
quitte à tout perdre ! Ça dépassait sa mentalité paysanne,
habituée à une certaine sécurité, au bas de laine et au repas
quotidien. Lui demandait-on ce qu'il pensait de tout ça ?

— C'est à voir, répondait-il sans se mouiller.

Il était tout le temps à la maison avec le nouveau-né qu'il
avait baptisé Désiré. Pas Pierre ou Paul, mais un nom qui
voulait dire quelque chose. Il était le parrain. Et je te bi-
chonne, et je te dorlote, et je te fais faire dodo !

Conception était là, pour ainsi dire à demeure, tenant la
cuisine, lavant le linge, briquant la maison :

— On a deux sortes de relations, disait-elle. Il y a ceux qui,
quand on a quelque chose, viennent vous visiter, s'asseyent,
hochent la tête, s'exclament, battent leur bouche pour ne rien
dire et à qui il faut offrir à boire par-dessus le marché. Ce
sont les gens « comme il faut ». Et puis il y a les autres,
ceux qui connaissent la chaleur, parce qu'ils ont l'habitude
de tenir la queue du poêle, ceux qui vous aiment vraiment.
Ceux-là, dès qu'ils entrent, ils voient ce qu'il y a à faire et
se retroussent les jupes...

Et sa petite personne, vive comme un petit *mabouya* [1],
remuante comme du vif argent, s'agitait sans cesse. Elle était
à la fois au four et au moulin, faisait tout. Avec ça, elle dépen-
sait de sa poche et ne voulait pas entendre parler d'argent,
pour le moment. La *huelga* la passionnait, la brave femme !
Elle jetait parfois un regard en coulisse vers Josaphat et
disait :

— Pourquoi vous n'en faites pas plus souvent ? C'est pas
tellement gai, Macoris... La *huelga* met un peu d'activité dans
la ville ! Et comme ça on en met plein la gueule aux flics
de Gomez !... De Gomez, qu'est-ce que je raconte, de Léonidas !... Celui-là je ne le porte pas non plus dans mon soutien-
gorge !

Elle ne pouvait se résoudre à appeler Trujillo autrement
que Gomez. A Caracas, le dictateur Gomez avait fait fermer
une petite boîte où elle avait un contrat pour toute une saison. Tous les dictateurs étaient donc des Gomez. A chaque
fois que passait un groupe de grévistes dans la rue, elle courait et criait :

— A bas Gomez !

---

1. *Mabouya :* petit lézard d'Amérique Centrale.

Mais poltronne autant que bravache, elle se cavalait aussitôt qu'elle voyait l'ombre d'un flic se profiler. S'il n'y avait que des travailleurs, elle se carrait, voire même se reprenait et lâchait un sonore :

— A bas Léonidas !

Avec ça elle était contente et se trouvait très maline; les travailleurs la regardaient, lui riaient au nez, en disant :

— D'où qu'elle sort, cette hurluberlue ?...

La réunion avait eu lieu en grand secret à proximité même des plantations, on s'était prévenu de bouche à oreille. Elle s'était achevée sans que les flics ne se doutent de rien. On avait désigné Artigas Gutierrez pour déposer les revendications auprès de la Compagnie. Cet Artigas Gutierrez ne travaillait pas aux plantations, mais c'était un vieux travailleur du sucre. Il venait souvent voir les hommes travailler. Il aimait ça et gardait une fidélité à toute épreuve à ses anciens camarades. Les travailleurs du sucre étaient pour lui une véritable religion. Il avait bourlingué, beaucoup travaillé, roulé sa bosse un peu partout, à Cuba, à la Jamaïque, à Panama. C'était un dur, un *viejo* sans peur et sans faiblesse. Tout le monde le connaissait, le loup blanc. On l'avait surnommé « Papa ». Il était celui à qui on demande conseil, un ami, un dictionnaire, celui qui avait une recette pour tout. Si un gars avait eu une jambe de bois qui l'embêtait, on lui aurait recommandé d'aller voir Papa. Il vivait d'un petit bar qu'il avait pu réaliser à force d'économies pour pouvoir finir ses jours à côté des hommes du sucre.

La réunion avait été orageuse. Quelques types voulaient lâcher et avaient mené un potin de tous les diables. Ils avaient péroré, tiré la corde sentimentale, parlé des gosses, proféré des menaces. En fin de compte, il s'était trouvé un grand gars qui s'était dressé et en cinq sets avait mis tout le monde d'accord. Pas de phrases, des paroles simples, drues, directes comme leur rude existence en avait donné l'habitude aux hommes du sucre. D'une seule voix la foule avait choisi, sans vote et sans chichis. Une majorité écrasante. On ne pouvait pas rentrer la tête basse, les américains en profiteraient pour rogner petit à petit sur les salaires, renvoyer des tas de gars et leur faire des tas de misères. On était dans la bataille, fallait tenir tant qu'on pourrait. La fraction sempiternelle des flottants sur lesquels comptaient les patrons et vraisemblablement leurs moutons, eh bien ! ils avaient mar-

ché avec tout le monde. Le cadavre de Paco Torres était
encore trop chaud pour que la division pût réussir.

Depuis le début de la grève, Hilarion cherchait à voir ce
Santa-Cruz qu'il avait rencontré chez Paco. Dans sa dernière
lettre, en effet, Jean-Michel lui demandait de le mettre en
contact avec des camarades de là-bas. Il avait bien entrevu
Santa-Cruz au cours de l'enterrement, mais avant que de
l'avoir pu joindre, il disparut. Il avait demandé à droite et à
gauche, personne ne savait. Santa-Cruz lui avait certes dit
de chercher à le rencontrer, mais au fond, le poids d'une
amitié comme celle de Jean-Michel lui manquait. En vérité,
il ne pouvait plus se passer de ces pêcheurs de lune comme
il les appelait, véritables moulins à paroles d'optimisme, toujours rabâchant sur l'avenir, toujours supputant le miracle.

Dans la cohue de la sortie, il rencontra Artigas Gutierrez
et lui demanda aussitôt pour Santa-Cruz :

— Un mulâtre très clair avec des lunettes ? répondit Papa.

Papa haussa des épaules. Papa était lent comme un bœuf
dans ses pensées. Avec lui on était sûr que la réponse viendrait, mais il ne fallait pas être pressé. Il prit une pincée de
tabac à priser, la déposa délicatement dans le petit creux
formé à la base du pouce par la superextension et l'approchant de son nez, il aspira fortement. La poudre à priser
avait également chez lui une grande vertu pensive et faisait
partie du cérémonial. Hilarion refusa la tabatière qu'il lui
tendit; ça lui piquait le nez pour rien et il n'en ressentait
aucun plaisir.

— Santa-Cruz, un petit maigre très clair, avec des lunettes ?... C'est pas un type d'ici, mais il y vient de temps
en temps, il doit avoir de la famille. C'est quelqu'un de bien,
je lui ai parlé plusieurs fois, et puis il a voyagé. Enfin, comme
toi je l'ai déjà vu avec cette fille qui était là à l'enterrement,
la jeune fille au drapeau. Moi, je saurai où habite la jeune
fille au drapeau. Ça te va, *chico* ?...

C'était celle dont on avait dit qu'elle était peintre, Domenica Betances. L'image qu'il en gardait était semblable à
celle du visage de cette vieille *Mater Dolorosa* de bois poly-
chrome de l'église. Jamais il n'aurait pensé s'adresser à elle.
Non que sa beauté ou son état de femme l'arrêtât, mais il se
dégageait de sa personne un air de grande dame qui avait
quelque chose de glaçant. Or, s'il avait quelque chose de
clair en lui, c'était la conscience des oppositions de classe,
une méfiance invincible contre une certaine sorte de vête-

ments, contre la finesse et le soigné de certaines mains, contre les parfums trop vaporeux.

— Je crois que c'est dans la grande villa verte et blanche, juste à l'entrée de la ville, tout droit sur la route, qu'elle habite. Là où il y a la grande plante comme un bananier, l'arbre du voyageur qu'on l'appelle...

Il remercia Papa qui branla la tête en signe d'amitié et il alla rejoindre Josaphat qui marchait en avant. Il n'avait pas envie d'aller voir Domenica, mais en même temps, une vive curiosité l'animait.

*
* *

Les cannas, les tubéreuses, les roses, les hibiscus fraîchement arrosés scintillaient de gouttelettes, véritables microcosmes du soleil couchant. Un ruisseau de gravier marin serpentait à travers les étendues vertes du jardin, ce tapis vert trop cru des fins d'été tropical. Le craquement du gravier provoqua la rage d'un énorme berger allemand qui se dressa le long de sa chaîne, toutes dents dehors, comme un de ces épouvantables monstres des boîtes-à-malice enfantines. Un jardinier, sécateur à la main, émergea la tête d'un rideau de bougainvillées violets qui s'enchevêtraient autour des colonnes de la véranda.

— Hé ! l'homme !... On n'a besoin de rien, on n'a besoin de personne, les patrons ne sont pas là.

— C'est pour une commission, répliqua Hilarion.

— Les patrons ne sont pas là, te dis-je, ils sont en voyage, il n'y a que la demoiselle. Si tu veux, donne-moi la commission.

— C'est justement pour Mlle Domenica...

— Elle est occupée, donne ta commission, te dis-je.

— Je dois la voir...

L'homme semblait décidé à ne pas laisser passer Hilarion. Le mauvais espagnol, sa tenue avaient mis la puce à l'oreille du jardinier. La discussion menaçait de durer quand justement une voix cria du jardin :

— ¿ Que pasa, Domingo ?...

Ils discutèrent un instant, puis Domenica apparut, en salopette bleue, un foulard autour de la tête, les mains maculées et pleines de pinceaux. Elle jeta un clin d'œil sur Hilarion, flatta de la main le chien pour le calmer, le saisit par le collier, le détacha et l'entraîna après elle :

— Vamos, dit-elle à Hilarion.

Il la suivit sur la véranda à travers d'énormes fauteuils de cuir tête-de-nègre placidement accroupis, des divans-balançoires, des bibelots. C'était cossu, très cossu. Puis ils descendirent de la véranda, traversèrent un coin de jardin et arrivèrent à un ancien hangar transformé en atelier.

La pièce était éclairée sur toute la longueur par une verrière. Un désordre extraordinaire y régnait, un amoncellement de toiles entassées dans un coin, quelques tabourets de bois, des tableaux et des illustrations à foison le long des murs. Beaucoup de livres. Un chevalet portait une toile en cours d'exécution et à un angle du plafond pendait un immense filet noir aux mailles en toile d'araignée. Des bouquets de pinceaux séchant pointaient leur chevelure dressée en l'air dans des pots vides.

La toile du chevalet était curieuse. Sur un fond gris, tigré de rose se détachaient d'innombrables figures multiformes noires dont le chevauchement était coloré en violentes couleurs plates : garance, verts véronèse, outremers purs et jaunes de chrome féroces. Des cercles entrecoupant des étoiles, des formes d'ailes, des croissants, des hélices, des becs, des sabliers, des papillons parmi une séquence de silhouettes humaines en trait. Un enchevêtrement de lignes havanes barbouillait l'ensemble qu'elles illuminaient d'une chaleur un peu sauvage. Un caca surréaliste dans le plus pur style Juan Miro 1924. Hilarion regardait, perplexe. Il n'avait jamais regardé de tableaux jusque-là et encore moins vu des choses comme ça. Il tourna la tête à droite et à gauche. Partout des faces grimaçantes, des hybrides d'arbres et de bêtes, des yeux aberrants s'ouvrant avec des regards d'épouvante au milieu d'un sein de femme, d'une tranche de jambon, des figures avec une main à la place du nez. Ça le gêna, il détourna la tête et examina Domenica avec curiosité et déception.

Non, elle avait la bouche et les yeux à la même place que tout le monde. Elle devait avoir dans les vingt-cinq ans. Le teint abricot, un visage d'un ovale presque parfait, une bouche plutôt grande mais bien dessinée, les yeux étaient allongés, amarante, avec de longs cils bleuâtres et cette expression de détresse contenue des vieilles madones espagnoles, enfin le nez aigu, comme en taille douce, faisant vivre tout ça, telle une proue de navire remuant les eaux. Non pas belle, mais indiscutablement pure et saine, auréolée d'une sensibilité voyante, qui la faisait à la fois sereine et tourmentée, enfant et mûrie, facilement gaie et facilement contristée. Le mouvement des pensées changeait sans cesse son expression. Fausse maigre, les jambes plutôt longues, elle avait le geste désinvolte et un air de savoir où elle allait.

Elle se jucha sur un haut tabouret et désigna un siège à Hilarion. Elle n'avait pas perdu un seul des regards d'Hilarion.

— Tu es un travailleur du sucre ?

— Oui...

Domenica semblait heureuse de voir d'aussi près un homme du sucre. Elle fouilla dans la poche arrière de sa salopette, sortit un paquet de cigarettes, en prit une, tendit le paquet à Hilarion interloqué et lui craqua une allumette sous le nez.

— Il faut m'excuser pour l'accueil de tout à l'heure, mais mes amis ne sont pas ceux de mes parents. C'est une chance que je me sois trouvée par là...

Elle le dévisagea en silence, essayant de percer la personnalité humaine qui se cachait derrière l'écorce de son visiteur. Un de ces regards habitués à confronter les formes du modèle avec leur signification humaine, regard rapide mais plus habile à dévêtir qu'une main experte.

— Tu sais qu'il serait intéressant de faire ton portrait, ça te plairait ?

Elle remarqua le coup d'œil qu'il jeta à la toile du chevalet.

— Tiens, regarde, je suis en train de faire le portrait de Paco Torres. Alors qu'en penses-tu ?...

Hilarion la regarda, stupéfait. Voulait-elle se moquer ? Pourtant, elle n'en avait pas l'air, et ne l'aurait pas fait à propos d'un mort. De toute façon, il devait lui répondre.

— C'est-à-dire... Evidemment... Comme la figure n'est pas encore faite, je ne sais pas si ça lui ressemblera bien... Mais les oiseaux sont jolis...

Domenica éclata de rire, d'un fou rire qu'elle réprima aussitôt pour ne pas le blesser :

— Mais le portrait est presque fini !... Et puis où vois-tu des oiseaux ?

A cinq pas évidemment on entrevoyait dans les lignes havanes une tête humaine, qui avait peut-être quelque chose de Paco, le fort menton un peu carré, le nez d'aigle, mais le tout écrasé, contrefait comme dans un miroir déformant.

Devant son air déconcerté, elle lui tapa familièrement dans le dos :

— Naturellement, il faut s'habituer à de la peinture comme

ça... Je suis sûre que tu finiras par aimer ça... Les choses
qu'on voit en rêve, c'est pas pareil à ce qu'on voit dans la
réalité... Eh bien ! les tableaux que je fais, c'est pareil à des
rêves... Ou encore, si tu veux, comme les fétiches vaudous, les
têtes sculptées qu'on voit dans les *hounforts*, les *vévers* ou
les masques des *houngans*...

Un silence gêné s'établissait entre eux. Cette fille était-elle
folle ? Elle paraissait malheureuse de ses réactions; si troublée qu'il s'en émut. Elle devait terriblement tenir à ça pour
en être angoissée et vouloir tellement qu'il réponde. Sa sincé-
rité ne faisait pas de doute. Il s'en voulut presque d'avoir cru
trouver une nuance de suffisance, voire de mépris dans son
attitude. Domenica, malgré son écorce de luxe, était du même
bois que Pierre Roumel, Jean-Michel, Santa-Cruz et tous les
autres. Ses yeux ne pouvaient pas mentir, ils brillaient avec
un éclat de fièvre, la bouche s'était plissée. Il la revit sortant
de sa poitrine le drapeau rouge, en couvrir la bière, lancer
dans l'air humide le chant serein et combattant. Au vu et
au su de tout le monde, c'était un acte de haut courage, un
geste de lumière tel que seules en étaient parées les héroïnes
d'autrefois. Il aurait voulu répondre, prendre sur lui-même,
ramasser toutes les énergies que ses amis avaient révélées
en lui pour lui répondre d'une façon humaine, pour lui faire
sentir les souffles qui passaient sur son âme de fils du peuple,
ses préoccupations, ses attentes, ses rêves, ses espoirs, et avec
son incompréhension foncière, l'émotion qu'avait levée en lui
son trouble.

Domenica ramena une mèche qui lui balayait le front,
puis se mit à tourner à son doigt une petite marquise ornée
d'un brillant jonquille, qui jetait des feux dorés :

— Je n'ai parlé à Paco qu'une seule fois, dit Hilarion,
mais je sais ce qu'il avait dans le cœur, comment il a vécu,
comment et pourquoi il est mort... Ça, on ne peut pas l'oublier...

Le rude bon sens d'Hilarion, le discret rappel de la vie
dure des hommes du sucre, avaient souligné amèrement pour
elle l'inconsistance et la misère de son entêtement. Elle était
gênée de son feu de paille :

— T'as une femme ? Des gosses ?

Il fit oui de la tête.

— Tu es haïtien ? demanda-t-elle.

— Oui... J'ai connu Santa-Cruz chez Paco. Il m'avait dit
que je devais le chercher. On m'a dit que vous pouviez me

le faire trouver. Et comme j'ai reçu un papier de Port-au-Prince, comme qui dirait pour lui..., pour vous autres enfin..., alors, je suis venu.

Il tâta ses poches pour trouver la lettre de Jean-Michel et la lui tendit. Domenica refusa de la prendre.

— Je le ferai prévenir. Si ce papier est pour Santa-Cruz, il n'est pas pour moi. C'est un ami, c'est tout... Ici, nous n'avons pas encore le Parti... Et toi, là-bas, tu étais au Parti ?...

— Je n'étais pas au Parti, dit Hilarion.

— Sympathisant alors ?

— Sympathisant...

Un petit silence s'écoula. Ils s'observaient. Hilarion avait lâché le mot à contrecœur. Etait-il vraiment sympathisant ? Jean-Michel l'avait présenté plusieurs fois à des camarades sous ce vocable. Ce mot impliquait dans sa tête une adhésion presque aussi complète que l'appartenance au Parti. En tout cas, voilà qu'il était maintenant sympathisant ! Un mélange trouble de perplexité, de crainte et de fierté lui souleva le cœur. Il se leva.

— Tu peux quand même avoir confiance, j'étais au Parti à l'étranger. Je suis communiste, dit-elle en relevant la tête. Si tu avais besoin de n'importe quel service, tu peux venir me le demander...

Elle le raccompagna. Ils marchèrent sans parler à travers le jardin jusqu'à la rue. Elle lui serra fortement la main :

— Où habites-tu ? Ce sera plus facile que je passe chez toi...

Cette demande brusque le laissa sans réponse un moment, mais il se reprit et lui indiqua son adresse. Ainsi, elle voulait venir !

— *Hasta la vista, compañero*, dit-elle.

— *Hasta la vista..., compañera*, bredouilla-t-il...

Il n'avait jamais pensé qu'il pouvait exister des femmes communistes. Maintenant il en connaissait une, qui était peintre par-dessus le marché, et quel peintre !

IV

Le volatile s'ébrouait bruyamment dans l'arène. Il détendit
l'une après l'autre ses cuisses fuselées, dont la peau déplu-
mée laissait voir, en transparence, un sang vin de Bordeaux
et des muscles nerveux, frémissants. De fins ergots, en lames
de faux, se détachaient des pattes bleu mordoré, comme
un envol de flèches. Comme tous les athlètes spécialisés, ses
membres inférieurs surentraînés paraissaient trop forts en
proportion du corps. La coupe du plumage était soignée, le
panache de la queue avait été abattu, faisant au coq de combat une sorte de vêtement d'abbé de cour. Ainsi les ailes bleu
de nuit, soutachées de fauve, formaient un haut d'habit crevé
d'un jabot de plumes dorées, tandis que l'arrière-train, se
dégradant jusqu'en un bleu roi mêlé de vert et de jaune, se
relevait en basses sur les cuisses chaussées de cramoisi. La
tête fine, sans crête, s'agitait fébrilement sur un cou nu et
musclé, marqué de la cicatrice des fanons coupés. Les petits
yeux rouges étincelaient, cherchaient l'adversaire. Piaffant
d'impatience, le coq s'échauffait, marquant le pas et sautillant
sur place.
Une forte rumeur d'admiration salua le champion qui se
pavanait dans l'arène. Ce coq était nouveau, et de toute évidence, c'était une bête de haut lignage, longuement entraînée,
préparée de main de maître, pour devenir le tombeur de tous
les champions de la région. Les connaisseurs hochaient la
tête et pressaient de questions le propriétaire qui venait de
jeter la bête dans l'arène, un nègre rougeaud, aux narines
gonflées d'orgueil, vêtu d'un costume blanc et d'un grand
chapeau de paille, relevé en tapageur. Il écarta les félici-
teurs, leva le bras et les clameurs s'éteignirent sur un brouhaha

confus. Il jetait défi à n'importe quel champion présent et
était prêt à tenir deux contre un le pari.

— Il n'y a pas quatre bêtes ici à pouvoir faire face à cet
oiseau-là, chuchota Josaphat à l'oreille d'Hilarion. Il a vraiment belle allure et si Blasco tient un tel pari, il sait ce qu'il
fait... On savait bien qu'il préparait quelque chose. Depuis
la mort du fameux « Arroyo », un coq dont on parle encore,
il n'avait aucune bête de classe...

Les autres propriétaires hésitaient. Quand on connaît le
fort et le faible de l'adversaire, on y va, mais devant un
inconnu, préparé en grand secret, il y avait de quoi attendre
les autres. Les spectateurs commençaient à s'impatienter, les
lazzis fusaient de toutes parts :

— Hé ! Emilio, tu as peur de cette bestiole ?...

— Vas-y, *chico*, « Carioca » battra ce nouveau !

— Hé, les petits maîtres !... Aujourd'hui on ne parle pas
fort !... On n'a pas de couilles au ventre !

Tout le public s'électrisa et s'abîma dans une tempête de
sifflets. L'arène était un grand cercle de terre battue entouré
d'une courte palissade en claies, puis d'une ruelle limitée par
de courts pieux. Aujourd'hui la *gaguère* [1] connaissait la foule
des grands jours. Les autres arènes de combat de la *gaguère*
se vidèrent en un clin d'œil. On voyait même, sans tenir
compte des marchandes, quelques femmes, des enfants...

Un vieux nègre s'était enfin décidé et avait sauté dans la
ruelle. Le silence se fit. C'était un *viejo* à la chevelure blanche,
à la peau très noire, aux fins traits de nègre bantou. Il s'appelait Jesus Bracho. Jesus paraissait fort ému, mais son honneur de doyen des *afficionados* était en jeu, il devait relever
le défi. Sa tête était mue d'un léger tremblement, le grand nez
aquilin battait d'émotion, les forts sourcils poivre et sel
s'étaient froncés et sa courte barbe en pointe chatouillait les
longs fanons mous que faisait la peau du cou. On respectait
Jesus Bracho. Il avait tellement vu de coqs et de combats
que personne ne pouvait lui en remontrer sur la question.
Son coq sous le bras, il brandit un *green-back* [1] vert et le
tendit à Blasco.

Les gageurs commencèrent à mener un bruit d'enfer. Le
coq blanc de Jesus Bracho était une bête qui avait fait ses
preuves. Et puis, les hommes du sucre étaient aujourd'hui

1. *Gaguère :* lieu où se font les combats de coqs.
2. *Green-back :* billet, coupure de dollar.

en goguette. A la première démarche, la Compagnie avait cédé sur la plupart des revendications. On n'avait pas obtenu le paiement des jours de grève, mais les trente centimes de dollar par jour avaient été obtenus, Escudero et quelques autres *watch-men* ne restaient pas en place. Le travail avait repris ça faisait huit jours. Les hommes arboraient de grands sourires triomphants, ils brûlaient d'une joie enfantine qui avait besoin de s'extérioriser, une joie qui les rendait aptes à toutes les folies, à tous les excès. Habitués à vivre au jour le jour, ils avaient touché la semaine et une avance. Ils avaient vécu les derniers jours avec la portion congrue et après avoir réglé le boulanger, l'épicière ou quelque autre créancier, ils étaient éblouis de tenir encore un ou deux billets. C'était bon d'avoir quelques sous à perdre, pas beaucoup, seulement quelques pièces, à la rigueur un billet, ça laissait l'impression d'être un homme comme les autres; ça avait un goût de bonheur !

Des prudents discutaillaient bien sur les chances des deux adversaires avant que de sortir leur argent, mais l'enthousiasme emportait tout. Le coq de Jesus Bracho était une bête plutôt petite, nerveuse, mais très haute sur pattes. Là était l'avantage qui lui avait rapporté tant de victoires. Et puis il était vicieux, il feignait longtemps la défensive, puis brusquement surprenait l'adversaire par une attaque traîtresse. Si ça ratait, il fuyait sous les huées jusqu'à être coincé, alors le combat reprenait.

Pour le moment, Jesus Bracho donnait le dernier « soignage » à la bête. Il avait tiré une fiole de sa poche arrière, et s'étant rempli les joues avec la mixture qu'elle contenait, il la vaporisait en soufflant très fort sur l'animal à deux mains saisi.

Josaphat était en pleine euphorie et cherchait un parieur pour le demi-dollar qu'il voulait risquer sur le coq de Jesus Bracho. Ce coq lui avait si souvent été favorable qu'il s'était résolu pour celui-là et non pour le nouveau. C'était Josaphat qui avait apporté à la maison la nouvelle de la victoire de la *huelga*. Il était comme fou, avait dansé une bamboula de tous les diables et même s'était envoyé quelques coups à travers le gosier. Depuis on ne le reconnaissait plus.

Les deux bêtes étaient maintenant bec contre bec, frappant et esquivant dans les assauts furieux, boules de plumes hérissées, tels de vieux plumeaux de ménage. La température de la foule montait.

— C'est Paco qui serait content de voir ça ! lança une voix à côté d'Hilarion.

De temps en temps, des fusées d'enthousiasme s'élevaient haut dans l'air au-dessus de la *gaguère* avec un sombre bruit giratoire, puis crevaient au-dessus du faubourg, en ondées de cris, de gloussements, d'endouragements hystériques, d'exclamations désappointées. Puissantes pièces d'artifice de joie, épanouies dans un bouquet terminal de fleurs multicolores, de pluie d'étoiles et de paillettes lumineuses.

Au centre de Macoris, un manège de chevaux de bois s'était mis à tourner, entouré de grappes d'enfants souriants et grisés.

Les vêpres se mirent à carillonner à l'église paroissiale, appelant les femmes à venir rendre grâce au ciel d'avoir exaucé leurs prières. Endimanchées, radieuses, avec des cierges au creux de la main et des oboles liées dans des pointes de mouchoir, pour la Vierge, leurs saints favoris ou autres puissances célestes qui, dans leur imagination, avaient fait triompher la *huelga*, elles allaient.

Sur la place municipale, amoureux aux doigts liés promenaient leurs petits bonheurs, autour des marchandes de crème glacée, des saltimbanques bigarrés, montreurs d'ours ou d'autres amusettes. Des adolescents entouraient des coquins, jonglant avec trois cartes crasseuses, à la sauvette : ils appelaient à parier sur l'emplacement de la rouge ou de la noire. Des roulettes où l'on ne gagnait que des brimborions sans valeur. Confiseurs ambulants sonnaillaient.

Un dimanche après-midi, au soleil couchant plus étincelant que jamais, parce que l'espérance de jours moins sombres donnaient à la lumière plus de vigueur. Une petite fête toute spontanée était née parce que la ville sucrière avait été remuée par les quelques centimes supplémentaires qu'avaient conquis les travailleurs. Toutes les petites gens supputaient dans leurs têtes les conséquences de ce pactole. Maintenant on vendrait un peu plus de pain, un peu plus de maïs et de riz, un peu plus de sandales, voire même de chaussures et de plaisirs...

L'orphéon allait commencer son petit concert sur le kiosque à musique. Les lucioles, les petits papillons, les chauves-souris, les chats-huants, les étoiles, les réverbères et autres bêtes de nuit se mirent à luire, à remuer, à voler, à briller dans la splendeur du soir.

Des bals hurlèrent aux quatre coins de la ville.

Claire-Heureuse avait posé la main sur le petit ventre. Hilarion tenait un pied. Quand Désiré dormait, c'était pour de bon. La chaleur du soir était telle qu'ils avaient transporté dans la cour le panier qui lui servait de berceau.

Le petit ventre remuait doucement en respirant, frémissait contre la main comme la longue vibration d'une guitare aux cordes violemment percutées.

— Ne tourne pas comme ça son pied, tu vas finir par le réveiller...

Au fond ça ressemble drôlement à une petite bête, un bébé. Ça fait exactement pareil que si on tient un chat.

Hilarion haussa des épaules et posa lui aussi sa main sur l'abdomen de Désiré. Ils se sourirent. Dans de tels moments, la vie semblait couler tel un ruisseau d'argent, chantant sur son lit de mousse, ils étaient comme des enfants jouant dans son courant. La joie d'un bateau de papier, voguant sur l'onde, la joie de puiser sans arrêt de l'eau dans le creux de sa main pour la laisser ruisseler, la joie de jeter des cailloux n'était pas différente de leur joie de ce soir. Nos enfants font de nous de grands enfants. Nous voudrions écouter battre leurs cœurs; leurs petits bras, leurs jambes, le renflement du petit derrière pointant sous la couverture sont pour nous les plus belles choses du monde, les formes les plus pures, les fruits les plus tendres.

Désiré remua la tête de droite à gauche sur l'oreiller, puis poussa un petit grognement-râle mélancolique.

— Il doit rêver, murmura Hilarion.

Claire-Heureuse posa la tête sur l'épaule d'Hilarion et se dodelina. Elle regardait la peau de son cou parcouru par de fins sillons enchevêtrés. Le larynx montait et descendait le long du cou. Elle eut envie de le taquiner. Elle allongea la main et essaya de maintenir le larynx fuyant sous son doigt.

— Laisse-moi tranquille, bougonna-t-il.

Elle ne l'entendait pas de cette oreille. Elle se mit à lui chatouiller le cou à petits coups de dents, avec des petits baisers énervants. Elle riait et ne voulait pas arrêter. Alors, il lui saisit les mains et se mit à son tour à la chatouiller. Ses piaillements ne faisant rien, elle cria, mais il tenait à se venger pour de bon.

— Arrête ! On frappe n'entends-tu pas ?...

— Ça ne prend pas, mon petit chat, je vais te faire danser le menuet !...

— Arrête, te dis-je, on frappe. C'est sérieux, écoute...

En effet, on frappait. Il se leva, courut à travers la maison tandis que Claire-Heureuse arrangeait sa robe et ses cheveux.

C'était Domenica Betances. Il referma la jalousie un peu surpris. En effet, il ne l'attendait pas un soir comme ça...

— Ma dame est dans la cour, bredouilla-t-il, on croyait que c'était quelqu'un du voisinage... Excuses...

— Ça ne fait rien, tu peux me recevoir dans la cour. Ce que j'ai à te faire savoir sera vite dit...

Claire-Heureuse à son tour fut surprise et se leva.

— C'est Mlle Domenica, la personne que j'ai été voir pour Jean-Michel, murmura Hilarion cherchant ses mots pour la présentation.

Il avait oublié de prendre une chaise convenable pour la visiteuse. Il n'y avait là que deux petites chaises de cuisine sur lesquelles ils étaient assis. Il courut en chercher une, mais sur ces entrefaites Domenica prit place d'autorité sur la petite chaise et se mit à jouer avec la main de Désiré.

— *¿ Como se llama ?* demanda Domenica.

Claire-Heureuse ne comprenait pas. Elle fit une mimique de dénégation et d'incompréhension.

— *¿ No hablais castillan ?* interrogea encore Domenica.

— *No hablo,* baragouina Claire-Heureuse.

— Quel est son nom ? redemanda Domenica en français.

Claire-Heureuse s'épanouit :

— Désiré... Désiré...

— Excusez-moi d'être venue comme ça, reprit Domenica, je vous dérange...

Hilarion revenait, la chaise dans les bras, mais Domenica ne voulut rien entendre et ne changea pas de siège. Hilarion resta debout, se dandinant sur une jambe et sur l'autre...

— Santa-Cruz va partir, dit Domenica, on le cherche. Peut-être..., non, ce ne sera pas possible que tu le voies. De toutes façons, il écrira de là-bas à Jean-Michel. Il m'a aussi demandé d'écrire et de garder le contact avec vous autres. Je suis venue parce qu'on est arrivé à savoir qu'il se prépare quelque chose contre les travailleurs du sucre. On ne sait pas exactement quoi, mais c'est sérieux. Des centaines de gendarmes sont arrivés aujourd'hui à Macoris par camions. On leur a distribué de grosses rations de rhum et de muni-

tions. Tout ça ne présage rien de bon. Le succès de la grève
a été un rude coup pour eux, les grèves éclatent un peu partout, aussi le Chacal a dû décider de frapper un grand coup.
Paraît-il, on a envoyé des tas de soldats à Dajabon aussi. On
dit aussi que des soldats ivres se sont vantés de faire couler
le sang de ces *haïtianos malditos*, comme ils disent... On va
essayer d'en savoir plus, mais il faut être prêt à tout. Ils
tenteront la provocation, il faut être prudent, très prudent,
et éviter les querelles... Et vous autres, vous n'avez rien entendu ?...

— Non, murmura Hilarion...

— En tout cas, s'il arrivait quelque chose, d'ici demain,
il faudrait me prévenir le plus tôt possible, chez moi...

— Mais, on ne peut pas ne pas aller travailler demain; depuis la grève, ils ne nous passent rien, fit remarquer Hilarion.

— D'accord, mais s'il arrivait quelque chose aux plantations, prévenez-nous, comme vous pourrez. En tout cas, vous
êtes assez grands pour vous défendre, mais soyez prudents...

Ils se turent, angoissés. Ainsi la vie ne voulait pas les laisser tranquilles ! Qu'avaient-ils fait au bon Dieu pour qu'il
s'acharne ainsi contre eux ? Claire-Heureuse se sentit faible,
lasse, comme si une immense fatigue s'était abattue sur son
cœur. Elle effleura de la main le visage de Désiré rendu grave
par le sommeil, puis, elle se leva :

— Vous prendrez bien un peu de café, mademoiselle ?
C'est tout ce qu'on peut vous offrir !... Il est tout prêt, il faut
juste le réchauffer un petit peu.

Domenica ne put refuser. Elle fouilla dans son sac pour
chercher des cigarettes. Plus rapide, Hilarion tendit les
siennes. Elle était gênée d'avoir dérangé ce petit bonheur familial avec ses mauvaises nouvelles. A chaque fois qu'elle
tombait au beau milieu d'une famille de prolétaires, parmi le
désordre que créait la marmaille, la tenue négligée, les savates traînantes, la simplicité des mains tendues, elle retrouvait d'un coup toutes les raisons pour lesquelles elle s'effor-
çait de couper les liens qui l'attachaient à la bourgeoisie, pour
se lier au sort du peuple. Ces hommes, ces femmes du peuple
étaient les premiers tenants de cette manière de vivre, d'aimer et de sentir, qui serait la base de la culture de l'avenir.
Elle se leva :

— Je vais retrouver Claire-Heureuse, dit-elle.

Claire-Heureuse, dans la cuisine, s'énervait. Les charbons
étaient presque éteints dans le réchaud, elle essayait de le

ranimer en agitant un vieux chapeau sur les braises, mais
la flamme ne voulait pas jaillir.
— Attendez, dit Domenica.
Malgré les dénégations de Claire-Heureuse, elle s'accroupit
devant le réchaud et se mit à souffler sur les braises. Leurs
efforts conjugués firent jaillir la flamme. Elles se sourirent.
Claire-Heureuse avait mis trois tasses dans une cuvette d'eau
et les lavait.
— Où est le torchon ? questionna Domenica.
A chaque tasse que lavait Claire-Heureuse, Domenica la
lui prenait des mains et l'essuyait. La grande cafetière émail-
lée chantait sur le foyer. Elles revinrent ensemble dans la
cour, portant l'une la cafetière, l'autre les tasses.
Ils burent. Désiré s'était réveillé et pleurait. Claire-Heureuse vida sa tasse, la posa par terre, prit Désiré dans ses
bras, ouvrit son corsage et sortit un sein turgescent de lait.
La bouche-suçoir trouva toute seule le téton et se mit à aspi-
rer goulûment. Ça faisait du bien parce que le sein était
gonflé à lui faire mal.
— Vous avez beaucoup de lait ? questionna Domenica.
— De quoi en nourrir trois comme celui-là, et pourtant
Dieu sait s'il peut en avaler !
— Pourquoi ne le réglez-vous pas ? Il faut régler les
gosses...
Ils discutèrent de tout et de rien. Domenica promit d'em-
mener Claire-Heureuse voir un ami médecin. Josaphat venait
de rentrer. Il la reconnut tout de suite. Il tira sa courte pipe,
frappa le foyer contre une pierre et la remplit :
— Quoi de neuf, Josaphat ? demanda Hilarion.
— Rien, seulement c'est plein de soldats saouls. Il y en a
des tas. Aussi, je suis rentré pour éviter quelque mauvaise
querelle...
Domenica s'était levée et posant le bras sur l'épaule de
Claire-Heureuse :
— Je passerai vous voir pour savoir les nouvelles, dit-elle.
— Il est tard, vous ne pouvez pas rentrer seule, dit Claire-
Heureuse, on va vous raccompagner...
Elle protesta, disant qu'elle avait l'habitude et que rien ne
pouvait lui arriver.
— Ce n'est pas prudent, intervint Josaphat. Les soldats
ivres sont comme fous ce soir. Je vais aller avec vous...
Il remonta sa ceinture et assujettit d'un tour de main la
machette dans son fourreau de cuir contre sa hanche.

**

Comme tous les matins, les hommes se préparaient au travail. Les marchandes ambulantes criaient à bouche que veux-tu leurs biscuits, leurs cassaves, leurs alcools trempés, leurs avocats et autres fruits. Certains s'envoyaient un bon coup d'alcool, secouaient le gobelet et crachaient un jet de salive :

— Ça tue le ver dans l'estomac, disaient-ils.

En réalité, le coup d'alcool leur était devenu une mauvaise habitude nécessaire. La bonne chaleur qu'il faisait circuler dans leurs membres échauffait les muscles pour la rude et longue dépense d'énergie. A d'autres, il fallait du café; ils le prenaient brûlant, en petites lampées, très noir et bien sucré. Les vrais mangeurs étaient rares, mais il y en avait. Ils s'en donnaient à cœur joie, avec des cassaves, des bananes et des avocats.

Chacun accomplissait sa petite liturgie quotidienne, avec une conscience méticuleuse. Peut-être y avait-il dans leurs gestes quelque chose qui reflétait un peu l'inquiétude qui les taquinait. Ils étaient bien debout, comme à leur ordinaire, avec cette classique attitude cambrée, bien plantée sur les genoux et sûre d'elle-même qui leur était propre, mais ils ne tenaient pas en place. Les groupes se formaient et se déformaient. Ça discutait ferme. Dans tout ce qui se disait, il y avait sûrement à boire et à manger. Certains juraient que c'était Trujillo qui se préparait à venir à Macoris. Pour d'autres, l'armée allait entrer en campagne contre Haïti. Ou encore que Trujillo avait été assassiné et qu'on voulait avoir le pays bien en main avant de l'annoncer. Enfin que les exilés politiques avaient débarqué. Le « télégueule » fonctionnait à plein rendement, à tel point qu'on ne savait plus que croire, bien qu'il était sûr qu'il se passait quelque chose.

Les plus vieux ne voulaient pas se prononcer. Ils en avaient tellement vu !... Ils préféraient laisser venir, graves, contractés.

— On dit bonjour, madame, et c'est le monsieur qui est là, n'est-il pas vrai ?

Néanmoins un mot d'ordre courait de bouche en bouche :

— Si on veut nous payer comme avant, il faut remettre ça!

Le ciel était gris sale. Un petit vent odeur de pluie galopait sans se presser sur la campagne. Il allait sûrement pleuvoir.

— On va se trouver dans la gadoue jusqu'au cou tout à l'heure. Tu as vu le ciel ? dit Josaphat à Hilarion. Ça nous dégringolera sur le dos dès qu'on aura commencé. Pourvu qu'il n'y ait pas de grêle.

Les sifflets des *watch-men* appelèrent les équipes à se rassembler. Elles s'avancèrent et se mirent à l'ouvrage tandis que trois camions débouchaient au tournant de la route et s'arrêtaient au bord du champ dans des hurlements de freins. Ils étaient chargés de gardes. Un officier descendit et alla parler au *watch-man* chef. Les soldats se répandirent un peu partout.

Les regards s'étaient tournés vers la route, le travail s'arrêta une seconde. Les *watch-men* glapirent et tout rentra dans l'ordre. Mais ça commençait vraiment à devenir inquiétant. Les hommes s'interrogeaient et tournaient sans cesse la tête. Même les *watch-men* s'agitaient, ne surveillant que fort peu le travail, et, de temps en temps, allaient se parler.

Ça sentait de plus en plus mauvais. Que venaient chercher tous ces gardes dont beaucoup étaient armés de fusils mitrailleurs Thompson ? Qu'est-ce qui se mijotait ?

Quelques gouttes se mirent à tomber du ciel. De grosses gouttes larges qui annonçaient une bonne ondée. Le train sucrier s'amena dans une symphonie de ferraille, de soupirs et de hurlements. Des oiseaux tournoyaient, cherchant des arbres pour s'abriter. Des petits *mabouyas* bleu gris filèrent à toute allure dans une reptation forcenée sur leurs ventres mous et blancs. Un caméléon caché dans les frondaisons de quelque arbre voisin se mit à pousser son cri-bruit monotone et sourd comme la percussion sur un tambour détendu :

— Gu !... Gu !... Gu !...

Soudain, le sifflet du *watch-man* chef modula les stridulations de l'arrêt du travail. Ce n'était pas l'heure du repos, qu'est-ce que ça pouvait vouloir dire ? Serait-ce à cause de la pluie ? Jamais pourtant ils n'avaient montré une telle sollicitude pour les travailleurs. L'étonnement les figeait sur place. De nombreux hommes qui ne voulaient pas se rapprocher des gardes se glissèrent furtivement à travers les cannes pour voir venir. Si c'était un arrêt de travail ordinaire, personne ne se préoccuperait d'eux, si ça avait quelque chose à voir avec la présence des gardes, ils pourraient détaler au bon moment.

Toutefois, la masse des travailleurs se dirigea comme à l'accoutumée au bord du champ. Les policiers s'étaient dispersés çà et là; il était trop tard quand les hommes remarquèrent qu'ils étaient entourés. Ils essayèrent de refluer vers le rideau de cannes à sucre, mais un ordre brutal de l'officier les arrêta :

— *¡ Aca ! ¡ Todos los hombres, aca !*

Les gardes s'étaient élancés et confisquaient les machettes de travail. Les hommes furent bousculés et brutalement rassemblés. Ils étaient bel et bien dans la souricière ! D'une voix aiguë l'officier ordonna aux dominicains de sortir du groupe. Maintenant il n'y avait plus rien à faire qu'à obéir pour ne pas donner de prétexte à la troupe avinée qui s'agitait menaçante, hurlante avec cent têtes abruties, illuminées par la jouissance sauvage que leur procuraient leurs brutalités. A coups de crosses, ils écartèrent les dominicains qui se rassemblèrent au bord de la route. L'officier accompagné de quelques soldats leur parlait. On les faisait défiler et on leur demandait de prononcer un seul mot :

— *Pelehil...*

Les haïtiens prononçaient pour la plupart difficilement ce mot correctement. Il n'y avait pas d'haïtiens parmi les dominicains. Dès qu'on eut fini, une ruée des gardes dispersa les dominicains, loin du champ.

Ainsi, c'était aux haïtiens qu'ils en voulaient. Vraisemblablement on allait les arrêter. Mais ces trois camions ne suffiraient jamais à les transporter tous. A moins qu'on ne les fasse aller à pied ?

L'officier s'énervait de la lenteur de la manœuvre, hurlait avec de grands gestes. Les petites marchandes haïtiennes furent bousculées vers la masse des hommes qu'encerclaient les mercenaires fascistes, la panique commençait à s'emparer des travailleurs. Ils étaient muets, mais prêts à toutes les folies. Une des petites marchandes se mit à regimber contre les brutes, une adolescente à la robe jaune, mouchoir vert à la taille, une fleur bleuc dans les cheveux, avec un plateau de bois contre la hanche. Quel mal faisait-elle avec son petit commerce étalé à la pluie et au soleil ? Qui gênait-elle ? Pourquoi la brutalisait-on ? La jeunesse, la colère, le sens de son droit illuminaient les yeux de l'enfant d'un éclat farouche.

Pour toute réponse, le garde la saisit par le corsage et la projeta contre la foule des haïtiens. Un morceau du corsage resta dans sa main. La fillette s'abattit sur les reins, parmi les oranges, les avocats et les mangues de son plateau. Elle essayait de couvrir sa poitrine avec les lambeaux de sa robe déchirée. Ça provoqua les ricanements de la troupe, dont cent

paires d'yeux lubriques se mirent à luire. Leurs rires emplissaient tous les champs et tambourinèrent avec violence aux
oreilles de la petite. Elle cria, les yeux exorbités d'une épouvante subite, se traîna vivement à quatre pattes vers la masse
des hommes dont les mains rassemblées la relevèrent. Sur
l'épaule d'un travailleur elle laissa aller sa tête et s'épuisa en
sanglots, des hoquets secouaient son corps.

Les gardes commençaient visiblement à s'échauffer. Après
l'alcool, la mise en train de quelques brutalités, leur lubricité
excitée avait tout à fait réveillé en eux l'hybride de cochon
et de chacal que le fascisme leur avait donné en guise de
conscience. Le grommellement de la foule, sourd et hésitant
s'arrêta. Les gardes, l'arme en arrêt sur le ventre, avancèrent
d'un pas.

Les deux groupes se regardaient. Des remous traversaient
la foule. Que leur voulait-on enfin ? Pourquoi ne leur disait-
on rien ? Pourquoi avait-on fait partir les dominicains ?

L'officier donna l'ordre aux soldats de reculer. Ils reculèrent d'une trentaine de pas, mais formaient toujours un
cercle de fer autour des hommes agglutinés. La mitraillette
sous le bras, le lieutenant regardait sa montre-bracelet et se
mit à la remonter. Le silence se fit complet. Les mains de l'officier tremblaient. C'était un mulâtre à la peau sombre, la
lèvre supérieure barrée d'une luisante moustache d'un noir
bleuâtre, les yeux étaient profondément enfoncés dans les
trous, le front bas, fuyant, le menton carré, fortement pro-
gnate.

La pluie avait avorté, mais le temps restait lourd. En vain,
le soleil essaya de percer à travers le défilé de deux montagnes de nuées. La vague clarté qui se répandit illumina les
frondaisons d'une poussière d'eau argentée. Dans le ciel, un
petit avion, couleur bleu azur, tournoyait sans cesse, telle
une mouche autour de l'appât.

Soudain, retentit au loin un crépitement de coups de feu,
puis des cris en fusées, puis le silence, puis d'autres rafales
et d'autres cris. A n'en pas douter, c'était une fusillade. On
tirait non loin de là dans les champs voisins, et peut-être dans
la ville.

La foule s'immobilisa une seconde sans comprendre, puis
aussitôt eut la claire intelligence de ce qui allait advenir. Elle
s'agglutina comme si sa masse pouvait la défendre, puis se
désagrégea d'un seul coup dans une fuite éperdue. La voix
du lieutenant glapit un ordre bref, mais seuls quelques coups

de feu s'égrenèrent. La fuite s'arrêta, puis reflua sur elle-même en vagues qui se brisèrent l'une sur l'autre. Les hommes regardèrent avec des yeux stupides trois corps fauchés en pleine course qui gigotaient sur le sol tandis que d'autres se courbaient sur eux-mêmes. La fusillade se fit plus serrée.

Sur le fond de cris, de gémissements et de plaintes une voix lança cette douce et grave clameur de la *Dessalinienne :*

> *Pour le drapeau,*
> *Pour la patrie.*
> *Mourir est beau...*

L'un d'eux, au moment de mourir avait retrouvé en lui-même le chant des grandeurs d'autrefois. Les hommes s'étaient ressaisis. Ils s'élancèrent d'un seul front dans une course folle. Des voix reprenaient le chant de la terre natale lié à tant de souvenirs lumineux. Ainsi devait attaquer la garde de fer, les Dokos de Louverture, quand ils culbutèrent l'armée du major-général Churchill. Ils étaient étonnants ces hommes en bleu de travail qui, sous le feu croisé des fusils mitrailleurs Thompson, serraient sans cesse les rangs. Le plein fouet des déflagrations n'arrêtait que ceux qui tombaient.

Une trentaine d'hommes réussit à passer et fuyait vers les cannes. Eparpillés, les coups de feu claquaient après eux mais n'atteignirent que quelques-uns qui, marchant ou rampant, disparurent.

Les gardes restèrent maîtres du champ. Sur le sol déjà couvert de bagasses blanchâtres de cannes, dans des mares de sang, les blessés se roulaient, rampaient, geignaient, râlaient, hurlaient.

Une femme qui perdait du sang à pleine bouche, ne put se résigner à la mort et, avec une rage frénétique, lança des gros mots, à perdre haleine, à ses bourreaux.

Un jeune garde, à la figure éclaboussée de sang, s'accroupit, puis se mit à vomir, le cœur soulevé de dégout par tout ce sang étalé. Il pleuvait de nouveau.

L'officier hurla un ordre pour réveiller ses hommes qui maintenant s'abîmaient, inconscients, devant le carnage. Une baïonnette à la main, l'officier achevait les blessés d'un coup sous le bras gauche, puis, les retournait du pied. D'autres l'imitèrent.

Un travailleur s'étant redressé sur le flanc hurlait à pleins poumons :

— Assassins !... Assassins !...

Les mots s'étranglèrent dans sa gorge. Un coup de baïonnette sous le bras l'avait achevé. Un autre, un rougeaud, qui tenait son ventre ruisselant de sang, s'était mis à crier :

— *Pelehil, Pelehil, Pelehil...*

Etait-il haïtien ou dominicain ? Le lieutenant s'approcha, le frappa et l'étendit raide mort.

Le silence revint, pesant.

La pluie avait recommencé à tomber...

⁂

Claire-Heureuse s'était levée de bon matin. Les hommes partis, elle donna la tétée à Désiré. Quand Désiré eut fini, qu'elle lui eut changé sa couche, qu'il eut repissé dedans, qu'elle la lui eut changée de nouveau, il s'endormit. Alors Claire-Heureuse put mettre l'amidon sur le feu. Elle y trempa son linge et accorda un soin particulier aux costumes blancs d'Hilarion et de Josaphat. Ces costumes étaient son orgueil. Hilarion avait dû vendre celui de son mariage pour les frais de leur voyage. Elle n'avait eu de cesse que quand il en eut acheté un nouveau. Un homme qui travaille a droit à un costume blanc; non pour faire le gandin, mais parce que c'est le signe que ce n'est pas un vagabond, ainsi concevait-elle les choses. Elle repasserait impeccablement ces costumes, et ferait aux pantalons des plis comme des couteaux.

Elle nettoya l'alcôve, retourna la paillasse du lit, tira les draps, vida le pot, balaya sous le lit, dans les coins puis entama l'autre pièce. Elle revint dans la chambre, changea l'huile de la veilleuse, l'alluma, arrangea les fleurs de papier dans un bocal devant l'image de la Vierge et s'assit. Depuis qu'elle avait accouché, elle n'avait plus la même force, elle s'essoufflait vite; ce petit nègre la vidait ! Elle se regarda la poitrine dans la glace. Ses seins commençaient à s'affaisser. Peut-être reviendraient-ils à leur turgescence première quand elle aurait fini d'allaiter ? En tout cas, elle était trop jeune pour se laisser aller ! Elle haussa des épaules; au fond, elle avait d'autres soucis plus sérieux ! Elle se mit à réfléchir à ce que Domenica Betances avait raconté la veille.

A dire vrai, elle ne savait que penser de cette histoire. Reviendrait-on à la situation d'avant la grève ? Si ce n'était que ça, ce ne serait pas la mort du petit cheval ! il faudrait seulement se serrer la ceinture. Elle avait mal dormi la nuit dernière à force d'y penser et n'avait imaginé rien de plus terrible. Tant qu'ils ne portaient une menace personnelle, les ennuis ne lui faisaient pas peur. Tous ensemble, les hommes du sucre sauraient bien se défendre !

Le bruit du lait débordant sur le feu l'arracha à sa rêverie. Elle accourut. Elle haussa des épaules, cuippa : voilà ce que c'était que de s'abandonner au rêve ! En tout cas, il n'y avait rien à faire, le lait était perdu.

Elle regarda le ciel. Les nuages s'accumulaient. Elle tendit la main. Non, ça n'avait pas commencé à tomber. C'était fâcheux, le linge étendu sur la corde ne sécherait pas. Il fallait le rentrer avant la pluie. Elle se mit à l'ouvrage, à la hâte, car ça ne tarderait pas à tomber.

Il y eut du bruit dans la maison, Désiré se mit à pleurer. C'était Conception.

— Hilarion et Josaphat sont partis ?

— Naturellement qu'ils sont partis, il est déjà six heures... Conception avait un drôle d'air. Elle prit Désiré dans ses bras :

— Il faut que tu viennes chez moi avec Désiré, tout de suite.

— Mais c'est que j'ai du travail...

— En avant, prends quelques vêtements et surtout ne t'émotionne pas; avec le lait que tu as dans la poitrine, tu ne dois pas, quoi qu'il advienne...

Claire-Heureuse la regarda, interdite, sans comprendre.

— Je te dis de venir. Tu es seule ici avec Désiré. Il va y avoir des événements. On ne sait pas ce qui peut arriver, fais vite, prends tout ce que tu peux.

Claire-Heureuse continuait à la regarder, debout, les bras chargés de linge mouillé. Conception alla au lit, enleva le drap, la déchargea du linge qu'elle portait et le jeta dans le drap. Elle ouvrit le placard, en sortit du linge et d'autres objets et les jeta dans le drap.

— Tu as de l'argent à prendre, des choses de valeur ?... Bon... On parle de faire un mauvais parti aux haïtiens. On ne sait ce qui peut arriver. Il y a des tas de gardes en ville... Chez moi, tu seras à l'abri. Avec tous les indicateurs de police, on connaît toutes les maisons des haïtiens...

Claire-Heureuse restait clouée sur place. Elle avait les jambes lourdes, une salive salée lui emplissait la bouche.

Conception continuait à jeter pêle-mêle les objets sur le drap étendu par terre... Conception lui saisit le bras. Claire-Heureuse pouvait à peine marcher. Conception l'entraîna.

*

Dans toutes les plantations qui encerclent Macoris de l'odeur pointue du vin de canne, les miliciens fascistes couraient tels des chiens hurlants, le sang aux babines. Le sang avait éclaboussé les arbres et les fleurs, le sang teignait le fil des ruisseaux, le sang tissait des tapis de haute lice écarlate sur le sol mouillé, le sang attirait les corbeaux, le sang effrayait les oiseaux. Des groupes de rescapés, aux yeux d'épouvante, erraient au plus profond des plantations, tremblant du premier bruit, se cachant au moindre son de voix, haletant de la simple feuille tombée, de toute bête remuant, de chaque chose incomprise. Fous.

Les chants des tueurs avinés, flairant les rescapés, leurs hurlements, hallali de meute forcenée devant le gibier levé et les déflagrations sèches des armes automatiques, battaient l'air. La pluie avait recommencé à tomber en stries serrées, détrempant la terre et les hommes, chargée de bons grêlons qui lacéraient les feuilles et cognaient dur.

Hilarion avait réchappé, s'étant réfugié au milieu du champ de cannes avant le massacre. En vain s'enquit-il du sort de Josaphat. On certifiait l'avoir vu se réfugier sous le couvert des cannes à sucre, mais personne ne l'avait aperçu depuis. Peut-être s'était-il enfui dès les premiers coups de feu ? De toute façon, il n'était pas question de le chercher.

Leur groupe s'était renforcé de ceux qui avaient réussi à s'enfuir sous les balles. Ils avançaient, à demi marchant, à demi rampant dans les frondaisons ruisselantes des cannaies. Au moindre bruit, on s'aplatissait au sol et on épiait. Parfois ce n'étaient que de fausses alertes, d'autres fois, de nouveaux venus dont le regard s'allumait d'un mince éclat d'espérance, à la vue d'autres rescapés. La masse du groupe leur semblait une chance prodigieuse d'avoir la vie sauve. Ils s'y agglutinaient avec précipitation comme cherchant à disparaître dans sa collectivité. Puis le groupe se remettait en marche, comme une prudente cohorte de fourmis, lentement, dans une progression hésitante, tâtonnante, évitant les chemins, les sentiers, l'oreille aux aguets. Ils étaient déjà près d'une centaine.

Une organisation spontanée était née. Les blessés s'étaient mis au milieu, la rage de vivre, burinée sur leur faciès ravagé par la douleur, s'aidant l'un l'autre, sans parler, tendus dans l'automatisme de leur marche sans but, vers n'importe où, mais vers ailleurs. On portait ceux qui avaient perdu trop de sang ou qui étaient blessés aux jambes. Hilarion, pour sa part, avait chargé en travers de son dos la petite marchande à la robe jaune. Elle avait la mâchoire fracassée et le mollet gauche déchiqueté. Le sang s'était arrêté, mais elle perdait de temps à autre connaissance. On lui fit avaler une gorgée de rhum. On avait trouvé une ou deux bouteilles qu'on avait accaparées pour les blessés qui faiblissaient. La bouteille circulait de main en main jusqu'à atteindre l'intéressé, mais pas un valide n'en aurait détourné une goutte.

Les deux hommes qui ouvraient la marche s'étaient arrêtés. On allait traverser un petit canal d'irrigation, quand un brouhaha de voix plaqua le groupe au sol avant même le geste des guetteurs. Il y avait là cinq gardes assis au bord du canal, le Thompson entre les jambes. Les hommes retinrent leur souffle, mais quelque frémissement de feuilles ayant dû attirer l'attention des fascistes, l'un d'eux posa son arme et se dressa.

Les valides assujettirent la machette à leur poing et attendirent, décidés à vendre chèrement leur vie, si leur présence était décelée. Pourtant le fasciste ne sembla pas se mettre en position d'attaquer, il se contentait d'avancer, le regard fureteur. Ils ne bronchèrent pas. Ça ressemblait à un piège, car, s'il avait laissé le Thompson auprès de ses camarades, l'acier bleu d'un colt 38 long étincelait dans sa poche-revolver.

Le garde était un gringalet au visage bistre, piqué de petite vérole. Il n'avait pas particulièrement méchante figure, mais sous le feutre kaki, la jugulaire au menton, ces hommes avaient tous la même gueule de travers. Il agitait les bras en signe d'amitié.

— ¡ *Amigos* ! cria-t-il.

C'était suspect. Un des travailleurs fit mine de se lever :

— C'est un brave type. c'est Rodriguez, mon compère. Il a baptisé mon petit Rosélien, chuchota-t-il.

On lui plaqua une main sur la bouche et on le maintint à terre. Le garde insistait, continuait à multiplier les gestes de bon vouloir. Il hésitait toujours à avancer, craignant qu'on ne lui fasse un mauvais parti. Il retourna alors à ses compagnons et ils se concertèrent. Il prit les armes de ses cama-

rades et leurs revolvers, s'avança, posa les armes par terre et
marcha vers le canal sans hésiter.

Cette fois, un homme se leva du groupe des rescapés et
alla à sa rencontre. Ils s'étreignirent avec force, longuement.
La pluie diminuait d'intensité; rageur, le vent agitait les longues feuilles de cannes qui se heurtaient sans arrêt.

On se pressa autour du garde. Non, il n'avait pas le cœur
de faire ce travail-là. On l'avait envoyé, lui et ses camarades,
traquer les fuyards, les égorger, mais ils voulaient les aider
à se sauver. Il ne faisait pas bon errer dans les plantations,
ils finiraient par se faire attraper. Mieux valait tenter le grand
coup, essayer d'atteindre la ville et s'y cacher. De là, ils
pourraient sérieusement préparer leur fuite vers la frontière,
autrement ils finiraient par se faire assassiner, car le Chacal
avait ordonné le massacre général des haïtiens dans tout le
pays.

Les hommes se concertèrent rapidement. Il fallait sauver
les familles et puis il y avait les blessés, il n'y avait pas d'autre issue. Il fallait se décider vite.

— Je connais des gens qui pourront nous aider, proposa
Hilarion, des gens sûrs, des amis à Paco Torres... Ils feront
l'impossible pour nous faire entrer en ville avec les blessés.
C'est pas loin, juste à l'entrée de la ville...

On se décida en un instant. Hilarion essaierait d'atteindre
la maison de Domenica Betances. Accompagné du garde Rodriguez, il avait des chances de réussir.

Un éclair déchira la nue. Un violent orage allait éclater.
Le bon Dieu, là-haut dans son ciel envoyait maintenant des
cataractes d'eau sur les blessures des hommes hagards, qui
se terraient dans la boue. Certains que rien de plus grave ne
pouvait plus leur advenir, ils blasphémèrent ce Dieu fou qui
régnait encore sur leur esprit, d'autres prièrent en dépit de
tout, d'autres s'étendirent, attendant la vie ou la mort. Dieu
le père est un grand nègre. Ogoun est celui qui rend pur, un
très grand saint, celui qui fait retourner le mal au mal, il est
miraculeux, il est la hache, la flèche, la machette. Si tu fais
le bien, tu verras le mal, si tu fais le mal, tu verras le bien,
si tu ne fais ni le bien ni le mal, tu verras les deux. Le géant
Morrocoy est le plus sage, il se couche et s'en fout.

La pluie du ciel a une telle bonne odeur qu'on ne sent plus
la fadeur du sang.

**
*

Le garde Rodriguez était resté à quelque distance. Hilarion
traversa le jardin au pas de course et se dirigea vers l'atelier
qui se trouvait dans la petite allée de gauche. Il poussa la
porte et entra.

Dans l'atelier, avec Domenica, il y avait Santa-Cruz et puis
deux autres types qu'il ne connaissait pas. Hilarion jeta un
coup d'œil circulaire. Il était à bout d'avoir couru. Il dut
s'appuyer au mur. Domenica réprima un cri devant les vêtements maculés de sang. D'un bond, Santa-Cruz fut auprès
de lui, le soutint, puis le fit asseoir :

— Tu es blessé ? Où ?...

Hilarion nia de la tête. Il cherchait son souffle sans pouvoir le retrouver :

— Ils ont tiré sur nous dans les plantations, c'est le massacre !...

Domenica lui posa la main sur l'épaule.

— ... Il y a des rescapés, cachés dans les plantations... Les
gardes les traquent, il faut les sauver... Il y a un milicien
dehors, il nous a aidés, il vous indiquera... Des blessés, beaucoup de blessés... Vite, vite...

Santa-Cruz s'était redressé. Il fit quelques pas, et les regarda tous :

— Ainsi, c'était ça ! C'est amer à avaler ! Ainsi il voudrait
faire de notre peuple entier une race de chacals à son image !
Aujourd'hui, nous voyons plus que jamais que nous ne pouvons plus tarder à créer ce parti du peuple dominicain, un
parti de combat, le parti qui battra Trujillo, tôt ou tard !
Mais, nous avons, à défaut de parti, notre conscience, notre
conscience de dominicains et de communistes, puisque nous
nous considérons comme tels... C'est à nous qu'il appartient
de sauver l'honneur...

Il se tut un moment. Il avait des larmes plein les yeux :

— ... Maintenant, pas une minute à perdre. Il faut y aller
camarades ! Je crois que nous pourrions alerter tous les
démocrates que nous connaissons, tous les gens de cœur...
Nous ne connaîtrons de refus chez aucun dominicain honnête.
Il faut trouver des voitures, beaucoup de voitures... Domenica pourrait prendre celle de ses parents. Je suis sûr qu'on
peut amener directement les blessés à la clinique de Macarrez,
il ne refusera pas. Il faudra héberger tous les autres comme
on pourra, trouver de l'argent, les faire partir au plus vite...

Pour le moment, il s'agit pour nous tous de sortir dans les rues et d'arracher les victimes aux chiens de Trujillo...

Domenica prit la main d'Hilarion :

— Comment te sens-tu ? demanda-t-elle.

— Ça va, dit-il... Claire-Heureuse et le bébé... Il faut aller à la maison, si on ne les trouve pas là, ils seront chez Conception, à côté...

Ils s'étaient levés. Domenica avait le visage grave, ses yeux s'était rapetissés, elle contractait les paupières pour empêcher les larmes de venir :

— Reste ici, je vais parler au jardinier, personne ne te dira rien. Il t'aidera lui aussi... Mais si on vient, ne réponds pas, cache-toi, jusqu'à ce que tu voies qui c'est...

Elle partit, la tête droite, passa la porte et sans se retourner lui fit un geste de la main...

**

Accompagnés d'indicateurs, les gardes, les policiers fascistes et les militants du parti trujilliste couraient à travers la ville, titubants, hurlants, le rire et la morgue à la bouche, ivres de sang, d'alcool et de pillage.

L'alarme avait été donnée. Des groupes de fuyards essayaient de gagner la maison de quelque ami. Des femmes, chargées de paquets, aux bras desquelles s'accrochaient des grappes de marmaille, couraient, collées aux murs, se rejetant dans la première porte cochère, dans la première maison, au moindre bruit annonçant les tueurs. Il pleuvait.

Quand une victime tombait aux mains des bandes trujillistes, des hurlements de joie saluaient la capture :

— *Pelehil...*

faisaient-ils répéter au prisonnier. Alors ils se le renvoyaient de main en main. Pas la peine de gaspiller des balles pour tuer, un coup de couteau ou de baïonnette sous le bras, puis on lâchait la victime qui s'écroulait. Pour les enfants, il suffisait de leur fracasser la tête contre les murs. Les fascistes éventraient les paquets et s'abattaient dessus, brandissant chacun leur aubaine.

Parfois de courtes bagarres éclataient entre les pillards. D'autres fois, les fuyards essayaient de se défendre, à coups de pied, à coups de poing, à coups de dents. Alors les fascistes tiraient.

Toutes les maisons étaient fermées, les dominicains eux-mêmes tremblaient; dans l'état où ils étaient, les fascistes n'étaient d'humeur à rien respecter. Les portes s'entrebâillaient furtivement devant les rescapés. Quand un indicateur leur désignait une maison où habitaient des haïtiens, ils brisaient les portes à coups de crosse et de talon, puis se ruaient à l'intérieur. Les cris des femmes violées et des blessés, les râles des mourants, le clapotis de la pluie sur les toits, les détonations de la foudre et des armes à feu se mêlaient dans un tintouin d'orage hertzien.

Les voitures sillonnaient les rues à toute allure. C'étaient les sauveteurs qui ramassaient les blessés et recueillaient les fuyards. Les portes s'ouvraient après le passage des fascistes, on se précipitait sur les corps allongés sous l'averse, pour transporter ceux qui n'étaient que blessés.

Le peuple dominicain livrait bataille comme il pouvait, avec tout son cœur, avec toutes ses mains, il disputait chaque vie aux tueurs fascistes et à la mort. Les démocrates dominicains étaient sortis de la grande nuit dans laquelle ils se débattaient obscurément, les communistes s'étaient jetés dans la rue, au premier rang, organisant l'évacuation à la barbe de la police, des gardes et des trujillistes.

Ce jour-là, il y eut de telles horreurs, sous la pluie battante que la bouche donnait un goût de cendres, que l'air était amer à respirer, que la honte oppressait le cœur, que la vie avait une saveur de dégoût. Des choses qu'on n'aurait jamais pu imaginer sur la terre dominicaine. Tout ce qu'il y avait de noble, de pur, de grand dans l'âme d'un peuple simple et humain, fut traîné dand la lie boueuse de la pluie battante, par le Chacal et ses sbires. Tant que cette terre durerait, elle garderait les traces de ces mares de sang fraternel et les enfants dominicains des temps à venir baisseraient la tête devant ces taches infamantes...

V

— Allons, il est temps de partir, c'est le moment...
Ils ouvrirent difficilement les yeux et les refermèrent aussitôt. L'homme penché sur eux, les secouant doucement, tenait
en effet une grande torche de bois de pin qui les éblouit. Ils
s'accoudèrent, arrachèrent la paille emmêlée dans leurs cheveux, fouillèrent leurs vêtements pour y cueillir les brins qui
s'y étaient glissés, puis, se dressèrent.
— Le soleil va se lever..., je sais que vous êtes encore très
fatigués, mais on ne peut pas attendre. Il y a encore deux
heures de marche avant d'arriver au bourg...
Désiré s'était mis à pleurer, Claire-Heureuse lui ferma la
bouche avec son sein. Hilarion frottait ses pieds, meurtris et
blessés. Le chien s'était mis à grommeler, gueule fermée avec
un regard de travers pour les étrangers. Le bonhomme avait
un drôle de nom : Cocozumba.
— ¡ La boca ! ¡ Arroyo ! interjeta-t-il.
La bête s'allongea, le museau entre les pattes.
— Je n'ai plus de café, excuse, mais je viens de traire le
lait, il est tout chaud...
Ils se trouvaient dans une pièce carrée, éclairée de vagues
clartés, par une petite fenêtre. Un abri de bouvier, au flanc
d'une colline. Les murs étaient crépis de boue séchée sur un
clissage en bois. Il n'y avait pas de plafond, quelques tra-
verses mal dégrossies, qui laissaient voir le chaume sale de
la toiture. Dans un coin, la paille de mil était ramassée en
tas, ils s'y assirent. Dans l'autre angle, un foyer formé par
trois grosses pierres noircies.
— ... On ne vient que de temps en temps, enchaîna Cocozumba, alors il n'y a rien ici. C'est comme ça avec les
bœufs. Il faut se promener tout le temps. Prenez encore un

biscuit... Avant, moi aussi j'étais coupeur de cannes, mais
on se fait vieux, alors je suis devenu *hattier*[1]. Toutes ces
cannes que vous avez vues sont à ce cochon de Perlaverde !
Et puis cela n'est rien, il a des quantités de troupeaux comme
le mien...

Il se tut, mastiqua un bout de biscuit trempé dans du lait
et poursuivit :

— Combien croyez-vous qu'ils en ont tué ? Pour Dajabon
seulement, on parle de près de dix mille... Par ici les gens
ont peur de parler, mais il y en a des mille et des cents... A
ce qu'on dit il y avait la *huelga ?*... Moi, du temps que j'étais
coupeur de cannes, j'en ai connu des haïtiens ! Oh ! ils étaient
peut-être un peu batailleurs, mais c'étaient des hommes
« totals ». Jamais ils n'ont fait de tort à personne... Je l'ai
connu aussi, Trujillo, oh ! il n'y a pas longtemps, avant qu'il
ne soit président, naturellement. Je l'ai vu arrêter, de mes
yeux vu, parce qu'il avait volé un bœuf. Les gardes le menaient avec la bête, on l'avait attaché avec des cordes. Des
quantités de gens l'ont vu et reconnu, c'était bien lui... Sa
mère était une femme bien honnête, mais lui, ça a toujours
été un voyou. Quand il est sorti de prison, il est entré dans
la gendarmerie des américains, le salaud. Maintenant, il est
généralissime, président, *et quotera et quotera...* Si c'est pas
une honte pour des dominicains ! Un voleur et un ancien
chulo[2] !... Assassiner de sang-froid des dizaines de milliers
d'hommes, de femmes et d'enfants comme ça ! Faut avoir
une « pute » comme marraine et un cochon marron comme
père pour imaginer et faire ça...

La colère le faisait trembler. Il cracha dans un coin, fit
passer sa machette sur sa fesse et se dressa.

— Allons, fit-il...

Ils se levèrent. Hilarion chargea son baluchon au bout d'un
bâton et prit Désiré dans ses bras. Ils sortirent. Cocozumba
regarda le ciel qui commençait à bleuir.

— L'étoile est encore là, mais elle ne va pas tarder à disparaître, il ne doit pas être loin de trois heures...

Il alla à la barrière de l'enclos voisin et tira les barres de
bois. Un petit cheval accourut avec un hennissement clair.
C'était une bête blanche, pommelée, étoile noire au front. Le
chien se mit à japper et sauta dans l'enclos.

---

1. *Hattier :* gaucho, cow-boy, vacher.
2. *Chulo :* maquereau, homme qui se fait entretenir par les femmes.

— Vous avez déjà monté à dos de bœuf ? questionna Cocozumba...

Ils en avaient tellement supporté, ces jours derniers, que plus rien ne leur importait, ils haussèrent des épaules.

— Je dis ça parce que le cheval est dur. Il est même un peu vicieux et très ombrageux. Il y a dans le troupeau un bœuf sur lequel on peut monter en toute tranquillité. Et puis vous serez plus à l'aise vous deux avec l'enfant...

Ils entrèrent dans l'enclos. Les bêtes commençaient à se presser à qui mieux mieux vers la barrière. Cocozumba saisit la tête d'un bœuf alezan foncé dans ses bras et l'attira. La bête le suivit. Il la caressa, lui lustra le poil du cou et se mit à lui chuchoter à l'oreille. Le bœuf redressa la tête. Cocozumba sortit un anneau auquel était attaché une corde. Il noua une autre corde en licou, autour du museau, tira sur l'anneau pour ouvrir la fente et le passa dans la cloison nasale percée de l'animal. Puis, il étala deux sacs de jute sur le dos de la bête.

— Vous pouvez monter maintenant. Vous n'avez pas besoin d'avoir peur, cette bête est plus douce qu'un mouton. En tenant la corde qui est attachée à l'anneau et en faisant comme ça, vous pourrez la diriger...

Ils s'installèrent. Cocozumba tint le pied à Claire-Heureuse qui sauta en amazone, en croupe. Hilarion lui donna Désiré et grimpa sur le dos du bœuf. Cocozumba commença à sortir les bêtes, avec des « ¡ Ho ! », « ¡ Aca ! », « ¡ Anda ! ». Le troupeau était fort d'une quarantaine de têtes. Quand il fut rassemblé et engagé dans le sentier, Cocozumba sauta en selle, se lança au galop, passa en tête du troupeau, puis rejoignit en arrière Hilarion et Claire-Heureuse qui venaient sur leur bœuf. Le chien trottait autour du troupeau, joyeux, jappant pour ramener les bêtes qui s'écartaient.

Le chemin, ombragé par de grands arbres ondulant sous l'haleine de l'aube, serpentait, descendant la colline. Il était pierreux, dur, mais des touffes d'herbe rase poussaient sur les bords. De temps en temps, le vieux *hattier* passait en tête du troupeau puis revenait en arrière. Des touffes de belles-de-nuit sauvages illuminaient le feuillage de bouquets roses. Des cactus se dressaient çà et là, enchevêtrés en haies. Les oiseaux commençaient à enchanter la campagne de trilles. Les dernières chauves-souris battaient leurs ailes de toile, traquées par les premières lueurs de l'aube.

Ils avançaient rapidement, sans parler, chacun avec ses

pensées. Le vieux bonhomme ne voulait pas les déranger. Et
puis, il ne savait que leur dire. Il sentait que son verbiage
sonnait faux contre la lourdeur qui pesait l'âme de ceux
qu'il accompagnait. Il aurait voulu les arracher au film d'horreur qu'il sentait toujours collé à leurs yeux; mais le cœur
humain est une chose si complexe ! Il avait peur de leur
faire mal avec des paroles inconsidérées. Depuis qu'il était
avec eux, Claire-Heureuse n'avait pas dit un seul mot, cour-
bée sur le bébé qu'elle tenait serré contre son ventre. Hilarion
ne répondait que par monosyllabes. Cocozumba aurait voulu
leur manifester sa sympathie, leur expliquer que le peuple
dominicain n'était pas responsable du sang versé, mais il ne
pouvait trouver les mots. Il était maladroit, il avait honte.
Il se donnait une contenance en criant sur les bêtes, les ra-
menant quand elles s'écartaient. Il était conscient de paraître
à leurs yeux complice des assassins fascistes. Complice parce
qu'il s'occupait de ses bêtes dans ces montagnes odorantes,
les collines vertes, les aubes fraîches, les crépuscules enchan-
tés de sa campagne, tandis que des centaines de milliers de
malheureux couraient sur toute la terre dominicaine, agrip-
pés de toutes leurs forces à l'espoir, poursuivis par le galop
fou des bottes des tueurs. Complice, parce que lui, Cocozumba, ne faisait rien contre Trujillo. Complice avec ses paroles de consolation.

Un clapotis se fit entendre, un ruisseau qui chantait au
tournant du chemin. Il se montra bientôt, barrant la route,
clair, transparent, moussant sur les pierres qui encombraient
son lit. Les veaux sautillaient pour entrer dans l'eau après
leurs mères vaches. Les bêtes se bousculèrent pour boire,
elles soufflaient bruyamment, relevaient la tête, puis replon-
geaient le museau dans l'eau. Claire-Heureuse donna de la
corde au bœuf qui les portait pour le laisser boire.

Au fil de l'eau flottaient des gousses de *sucrin*[1]. Cocozumba avança sa bête au milieu du ruisseau, le cheval avait
de l'eau jusqu'aux genoux, il n'eut qu'à pencher le bras
pour attraper les gousses brunes, puis il les tendit à Claire-
Heureuse :

— Ces *sucrins*-là sont renommés, tellement ils sont doux...
Il était tout heureux d'avoir trouvé un geste à faire pour
dissiper la gêne dans laquelle les plongeait le silence. Claire-
Heureuse tournait l'offrande entre ses doigts.

---

1. *Sucrin* : fruit tropical, gousse sucrée brun jaunâtre.

— Mange-les, lui dit Hilarion.

Elle y goûta du bout des lèvres, pour faire plaisir, mais elle n'en avait pas envie. Cocozumba posa la main sur le bras d'Hilarion pour attirer son attention. En effet, l'oreille attentive pouvait discerner un léger galop. Cocozumba tira son long fouet de corde, le fit claquer sur le dos des bêtes qui rentrèrent les fesses et traversèrent au petit trot le courant. Des petits geysers d'eau glacée leur mouillèrent les jambes. En un clin d'œil le troupeau traversa et reprit sa marche. Le bruit du cheval se rapprochait.

— Vaut peut-être mieux descendre et attendre qu'il passe, dit Cocozumba...

Le vieux *hattier* vint les aider à descendre, ils se cachèrent dans les taillis qui bordaient le chemin. Le troupeau recommença à avancer. Le cavalier arrivait au grand galop, il fit cabrer son cheval et s'arrêta juste au bord de l'eau :

— Hé, l'homme ! On peut passer ?

— Faites attention, à gauche il y a un trou, vous pouvez passer à droite.

Le cavalier engagea sa bête. C'était un citadin. Bottes vernies, culotte de cheval, casque colonial et fine cravache de cuir jaune tressé.

— Ne laissez pas boire votre bête, *caballero,* cette eau est presque glacée, elle peut lui donner un chaud et froid...

Il ne répondit pas et piqua des deux, en plein dans le troupeau. Les bêtes apeurées se garèrent au bord du chemin. C'était une fausse alerte.

Hilarion et Claire-Heureuse remontèrent sur le bœuf. Heureusement que le gosse ne s'était pas mis à pleurer! On reprit la route. Le jour blanchissait de plus en plus.

Il y eut comme ça deux ou trois alertes. Ils se cachaient puis repartaient. Le plus souvent c'étaient des paysans.

— ¡ *Adios, compadre !* disaient-ils à Cocozumba.

Ils échangeaient quelques paroles de politesse, puis repartaient, remarquant que Cocozumba voulait aller seul. Il avançait doucement, en effet.

Maintenant il faisait grand jour; ils étaient arrivés près d'un énorme *mapou* qui pouvait être centenaire. Le tronc devait faire dans les quinze à vingt mètres de circonférence. Cocozumba s'était arrêté.

— Je ne peux pas aller plus loin, dit-il simplement.

Depuis deux jours qu'ils voyageaient ensemble, le silence avait tissé des liens dont ils n'avaient pas mesuré la force. Ils se trouvaient maintenant sans voix au moment de se quitter. De toute façon, ils ne se verraient vraisemblablement jamais. Derrière la ligne feuillue de l'horizon, qu'allaient-ils rencontrer ? Cette terre promise qui se trouvait au-delà de la frontière encore si lointaine, ou une mort stupide, douloureuse, en pleine campagne ?

— Cette voie mène droit au bourg... Dans ce petit sentier vous rencontrerez trois passes d'eau, après la troisième, vous couperez par le champ de petit-mil qui se trouve sur la gauche et vous retrouverez la grand-route... Elle mène à Laxavon, vous ne pourrez pas vous tromper, il n'y a que de petits chemins à la traverser. Droit vers le soleil couchant... Et puis, je crois que c'est marqué...

Cocozumba prit Désiré dans ses bras, passa la main sous sa tête ronde, comme s'il portait le Saint-Sacrement, et posa un baiser sur cette tendre joue. Fouillant sous sa propre chemise, il en tira un scapulaire marron :

— D'un côté il y a saint Christophe et de l'autre saint Benoît. Comme vous voyagerez la nuit, ça le protégera...

Maintenant ils ne pouvaient plus ruser avec le silence. Il leur fallait dire adieu au bonhomme, peut-être comme au dernier messager qui rapporterait leurs ultimes paroles. Ils s'étreignirent avec une telle force qu'ils en eurent mal. Cocozumba leur fit ses recommandations :

— Gare à la froidure, ici, le soir, le serein commence à tomber tôt... Et puis faites attention à ne pas manger n'importe quelle graine des bois... Prenez garde, dans les mauvais carrefours les démons et les *bacas*[1] sont aussi dangereux à midi qu'à minuit... Pour le reste, à la grâce de Dieu !...

Il leur donna les présents de voyage qu'il leur avait réservés. Ce n'était pas riche, mais il avait mis tout ce qu'il avait pu. Hilarion essaya de le remercier. Les mots venaient mal, ça s'étranglait dans sa gorge :

— ... Ce qu'ils nous ont fait, je ne peux pas te promettre de l'oublier, je ne crois pas que je pourrai, jamais... jamais... Mais si on en sort vivants, jamais non plus je ne manquerai de dire ce que des tas de dominicains ont fait pour nous sauver...

Le troupeau s'impatientait et voulait pousser vers la route,

---

1. *Baca :* être fantastique malfaisant des croyances populaires. Le baca est censé être une chèvre-pied, ou simplement un bouc, ou une bête informe.

le chien avait du mal à le retenir. Alors, ils se séparèrent, les fuyards descendirent par le sentier et commencèrent à s'éloigner.

Cocozumba les rappela et courut les rejoindre :

— Ce poignard appartenait à mon grand-père, puis mon père l'a eu avant moi, j'y tenais beaucoup. Je n'ai pas de fils, prends-le, *chico,* tu en auras peut-être besoin... C'est une vieille arme d'autrefois, une arme du temps où les dominicains se battaient pour leur existence...

La main d'Hilarion hésitait à prendre le poignard au manche de nacre incrusté d'un filet d'or.

— ... Ce poignard n'a jamais fait couler injustement du sang d'homme, reprit Cocozumba, prends-le, *chico...*

Hilarion prit le poignard. Les deux hommes se regardèrent dans les yeux.

— Je ferai savoir à mon compère Santa-Cruz, que je vous ai laissés sains et saufs. Maintenant, à la grâce de Dieu, *haïtiano !...*

Ils se baillèrent la main, fortement.

— ¡ *Adios, compadre !...*

Cocozumba le regarda s'éloigner.

— Deux montagnes ne se rencontrent pas, mais deux chrétiens vivants se rencontrent toujours ! leur cria-t-il encore alors qu'ils disparaissaient...

L'écho répercuta les paroles, les amplifia, et les fit rouler dans le vallon.

⁂

Claire-Heureuse ne marchait plus que comme une somnambule. Non que ses pieds lui fissent mal — elle ne les sentait plus du tout — mais une voix hurlait en elle comme un garde-chiourme furieux :

— Marche, marche donc !... Eh ! va donc ! Plus vite que ça, *haïtiana maldita !*

La voix tambourinait à ses tempes, battait aux veines de son front, gonflées comme sous un chapeau trop étroit, la voix emplissait sa gorge, faisait écho dans sa poitrine, résonnait dans son ventre, faisait frissonner la peau de ses cuisses brûlantes et huilées de sueur, secouait ses jambes d'un pas saccadé, mécanique, forcené. Les yeux largement ouverts, hagards, elle forçait ses pieds d'où suintait le sang, avançait sans parler, l'enfant embrassé sur son cœur.

Depuis que la veille, se retournant, elle avait cru apercevoir des gardes sur la route, la panique l'avait prise; elle marchait comme ça, ne s'arrêtant que lorsque Hilarion lui imposait, presque de force, de prendre un peu de repos. Au premier bruit, elle sautait debout et repartait avec son fardeau vivant, solidement arrimé contre sa chair.

Les dernières brumes du matin avaient disparu, le soleil venait de faire une irruption brutale sur la route. Seuls les bois sauvages qui la bordaient engendraient encore un peu de clair-obscur et des ombres colorées :

— Faut s'arrêter, Claire-Heureuse, maintenant il n'y a plus moyen... Les gens vont commencer à passer sur la route... Jusqu'où tu crois pouvoir aller comme ça ?... La seule chose qu'on obtiendra c'est que tu t'affaisses d'un coup...

Elle répondit à son regard implorant par des yeux vides de toute vie. Il lui posa la main sur l'épaule et la serra avec force et amour. Elle se réveilla de son lourd sommeil aux yeux ouverts et d'un mouvement de tête inspecta la route inondée de soleil. Elle desserra l'étreinte qui plaquait l'enfant contre sa poitrine, alors Hilarion put le lui prendre. Il lui saisit le bras et l'entraîna sous le couvert des bois sauvages. Les branches de *bayahondes* les fouettaient au visage, des débris de chandelles, de cadasses et d'autres cactées leur piquèrent les pieds. Ils pénétrèrent au plus profond des taillis.

Claire-Heureuse s'était assise sur une souche à demi pourrie, Désiré fut allongé sur une place nette, Hilarion s'accroupit, une main à la mâchoire. Maintenant toute la fatigue accumulée s'abattait sur Claire-Heureuse et fit lâcher ses nerfs, elle se mit à sangloter, la tête dans ses bras croisés. Hilarion, impuissant, se mit à tisonner machinalement, avec un bout de bois, une motte de terre percée comme une vieille éponge, une toiture de fourmilière.

Hilarion redressa la tête. Les sanglots nerveux qui secouaient Claire-Heureuse s'espaçaient, se prolongeaient dans une respiration plus forte. Il se leva et alla écouter de plus près. Maintenant c'était un ronflement, un cri-râle qui s'échappait des lèvres agitées par la danse de Saint-Guy des nerfs à bout. Claire-Heureuse dormait.

Hilarion hésita, puis d'un geste brusque il dégaina la machette, rapprocha Désiré contre Claire-Heureuse et lui passa son bras gauche autour de la taille de sa compagne. La main droite crispée sur sa machette, il s'allongea aussi, la tête sur la souche. Il s'efforça de rester éveillé encore un peu.

Maintenant, les fourmis qu'il avait affolées en tisonnant la motte, réparaient leur demeure. Arc-boutées autour des poudres de la fourmilière, les animalcules s'acharnaient sur les grains de sable et sur les blocs de terre. En file indienne, des cohortes passaient et repassaient par les souterrains dont la lumière avait été bouchée par les éboulis. Les ponts de glaise furent rétablis, les cadavres portés à bout de mandibules par des croque-morts chancelants furent proprement dévorés. Des fourmis furetaient pour réparer les derniers dommages, le front de travail avait été rompu. De nouveau, maintes équipes reprirent le sentier de chasse. Bientôt une animation extraordinaire s'empara des insectes, ils se frottaient le nez à qui mieux mieux, s'annonçant une nouvelle importante. En un moment la fourmilière se vida et se dirigea droit vers l'occident. Au détour d'une bosse, un monstrueux *gongolo* [1] se débattait parmi une meute de fourmis. Le petit mille-pattes rouge rencontrait, de quelque côté qu'il se dirigeât, des légions toujours renouvelées. Alors il rétrécit ses anneaux sous leur carapace chitineuse et rentra les pattes. Les fourmis tournaient et se retournaient autour du petit corps annelé, inerte, mais pour eux gigantesque et extraordinairement pesant. Le *gongolo* reposait tel une de ces vieilles armures de *samouraï* nippon, peintes de couleurs vives. Les hordes devenaient innombrables et réussirent enfin à charger le mille-pattes retourné et à le porter dans une procession lente vers la fourmilière dont la tache blanchâtre étincelait au soleil.

Hilarion ronflait à son tour.

*
**

Hilarion sauta sur sa machette et se dressa. C'était une énorme chienne qui, assise sur son siège, à deux pas de lui, les regardait. De temps en temps, elle poussait un court geignement, se mettait à gambader, puis se rasseyait et recommençait à les regarder, la tête penchée de côté, avec un œil triste.

Claire-Heureuse se réveilla à son tour. Le soleil était maintenant très bas. Ainsi ils avaient dormi depuis le petit matin. Désiré ne les avait pas réveillés, lui aussi écroulé de fatigue. Cet animal, assis devant eux et les regardant, avait fait res-

---

1. *Gongolo :* petit annelé rouge cerise à carapace chitineuse.

surgir en elle ce vieux compagnon de ces jours derniers, la bête de la peur qui cheminait avec eux. Elle se dressa d'un bond :

— On dit qu'ils nous poursuivent avec des chiens, celui-là est peut-être un des leurs, tue-le, Hilarion, tue-le...

Elle la désignait, le doigt brandi, fiévreuse et glacée à la fois. Ouvrant des yeux exorbités elle s'entremit entre la bête et l'enfant.

— C'est une chienne, une chienne qui vient à peine de mettre bas, regarde...

En effet, la chienne avait des mamelles pleines, qui traînaient presque sur le sol. Elle continuait son manège, de gambader, de faire mine de s'en aller et de se rasseoir.

Ils s'étaient mis à manger un bout de cassave, avec de l'avocat. Hilarion lança un morceau à la bête qui se rapprocha, l'avala en un tour de langue et recommença son manège. Elle s'asseyait maintenant de plus en plus près. Après avoir attrapé un nouveau morceau, la chienne se rapprocha de Désiré et se mit à lui lécher les pieds. Claire-Heureuse, apeurée, la chassa d'un geste brusque. La bête recommença d'aller et de venir.

— Laisse-la, dit Hilarion, cette bête veut dire quelque chose...

La chienne s'était maintenant allongée à côté de Désiré, lui léchait les mains et les pieds, puis se relevant brusquement, elle recommença à s'éloigner et à revenir.

— Cette bête veut dire quelque chose, reprit Hilarion.

Il se leva pour la suivre.

— N'y va pas ! lui lança Claire-Heureuse.

— C'est peut-être un rescapé qui est malade ou blessé dans les *hagiers* [1], il faut aller y voir.

— Je vais y aller aussi !

Elle prit Désiré dans ses bras et s'apprêta à le suivre. Ils marchaient dans les ronces et les halliers à la suite de la chienne qui filait, frétillante parmi les feuilles de pourpiers, les chiendents sauvages et les touffes jaunes des « fleurs-cap ». Le soleil couchant rendait plus sombres les grands cadasses tendant leurs branches nues droit vers le ciel, telles des bouquets de cierges. L'air avait une teinte rougeoyante, les ombres plaquées au sol étaient sombres mais mordorées de reflets colorés.

---

1. *Hagiers* : halliers, buissons sauvages.

La chienne continuait à leur faire signe dans son langage gestuel. Elle les attendait, debout, la tête couchée entre ses pattes antérieures avec un petit regard coulissé, implorante. « Venez, vous qui êtes des braves gens, venez voir une chose amère pour mon âme de chienne... Moi je n'ai que mes pattes et ma fidélité, venez avec vos bras et votre bonté... »

Ils n'avaient pas fait cent mètres qu'ils arrivèrent. Sous un figuier maudit, tout rabougri, tout ratatiné, le sol pierreux était ouvert. Un bébé de quelques mois, la tête ouverte, une étoile de sang au front, reposait à côté de la fosse à demi creusée, dormant de son dernier sommeil. Un corps d'homme à moitié plongeant dans le trou dépassait de la fosse. La chienne s'abîmait maintenant au désespoir. Opérant une danse de mort, de l'enfant à l'homme, elle poussait des petits geignements grinçants, la gueule animée d'un tremblement frénétique. Elle ne s'arrêtait que pour essayer de retourner le petit cadavre avec ses pattes, le lécher et se frotter contre lui.

Claire-Heureuse s'était caché le visage avec une main et appuyait la tête contre l'arbre pour ne pas voir. Quand Hilarion eut sorti l'homme de la fosse, il vit que lui aussi était mort. Il avait dû s'être battu furieusement. mais les blessures dont il était couvert ne donnaient plus de sang. La mort avait dû l'arrêter alors qu'il luttait de toutes ses forces pour donner une sépulture à l'enfant Il était mort la tête dans le trou, les mains encore pleines de terre. Une croix faite de deux morceaux de bois gisait à côté de lui.

Hilarion prit sa machette et se mit à creuser. Claire-Heureuse n'avait plus de larmes, assise sur le sol, elle agitait ses pieds avec désordre comme s'ils étaient pris du spasme même de la mort.

Quand le trou fut creusé, Hilarion y coucha l'homme et l'enfant et fit tomber la terre sur eux. La chienne grattait le sol de toutes ses forces, mais la terre ensevelissait les cadavres plus vite que la bête ne pouvait l'enlever. Bientôt, la butte caractéristique des sépultures humaines s'éleva et Hilarion la foula.

Maintenant, l'homme, la femme, l'enfant éveillé et la chienne regardaient le tertre couronné de fleurs sauvages où reposaient les inconnus.

— Il est temps de repartir, murmura Hilarion.

Il prit la croix et la ficha sur la tombe.

Claire-Heureuse arracha la croix :

— Non, dit-elle, ce n'est pas vrai, il n'y a pas de bon Dieu !
Dieu n'existe pas ! reprit-elle avec force.

Hilarion la regarda, elle tremblait.

— L'homme voulait la croix, dit-il simplement.

Il replaça la croix, chargea Désiré sur son épaule, et entourant sa femme de son bras, il repartit. En se retournant, il vit la chienne couchée sur la tombe, les yeux clos, la gueule ouverte.

⁂

Ils étaient fourbus, ils ne mangeaient que ce qu'ils pouvaient trouver au bord des chemins. Ils ne parcouraient plus que quelques kilomètres par nuit. Leurs pieds étaient des plaies, la fièvre brûlait leur sang.

Ils avaient retrouvé la chienne un soir, à côté d'eux, alors qu'ils s'étaient enfoncés dans un taillis taché de « bonbons-capitaines » pour y dormir. Elle allait maintenant avec eux, aboyant quand elle sentait un être humain dans le voisinage, mais le plus souvent muette, résignée, s'allongeait à côté de Désiré à chaque fois qu'on le posait par terre.

— La terre haïtienne ne doit plus être loin ! répétait Hilarion après chaque étape.

Leurs forces s'épuisaient. Ils se tapissaient dans le premier abri venu, attendant le retour d'un peu d'énergie et l'ombre propice.

⁂

Ce matin-là, ils se trouvaient au bord d'une rivière qui coupait la route. Ils suivirent le bord de l'eau et, à deux cents mètres, ils rencontrèrent une épaisse touffe de bambous enchevêtrés. Se glissant parmi les tiges, ils réussirent à s'installer au milieu de la touffe où il y avait un espace libre. Là, ils seraient bien cachés, tout à fait invisibles, même pour quelqu'un qui passerait à côté.

Hilarion avait réuni quelques morceaux de bois, se proposant de faire boucaner quelques patates douces qu'il avait arrachées au bord d'un champ. Claire-Heureuse s'était adossée à une forte tige de bambou. Avant de manger un morceau et dormir, il fallait faire téter le petit.

Il dormait maintenant presque tout le temps. Ses bonnes joues avaient fondu, ses cuisses étaient toutes ridées, mais quand il s'éveillait un pâle sourire flottait encore sur ses

lèvres violacées. Il faisait encore « *Adada !* » en remuant ses
petites menottes vers la chienne toujours suspendue à son
souffle. Cet enfant était, de la part de la chienne, l'objet d'une
véritable vénération. Depuis le sombre drame qui lui avait
probablement valu de perdre ses chiots, son maître et la
petite fille qui dormaient maintenant dans les *hagiers* du
bois, non loin de Banica, la bête reportait sur Désiré tout le
débordement d'attachement auquel elle avait été habituée.
Elle le couvait, couchée tout contre lui, attentive à ses moindres gestes, remuant la queue quand il souriait, les oreilles
dressées quand il pleurait, ses tristes yeux de bête empreints
d'un pétillement de lumières.

Claire-Heureuse prit Désiré endormi sur ses genoux et lui
mit le sein à la bouche. Les yeux de l'enfant s'ouvrirent, ses
lèvres se contractèrent dans le mouvement de la succion. Il
suçait consciencieusement, mais lâchait le tétin pour pleurer,
puis se remettait à sucer.

Claire-Heureuse prit alors son sein dans ses deux mains
et le pressa de toutes ses forces. Une mince gouttelette blanche suinta, s'arrondit et tomba. La bouche de Désiré s'appliqua sur le mamelon et aspira goulûment. La mère, les yeux
plissés par la souffrance, continuait à presser sur le sein.
Quand Désiré abandonna le sein, un liquide sanguinolent
coulait du tétin. Claire-Heureuse appela Hilarion.

— Je n'ai plus de lait, regarde, l'enfant ne tète plus que
du sang...

Le père et la mère s'abîmèrent dans une contemplation
muette, écrasés par la nouvelle catastrophe qui les frappait.
A travers toutes les privations, toutes les souffrances qu'ils
avaient endurées, ils étaient soutenus par la confiance que
l'enfant, pour sa part, ne pâtirait pas trop...

Il était des moments où ils avaient envie de se coucher
pour mourir, mais la pensée de l'enfant renouvelait leur courage, ils bandaient leurs forces défaillantes, pour porter de
l'autre côté de cette frontière toujours trop lointaine, leur
précieux fardeau. Cette lutte contre la mort était comme un
pont jeté vers l'avenir, pour que l'enfant puisse atteindre les
rives de cette époque qui ne pouvait pas ne pas venir, cette
époque où l'homme serait moins malheureux. Certes, ils voulaient encore vivre pour voir pousser le rameau, l'arroser de
leur douceur jusqu'à ce qu'il puisse résister lui-même au
vent, à l'ondée et aux chaleurs, de toute sa verdeur... Ils voulaient encore poursuivre leur existence de parias, attendant

les miettes d'espérances ! Des mirages évanescents les hantaient encore, mais l'essentiel de ce qui les soutenait, c'était l'enfant.

Claire-Heureuse prit une patate boucanée et, l'écrasant entre ses doigts, elle en bourra la pulpe poudreuse dans la bouche de l'enfant affamé. L'enfant referma avidement la bouche sur cette pâture nouvelle, mais la cracha aussitôt. Il se remit à pleurer de plus belle.

Le regard que Claire-Heureuse jeta à Hilarion lui fit baisser la tête par son agressivité et la supplique qu'il contenait.

Il se leva sans mot dire et, se frayant un chemin parmi les bambous, il partit suivi de la chienne.

*

Coûte que coûte, il devait rapporter du lait pour l'enfant, avant la longue étape qu'ils allaient parcourir le soir même.

Le vallon, crépu de frondaisons verdoyantes, touffu de fraîcheurs vaporeuses et de parfums champêtres, bruissait sous le soleil oblique, de ses mille et une cigales, de tous ses grillons, de ses myriades d'oiseaux. Un hi-han de grison en goguette, le caquetage d'une poule babillarde, des nuées d'abeilles folles d'ardeur disaient le voisinage de l'homme.

Hilarion, la chienne à ses talons, avait pénétré dans un champ d'herbes de Guinée et se dirigeait droit vers la voix des animaux domestiques. Cachés par les hauts herbages, ils avançaient précautionneusement vers le rideau d'arbres qui ondulait à quelque deux cents mètres de là.

Chance serait de tomber sur un petit *habitant*[1], il arriverait sûrement à se faire donner du lait. S'il y avait une vache, il aurait tout ce qu'il voudrait, s'il n'y avait qu'une chèvre, il en aurait tout de même un bon bol. Mais si c'était chez quelque planteur de la ville qu'il échouait, il n'y aurait aucun espoir. Il faudrait le prendre.

Maintenant, le rideau d'arbres était tout proche, une mèche hirsute de fumée sombre ondulait au-dessus de leur faîte. Il fallait avancer avec plus de précautions.

Une escadrille de volatiles passa au ras de sa tête et se cabra, prenant de la hauteur. C'étaient des perdrix blondes aux yeux rouges qui, probablement, allaient à l'eau. Le meuglement d'une vache vint réchauffer son cœur. Alors, il se

---

1. *Habitant :* paysan.

lança à découvert. Un petit sentier bordait le champ d'herbes,
puis se coulait à travers les arbres, grimpant sur un mamelon boisé.

Il prit le sentier, la fumée se faisait de plus en plus dense
et les arbres se clairsemaient. Il arriva en un endroit
où se dressait un fourneau en maçonnerie, un four à chaux
qui brûlait. La colline était profondément entaillée à côté du
four. La chair blanchâtre de la pierre à chaux étincelait au
soleil. Planqué derrière un arbre, il examina les lieux d'un
seul regard. Pas un homme dans la clairière, pas une chaumière en vue. Il se mit à réfléchir. C'était pourtant dans cette
direction qu'il avait cru entendre les bruits. A moins que le
vent capricieux qui soufflait de-ci de-là ne l'eût trompé. De
toutes façons, il ne ferait sûrement pas bon de rester près de
ce four à chaux. Il se décida vite. Il fallait tenter sa chance
et continuer dans la même direction, sinon il risquerait de
ne rien trouver.

— ¡ Aca ! dit-il à la chienne qui furetait, le museau dans
une touffe verdoyante.

Il contourna la clairière et se glissa droit devant lui dans
le petit bois. Il aperçut au bas de la colline la toiture d'une
chaumière perdue dans le feuillage, son cœur se rasséréna.
En quelques pas, il dévala la colline.

Un vieillard, avec un petit bouc poivre et sel au menton, ses
yeux rougeâtres de métis mi-clos, était accroupi devant la
porte d'un *ajoupa*, soliloquant à voix basse. A l'approche
d'Hilarion, il sembla se désengluer de ses réflexions moroses.
Il ne remua pas, mais coulissant un regard derrière ses paupières plissées, il dévisagea l'étranger.

— *Buenos dias, don,* lui dit Hilarion.

Il acquiesça de la tête, soupçonneux devant ce hère mal
famé, loqueteux et crotté comme un vieux peigne. Il attendait
des explications. Hilarion lui raconta son histoire, cependant,
le vieillard ne semblait pas l'écouter, il ouvrait l'œil, l'attention rivée au petit bois. La chienne avait aussi relevé les
oreilles, la queue entre les jambes. Soudain, tandis qu'Hilarion disait qu'il lui fallait absolument un peu de lait, le vieux
le poussa vivement à travers la porte.

— Entre, *chico*, entre, je crois qu'on vient...

Le vieux eut à peine le temps de reprendre son air en-
gourdi que du couvert émergea un officier suivi d'un soldat.
L'officier était en treillis de campagne kaki, bottes de cuir
lie-de-vin, une carabine légère à double canon à la bretelle,

la poitrine barrée de cartouchières, le large feutre kaki, héritage des « marines-corps » américains en arrière de la tête. Le soldat portait deux carniers, une autre carabine et aussi des bandes cartouchières. Un chien les suivait, un grand molosse blond.

Ils approchaient rapidement de la maison. La chienne était restée dehors et s'était couchée devant l'huis. Les bottes de l'officier criaient sur le chemin caillouteux, il s'énervait contre ces pierres qui roulaient sans cesse sous ses pieds.

— Par où arrive-t-on à la rivière, paysan ? Peux-tu nous dire le chemin ?

Le vieillard allongea le bras vers la colline.

— Tout droit sur le dos d'âne, puis vous prendrez le petit sentier à gauche, il y mène...

— C'est vrai qu'il y a beaucoup de ramiers et de perdrix par ici ?...

Hilarion était plaqué contre le mur à un angle de la pièce. La lumière qui entrait par la déchirure de la porte faisait un couloir, dans le clair-obscur de la pièce et se confondait avec celle qui venait de la chambre du fond. Il retenait son souffle. De l'intérieur arrivait le va-et-vient d'un balai sur le sol de terre battue.

Le chien vint renifler la chienne qui, assise sur son derrière, se mit à grommeler. Les deux bêtes se regardaient fixement. Le molosse avec sa belle trogne trop bien nourrie, semblait néanmoins impressionné par les méchantes dents jaunâtres de la chienne qui l'attendait, le poil hérissé. Elle flairait l'ennemi. Depuis des jours, elle avait appris à reconnaître l'uniforme que portaient ces hommes et n'était pas disposée à accepter les mamours du mâtin. Prête à combattre, elle l'attendait, les yeux injectés. Elle fit une sortie contre lui, la tête rentrée, toutes dents dehors :

— Ra...aoouh !...

Le molosse recula, la queue entre les fesses.

— Haoun ! Haoun !... se contenta-t-il de dire.

— ¡ La boca, Capstan ! jeta l'officier et il continua à questionner le vieux.

Ce dernier répondait avec parcimonie, recroquevillé sur lui-même, mettant sur son visage tout le gâtisme qu'il était capable de simuler. Ils poursuivaient ainsi leur dialogue de sourds quand, dans la maison, on entendit quelque chose tomber sur le sol, puis une voix de femme jeter un cri strident.

La femme parut aussitôt sur le pas de la porte avec une grande précipitation; à la vue de l'officier et de son acolyte, elle s'arrêta, interdite, ne sachant plus quelle contenance prendre, s'apercevant qu'elle venait de faire une grosse gaffe.

En un tournemain, l'officier écarta la bonne femme et entra dans la maison. Il vit Hilarion essayant de se dissimuler derrière la porte. Les deux hommes se jaugèrent du regard. Hilarion sentit un frisson le parcourir des pieds à la tête à la vue de cet ennemi botté. L'officier hésitait, il avança. Hilarion lui, n'hésita pas, il frappa. En pleine poitrine. L'officier essaya de se raccrocher à quelque chose. Hilarion enleva alors le poignard et l'officier tomba sans un cri.

Il se pencha vivement sur le cadavre, détacha le ceinturon-revolver et l'assujettit à sa taille. Il prit le colt dans sa main, enleva le cran de sûreté, puis bondit dehors.

Le soldat allait rentrer. Ils se retrouvèrent face à face. Le soldat fut atteint de plein fouet, au ventre. Il porta les deux mains à son abdomen et s'affaissa. Hilarion lui vida le barillet dans la tête.

Le vieillard et sa femme avaient reculé jusqu'au mur. Hilarion s'avança vers eux.

— C'était moi ou eux, dit-il d'un ton âpre... Je sais que vous devez me dénoncer, mais donnez-moi un peu de temps, juste de quoi repartir...

Le molosse s'était mis à flairer le cadavre du soldat. Alors Hilarion s'élança droit vers la colline. La chienne courait devant lui...

Pendant quarante-huit heures, ils furent littéralement traqués. Les assassins fascistes voulaient venger coûte que coûte les leurs qu'Hilarion avait abattus. Ils déchaînèrent toutes leurs forces contre les milliers de fuyards qui tentaient de gagner la frontière.

Plus ils se rapprochaient de la terre promise, plus ils sentaient les rets se resserrer autour d'eux. Des pendus tiraient la langue aux branches des arbres et tournaient lentement sur eux-mêmes, tels des manèges de cauchemar. Des corps mutilés dormaient au bord des routes.

Passe encore pour les gardes, les soldats et tous les autres, mais quand ils lâchaient les chiens, c'était terrible.

Claire-Heureuse arrivait à peine à se traîner et ne pouvait même plus porter l'enfant. Quand il fallait aller vite, ils l'at-

tachaient sur le dos de la chienne et Hilarion soutenait Claire-
Heureuse. La chienne était pour eux une providence. Ses
mamelles encore gonflées de lait avaient sauvé la vie à Désiré. C'était elle qui faisait le guet et qui reconnaissait le
terrain.

Ce qui était le plus pénible à voir c'étaient les cadavres
déchiquetés par les chiens. Cette mort devait être la plus
affreuse. Une fois, ils eurent à éprouver l'attaque des chiens.

Ça s'était passé un soir sans lune, non loin de la rivière
de Banica. La route courait à quelque deux cents mètres de
la rivière dont les eaux lamées d'éclats frissonnants musi-
quaient incessamment leur chanson millénaire. Ils étaient
dans le fossé de la route, dormants, écroulés après l'accès de
fièvre qui les secouait, tous les soirs, depuis deux ou trois
jours. La sueur amère du paludisme perlait leur front, coulait le long de leur nez jusqu'à leurs lèvres sèches, fuligi-
neuses. Ils dormaient un sommeil hoquetant de tous les
mauvais rêves accumulés qu'ils avaient vécus. La tête entre
les pattes, la chienne sommeillait aussi. Brusquement, elle
se mit à grogner.

Ces grognements avaient maintenant la vertu de leur couper brutalement le sommeil. Ils s'éveillèrent. Les bêtes devaient être au nombre de trois, s'avançant en éventail sur la
route. Un instant Hilarion cessa de les voir. Un nuage venait
de boucher le ciel.

Claire-Heureuse s'accroupit à côté de Désiré, tous les nerfs
tendus, les doigts crispés sur un bâton. Les chiens les avaient
repérés. Ils s'étaient arrêtés au bord du fossé et s'étaient
mis à aboyer. Il fallait les faire taire le plus vite possible,
sinon, ils auraient tôt fait d'alerter les gardes qui les sui-
vaient sûrement à quelque cinquante mètres.

Hilarion bondit, son gourdin s'abattit sur le crâne d'une
des bêtes. Elle s'écroula foudroyée. Les deux autres l'atta-
quèrent. Il faisait des moulinets avec son bâton. Soudain, il
sentit des dents se refermer sur son mollet. Il frappa, mais
ne trouva que le vide. Il s'arracha et sauta dans la fosse. Les
chiens, devenus furieux par le goût du sang, sautèrent après
lui.

Dans la fosse, ce fut une mêlée sauvage. Claire-Heureuse,
Hilarion et la chienne faisaient front aux bêtes. L'une sauta
à la gorge de Claire-Heureuse. D'un coup de bâton, Hilarion
lui cassa les reins et se retourna aussitôt. L'autre chien était
maintenant sur Désiré. Hilarion hésitait à frapper de peur

de faire du mal au bébé. Alors, il la larda de coups de poignard.

Ils se précipitèrent sur l'enfant. Il geignait doucement, les vêtements déchirés, la bête l'avait mordu au bras, aux jambes et au visage. Claire-Heureuse le prit dans ses bras et le palpa. Ses doigts s'humectèrent d'un sirop poisseux : le sang coulait du cou.

Les pas des gardes se faisaient maintenant entendre. Hilarion enleva le cran de sûreté du colt, et ils rampèrent dans un champ voisin.

VI

L'enfant mourut le lendemain. Ils ne s'en aperçurent que quand ils voulurent faire halte. Ils ne purent rien dire, ni pleurer, ni crier, tant ils avaient mal. Les yeux étaient restés largement ouverts, déjà de gros moucherons venaient rôder près des cornées devenues laiteuses sans provoquer le moindre cillement.

Ils avaient mal par tout le corps. Claire-Heureuse s'était mise à frissonner comme une feuille. Quant à Hilarion, sa tête se mit à battre de résonances sourdes, tel un vieux tambour crevé.

Le petit cadavre brimbalant sur ses bras étendus, Claire-Heureuse reprit aussitôt la route, mâchonnant des patenôtres, comme folle. Les deux mains serrées contre ses tempes pour essayer d'étouffer le tintouin de sa tête malade, il la suivait, inconscient. La chienne fermait la marche, la queue entre les jambes, la tête basse, deux ruisseaux de larmes éclairaient ses joues creuses de chienne.

Le triste équipage avança ainsi à découvert. Le soleil dardait sur eux une lumière féroce. La nuit n'arrêta pas leur marche furieuse.

La famille à l'enfant mort avançait encore le lendemain à travers le paysage calciné, les cactus géants et les touffes d'herbe « Madame Michel » qui parsèment la savane, nantis d'une force surhumaine, une force que la vie puisait dans la mort même.

⁂

La frontière était là, à quelques mètres, juste de l'autre côté de la rivière. La nuit était très noire.

La rivière du Massacre s'était emportée dans une de ses

brèves sautes d'humeur. Il y avait à peine un moment on pouvait voir les cailloux de son lit affleurer la surface. S'ils
n'avaient pas traversé, c'était qu'ils étaient juste tombés sur
une patrouille. Plaqués au sol, ils attendaient. La patrouille
était passée à côté d'eux, sans les voir.

Ils avaient attendu, car les gardes-frontière s'étaient arrêtés à quelques dizaines de mètres plus loin. Leurs voix parvenaient clairement aux fuyards comme s'ils étaient à côté
d'eux. La nuit tropicale résonnait, étrangement creuse, trans-
mettant le moindre bruit avec une netteté incroyable, une
nuit sombre et musicale telle un pur airain.

Ils avaient toujours entendu dire qu'elle était comme ça,
la rivière du Massacre, coulant un tout petit filet d'eau, puis
l'instant d'après se gonflant brusquement d'une eau noirâtre
et bouillonnante. De quoi couvrir la tête d'un grand cheval.
Ça ne durait d'ailleurs pas longtemps, un bon quart d'heure
ou une demi-heure et puis le filet coulerait comme à son
ordinaire.

Le voisinage de la patrouille rendait la chienne nerveuse.
Elle remuait sans cesse. Hilarion la tenait par la peau du
cou pour la retenir. Ils étaient réfugiés dans un creux, derrière un arbuste qui étendait ses branches sur leurs têtes.

Un chat-huant fouetta l'air de son cri-glace. Ils frisson-
nèrent. L'oiseau de nuit venait de se poser sur l'arbuste sous
lequel ils s'abritaient. La chienne leva la tête. Elle vit les
petits yeux rougeoyants du volatile, fixes comme des trous
de crâne, luisants, perçants, cuisants. La chienne poussa un
hurlement de terreur. Hilarion n'eut pas le temps de lui fermer la gueule.

La patrouille se ramena au trot. Les silhouettes des hommes armés dansaient dans la nuit comme des pantins sinis-
tres. Claire-Heureuse regarda Hilarion. Ils se levèrent d'un
bond. Hilarion chargea le petit cadavre sur ses épaules et se
lança dans l'eau grondante. La chienne était restée sur la
rive, couvrant leur traversée.

Ils eurent de l'eau jusqu'à la hanche. Accrochés de toutes
leurs forces, ils luttaient contre le courant. L'eau charriait
des branchages et des tas de fatras qu'il fallait éviter.

Pas à pas, ils parvinrent au milieu de la rivière, l'eau
maintenant leur arrivait aux épaules. Hilarion mit le petit
cadavre sur sa tête. Leurs pieds blessés s'agrippaient de
toute la force des orteils aux aspérités du fond.

Un arbre lançait justement une branche un peu au-dessus

de l'eau, peut-être à trois mètres à leur gauche, à contre-
courant. S'ils y parvenaient ils seraient sauvés du tumul-
tueux courant qui menaçait de les emporter.

Un juron sur la rive indiqua qu'ils étaient découverts. Ils
eurent le temps dans un dernier sursaut d'avancer encore
et de saisir la branche. Sur la rive, la chienne aboyait furieusement, attaquant les gardes-frontière.

La patrouille se mit à tirer sur eux.

Ils sortaient maintenant de l'eau.

Ils se laissèrent tomber sur le sol frais de la terre natale
et se mirent à ramper.

⁎

— J'ai froid, murmura Hilarion, les mains, les pieds...

Le sang faisait maintenant un petit ruisseau brillant à côté
de lui. Claire-Heureuse se mit à lui frotter alternativement
les mains et les pieds, machinalement, inconsciente de ce qui
était advenu. Il n'avait pas voulu qu'elle s'éloignât pour
chercher du secours. Il savait qu'il avait de toute façon son
compte. Il ne voulait pas mourir seul, et puis de lourdes paroles pesaient sa poitrine. Il fallait qu'il se libère avant que
l'aube ne se lève, avant que le Général Soleil n'embrase le
ciel et n'enchante la terre natale, il aurait fini son calvaire.

Depuis qu'il avait touché le poteau-frontière, frappé aux
armes de la patrie, il avait cherché en vain le doux parler
haïtien, aux sonorités duquel il avait tant espéré s'abandonner. Pas une lumière à l'horizon, pas une chaumière, pas un
drapeau mollement agité dans la tiédeur du soir.

Maintenant, il avait compris qu'il serait insensé d'attendre
une patrouille de la police frontalière haïtienne : de toute
façon, elle ne pourrait plus rien pour lui.

Il fallait faire son bilan.

Il fit l'effort de s'accouder, pour lire sur le profil de Claire-
Heureuse quelque chose auquel il était accoutumé. Il n'y vit
que l'anéantissement le plus absolu et encore cet entêtement
animal qui leur avait permis, contre toute espérance, d'arriver au port.

Il l'appela doucement pour la rappeler à la vie.

— Claire..., souffla-t-il.

Elle ne bougeait pas, elle ne l'entendait pas, assise, frot-
tant ses pieds d'un va-et-vient d'automate, prostrée, morte
à toute parole, les yeux vides.

Il l'appela encore. En vain. Alors il essaya de mettre dans

sa voix les sonorités du printemps de leurs accordailles. Il l'appela comme il l'appelait à l'été de leur désir. Elle se réveillerait comme elle s'animait pour vibrer au flux et au reflux de leur amour : le corps avide des rafales de chaleur et de froidure, qui allaient parcourir leur fusion, les sens ouverts à tous les paradis, tendant ses seins tièdes, son corps poli, ses soies drues; l'âme bourdonnante de leur simple bonheur de pauvres, pleine de rêves puérils pour un pain abondant et des fleurs et des joies fraîches et l'indestructible, le tenace, le vivace espoir d'un travail récompensé.

Aïe ! la vie avait passé comme l'eau courante des montagnes !

Elle tourna lentement la tête vers lui. Dans ses yeux fuyaient les nuées qui obscurcissaient sa raison. Son visage de petite fille commença à réapparaître. Eclairé.

Hilarion se laissa retomber et les mains tremblantes de Claire-Heureuse se mirent à chercher la plaie qui lui trouait le ventre. Il commença à parler :

— ... Du plus loin dont j'essaie de me rappeler, dit-il, je me résignais. Quand ma mère me battait, je me résignais, je courbais le dos, je recevais les coups sans rien dire... On disait que j'étais comme une rosse et que je ne sentais pas les coups... C'est pas qu'elle était méchante, mais elle pensait, dur comme fer, que rien ne valait mieux pour « régler » un petit nègre... On m'a « réglé » à coups de bâton, pour que je ne vole pas dans le garde-manger, pour que je n'aille pas vagabonder, pour que je ne « réponde pas » aux grandes personnes... C'est comme ça que la vie a commencé pour moi... Je me suis résigné très vite, la vie pour les autres petits nègres va-nu-pieds comme moi était pareille... On a comme ça appris à se résigner à la faim, à la pluie qui nous mouillait, au grand soleil qui nous séchait, à tout ce qui nous arrivait. Les choses avaient toujours été comme ça, il ne pouvait en être autrement...

— J'ai froid, murmura-t-il encore.

Ses pieds n'étaient plus, en effet, que des blocs insensibles, ses mains de la glace. Le froid lui gagnait maintenant les bras, les cuisses; sa bouche était sèche, mais il n'osait demander à boire. Elle devait peut-être l'entendre comme à travers un matelas d'ouate. Elle semblait aux confins mêmes de la folie. Elle craignait peut-être qu'il ne meure, mais s'il le lui faisait clairement comprendre, sa raison ne tiendrait peut-être pas. Toutefois ses paroles ne pouvaient pas ne pas se

graver dans sa mémoire. Il le fallait pour que son message
lui survive, coûte que coûte, pour que dans l'air, les arbres,
la terre et ceux qui viendraient après lui il restât, ne fût-ce
qu'une parcelle de ce qu'il avait été, désiré, voulu être.

Elle continuait à lui frotter les mains et les pieds. Elle
allait très vite, de l'un à l'autre, avec des gestes machinaux.
Les yeux hagards, grands ouverts sur des horizons incertains.
Seules ses mains s'acharnaient. Elle écoutait cependant.
Assise sur une fesse, les jambes repliées contre sa cuisse,
elle semblait une très ancienne forme magique des âges précolombiens : toute stupeur, toute burinée par une sorte d'extase, intérieurement ravagée, extérieurement glacée.

— ... Et puis vint un temps où mon cœur commença à se
gonfler de chimères, de splendeurs et de rêveries. Je n'étais
pas plus haut que trois pommes et je me sentais le plus
brave et le plus généreux, le plus inventif... Ah ! combien
de batailles n'ai-je pas livrées et gagnées dans ma folle imagination ! Les villes s'ouvrant devant moi, Hilarion Hilarius,
vêtu de costumes de féerie, chevauchant à la poursuite d'ar-
mées en fuite, à la tête de mon peuple, traversant les mers,
prenant d'assaut les unes après les autres les villes des
blancs... Ah ! Que de vent dans ma tête, que de désirs impossibles !... Et puis, survenait une bande de copains qui
venaient se moquer du perdu dans ses rêves. Si je regimbais,
une bonne raclée me faisait retomber dans la réalité...

Une sorte de déchirement traversa sa poitrine pour s'ache-
ver au sommet du sternum en un bouquet de crispations en
coups d'épingle. Il commençait à se sentir faiblir. Son sang
faisait maintenant un petit lac mordoré, miroitant sous les
étoiles.

— J'ai très froid, dit-il... La chienne. Fais coucher la
chienne sur mes pieds...

La main de Claire-Heureuse guida la chienne qui s'allongea sur ses pieds, obéissante, prenant garde de bouger. Il
tâtonna; sa main, comme une main d'aveugle, chercha la
main de Claire-Heureuse et la posa sur sa poitrine. Elle battit
des yeux effarés, sentant la cadence furieuse du cœur. Il lui
sourit.

— ... Puis vint le temps des gifles... Un jour, je vis mon
père couché dans un lit tout blanc, dans le vieux costume
d'alpaga noir qui lui venait de son père et qu'il ne mettait
qu'aux grandes circonstances... Il avait aussi ces souliers-
bottes de cuir, aux tiges de velours, qui devaient dater de dix-

huit cent quatre... On me dit qu'il était mort et qu'il ne me
battrait plus... Alors nous partîmes pour la ville... Ma mère
se plaça comme cuisinière et nous mit comme « enfants-qui-
restent-avec-les-bourgeois »... C'était le temps des gifles... et
de la haine... Dieu ! ce qu'elle me brûlait cette haine ! Je
n'avais pas dix ans ! Et avec ça un véritable bois de balai,
haut comme le cercueil de mes douleurs, un petit museau
triste et pointu, une tête folle comme une *banane-mûre* [1] !
J'arrachais du mur, en tapinois, en chat, les écailles de maçonnerie acides et salées pour les sucer... Quand je pense à
ça, tout mon corps en tressaille encore ! Si je ne m'étais
pas sauvé de chez ces Sigord, je crois que j'aurais fini par
devenir assassin. Chaque fois qu'ils ouvraient la bouche pour
vous parler, c'était comme un soufflet. Quand ils devinaient
une plaie dans mon cœur, ils riaient, ils appuyaient dessus
avec une joie sauvage. J'étais celui qui n'a pas de jeunesse,
celui qui ne peut pas souffrir, celui qu'on nourrit de rebuts
et de déchets, le vidangeur de pots odieux, le macaque, le
clown et pire que tout cela ensemble ! C'est là que j'ai appris
à connaître la vie. Auparavant la seule chose que je savais,
c'était qu'il fallait se résigner pour vivre, mais jamais je
n'avais pensé que l'homme pouvait être méchant pour rien,
sadique, vicieux, qu'il pouvait se vendre, corrompre ce qu'il
touche, trahir sans vergogne et tout ça avec une vanité sans
bornes ! J'appris peu à peu à dissimuler, à mentir, à m'aplatir, à flatter... Heureusement que mes maudits rêves ne me
lâchèrent jamais. J'allais du pain trop dur au ciel trop bleu,
ravagé de haine et pétri de tendresse, je flottais très haut,
très loin au-dessus du quartier luxueux, mais sordide, sans
âme. Le fouet, les gifles, rien ne put jamais rien contre ma
tête d'oiseau, ma joie était une plante vive, mes tristesses
des accès de fièvre glacée ! Poussé par le sang rétif de l'adolescence, un soir, je n'en pus plus, je me sauvai...

Claire-Heureuse tremblait comme une feuille. Maintenant
la flaque de sang menaçait d'atteindre l'enfant mort aux
membres roidis qui dessinait une croix sur le sol. Elle le
prit doucement et le posa à distance, prise d'une peur sou-
daine. La voix d'Hilarion avait en effet des résonances loin-
taines, comme si elle se détachait de ce monde, des résonances d'outre-terre. Dans l'état de conscience crépusculaire,
contradictoire, dédoublée dans lequel elle baignait, — vision

---

1. *Banane-mûre :* appellation de l'oiseau-mouche.

sommeilleuse, à peine consciente, s'abîmant par éclipses en des plongées cauchemardesques, vertigineuses, — elle fut soudain transpercée par la crainte que le cadavre ne lançât sur Hilarion ses contages et des miasmes de mort.

Hilarion parlait toujours :

— ... Je n'avais pas quinze ans quand commença la vie d'aventures. Chapardeur, flâneur, fouineur, lanceur de pierres dans tous les manguiers et autres arbres du voisinage, insolent, acide, amer et malgré tout rieur ! Ce fut le port où les grues, comme des géants scorpions métalliques, agitaient leurs croupions articulés, secouaient leurs mâchoires rouillées s'ouvrant et se refermant sur la proie avec des tintements aigres et des sons de pleurer. Il fallait porter les colis, décharger les grands voiliers caboteurs, ou bien dormir au soleil, en attendant l'aubaine. A chaque fois que les grands vapeurs mugissaient dans la rade, toute une bande d'adolescents déguenillés accourait de toutes les directions vers le Fort l'Islet. Jamais je n'eus le cœur de mendier aux touristes américains *fifty cents* comme d'autres. Mais quand, de la poupe, des grappes de marins lançaient des pièces dans l'eau, j'étais parmi la bande de gars, dressés comme des chiens, autour du bout de viande qui allait leur être jeté. Les yeux allumés, oscillant de tout notre corps, à chaque mouvement de la main qui allait abandonner la pièce. Dès qu'elle avait commencé sa trajectoire, nous plongions à qui mieux mieux, hargneux, se bousculant sans merci. Sous la mer, il fallait livrer des batailles furieuses pour se détacher de la meute des autres petits *divers*[1], à coups de talon, à grands battements de bras il fallait arriver à atteindre la petite lune blanche que fait la monnaie... On remontait pour cracher l'eau salée, les yeux rouges, les tempes battantes, la bouche en sang, le souffle coupé ! Une fois, il y en eut un qui ne remonta pas; on ne replongea pas de trois jours, chacun se sentant le cœur charcuté par la pensée qu'il l'avait peut-être lui-même assommé... Une autre fois, je rencontrai sous l'eau, une grande tête à la lèvre inférieure rentrée, aux petits yeux glauques, fixes, sans expression, c'était un requin. La grande nageoire argentée, coupante comme un rasoir qu'ils portent sur leur dos me frôla presque... Parfois nous vendions aux touristes des images de femmes nues, des préservatifs et autres objets, nous racolions pour les bordels, nous ouvrions les portes des taxis.

---

1. *Diver* : mot anglais qui désigne les plongeurs.

Un jour, sur le Fort l'Islet, une énorme caisse, échappée d'une grue, tomba au milieu de notre groupe. Quand on enleva la caisse, il y avait sur le quai une sinistre tache de velours écarlate à forme humaine... Lorsque, plus grand, je trouvai mon premier vrai travail et que je quittai ce quartier terrible qui étouffait implacablement tout ce qui était bon en moi, je n'étais pourtant pas pire qu'un autre. C'est de ce temps que j'ai commencé à mal dormir la nuit, me cassant la tête pour comprendre pourquoi notre vie était comme ça et pas autrement. Depuis lors, tout en moi, mes rêves, mes cauchemars, mes jours et mes matins se sont mis à chercher le pourquoi...

Tout à coup, il eut un pétillement devant les yeux, une effloraison de comètes blondes, aux grandes eaux rayonnantes, qui inondaient le ciel.

— ... Claire, cria-t-il, est-ce le soleil ? C'est le vieux Compère Soleil qui vient me voir ! Il a toujours été avec moi...

Elle tourna les yeux et ne vit qu'un léger liséré blanchâtre au-dessus de l'horizon dentelé d'arbres, de l'autre côté de la frontière, toute sombre.

— Hilarion ! glapit-elle, d'une petite voix perçante comme une aiguille...

— Je te vois encore, Claire, dit-il, doucement. Je me sens bien, il y a comme une douceur dans tout mon corps, je me sens léger, je me sens comme si je flottais dans l'air... C'est le soleil ! Le jour ne devait-il pas venir ?...

Délirait-il ?... Elle cessa de lui frotter les mains, se pencha et le regarda. Son visage semblait inondé de joie. Elle se rassit et parut de nouveau retombée dans une prostration profonde; le nez pincé, les lèvres tombantes, les yeux plissés. Elle se remit à lui frotter les mains. Maintenant la voix d'Hilarion faiblissait par saccades. Il l'entendait pourtant résonner dans sa tête comme l'écho dans une cathédrale.

— Le soleil ne m'a jamais manqué... Quand je devins *bœuf-à-la-chaîne* [1], il me brûlait les yeux tout au long des routes, sur le toit du camion où j'étais assis. Quand je fus corroyeur à la tannerie, c'est lui qui m'aidait à supporter l'odeur des peaux vives; lorsque je tournais la roue à la tournerie de bois, près de la cathédrale protestante, ensuite souffleur de forge à la fonderie, puis aide-ferblantier, et tant

---

1. *Bœuf-à-la-chaîne :* appellation de l'employé aux bagages des autocars.

d'autres choses encore, dans toute ma vie il a été là. Je crois que j'ai commencé à craindre le soleil le jour où il m'aveugla sur le manguier et que je tombai; mes crises de mal caduc commencèrent peu après. De même que quand on dort sous la lune, on raconte qu'elle vous tourne la bouche, je crois en effet que, sans le dire, sans me l'avouer, je pensais que mon mal était un maléfice du Compère Soleil. Pourtant le Général Soleil est un grand nègre, c'est l'ami des pauvres nègres, le papa, il ne montre qu'un seul œil jaune aux chrétiens vivants, mais il lutte pour nous à chaque instant, et nous indique la route. De même qu'il gagne sans cesse contre la nuit, de même qu'il arrive à arracher à l'année une saison qu'il domine, les travailleurs peuvent changer les temps et arracher une saison de vivre sans misère... Oui, ma vie aura passé comme les oiseaux sous l'orage ! Sans arrêt, mes mains se sont usées sur les outils, mes yeux se sont épuisés à regarder la vie, ma cervelle s'est acharnée à comprendre... J'ai payé cher ce que je sais et voilà que si je ne le donne pas maintenant à toi, tout ça s'en ira avec moi sous la terre, tout ça ne deviendra même pas un peu de vent chanteur de musiques, même pas une petite luciole dans les nuits, même pas un peu de douce poussière sous les pieds des pèlerins !

— ... La grande vérité, c'est que le soleil d'Haïti nous montre ce qu'il faut faire. Pierre Roumel, Jean-Michel, Paco, tous les autres sont arrivés à comprendre ça. Moi, je n'ai pas voulu comme eux devenir soldat dans l'armée du Général Soleil, j'ai cru partir très loin, pour échapper à la misère et ce sont encore les hommes du Compère Soleil qui ont dû me ramener ici... J'ai toujours été un nègre à la tête dure, un nègre mauvais, un nègre raisonneur !...

Il sentait maintenant que le moment n'était pas loin. Il se débattit furieusement pour s'accouder. Ce fut Claire-Heureuse qui le soutint et l'adossa au grand acajou presque centenaire, sous lequel il reposait. Il sentait son cœur lancé au grand galop, comme un poulain emballé. Des rivières de sang lui battaient les veines des tempes, devant ses yeux des embrasements soudains succédaient alternativement à des voiles opaques, il sentait comme une marée picotante monter en colonne au milieu de sa poitrine. Il se cramponna, enfonçant les ongles dans la terre molle, pour arracher à son corps d'ultimes paroles :

— Il faut aussi dire qu'il y eut des petites joies, les premières passades de l'adolescence, les tocades du faux-amour,

les plaisirs sans lendemains, les plaisirs aigres-doux, les vo-
luptés vides, les vanités aux réveils amers. Mais c'est l'amitié
et l'amour qui m'ont transformé. Au début, je n'osais presque
pas y croire, tellement leurs merveilles étaient nouvelles.
Maintenant, il faudra que tu oublies, il faudra que tu vives
comme si tout ça n'avait jamais été. Le matin où nous nous
sommes rencontrés est mort, le jour de la Saint-Jean où je
t'ai emmenée est mort, les soirs de la rue Saint-Honoré sont
morts, nos nuits, Désiré, ma vie sont bien morts... Tout à
l'heure tu devras t'en aller toute seule, va ton chemin, sans
tourner la tête. Il faut que tu crées un autre Hilarion, d'autres
Désiré, toi seule peux les recréer... Va vers d'autres matins
d'amour, vers d'autres jours de la Saint-Jean, vers une vie
recommencée... Maintenant, tu sais comme moi ce qu'il y a
dans le ventre de la misère, ce qui fait que toutes les merveilles que donne notre terre ne sont pas aux nègres et aux
négresses comme nous, tu sais pourquoi les blancs américains sont les maîtres, pourquoi il y a chaque jour de nouvelles eaux dans les yeux, pourquoi les gens ne savent pas
lire, pourquoi les hommes quittent la terre natale, pourquoi
les maladies ravagent notre peuple, pourquoi les petites filles
deviennent des filles...
— ... Tu diras à Jean-Michel que j'ai vu clair le jour où,
sous mes yeux, un grand soleil rouge a illuminé la poitrine
d'un travailleur qui s'appelait Paco Torres... Tu lui diras de
bien suivre la route qu'il voulait me montrer, il faut suivre ce
soleil-là.
— ... Le Général Soleil ! Qu'est-ce que j'ai cherché, Bon
Dieu !... »
Maintenant l'aube rosissait tout le coin. Il se dressa et se
mit à crier :
— Le Général Soleil ! Tu le vois, là, juste sur la frontière,
aux portes de la terre natale ! Ne l'oublie jamais, Claire,
jamais, jamais !
Il s'affaissa, lâcha quelques souffles courts, ses yeux tournèrent vers l'orient, puis vers les étendues interdites, en deçà
desquelles palpitaient les villes, les villages et les champs de
la terre d'Haïti, le domaine de « d'Haïti Tomas ». Il ferma les
yeux et sourit.
Elle était seule.

FIN

TABLE

L'IMAGINAIRE

GALLIMARD

Axée sur les constructions de l'imagination, cette collection vous invite à découvrir les textes les plus originaux des littératures romanesques française et étrangères.

Volumes parus

405. Paul Verlaine : *Les mémoires d'un veuf.*
406. Louis-Ferdinand Céline : *Semmelweis.*
407. Léon-Paul Fargue : *Méandres.*
408. Vladimir Maïakovski : *Lettres à Lili Brik (1917-1930).*
409. Unica Zürn : *L'Homme-Jasmin.*
410. V.S. Naipaul : *Miguel Street.*
411. Jean Schlumberger : *Le lion devenu vieux.*
412. William Faulkner : *Absalon, Absalon !*
413. Jules Romains : *Puissances de Paris.*
414. Iouri Kazakov : *La petite gare et autres nouvelles.*
415. Alexandre Vialatte : *Le fidèle Berger.*
416. Louis-René des Forêts : *Ostinato.*
417. Edith Wharton : *Chez les heureux du monde.*
418. Marguerite Duras : *Abahn Sabana David.*
419. André Hardellet : *Les chasseurs I et II.*
420. Maurice Blanchot : *L'attente l'oubli.*
421. Frederic Prokosch : *La tempête et l'écho.*
422. Violette Leduc : *La chasse à l'amour.*
423. Michel Leiris : *À cor et à cri.*
424. Clarice Lispector : *Le bâtisseur de ruines.*
425. Philippe Sollers : *Nombres.*
426. Hermann Broch : *Les Irresponsables.*
427. Jean Grenier : *Lettres d'Égypte, 1950,* suivi de *Un été au Liban.*
428. Henri Calet : *Le bouquet.*
429. Iouri Tynianov : *Le Disgracié.*
430. André Gide : *Ainsi soit-il* ou *Les jeux sont faits.*
431. Philippe Sollers : *Lois.*
432. Antonin Artaud : *Van Gogh, le suicidé de la société.*
433. André Picyrc de Mandiargues : *Sous la lame.*
434. Thomas Hardy : *Les petites ironies de la vie.*
435. Gilbert Keith Chesterton : *Le Napoléon de Notting Hill.*
436. Theodor Fontane : *Effi Briest.*
437. Bruno Schulz : *Le sanatorium au croque-mort.*
438. André Hardellet : *Oneïros* ou *La belle lurette.*
439. William Faulkner : *Si je t'oublie, Jérusalem. Les palmiers. sauvages.*
440. Charlotte Brontë : *Le professeur.*
441. Philippe Sollers : *H.*
442. Louis-Ferdinand Céline : *Ballets sans musique, sans rien*, précédé de *Secrets dans l'île* et suivi de *Progrès.*

Ouvrage reproduit
par procédé photomécanique.
Impression CPI Firmin-Didot
à Mesnil-sur-l'Estrée, le 2 septembre 2011.
Dépôt légal : septembre 2011.
1er dépôt légal : février 1982.
Numéro d'imprimeur : 107030.

ISBN 978-2-07-028730-7/Imprimé en France.

237113